BASTEI
LÜBBE

ROBERT RANKIN IM
TASCHENBUCH-PROGRAMM:

24 225 Der Garten unirdischer Gelüste

DER HUGO-RUNE-ZYKLUS
24 201 Band 1 Das Buch der allerletzten Wahrheiten
24 204 Band 2 Jäger des verlorenen Parkplatzes
24 210 Band 3 Die größte Show jenseits der Welt
24 216 Band 4 Der wundersamste Mann, der jemals lebte

BRENTFORD-ZYKLUS
24 246 Band 1 Der Antipapst
24 247 Band 2 Die Akte Brentford
24 255 Band 3 Jenseits von Ealing
24 264 Band 4 Kohl des Zorns
24 271 Band 5 Das Kettenlädenmassaker

ROBERT RANKIN

DAS KETTENLÄDEN MASSAKER

Roman

Ins Deutsche übertragen
von Axel Merz,
~~(der sich von vornherein von sämtlichen nicht selbst verfaßten Fußnoten und Lektoratsanmerkungen vehement distanzieren möchte. Wahrscheinlich wird auch dieser Protest wie schon bei den zuvor abgelieferten Manuskripten vom Lektor gestrichen. Die Sklaverei ist zwar abgeschafft, aber wer hat was von Peonage gesagt?) Lektoriert und mit schäbigen Kommentaren versehen~~ Liebevoll und sachkundig redaktionell überarbeitet von Stefan Bauer

BASTEI
LÜBBE

BASTEI LÜBBE TASCHENBUCH
Band 24 271

Erste Auflage: April 2000

Originaltitel: The Brentford Chainstore Massacre
Deutsche Taschenbuchlizenz © 1999 by
Bastei-Verlag Gustav H. Lübbe GmbH & Co.,
Bergisch Gladbach
Lektorat: Stefan Bauer
Titelbild: Arndt Drechsler
Foto: Stefan Bauer
Umschlaggestaltung: QuadroGrafik, Bensberg
Satz: KCS GmbH, Buchholz / Hamburg
Druck und Verarbeitung:
Brodard & Taupin, La Flèche, Frankreich
Printed in France
ISBN 3-404-24271-8

Sie finden uns im Internet unter
http: / / www.luebbe.de

Der Preis dieses Bandes versteht sich einschließlich der gesetzlichen Mehrwertsteuer

Dieses Buch ist
VERITY
gewidmet, der großartigen Tochter von
James und Evette

Hundestory

Was für einen prachtvollen Spürhund Sie doch
haben, Mrs. Bryant.
So einen prachtvollen Kerl hab' ich seit vor dem
Krieg nicht mehr gesehen.
Kann er sich auf Kommando wälzen, sich tot
stellen oder um einen Hundekuchen betteln?
Den Kopf schütteln oder Pfötchen geben?

»Eigentlich«, erwiderte die liebliche Mrs. Bryant, deren Kleider dazu neigten, kaum sechs Zoll unter dem Bauchnabel zu enden, »eigentlich ist es eine deutsche Dogge und kein Spürhund.«

»Jetzt nehmen Sie mich aber auf den Arm!« sagte ich. »Das ist ein Spürhund. Mein Dad hatte auch einen, damals in den Fünfzigern.«

»Es ist eine Dogge«, entgegnete Mrs. Bryant. »Eine Dogge, und damit basta.«

Ich schüttelte den Kopf und rief einen Passanten herbei. »Ist dieser Hund nun eine Dogge oder ein Spürhund?« fragte ich.

Der Passant strich sich über das bärtige Kinn. »Wenn Sie mich fragen, er sieht eher aus wie ein irischer Wolfshund«, sagte er. »Diese Frau trägt aber ein sehr kurzes Kleid«, fügte er noch hinzu.

Ich entließ den zotteligen Passanten und wandte mich direkt an den Hund. »Bist du nun eine Dogge oder ein Spürhund?« fragte ich.

»Eine Dogge«, sagte der eine Kopf des Hundes.

»Ein Spürhund«, sagte der andere.

Gespensterstory

Der Spieler war alt und gebrechlich. Die Schultern seines müden Smokings baumelten herunter wie verwundete Flügel, die Manschetten waren durchgescheuert und ohne goldene Knöpfe. Einst hatte er eine seidene Krawatte getragen, gehalten von einer diamantenen Nadel, doch jetzt hing nur noch ein alter Schlips um seinen Kragen.

Mit zitternder Hand legte er seinen letzten Chip auf den Spieltisch. »Zwölf Schwarz«, sagte er. »Alles oder nichts.«

Der Croupier rief etwas wie ›Ri-eng newa plüh‹ und drehte das Roulette. Die silberne Kugel tanzte herum und herum und kam schließlich zur Ruhe.

»Dreizehn Rot«, sagte der Croupier.

»Ruin«, sagte der Spieler.

Mit schleppenden Schritten verließ er das Casino, trat auf die Terrasse hinaus, zog seine alte Dienstpistole aus der Tasche, setzte sie an die Schläfe und nahm den Ausgang für Gentlemen.

Das Casino liegt längst in Trümmern. Fünfzehn Jahre sind vergangen. Man sagt, daß derjenige, der es wagt, in der Nacht des Jahrestages dieser Tragödie das Casino zu besuchen, die ganze traurige Geschichte beobachten kann, wiederholt von gespenstischen Spielern.

Die drei Geisterjäger sahen, wie die Zeiger ihrer empfindlichen Geräte ausschlugen und zitterten. Professor Rawl kritzelte im Licht einer Taschenlampe Notizen auf ein Klemmbrett, dann blickte er in die Gesichter seiner beiden Begleiter, die schaurig vom Mondlicht beschienen waren. »Hat jemand etwas gesehen?« fragte er.

Indigo Tombs schüttelte den Kopf. »Nicht die kleinste Kleinigkeit«, flüsterte er. »Aber ich meine, ich hätte gehört …«

»Was denn, was denn?«

»Ein leises Säuseln.«

»Ein Roulette«, sagte Dr. Norman. »Ich hab's auch gehört.«

»Und dann …«

»Einen Pistolenschuß«, vollendete Professor Rawl den Satz. »Wir haben es alle gehört, ganz sicher.«

»Haben wir«, stimmten ihm die beiden zu.

Professor Rawl steckte seinen Stift in die Tasche. »Die Anzeigen der Instrumente sind nicht schlüssig. Wir mögen etwas gehört haben oder auch nicht. Jedenfalls können wir nichts beweisen.«

Die drei Geisterjäger brachen ihre Ausrüstung ab und trugen alles zurück zu ihrem Landrover. Professor Rawl drehte den Zündschlüssel um, und sie fuhren in die Nacht davon.

Ein Vagabund namens Tony beobachtete, wie die Rücklichter in der Ferne ver*Schwan*den.

»Da siehst du selbst, Tom«, sagte er zu seinem Kumpanen. »Ich hab' dir gleich gesagt, daß es stimmt, und jetzt hast du's selbst gesehen. Drei Wissenschaftler waren's, so lautet die alte Geschichte, sie sollen vor Angst gestorben sein oder so was, vor vielen, vielen Jahren.«

Sein Kumpan Tom hustete und spie in die Nacht. »Du bist besoffen«, entgegnete er. »Ich hab' nichts gesehen, absolut überhaupt nichts. Komm jetzt endlich rein, es wird kalt da draußen.«

FEENSTORY

Es waren einmal zwei Männer, ein Ire namens John Omally, großgewachsen, jung, dunkelhaarig und gutaussehend, und ein älterer namens der Alte Pete, der nichts von diesen Dingen war.

Und als der Mittag herannahte, standen diese beiden am Tresen einer Bierschenke und sprachen über den Lauf der Dinge.

Der Lauf der Dinge ist schon seit ewigen Zeiten ein Thema, über das sich streiten läßt. Seit es überhaupt einen Lauf der Dinge gibt, genaugenommen. Und Bierschenken sind schon von jeher die geeigneten Orte für Unterhaltungen dieser Art.

»Der Lauf der Dinge ist manchmal schon ziemlich verwirrend«, begann der Alte Pete und nippte an seinem Glas Rum.

John Omally nickte. »Denkst du an eine bestimmte Sache?« erkundigte er sich.

»Nun ja, du kennst doch diese Mrs. Bryant, meine Nachbarin?«

»Du meinst die mit dem zweiköpfigen Hund?«

»Genau die.«

»Und den verdammt kurzen Röcken?«

»Und die auch.«

»Ich *kenne* sie«, antwortete John Vincent Omally merkwürdig betont.

»Nun ja, letzte Nacht kam ihr Ehemann früher von der Schicht in den Scheibenwischergummiwerken nach Hause und fand einen Fremdling in ihrem Bett.«

»Einen illegalen?«

»Nein, einen Fremdling aus dem Weltraum, obwohl ich vermute, daß die auch illegal sind.«

»Das klingt aber ein bißchen sehr weit hergeholt«,

zweifelte Omally. »Sicher willst du mir einen großen Bären aufbinden.«

»Nein, aber groß soll er gewesen sein, und jung und dunkel und gutaussehend.«

»Ahem«, sagte John Omally. »Das klingt aber nicht sehr nach einem Fremdling aus dem Weltraum.«

»Genau das hab' ich auch gedacht«, sagte der Alte Pete. »Wenn du meine Meinung hören willst, es klang eigentlich mehr nach einem Inkubus.«

»Einem *was*?«

»Inkubus. Das ist eine Art Dämon, der menschliche Gestalt annimmt, in die Schlafzimmer einsamer Frauen eindringt und die alte Sache macht.«

»Die alte Sache?«

»Du weißt schon, die halt. Meine Frau, Gott hab' sie selig, hat schrecklich unter diesen Biestern gelitten, während ich im Krieg war. Damals sind sie in Gestalt amerikanischer Soldaten dahergekommen.«

»Ehrlich?« fragte Omally. »Und du meinst, Mrs. Bryant hatte Besuch von so einem?«

»Ich denke zumindest, daß diese Version wahrscheinlicher ist als irgendein dahergelaufener außerirdischer Fremdling. Du nicht?«

Omally nickte. Ihm fiel eine sehr viel wahrscheinlichere Erklärung ein, eine, für die er sogar persönlich bürgen konnte. »Und sie hat ihrem Ehemann erzählt, daß dieser Eindringling in das eheliche Schlafgemach ein Fremdling aus dem Weltraum war, ja?«

»Sobald er das Bewußtsein wiedererlangt hat, ja. Der Eindringling in das eheliche Schlafgemach, wie du ihn nennst, hat ihm nämlich einen Nachttopf über den Schädel gezogen, bevor er geflüchtet ist.«

»In einem Raumschiff?«

»Nach Mrs. Bryants Worten – ja.«

»Bringt einen zum Nachdenken, wie?« sagte Omally.

»Nachdenken? Über was?«

»Nichts Besonderes. Bringt einen eben einfach zum Nachdenken. Eine Redensart.«

»Nun, ich denke wirklich, es sollte ein Gesetz gegen so was geben«, sagte der Alte Pete. »Wenn eine ehrbare Frau schon in ihrem eigenen Bett nicht mehr sicher ist, ohne daß ein Inkubus sich zu ihr schleicht, der behauptet, ein Fremdling aus dem Weltraum zu sein … wo soll das nur alles enden?«

»Frag mich.«

»Warum?«

»Nein, das war nur eine andere Redensart.«

»Aber du meinst doch sicher auch, daß es ein Gesetz dagegen geben sollte?«

»Absolut«, sagte John Omally. »Das Parlament sollte ein Gesetz verabschieden.«

»Dann glaubst du diesen Unsinn also tatsächlich, Omally?«

»Verzeihung?«

»Von wegen Fremdlingen aus dem Weltraum und Inkubussen* und so? Du glaubst ehrlich, daß es stimmt und daß das Parlament was dagegen unternehmen sollte?«

»Zufälligerweise: ja.«

»Ich verstehe.« Der Alte Pete leerte seinen Rum und stellte das Glas auf dem Tresen ab. »Und was würdest du davon halten, wenn ich dir sage, daß ich persönlich diesen ›Inkubus‹ dabei beobachtet habe, wie er am Regenrohr hinunter seinen Abgang gemacht hat? Tatsächlich habe ich ihn sogar erkannt!«

Omallys Gemütsruhe war schier unglaublich. »Würde mich nicht überraschen«, sagte er.

* Ja, ja, es heißt Inkuben. Aber das weiß der Alte Pete schließlich nicht. Bringt einen zum Nachdenken, wie?

»Würde es nicht?«

»Überhaupt nicht. Nicht einmal dann, wenn du mir erzählen würdest, daß dieser gestaltwandlerische Inkubus das Aussehen von ... von ...« Omally blickte sich in der Schenke um, als suchte er nach einem geeigneten Kandidaten. »Na, sagen wir meinetwegen: mir selbst angenommen hätte. Nicht im geringsten überraschen würde mich das.«

Der Alte Pete biß die Zähne zusammen. Die Dinge entwickelten sich überhaupt nicht so, wie er sich das ausgerechnet hatte. Den Ballon aufzublasen, um ihn dann mit einer Nadel zum Platzen zu bringen, das hatte er vorgehabt – es wäre gut gewesen für wenigstens eine Flasche Rum, wenn nicht mehr.

»Möchtest du vielleicht noch einen Drink?« erkundigte sich Omally. »Diesmal vielleicht einen Doppelten? Du siehst ein wenig wacklig aus. Begegnungen mit dem Übernatürlichen haben diesen Effekt auf uns normale Sterbliche.«

Der Alte Pete nickte wortlos, und Omally gab die Bestellung auf. Der Alte Pete nahm sein Glas mit einem mürrischen Grunzen entgegen, und Omally drückte ihm eine Fünf-Pfund-Note in die Hand. »Warum holst du dir nicht einfach eine halbe Flasche Rum?« fragte er. »Aus medizinischen Gründen, wenn du verstehst?«

»Du bist ein echter Gentleman«, antwortete der Alte Pete.

»Ich bin ein Halunke«, entgegnete Omally. »Genau wie du.«

Die beiden hoben ihre Gläser und tranken auf ihr gegenseitiges Wohl.

»Aber ich sag' dir was«, nahm Omally den Faden wieder auf. »Daheim im guten alten Irland haben wir uns nicht lustig gemacht über Inkuben und Feenvolk und derlei Dinge.«

»Wirklich nicht?« fragte der Alte Pete.

»Ganz bestimmt nicht. Im guten alten Irland herrscht ein fester Glaube an diese Dinge.«

»Herrscht er?« fragte der Alte Pete.

»Er herrscht. Und soll ich dir auch verraten warum?« entgegnete Omally.

»Bitte ja«, sagte der Alte Pete.

»Die Seelen«, sagte Omally. »Die Seelen der Verstorbenen.«

»Erzähl weiter.«

»Die Menschen im guten alten Irland glauben fest daran«, berichtete Omally weiter, »daß das Feenvolk aus nichts anderem besteht als aus den Seelen der Verstorbenen. Jede Fee und jeder Elf ist ein exaktes Faksimile der menschlichen Gestalt, wenn auch viel kleiner und vollkommen anderen Gesetzen und Prinzipien unterworfen. Und Feen sind nun mal berüchtigt für ihre Streiche, oder nicht?«

»So sagt man jedenfalls.« Der Alte Pete nahm einen tiefen Schluck Rum.

»Und weißt du auch, woher das kommt? Es sind die Seelen von Menschen, die weder gut noch böse genug waren, um zu einem anderen Ort zu gelangen.« Omally bekreuzigte sich. »Es sind die Seelen der Ausgelassenen, der Schelmen, der Leute, die das Leben nie ernst genommen haben.«

»Also im Grunde genommen Leute wie du«, schlug der Alte Pete vor.

Omally ignorierte seine Antwort. »Warum glaubst du eigentlich«, fuhr er unbeirrt fort, »daß nur ganz bestimmte Leute Feen zu sehen bekommen?«

»Da kommen mir gleich mehrere Antworten in den Sinn«, entgegnete der Alte Pete. »Möglicherweise liegt es daran, daß es nicht so viele Feen gibt. Oder daß sie eine fortgeschrittene Form von Tarnung benutzen.

Oder daß sie die meiste Zeit über einfach unsichtbar sind. Oder, was ich für die wahrscheinlichste Antwort halte, daß Leute, die behaupten, Feen zu sehen, im Grunde genommen geistig daneben sind.«

Omally schüttelte den Kopf. »Es hat was mit Empfänglichkeit zu tun«, sagte er. »Rein psychisch betrachtet natürlich.«

»Ah ja, psychisch. Natürlich.« Der Alte Pete verdrehte die Augen.

»Um das Feenvolk zu sehen, braucht es ganz bestimmte geistige Fähigkeiten.«

»Wenn ich mich nicht irre, war das eine von meinen Antworten.«

»Daher die Iren.«

»Daher die Iren was? Oder war das wieder nur so eine Redensart?«

»Die größte Proliferation von Feenkunde und Feenglaube auf der ganzen Welt, das ist Irland. Und du wirst zugeben müssen, daß die irische Mentalität ein wenig von der allgemein akzeptierten Norm abweicht.«

»Mit Freuden«, sagte der Alte Pete. »Deine Theorie würde selbstverständlich noch mehr an Glaubwürdigkeit gewinnen, wenn du mir eine überzeugende Geschichte von einer Begegnung liefern könntest, die du persönlich mit dem Feenvolk gehabt hast.«

Omally grinste. »Na selbstverständlich könnte ich das nicht, könnte ich?«

»Du könntest nicht? Das ist aber mal eine Überraschung.«

»Weil nämlich«, fuhr John Omally fort, »weil nämlich die Art von Mentalität, die erforderlich ist, um das Warum und Wofür des Feenvolks zu verstehen, nicht die Art von Mentalität ist, die für die eigentliche Beobachtung desselben nötig ist. Ich bin viel zu anspruchsvoll, leider! Um dem Feenvolk zu begegnen, braucht es ein einfaches Gemüt. Ein kindliches Gemüt.«

»Hmmm«, sagte der Alte Pete und starrte in sein inzwischen leeres Glas.

»Aber sag mir doch, Pete – hast du jemals eine Fee gesehen?«

Der Alte Pete spähte über den Rand seines Glases hinweg auf Omallys burschikose tweedgekleidete Gestalt. Während der gesamten Unterhaltung hatte er einen Ring aus Kobolden beobachtet, die wild um Omallys Kopf herumtanzten, und Gespenster und Wolpertinger rings um seine Füße, die laut grölende Lieder über das Schusterhandwerk sangen, den fetten Elf, der auf seiner Schulter saß, und die ungebärdige Fee, die in seinem Rockschoß kuschelte.

»Ach, vergiß es«, sagte der Alte Pete. »Es gibt keine Feen und Gespenster.«

Und sie lebten glücklich und zufrieden bis ans Ende aller Tage.

1

Wenn man Doktor Stefan* Malone jemals einem Menschen beschreiben sollte, der ihm nie begegnet war, mußte man nichts weiter sagen als: »Das ist der Typ, der aussieht wie Sherlock Holmes auf den Zeichnungen von Sidney Paget.« Natürlich gibt es immer wieder Leute, die augenblicklich fragen werden: »Sidney *wer*?« Und vielleicht sogar Leute, die fragen werden: »Sherlock *wer*?« Und jede Wette, daß eine ganze Reihe anderer fragen wird: Doktor *wer*? Aber denen antwortet man eben einfach: Doktor Malone. Doktor Stefan Malone. (Huh?)

Es war nicht gerade ein Fluch, auszusehen wie eine Sidney-Paget-Zeichnung von Sherlock Holmes, selbst wenn es bedeutete, daß man nur schwarzweiß war und den größten Teil seines Lebens im Profil verbrachte und auf irgend etwas deutete, das außerhalb der Zeichnung lag. Jedenfalls hatten sich nie Vögel auf den ausgestreckten Arm gesetzt, und es hatte Dr. Stefan Malone in der Schule und beim Spielen geholfen. Ein weiterer Vorteil war, daß er einen würdevollen Eindruck machte. Was, wenn man es genau bedenkt, nur wenigen Leuten beschieden ist.

In diesem Augenblick sah er besonders würdevoll aus, wie er im Hörsaal des Royal College of Physicians in Henley-upon-Thames auf dem Podium stand. Und er *war* würdevoll. Er besaß Haltung, er hatte Benimm, und er trug einen prachtvollen dreiteiligen grau-weiß karierten Boleskine-Tweedanzug mit einer zweireihigen Weste und einer aufgenähten Klappe auf der

* Ähnlichkeiten mit dem Namen eines lebenden Lektors sind rein zufällig und eher unbeabsichtigt. (Anm. d. Autors)

Uhrentasche und allem Drum und Dran. Tinker hatte so einen Anzug getragen, in *Lovejoy*, doch der war im traditionelleren Karo in Grün und Gelb gehalten gewesen.

Dr. Stefan Malone sah aus wie eine Kapazität. Und er war auch eine. Eine Kapazität allerersten Ranges auf dem Feld der Biochemie. Die Spitze des Baumes. Die Zuckerglasur auf dem Kuchen der DNS-Transfersymbiose. Und das elfenbeinerne Mundstück auf dem verchromten Megaphon des Schicksals, wenn es um genetische Technologien ging. Außerdem war er sehr lieb zu seinem alten weißhaarigen Mütterchen, ein Großmeister dreiunddreißigsten Grades im Geheimen Orden des Goldenen Rosenkohls sowie Piercing-Enthusiast, der sich nicht nur eines *Prince Albert* rühmte, sondern darüber hinaus noch ein doppeltes *Ampallang* und *Apadravya* trug.

Dr. Stefan nahm einen Schluck aus einem Glas mit flüssigem Ether und starrte aus seinen kühlen grauen Augen auf die Reihen von Studenten.

»Und?« fragte er. »Was lernen wir aus diesen drei kurzen Geschichten?«

Die Studenten erwiderten seinen Blick; keiner, so schien es, verspürte Neigung zu einem Kommentar.

»Nun kommen Sie schon. Irgend jemand.« Dr. Stefan bemühte sich um ein ermutigendes Profil. Nach den Gesetzen der Statistik mußten ein paar Studenten zugehört haben. Und vielleicht waren sogar einige interessiert gewesen. Und vielleicht, ganz vielleicht, hatte einer auch verstanden, worum es ging.

»Wirklich niemand?« Dr. Stefan starrte ein letztes Mal in die Runde. Sein Blick fiel auf einen jungen Mann mit einem Bart. Sein Name war Paul Mason, und er war im ersten Semester in Genetik eingeschrieben. Dr. Stefan streckte den Zeigefinger aus. »Mason, was ist mit Ihnen?«

Die Augen des Burschen richteten sich auf den Tutor. »Mit mir, Sir? Warum?«

»Was lernen wir aus diesen drei kurzen Geschichten, Mason?«

»Daß wir unseren eigenen Augen nicht trauen sollen?«

Dr. Stefan hob die grauen Brauen und senkte die vergilbten weißen Ohren (ein Trick, den er in Tibet gelernt hatte). Masons Augen machten blinzel, blinzel, blinzel. »Ich bin sehr beeindruckt, wirklich«, sagte Dr. Stefan. »Könnten Sie das bitte weiter erörtern?«

Mason schüttelte den zottigen Kopf. »Ich denke, ich steige aus, solange ich am Gewinnen bin. Falls es Ihnen nichts ausmacht.«

»Also schön. Aber bevor Sie das tun, verraten Sie mir eins: Waren es *wahre* Geschichten?«

»Nun ja, die erste jedenfalls ganz bestimmt. Ich war nämlich der zottige Passant.«

»Und die beiden anderen?«

»Kann ich nicht sagen.«

Dr. Stefan senkte die Augenbrauen und stellte die Ohren wieder auf. »Sonst noch jemand? Pushkin, wie steht es mit Ihnen?«

Larry Pushkin, für ein weiteres Jahr auf Steuerzahlers Tasche und im übrigen ein Bursche, der genausogut der nächste Doktor *wer*? wie auch ein gewöhnlicher Arzt hätte werden können, bohrte mit einem Kuli in der Nase. »Ich möchte diesmal wirklich nichts sagen, Sir«, erwiderte er näselnd. »Ich glaube, eine Küchenschabe hat ihre Eier in meinen Nebenhöhlen abgelegt.«

»Jemand sonst? Irgend jemand?«

Wer sich angesprochen fühlte, schüttelte den Kopf. Die meisten fühlten sich nicht angesprochen und starrten leeren Blickes nach vorn. Doch dann ging irgendwo ganz hinten im Auditorium eine kleine Hand in die Höhe.

»Wer ist das dort oben?« fragte Dr. Stefan blinzelnd.

»Ich bin's, Sir. Molekemp, Harry Molekemp.«

»Oh, Molekemp. Das ist wirklich eine Ehre. Sie sind heute ziemlich früh aus Ihrem schönen warmen Bett geklettert, wie?«

»Es ist Mittwoch, Sir. Die Vermieterin geht jeden Mittwoch mit dem Staubsauger durch mein Zimmer.«

»Saumäßiges Pech. Und? Haben Sie einen gelehrten Kommentar abzugeben?«

»Ja, das habe ich, Sir. Ich glaube Mason nicht. Sie haben die Hundestory in der ersten Person erzählt. Wenn Mason der Passant gewesen wäre, hätten Sie ihn bestimmt erkannt.«

»Sehr gut. Nun, wenigstens haben Sie zugehört.«

»O ja, das habe ich. Aber eigentlich in der Hoffnung, etwas über Gentechnologie zu erfahren. Das ist doch das Thema dieser Vorlesung, oder?«

Ein Raunen und Murmeln im Hörsaal zeigte überdeutlich an, daß Harry Molekemp mit dieser Meinung nicht alleine stand.

»*Touché*«, sagte der monochrome Doktor Stefan. »Doch die Geschichten hatten einen Zweck. Was wissen wir wirklich über unsere eigene genetische Zusammensetzung?«

»*Wir* wissen nicht allzuviel darüber, Sir«, sagte Molekemp. »Wir hatten eigentlich gehofft, daß *Sie* uns erleuchten würden.«

»Und genau das bemühe ich mich auch zu tun. Lassen Sie mich kurz zusammenfassen. Erstens, die Hundestory. Hier haben wir einen mythischen Archetypus vor uns. Zerberus, der mehrköpfige Hund, der die Unterwelt bewacht. Ein uralter Glaube, der kurz in eine moderne Umgebung versetzt wurde. Selbstverständlich hat Mason gelogen. Die Geschichte war erfunden. Es war eine langweilige Geschichte mit einer konstruierten Pointe..Aber denken Sie *archetypisch*, wenn Sie so wollen. Denken Sie an alte Götter und alte Religionen. Denken Sie an DIE GROSSE IDEE, die am Anfang war und aus der sich alle Ideen abgeleitet haben. Ich komme gleich wieder darauf zurück.

Zweitens haben wir die Gespenstergeschichte. Wissenschaftler von heute studieren die Geister aus der Vergangenheit. Sie können sie nicht wirklich *sehen*, aber sie denken, sie können vielleicht etwas *hören* oder *spüren*. Doch dann entdecken wir überrascht, daß die Wissenschaftler selbst nicht aus der heutigen Zeit stammen. Daß auch sie Gespenster sind, nichts als Schatten. Die Geschichte könnte endlos weitergehen. Die Vagabunden könnten sich als Gespenster herausstellen, die von anderen beobachtet werden, die sich ebenfalls wieder als Gespenster herausstellen, und so weiter und so weiter.

Denken sie nach! Der *Marsch der Wissenschaften*, Halbwahrheit wird abgelöst von Halbwahrheit wird abgelöst von Halbwahrheit und so weiter – wohin soll das führen? Zur ultimativen Weisheit? Zur ultimativen Enthüllung? Können Sie mir überhaupt folgen, Mister Molekemp?«

»Ich denke schon, Sir.«

»Sehr gut. Die dritte Geschichte, die Feenstory. Dieser Alte Pete weiß, daß Feen existieren; er kann sie mit seinen eigenen Augen sehen. Aber er kann es gegenüber seinem Freund nicht eingestehen, der ihm gerade gesagt hat, daß nur Menschen mit kindlichem Bewußtsein Feen sehen können. Eine trickreiche Dichotomie, nicht wahr? Und überdies eine Dichotomie, die sich nicht auflösen läßt. Die Beobachtungen des Alten Pete sind strikt subjektiv. Er mag ein Dummkopf sein, aber vielleicht ist er ein Visionär. Und wir alle wissen, wie die wissenschaftliche Zunft über Visionäre zu spotten pflegt. Die Wissenschaft verlangt nach einer beweisbaren Hypothese, nach wiederholbaren Experimenten, Doppelblindversuchen und nicht zuletzt das Dienstsiegel derer, die in der Verantwortung stehen. Wie weit würden Feen da kommen?«

Molekemps Hand war einmal mehr in der Luft. »Sicher ist das alles ein wenig umständlich, Sir«, sagte er. »So faszinierend es auch sein – oder, soweit es mich betrifft – nicht sein mag.«

Dr. Stefan schüttelte den Kopf. »Ich denke, diese Geschichten besaßen eine gewisse Eleganz, und auch darüber möchte ich sprechen. Die Wissenschaft sieht mit Ehrfurcht auf alles Elegante. Die Poesie der Mathematik, immer in Strophen statt im Blankvers. Die Schönheit von Modellen, die vermitteln, was niemals wirklich verstanden werden kann. Das Schubladendenken der Vernunft. Der Glaube, daß das eine Ding das andere ausgleichen muß.«

»Ich glaube, ich kann Ihnen nicht mehr folgen«, sagte Molekemp.

»Dann sind Sie ein Arschloch«, sagte Dr. Stefan, »und ich werde keine Zeit mehr damit verschwenden, über philosophische Konzepte zu sprechen.« Er wandte sich um und malte mit Kreide die Buchstaben DNS auf die Tafel. »So«, sagte er. »Desoxyribonukleinsäure. Der Hauptbestandteil der Chromosomen, die unsere Gestalt bestimmen. Das DNS-Molekül besteht aus zwei Polypeptidketten in Form einer Doppelhelix, die …«

Irgendwo in der Ferne schrillte eine Klingel, und wie in stillem Tribut an Pavlov sammelten die Studenten ihre Siebensachen ein und verließen den Hörsaal.

Dr. Stefan Malone stand allein vor seiner Tafel. Eine Kapazität allerersten Ranges auf dem Feld der Biochemie. Die Spitze des Baumes. Die Zuckerglasur auf dem

Kuchen der DNS-Transfersymbiose. Und das elfenbeinerne Mundstück auf dem verchromten Megaphon des Schicksals, wenn es um genetische Technologien ging – aber ein Vermittler von Weisheit für die Jungen und Beeinflußbaren war er nicht. Er war ein Visionär und mochte einen Blick auf DIE GROSSE IDEE geworfen haben, doch es stellte sich als schwierig heraus, dies seinen Studenten zu vermitteln.

Er hatte eigentlich darauf hinausgewollt, daß die heutigen Wissenschaftler auf dem Gebiet der Genetik (jenem großen Feld mit dem Baum in der Mitte, auf dessen Spitze Dr. Stefan Malone kauerte) aus einem ganz falschen Blickwinkel an die Dinge herangingen. Daß sie besessen waren von dem Studium der DNS heutiger Menschen, in der Hoffnung, ihre Geheimnisse zu entschlüsseln.

Doch die Geheimnisse lagen nicht in der DNS des heutigen Menschen. Der Mensch von heute war eine genetische Mutation, eine evolutionäre Entwicklung. Wenn man die Geheimnisse der DNS erschließen wollte, mußte man ihre ursprüngliche Form studieren – die Form, die ganz am Anfang existiert hatte. Die DNS von Adam und Eva. Oder vielleicht sogar noch einen Schritt weiter gehen. Gott hatte die Menschen nach seinem eigenen Ebenbild geschaffen – also fand sich der Prototyp der DNS bei Gott selbst.

Aber wie sollte irgend jemand die DNS von Gott studieren?

Und was würde man herausfinden, wenn es tatsächlich gelang?

Das waren die Gedanken, von denen Dr. Stefan Malone besessen war, die ihn überhaupt erst zur Genetik getrieben hatten und ihn bis zu seinem unausweichlichen und vernichtenden Ende beseelen würden.

Doch sein unausweichliches und vernichtendes Ende lag noch ein paar Monate in der Zukunft.

Einige Jahre in der Zukunft – oder sogar Jahrhunderte, ganz abhängig davon, wo man sich in der Zeit gerade befand. Für den Augenblick soll nur verraten werden, daß Dr. Stefan Malone einen Plan hatte. Es war ein stolzer, mutiger Plan – und ein waghalsiger obendrein. Und ein unheilvoller. Und wäre durch den Klappentext des vorliegenden Buches nicht schon alles vorweggenommen, hätte der Leser eine höllische Überraschung erleben können.

Doch das ist der Lauf der Dinge, und aus diesem Grund müssen wir Dr. Stefan Malone für den Augenblick verlassen. Eine edle Gestalt, ganz in Schwarz und Weiß, mit einer geradezu verblüffenden Ähnlichkeit mit Sherlock Holmes auf den Zeichnungen von Sidney Paget.

Dr. Stefan wendet dem Betrachter das Profil zu und deutet auf etwas außerhalb des Blattes.

2

Und ein großer Wind erhob sich aus dem Osten.
Wie eine brennende Wolke, die alles in ihrem Weg verzehrt.
Und die Söhne der Menschheit heulten und flehten und machten sich in die Hosen und schrien:
Das ist der Atem des Pooley.

»Das ist der Atem des Pooley? *Das ist der Atem des Pooley?*« Jim Pooley las den Computerausdruck ungläubig noch einmal. »Wie kann das sein?«*

Der fettleibige Genealoge lehnte sich in seinem quietschenden Ledersessel zurück und verschränkte die Hände über einer Tweedweste. »Wie das sein kann?« wiederholte er. »Ich weiß es nicht. Aber da steht es, schwarz auf weiß, was auch immer davon zu halten ist.«

Jim hauchte in seine hohlen Hände und schnüffelte angestrengt, dann sagte er: »Ich mag vielleicht noch das Aroma des Braugetränks an meinem Gaumen haben, aber *eine brennende Wolke, die alles in ihrem Weg verzehrt?* Das ist doch ein bißchen stark.«

»Deswegen all das Heulen und Flehen, schätze ich.« Der Genealoge grinste.

»Und Sie sind sicher, daß es sich nicht um eine Misinterpretation oder so was handelt? Diese antiken Schreiber haben doch hin und wieder einen Schnitzer gemacht, wissen Sie. Hier ein vertauschtes P, da ein eigenwilliges Ypsilon.«**

* Könnte sich auch um A. Merz handeln, der sich dem Verlag nähert, um seine nächste Übersetzung abzugeben. (Anm. d. Lektors)

** Könnte möglicherweise auch eine Übersetzung von A. Merz sein. (Anm. d. Lektors)

Mister Compton-Cummings schüttelte den mächtigen Kopf. »Tut mir leid, Jim«, sagte er. »Aber es sieht ganz danach aus, als wären deine Vorfahren hauptsächlich wegen ihrer extremen Halitose auffällig gewesen. Sie sind für das *Poo* in Pooley verantwortlich, kein Zweifel.«

»Und diese übelste Verleumdung meiner Vorfahren wollen Sie allen Ernstes in Ihrem neuen Buch: *Brentford, eine Studie seiner Bewohner und seiner Geschichte* veröffentlichen?«

»Es wäre geradezu eine Torheit von mir, das auszulassen.«

Jim erhob sich aus seinem Sessel, beugte sich über den mit Papier überfüllten Schreibtisch, ballte die Faust und hielt sie unter die Stupsnase von Mister Compton-Cummings. »Es wäre eine viel größere Torheit, das drinzulassen«, knurrte er.

Mister Compton-Cummings zauberte ein dünnes Lächeln auf sein fettes Gesicht. Er war ein Kent Compton-Cummings, und er konnte seine eigenen Vorfahren bis hin zur Schlacht von Agincourt zurückverfolgen.

»Ich würde stark empfehlen, von Gewalttätigkeiten abzusehen, Mister Jim Pooley«, sagte er leise. »Es ist meine Pflicht, dich darauf hinzuweisen, daß ich ein Exponent des Dimac bin, der tödlichsten Form martialischer Künste, die der Menschheit bekannt ist. Ich könnte dich mit einem einzigen Finger auf das entsetzlichste verstümmeln und entstellen.«

Jims Faust schwebte in der Luft. Ein Sonnenstrahl fiel schräg durch das georgianische Flügelfenster des eleganten Genealogistenarbeitszimmers und verwandelte das Ende von Jims Arm vorübergehend in ein Ding von zerbrechlicher Schönheit. Fast wie aus Porzellan, so schien es. Kaum eine Waffe des Terrors.

Jim kaute auf seiner Unterlippe. »Sir, Sie nehmen mich auf den Arm«, sagte er.

»Nie im Leben«, erwiderte der andere. »Geschult von niemand Geringerem als dem legendären Count Dante persönlich, dem Erfinder der Tödlichen-Hand-Technik. Vielleicht hast du davon gehört.«

Jim hatte. »Nein, hab' ich nicht« sagte er.

»Zu reißen und zu verstümmeln mit wenig mehr als dem Druck einer Fingerspitze. Ich glaube gar, diese Technik ist inzwischen durch die Genfer Konvention geächtet.«

Jim entballte die Faust.

»Guter Mann.« Der Dicke zwinkerte. »Nimm doch wieder Platz. Ich lasse uns ein wenig Tee und Hefeküchlein bringen.«

Jim sank in den Sessel. »Das ist einfach nicht fair«, beklagte er sich.

»Wir können uns unsere Eltern nun einmal nicht aussuchen, genausowenig wie diese die ihren. Das ist der Lauf der Dinge.« Mister Compton-Cummings spannte sich, um aus seinem Sessel aufzustehen, und schaffte es im dritten Anlauf. Zum Geräusch von beträchtlichem Schnaufen und protestierendem Knarren der Bodenbretter manövrierte er seinen schwerfälligen Leib zur Tür und hustete einer Sekretärin, die gerade ihre Fußnägel mit Tipp-Ex bemalte, die Bitte um Tee und Kuchen zu.

Pooleys entballte Faust kroch auf einen schweren Aschenbecher aus Onyx zu. Ein einziger Schlag auf den Hinterkopf und eine eidesstattliche Erklärung von Jim, daß der Dicke einfach ausgerutscht sei, mehr wäre gar nicht nötig. Doch der obszöne Gedanke *Schwan*d gleich nach seiner Geburt. Jim war kein Mann der Gewalt, und ganz bestimmt war er kein Mörder. Er war nur der gute alte Jim Pooley, ein Junggeselle aus der Gemeinde Brentford, ein Mann des Turfs und fleißiger Nichtstuer am Tresen des *Fliegenden Schwan*s.

Er hatte so sehr gehofft, daß er mehr gewesen sein könnte. Daß es vielleicht irgendwo, weit zurück unter seinen Vorfahren, einen edlen Pooley gegeben haben könnte, einen Pooley, der Großes erreicht und mutige Taten vollbracht oder zumindest in der leidenschaftlichen Sprache der Poesie geschrieben hatte ...

Oder eine Erbschaft hinterlassen, die niemand angetreten hatte!

Aber nein.

Jim war wieder einmal angeschmiert.

Nicht, wie üblicherweise, durch die Streiche des grausamen Schicksals oder die Verleumdungen Fremder, sondern durch einen seiner eigenen Vorfahren, und noch dazu einen, der schon lange tot war.

Es war wirklich nicht fair.

Mister Compton-Cummings schaffte sich in seinen verstärkten Sessel zurück und lächelte Jim einmal mehr an. Jim beugte sich einmal mehr vor.

»Hören Sie«, sagte er. »Was wäre, wenn Sie – selbstverständlich gegen eine kleine Remuneration – den Namen in diesem Manuskript ändern?«

»Den Namen ändern?« Der Genealoge blies die fetten Backen auf.

Jim nickte begeistert. »Zu, sagen wir ...« Er fischte, als wäre es eine plötzliche Eingabe, den Namen seines besten Freundes aus der Luft. »... sagen wir John Omally?«

»John Omally?«

»Sicher. Ich hab' oft gehört, wie bitter John sich über seine langweiligen Vorfahren beschwert hat. Diese Art von Berühmtheit wäre ganz bestimmt nach seinem Geschmack.«

Mister Compton-Cummings hob eine Augenbraue. »Aber das würde bedeuten, den Mann von der Straße hinters Licht zu führen und zu täuschen!«

»Das ist der Lauf der Dinge, daß der Mann von der Straße hinters Licht geführt und getäuscht wird«, sagte Jim. »Glauben Sie mir, Sir. Ich spreche aus langjähriger Erfahrung.«

»Das will ich gar nicht bezweifeln, Jim. Aber ich muß an meine Reputation denken.«

»Und an meine, wie es aussieht. Hören Sie, wenn diese Geschichte ans Licht kommt, bin ich das Gespött der gesamten Gemeinde!«

»Ich fühle selbstverständlich mit dir, Jim. Aber es ist meine Pflicht und Schuldigkeit als Scholar, Forscher, Schriftsteller und Gentleman, alles in meiner Macht Stehende zu unternehmen, um absolute Korrektheit in dem Werk zu garantieren, das ich verfasse. Das ist der Standard, den ich mir selbst gesetzt habe – ein Standard, der, könntest du ihn aus einem objektiveren Blickwinkel sehen, selbst dir bewunderns- und nachahmenswert erscheinen würde.«

»Das bezweifle ich«, sagte Jim und schnitt eine mißmutige Grimasse.

Mister Compton-Cummings drehte die rosigen Handflächen nach außen. »Was soll ich noch sagen, Jim? Schließlich warst du es, der auf meine Anzeige im *Brentforder Merkur* geantwortet hat, als ich nach Einheimischen mit Vorfahren suchte, von denen ebendiese Einheimischen glaubten, daß sie Anteil an der Entstehung dieser schönen Gemeinde gehabt haben. Du wolltest, daß ich deine Ahnen zurückverfolge, und zwar gratis. Du warst es, der mich überhäuft hat mit seinem Gerede von blauem Blut, das durch deine Adern kreist. Du hast beim Leben deiner Mutter geschworen, daß ein Pooley das Land gewonnen hat, auf dem heute Brentford steht, in einem Wettbewerb mit niemand Geringerem als Richard Löwenherz persönlich. Du warst es …«

»Genug!« kreischte Jim und wedelte abwehrend mit

den Händen. »Meine Motive waren durch und durch altruistischer Natur!«

»Dann sind wir verwandte Seelen.«

Einmal mehr nahm Jim den Computerausdruck hoch und überflog die bedrückenden Details. Da war sie, eine ununterbrochene Linie von Pooleys, die direkt durch die Zeit marschierte. Nun ja, marschieren war wohl kaum der richtige Ausdruck. Schlurfen paßte schon eher, mit gesenkten Köpfen und hängenden Schultern – wahrscheinlich, um den schlechten Atem zu vertuschen. Tagelöhner und Bauern, Klempner und Schaufler von Sch-

»Ah, da kommt der Tee«, sagte Mister Compton-Cummings.

Die Sekretärin hielt Jim die Tasse auf Armeslänge hin, wobei sie das Gesicht abwandte.

»Danke sehr«, sagte Jim.

»Sieh es von der guten Seite«, lächelte der Genealoge und nippte an seinem Earl Grey. »Mein Buch wird eine ziemlich kostspielige Angelegenheit, vorbehalten einer kleinen, elitären Minorität. Die Gelehrtenzunft, Mitglieder der Royal Society, die Intellektuellen. Kaum die Bevölkerungsschicht, die im *Fliegenden Schwan* mit Dartpfeilen um sich wirft. Die Chancen stehen sehr gut, daß deine rabaukenhaften Kumpane niemals eine Ausgabe in die Finger bekommen, ganz zu schweigen davon, eine käuflich zu erwerben und zu lesen. Das Geheimnis deiner übelatmigen Vorfahren wird höchstwahrscheinlich genau das bleiben: ein Geheimnis.«

Jim trank von seinem eigenen Tee. Die Tasse roch stark nach Dettol. Mister Compton-Cummings hatte vermutlich recht. John Omally las kaum jemals etwas, das schwieriger war als sein *Jetzt-helfe-ich-mir-selbst-Handbuch* über den Morris Minor. Archroy war ein *Zane-Grey-Fan*, und Neville der Teilzeitbarmann hatte das *SFX-Magazin* abonniert. Der Alte Pete las nur die Gazette der Gartenfreunde, und Norman vom Eckladen die Modellbauzeitung. Im *Fliegenden Schwan* wurden zwar oft weise Worte gesprochen, doch diese Worte stammten nicht aus Büchern, sondern aus persönlichen Einsichten und Erfahrungen, gewonnen durch Beobachtung und intuitives Verständnis der Überlieferung. Jim war gerettet. Ganz bestimmt sogar.

»Nun ja und so«, sagte er, »Sie haben ganz ohne Zweifel recht, da bin ich sicher.«

Der Genealoge entbot Jim ein Lächeln und wünschte ihm Glück, dann reichten sie sich die Hände, und Jim ging seiner Wege.

Während er über die Moby Dick Terrace in Richtung der Ealing Road und des *Fliegenden Schwans* trottete, seufzte er innerlich so manches Mal; trotzdem setzte er tapfer einen Fuß vor den anderen. Was machte es schon, daß er nicht von edlen Vorfahren abstammte? Was, daß seine Vorfahren eine einzige lange Reihe von Niemanden waren? Was, daß der einzige Pooley, der sich aus der namenlosen Masse von Geburtsdaten, Berufen und Todeseinträgen in den Gemeindebüchern hervorhob, ein schwefelatmendes Monster gewesen war? Was machte das alles schon! Jim, obwohl oft entmutigt und noch häufiger am Boden zerstört, war im Grunde seines Herzens ein unverbesserlicher Optimist. Er öffnete kaum jemals am Morgen die Augen ohne ein Gefühl von Wunder und Begeisterung über den neuen Tag. Sicher, diese Augen waren zu mehr als einer Gelegenheit ein wenig verquollen und blutunterlaufen und das Gehirn dahinter noch immer vom Vorabend benebelt – doch das Leben war das Leben, und wichtiger noch, das Leben war jetzt! Und Jim Pooley genoß sein Leben aus den denkbar vollsten Zügen, zu denen er imstande war.

Er atmete die gesunde Brentforder Luft, die nach Geißblatt roch, nach Jasminblüten und nach Wicken. Der Himmel war so blau, wie es nur ging, und die Sonne schien freundlich auf Jim herab. Zu leben war etwas Wunderbares an einem Tag wie diesem. Jim nahm die Schultern zurück, drückte die Brust heraus, straffte seine Schritte und fand eine Melodie, die er pfeifen konnte. Gott war im Himmel, und unten in Brentford war alles im Lot.

Frohgelaunt kam er beim *Fliegenden Schwan* an, legte die Hand auf die Salonbartür und stieß sie auf – um sich unvermittelt mit einem höchst bizarren Spektakel konfrontiert zusehen.

Der Terriermischling des Alten Pete, Chips, lag mitten im Raum auf dem Rücken, eine Pfote quer über der Hundeschnauze. Er schien sich vor Heiterkeit nicht mehr halten zu können. An der Theke hatten sich mehrere Stammgäste ihre Taschentücher wie Cowboys vor das Gesicht gebunden. Die beiden alten Burschen aus der Wohnsiedlung saßen an ihrem Dominotisch und hielten sich die Nasen zu, und John Vincent Omally hatte die Arme vor der Brust verschränkt und zwei Vick Inhalatoren tief in seine beiden Nasenlöcher gesteckt.

Neville der Teilzeitbarmann kam vorsichtig mit dem Kopf hinter der Theke hervor. Er trug eine Gasmaske. »Was willst du denn hier, Stinktier?« erkundigte er sich mit erstickter Stimme. »Bist wohl gerade von Osten her hereingeweht worden?«

Und dann brachen sämtliche Gäste in schallendes Gelächter aus.

Pooley stand offenen Mundes da. Er zitterte am ganzen Körper, und seine Fäuste öffneten und schlossen sich unkontrolliert. »Compton-Cummings«, flüsterte er mit kalter, tödlicher Stimme.

»Du hast es erraten!« rief Neville und riß sich die Gasmaske vom Gesicht, um die Tränen aus den Augen zu wischen. »Er hat vor fünf Minuten hier angerufen und Werbung für sein neuestes Buch gemacht. Dachte, wir würden wahrscheinlich alle nicht warten können, bis es zu kaufen ist.«*

Jim Pooley machte auf dem Absatz kehrt. Er verließ den *Fliegenden Schwan* und ging nach Hause, um seinen alten Kricketschläger aus der Schulzeit zu suchen.

* Guter Mann. Könnte sofort bei Bastei-Lübbe anfangen.

3

Der Richter beschrieb die Attacke in seiner Urteilsbegründung als äußerst brutal und kaltblütig. Er fügte hinzu, daß er in all den langen Jahren auf dem Richterstuhl noch keinen einzigen Fall von ähnlicher Grausamkeit verhandelt hätte. Er lenkte die Aufmerksamkeit der Geschworenen einmal mehr auf die entsetzlichen Aufnahmen des Polizeiphotographen, auf denen die blutigen Einzelheiten der Verletzungen des Opfers allzu deutlich zu erkennen waren. Er zeigte ihnen den zerbrochenen, blutbesudelten Kricketschläger und sprach von dem langen, langen Sturz aus dem zweiten Stock auf das Pflaster des Gehwegs tief unten am Boden.

Er sprach von einer Eskalation der Gewalt, vom schlechten Einfluß des Fernsehens, der Notwendigkeit, ein hartes (und dennoch faires) Urteil auszusprechen, dem Ruf nach Gerechtigkeit und danach, die Straße von unmenschlichen Monstren freizuhalten, so daß alte weißhaarige Damen ohne um ihr Leben fürchten zu müssen dieselbe überqueren konnten.

Und dann fügte er hinzu, daß der Angriff nach seiner persönlichen Überzeugung vollkommen gerechtfertigt gewesen sei, und sprach den Täter frei. Außerdem wies er Pooleys Schadensersatzforderung in Höhe von einer Million Pfund als unbegründet ab. Mister Pooley, so schloß er, habe die Abreibung bekommen, die er verdiene.

»Ich selbst praktiziere ebenfalls Dimac«, sagte der Richter. »Ich bin Freimaurer in der gleichen Loge wie Mister Compton-Cummings, und ich kann Ihnen verraten, daß ich Ihnen noch viel schlimmer zugesetzt hätte.«

Peng machte der Hammer auf dem Klotz, und der Gerichtssaal leerte sich. Jim Pooley blieb allein in seinem Rollstuhl zurück.

Kurz nachdem der *Fliegende Schwan* nach der Mittagszeit geschlossen hatte, kam John Omally vorbei, um Jim in seinem Rollstuhl nach Hause zu schieben.

»Sieh es doch von der positiven Seite, Jim«, sagte er. »Wenigstens hattest du Prozeßkostenhilfe.«

Monate vergingen. Platzwunden heilten, und Knochen wuchsen wieder zusammen. Aus Respekt vor der schlimmen Bestrafung, die Pooley zuteil geworden war, verzichteten die Gäste des *Fliegenden Schwan*s auf weitere Anspielungen über Winde aus dem Osten. Nach der kurzen, aufregenden Zeit der Gerichtsverhandlung kehrte in Brentford wieder Ruhe ein und der Lauf der Dinge in seine gewohnten Bahnen zurück. Langeweile. Aber mit Stil.

Es war fast ein Jahr nach der schrecklichen Tracht Prügel, daß ein großer brauner Umschlag durch Jims Briefschlitz fiel und auf der einladenden Fußmatte landete, die längst jedes einladende Aussehen verloren hatte. Jim pflückte den Umschlag vom Boden und musterte ihn interessiert. Er hatte weder irgend etwas bestellt noch war es sein Geburtstag. Ein Geschenk von jemandem, der ihm Gutes wollte? Ein heimlicher Bewunderer?

Der unverbesserliche Optimist trug seinen Schatz in die Küche, legte ihn auf die fleckige Resopal-Arbeitsfläche und bearbeitete das widerspenstige Papier mit einem Schälmesser. Weg fielen die Hüllen, und heraus kam das Buch.

Das Buch!

Brentford, eine Studie seiner Bewohner und seiner Geschichte.

Jim starrte ungläubig darauf. Compton-Cummings hatte doch tatsächlich die schamlose Frechheit besessen, ihm ein Exemplar zu senden! Es war die absolute Höhe!

»Du verdammter *Bastard*!« Jim packte das Buch und starrte auf den glänzenden Umschlag. »Ich glaube es einfach nicht!«

Er setzte einen Fuß auf den Treter des Tretmülleimers, und der Deckel hob sich. Giftiger Gestank erhob sich aus dem Innern, bestimmt mindestens ebenso giftig wie der inzwischen berühmte und öffentlich bekundete ›Atem des Pooley‹. Jim nahm den Fuß vom Treter und fächelte sich mit dem Buch frische Luft ins Gesicht.

»Ich wollte dich ja leeren«, sagte er zu dem Treteimer. »Aber du, du sollst brennen!« Er trug das Buch zu seinem Herd.

Jim hatte einen in finanzieller Hinsicht kargen Monat hinter sich. Das Gas war abgestellt.

Jim trug das Buch zum Spülbecken. »Dann wirst du eben ersäuft.« Dann schüttelte er den Kopf. Ein Buch ersäufen? Er setzte sich an den Küchentisch und überblätterte die Seiten. Eine nach der anderen klappte vor seinen Augen um, mit dem seidigen Fließen einer alten Schulbibel. Jim seufzte einmal mehr und schlug mit müder Resignation das Inhaltsverzeichnis auf und den Buchstaben P.

Sein Finger wanderte über die Einträge.

Pest	Ursprung des Schwarzen Todes bis nach Brentford zurückverfolgt
Planetare Ausrichtung	Astrologie in Brentford erfunden
Plasma-Vortex-Maschine	in Brentford erfunden
Plastik	dito

Plattformtickets	weltgrößte Sammlung von Bahnsteigkarten im Brentforder Museum

Pooleys Finger arbeitete sich weiter und weiter nach unten.

Plot	Guy Fawkes' Geständnis belastet Brentforder Bürger
Pokahontas	geboren in Brentford

»Hä?« machte Pooley.

Pomeranzen	Vergeblicher Anbauversuch in Brentford
Poliklinik	Adresse

Pooleys Finger glitt nach oben, dann wieder nach unten. »Ich bin nicht dabei«, sagte er mit nicht wenig Freude. »Er hat mich ausgelassen. Er ist also doch ein ganz anständiger Kerl. Was soll ich sagen? Er hat mir sogar ein Freiexemplar geschickt, um mir zu zeigen, daß er nicht nachtragend ist, weil ich ihn verklagt habe, wegen versuchten Totschlags und so. Was für ein freundlicher Geselle! Ich frage mich, ob er es vielleicht sogar signiert hat?«

Jim blätterte vor. »Nein, hat er nicht. Aber ich denke, das muß er noch nachholen. Ich geh' einfach schnell bei ihm vorbei; ich hab' im Augenblick sowieso nichts Besseres zu tun.«

Gesagt, getan.

Dem geschätzten Leser, der von Jims Persönlichkeit inzwischen angetan sein dürfte und dem es nach einer Beschreibung des Mannes verlangt, soll an dieser Stelle lediglich gesagt sein, daß Jim Pooley aussah, wie er immer ausgesehen hat. Außer natürlich zu der Zeit, als er noch jünger war.

Ein Mann von durchschnittlicher Größe und durchschnittlichem Gewicht, oder vielleicht eine Spur über dem einen und einen Tick unter dem anderen. Ein hübsch geschnittenes Gesicht, manchmal ein wenig hager; ein dichter wirrer Haarschopf – nun ja, nicht ganz so dicht. Ein freundliches Gemüt. Doch das herausstechendste von allen Merkmalen, die eine Eigenart, die Jim Pooley von allen anderen unterschied, war sein ...

»Menschenskind!« sagte Jim. »Was ist denn hier schon wieder los?«

Er war inzwischen am Golden Square angekommen, einem Seitenweg, der zu dem historischen Butts Estate führte, georgianischer Triumph aus weichem rosigem Ziegelstein, einst Zuhause der reichen Bürger der Gemeinde, heute Büroräume für Anwälte und anderes Volk von ähnlichem Berufsstand.

Jim blieb wie angewurzelt stehen und gaffte. Vor dem Büro von Mister Compton-Cummings hatte eine Ambulanz geparkt. Die Tür stand offen, und unter ihrem Sturz mühten sich ein paar Männer in paramedizinischer Uniform mit dem Gewicht von etwas ab, das über zwei Tragbahren verteilt lag. Einem Etwas, das unter einem großen Tuch verdeckt war.

Jim hastete vor. Die Sekretärin des Genealogen – die, die Jim die Teetasse gereicht hatte – stand auf dem Bürgersteig und schluchzte in ein Taschentuch. Eine Menschenmenge hatte angefangen sich zu versammeln. Jim bahnte sich einen Weg mitten hinein.

»Was ist passiert?« fragte er.

»Raubüberfall«, sagte jemand. »Der Typ wurde erschossen.«

»Nie im Leben«, sagte ein anderer. »Er wurde mit einer Axt erschlagen.«

»Stranguliert«, sagte ein Dritter. »Bis der Kopf ab war.«

»Redet keinen Unsinn«, sagte Jim.

»Irgendein dicker fetter Typ ist jedenfalls gestorben«, sagte eine Dame in einem Strohhut. »Wahrscheinlich ein myocardialer Kollaps. Es ist immer das Herz, das als erstes versagt, wenn man zuviel wiegt. So ist nun einmal der Lauf der Dinge. Ich hatte früher über zweihundert Pfund, aber dann hab' ich eine Diät gemacht, nichts außer Rohkost. Ich …«

»Entschuldigung«, sagte Jim und schob sich an der Bestrohhuteten vorbei. Er legte der schluchzenden Sekretärin die Hand auf den Arm. »Ist das Mister Compton-Cummings?« fragte er.

Die Sekretärin starrte ihn aus rotgeränderten Augen an. »Oh, Sie sind es«, sagte sie unter weiteren Schluchzern. »Ich erinnere mich.«

»Ist er es nun oder nicht?«

Der Sekretärinnenkopf bewegte sich auf und nieder. »Er hatte eine Herzattacke. Genau wie die Dame mit dem Strohhut gesagt hat.«

»Hab' ich doch gleich gesagt«, sagte die Dame mit dem Strohhut.

»Und? Ist er tot?«

»Ich hab's versucht, wissen Sie? Mund-zu-Mund-Beatmung, der Kuß des Lebens, aber er …« Die Sekretärin brach einmal mehr in hemmungslose Tränen aus. Jim legte ihr freundlich den Arm um die Schulter. Es war eine ausgesprochen hübsche Schulter. Wohlgeformt. Genaugenommen war alles an ihr wohlgeformt. Die Sekretärin war eine ausgesprochen attraktive junge Frau, eine Tatsache, die Jim erst in diesem Augenblick zu Bewußtsein kam.

»Kommen Sie, wir gehen rein, und Sie setzen sich«, schlug er vor.

Die Sanitäter, inzwischen eifrig unterstützt von mehreren hilfsbereiten Mitgliedern der Menschenmenge, mühten sich damit ab, den leblosen, tuchbedeckten Leichnam von Mister Compton-Cummings hinten in den Krankenwagen zu wuchten.

Jim führte die Sekretärin die Treppen hinauf und durch den Hauseingang. Im Vorzimmer schob er ihr den Stuhl hin und half ihr, sich zu setzen.

»Es tut mir schrecklich leid«, sagte er. »Ich bin eigentlich hergekommen, um Mister Compton-Cummings dafür zu danken, daß er mir ein Exemplar seines Buches geschickt hat, und weil er mich jetzt doch nicht darin erwähnt hat.« Jim legte das Buch auf den Schreibtisch der Sekretärin. Jetzt würde es für alle Zeiten unsigniert bleiben.

»Er fühlte sich schlecht deswegen«, schniefte die Sekretärin. »Und weil er Sie so verprügelt hat. Es belastete sein Gewissen. Er war so ein herzensguter Mann! Ich mochte ihn sehr.«

»Es tut mir leid. Kann ich Ihnen vielleicht eine Tasse Tee bringen oder sonst etwas?«

»Danke.« Die Sekretärin putzte sich die Nase. »Die Maschine steht dort drüben.«

Pooley widmete sich eifrig der Aufgabe, einen Tee aufzubrühen. Er war nie besonders gut in der Bedienung von Maschinen gewesen; Technologie erforderte ein Talent, das ihm abging. Er hielt einen Pappbecher unter einen kleinen Schnabel und drückte auf einen Knopf. Kochendes Wasser traf ihn auf Höhe des Hosenstalls.

»Manchmal macht sie das«, schniefte die Sekretärin.

Mit Augen, die aus dem Kopf zu quellen drohten, und einem Mund, der in einem unhörbaren Schmerzensschrei weit aufgerissen war, hüpfte Jim durch das Vorzimmer, während er sich mit einer Hand Luft zufächelte und mit der anderen die dampfende Hose von seiner verbrühten Unterleibsgegend abhielt.

»Dann mache ich uns eben einen«, sagte die Sekretärin. »Wie mögen Sie Ihren? Zwei Klümpchen?«

Jim hüpfte, fächelte und hielt seine Hose.

»Es war schrecklich«, sagte die Sekretärin und hielt Jim einen Pappbecher hin.

»Das ist es immer noch«, krächzte Jim.

»Nein, ich meine Mister Compton-Cummings. Einfach so tot umzufallen.«

»Oh, das. Ja, es muß schrecklich gewesen sein.«

»Im einen Augenblick noch ein großer freundlicher Bär von einem Mann, mit den Hosen um den Knöcheln, und im nächsten ...«

»Halt, Augenblick mal«, sagte Jim. »Sie wollen doch wohl nicht andeuten, daß Sie und er ...«

»Aber selbstverständlich waren er und ich. Heute ist Dienstag, oder nicht?«

»Ja, aber ...«

»Wir haben es immer dienstags getan.«

»Was denn? Sie und er? Ich meine, äh, Sie sind so ... und er war ... nun ja, meine ich.«

»Ein Maurer«, sagte die Sekretärin.

»Hä?«

»Ein Freimaurer. Ich habe ihm jeden Dienstag geholfen, sich für seine Logentreffen umzuziehen. He, Sie haben doch wohl nicht ...?«

»Ach wo, nie im Leben«, antwortete Jim und schlug sich mit der Hand auf das Herz. Der heiße Tee aus dem Becher verteilte sich auf seinem Hemd. »O verdammt!«

»Sie sind wirklich sehr ungeschickt, wissen Sie?«

»Ich geb' mir immer Mühe, es nicht zu sein.« Jim zupfte an seinem nassen Hemd und schüttelte den Kopf. »Also ist er gestorben, während er seine Freimaurerinsignien angelegt hat.«

»Ich bin sicher, daß er so hätte gehen wollen.«

»Wollte er?«

»Nun ja, ich schätze nicht wirklich. Aber man kann sich schließlich nicht aussuchen, wie man stirbt, oder? Genausowenig wie man sich seine Eltern aussuchen kann. Das sollte keine Beleidigung sein.«

»Hab' ich auch nicht so aufgefaßt«, erwiderte Jim. »Also ist er einfach so mir nichts, dir nichts mausetot umgefallen, während Sie ihm in seine Robe und Was-nicht-alles geholfen haben.«

»Ich hab' sein Was-nicht-alles nie angefaßt.«

Jim musterte die Sekretärin von oben bis unten. Sie war eine wunderschöne junge Frau, aber ganz eindeutig nicht für ihn bestimmt. Jim hatte nie besonderen Gefallen an Zweideutigkeiten und Toilettenwitzen gefunden. Diese ganze ewige Flirterei ließ ihn völlig kalt. Man stelle sich nur vor: eine Frau, die hinter jedem Wort, das man von sich gibt, eine eindeutige Anspielung sieht! Ein richtiger Alptraum.

»So«, sagte Jim, einmal mehr und diesmal langsam. »Glauben Sie vielleicht, daß die Anstrengung beim Anlegen seiner Freimaurerinsignien für die Herzattacke verantwortlich war?«

»Entweder das oder die Blasmusik.«

4

»Das hat sie gesagt?« Omally spuckte in sein Pint Large. »Du machst Witze!«

»Mache ich nicht.« Pooley schlug sich einmal mehr mit der Hand aufs Herz, vorsichtig darauf bedacht, die zu nehmen, die nicht das Getränk hielt. »Natürlich hat sie dann hinzugefügt, daß sie damit gemeint hat, mit Musik in den Schnabel der Teemaschine zu pusten, weil sich darin etwas festgesetzt hätte. Ich hatte jedenfalls genug. Ich hab' mich entschuldigt und gemacht, daß ich verschwinde.«

»Und das war ganz recht so«, stimmte Omally ihm zu. »So geht das schließlich nicht hier bei uns in Brentford. Eine Frau wie diese Sekretärin ist hier vollkommen fehl am Platz.«

Jim Pooley hob eine Augenbraue bei dieser Bemerkung, die ihn aus John Omallys Mund doch sehr überraschte – Omally war in der ganzen Gemeinde als Frauenheld bekannt und gefürchtet. Doch er wußte genau, was sein bester Freund meinte. Die kleine Stadt Brentford hatte etwas ganz Besonderes, etwas, das sie von den umliegenden Gemeinden und Bezirken abgrenzte. Etwas, das nicht gemessen und katalogisiert und in Definitionen gefaßt werden konnte. Es war subtil und schwer faßlich. Und es war kostbar. Es war Magie. Die Menschen, die hier lebten, spürten es, und sie waren glücklich.

Jim seufzte, leerte sein Glas und stellte es zurück auf den Tresen.

Die beiden standen im *Fliegenden Schwan*, diesem viktorianischen Juwel in der ramponierten Krone der Brentforder Kneipenszene. Schiefe Sonnenstrahlen stießen durch die stumpfen Fensterscheiben und funkelten auf Aschenbechern und Meßgläsern, auf der polierten Mahagonitheke und dem blanken Messing. Selbst hier war die Magie.

»Noch mal das gleiche, Neville, bitte«, sagte Jim und schob sein Glas über den Tresen.

»Und für mich auch«, sagte John.

Neville der Teilzeitbarmann zapfte die beiden Pints und lächelte seinen Gästen zu. »Weißt du, John«, sagte er, als die Biere ausgeschenkt und bezahlt waren, »dieses Buch, das du da bei dir hast – es könnte durchaus ein paar Mäuse wert sein.«

»Dieses Buch hier?« fragte Jim und drehte den Gegenstand, der vor ihm auf dem Tresen lag. »Wieso denn das?«

Neville nahm Mister Compton-Cummings' posthume Publikation auf und blätterte ziellos darin herum. »Nun ja, ich hab' erst gestern mit diesem Gary geredet. Du kennst den Burschen, groß, gutaussehend, vornehmer Anzug, hat immer so ein ...« Neville brach ab und schnitt eine hilflose Grimasse.

»Mobiltelephon«, sagte Omally und bekreuzigte sich.

»Ganz genau das, und diese Ausgeburten der Hölle bleiben bis zum Ende aller Tage im *Fliegenden Schwan* verboten. Wo war ich stehengeblieben. Ach ja, dieser Gary. Er arbeitet bei Bastard-Lubber, dem Laden, der dieses Buch herausgibt. Wir sind während unserer Unterhaltung darauf gekommen.«

»Ach ja?« fragte Jim. »Einfach so, rein zufällig, wie? Du hast nicht insgeheim auf ein Freiexemplar spekuliert, nein?«

Nevilles Gesicht zeigte den unschuldigen Ausdruck des schuldigen Mannes. »Wie gesagt, wir sind während unserer Unterhaltung darauf gekommen, und Gary hat mir erzählt, daß es eigentlich diese Woche veröffentlicht werden sollte, und zwar ganz genau heute. Aber um elf Uhr wurden sämtliche Exemplare vom Markt genommen und eingestampft.«

»Meine Fresse«, sagte Jim.

»Na, na, achte auf deine Ausdrucksweise«, ermahnte ihn Omally.

»Alle eingestampft«, sagte Neville. »Selbst das Originalmanuskript mußte vernichtet werden.«

»Aber warum?«

»Gary wußte es nicht so genau. Aber er war mächtig stinkig. Das Buch war für den Weltmarkt gedacht. Er und die anderen haben damit gerechnet, Millionenauflagen zu verkaufen.«

Jim starrte düster in sein Glas. »Soviel zu der ›kleinen, elitären Minorität‹.«

»Gary hat geflucht, weil er nicht einmal die Gelegenheit hatte, das Buch selbst zu lesen. Aber er meinte, daß es verschiedene ›sensationelle Enthüllungen‹ darin gegeben hätte und daß der Befehl zum Einstampfen von ganz oben gekommen sei.«

Jim verdrehte die Augen zur rauchgeschwärzten Decke des *Fliegenden Schwan*s und starrte blicklos nach oben, als würde er dahinter die Ewigkeit sehen. »Was denn, von Gott?« flüsterte er.

»Von der Geschäftsführung«, sagte Neville.

Omally pflückte dem Teilzeitbarmann das Buch aus den Händen. »Ihr seid vielleicht zwei Kasper«, sagte er. »Dieser Gary hat dich auf den Arm genommen, Neville. Das war doch alles nur, um Publicity zu kriegen.«

»Glaubst du wirklich?«

»Jawohl, das tue ich«, sagte Omally. »Und zum Beweis, daß ich recht habe, nehme ich dieses Ding jetzt mit zu mir nach Hause und lese es von vorne bis hinten durch. Und wenn irgend etwas drin steht, das die Aufregung wert ist, lasse ich es euch wissen.«

»Das denke ich nicht«, sagte Pooley und nahm sein Buch wieder an sich. Es war schwierig, aber schließlich schaffte er es doch. »Schließlich war ich es, der unter den Fingerspitzen des martialischen Genealogen gelitten hat, und falls dieses Buch irgend etwas enthält, das auch nur annähernd sensationell ist oder sich in einen finanziellen Gewinn verwandeln läßt, dann sollte doch wohl ich derjenige sein, der davon profitiert.«

»Der Gedanke an einen möglichen finanziellen Vorteil ist mir noch gar nicht gekommen«, sagte Omally in einem Ton, der die beiden anderen sicherlich überzeugt hätte, wären sie nicht so lange miteinander bekannt gewesen. »Aber da er offensichtlich bei dir erwacht ist, meinetwegen. Meinen Segen hast du.«

»Danke sehr, John. Ich werde sehen, was sich machen läßt.«

Omally hob sein Glas und prostete den anderen zu. »Dort, Neville«, sagte er, »siehst du einen Mann mit eisernem Willen und furchtloser Entschlossenheit. Ein Beispiel für uns alle. Wir trinken auf Jim Pooley, den Mann ohne Nerven.« Omally nahm einen tiefen Schluck.

»Den Mann mit was?« fragte Jim.

»Ohne Nerven. Jemand, der ein großes Risiko eingeht. Ein mächtig großes Risiko.«

»Was für ein Risiko?«

»Und wie bescheiden er ist«, sagte John. »Als wüßte er überhaupt nicht, worauf er sich einläßt.«

»Wovon redest du da?«

»Nun, einmal angenommen, dieses Buch enthält tatsächlich ›sensationelle Enthüllungen‹. Sie müssen schon verdammt sensationell sein, wenn ein Verlagshaus von der Größe von Bastard-Lubber es zurückruft und lieber Millionen Exemplare einstampfen läßt, als die Konsequenzen einer Publikation zu riskieren.«

»Hm«, sagte Jim. »Vielleicht.«

»Denk meinetwegen, daß ich unter Verfolgungswahn leide, aber findest du nicht die Tatsache höchst verdächtig, daß der Autor ausgerechnet an dem Tag, an dem das Buch in den Läden stehen sollte, wie aus heiterem Himmel an einer Herzattacke verstirbt?«

»Zufall«, sagte Jim.

»Ja, sicher«, entgegnete John. »Und wenn ich dich tot in deiner Küche finde, mit heruntergelassenen Hosen und der Teekanne im Schnabel, dann werde ich das auch dem Zufall zuschreiben.«

»Ich ... äh ...«

»Hör auf damit«, sagte Neville. »Du machst ihm angst, siehst du das denn nicht?«

»Ich hab' keine Angst!« widersprach Pooley.

»Ich hätte schon Angst«, sagte Neville.

»Ich auch«, sagte der Alte Pete und kam zum Tresen geschlurft. »Worüber reden wir eigentlich?«

»Jims Buch«, sagte John.

»Jim hat ein Buch geschrieben?«

»Nein, er hat eins geschenkt bekommen.«

»Nun, ich werfe einen Blick rein, wenn er mit dem Buntmalen fertig ist.«

»Höchst amüsant«, sagte Jim. »Du bist wie immer die Witzigkeit in Person.«

»Einen großen dunklen Rum bitte, Neville«, sagte der Alte Pete. »Und gib Jim, was immer er möchte.«

»Er möchte einen Leibwächter«, sagte Omally. »Oder vielleicht sogar eine neue Identität.«

»Hör auf damit, John.« Pooley hielt ihm das Buch hin. »Hier, nimm es meinetwegen. Ich hab' das Interesse an diesem Ding verloren.«

»Ich?« sagte Omally. »Nie im Leben.«

»Willst du es haben, Neville?« fragte Jim.

»Nein danke.« Der Teilzeitbarmann schüttelte entschieden den Kopf.

»Mensch Meier!« sagte der Alte Pete. »Das erinnert mich an einen Witz über die Zehn Gebote.«

»Was ist das denn für ein Witz?« fragte Jim.

»Na ja, wir sind in der biblischen Zeit, und Gott geht zu den Arabern und sagt: ›Möchtet ihr vielleicht ein Gebot?‹, und der Häuptling der Araber antwortet: ›Was soll das denn für ein Gebot sein?‹, und Gott sagt: ›Du sollst keinen Ehebruch begehen‹, und der Araber antwortet: ›Nein danke, das tun wir die ganze Zeit, und es macht uns eine Menge Spaß.‹

Also geht Gott weiter zu den Ägyptern und fragt den Pharao: ›Möchtest du vielleicht ein Gebot?‹, und der Pharao fragt: ›Was soll das denn für ein Gebot sein?‹, und Gott sagt: ›Du sollst nicht begehren deines Nachbarn Weib oder seinen Hintern oder was auch immer‹, und der Pharao sagt: ›Nein danke, darin sind wir am besten, und es macht uns eine Menge Spaß.‹

Und schließlich geht Gott zu den Juden, und er sagt zu Moses: ›Möchtest du vielleicht ein Gebot?‹, und Moses antwortet: ›Wieviel soll es denn kosten?‹, und Gott sagt: ›Gar nichts, es ist umsonst‹, und da sagt Moses: ›In Ordnung … ich nehme zehn.‹« Der Alte Pete schüttelte sich vor Lachen.

»Das ist ein antisemitischer Witz«, bemerkte Jim.

»Aber nicht, wenn ein Jude ihn erzählt. Ganz besonders dann nicht, wenn eben dieser Jude dich zu einem Drink eingeladen hat. Aber ich würde gerne dieses Buch nehmen, wenn das Angebot noch gilt.«

»Zu spät«, sagte Omally. »*Ich* nehme es.«

Als Neville den *Fliegenden Schwan* nach der Mittagszeit schloß, trennten sich Pooleys und Omallys Wege. John kehrte zu seiner Wohnung in der Mafeking Avenue zurück, und Jim ging zu seiner Lieblingsbank vor der Memorialbücherei. Dort, auf seinem fast geheiligten Flecken Erde, erledigte Jim die meisten wirklich schweren Denkaufgaben. Hier träumte er seine Träume und schmiedete seine Pläne. Und hier saß er auch, um zu rauchen und die Sonne auf sich scheinen zu lassen.

Jim pflanzte sein Hinterteil auf die alte Bank und streckte die Beine aus. Er war schon wieder aufs Kreuz gelegt worden. Omally würde ausgraben, was auch immer an sensationellen Enthüllungen in diesem Buch warteten, und er würde davon profitieren – und Jim würde wieder einmal mit leeren Händen dastehen. Aber John würde bestimmt nicht alles für sich behalten? Er war immerhin Jims bester Freund. Jim würde einen Teil abkriegen. Wenn auch aller Wahrscheinlichkeit nach nicht besonders viel.

Jim seufzte und streckte und räkelte sich. Vergiß das alberne Buch. Was scherte er sich überhaupt darum? Er war für weit höhere Dinge bestimmt – jedenfalls in finanzieller Hinsicht.

Jim wühlte in seinen Jackentaschen und zog eine zerknitterte dünne Broschüre hervor. Das war seine Eintrittskarte zum Glück. Er strich das Papier glatt und hielt es so, daß er es lesen konnte.

Geldverdienen und Spaß mit Zeitreisen
von
Hugo Rune

Das war es. Jim war durch Zufall daran gekommen – wenn es wirklich so etwas wie Zufall gab, was Mister Hugo Rune zu bezweifeln schien. Jim hatte eine große

Portion Fisch und Pommes gekauft, und Archie Karachi aus dem *Star-of-Bombay*-Currygarten (und Pommes-frites-Hof) hatte alles in eben diese Broschüre eingepackt.

Jim hatte es mit großem Interesse gelesen. Es war nicht eine von diesen *Bauen-Sie-sich-Ihre-eigene-Science-fiction-Zeitmaschine*-Geschichten, dann schon eher eine von der Sorte *Esoterisches-neues-Zeitalter-und-Bewußtsein*. Astrales Bewußtsein, was das anging.

Mister Rune erklärte in Worten, die selbst für den Laien verständlich waren, daß die Zeit in Wirklichkeit gar nicht existierte. Seine Philosophie war, daß es das Universum schon immer gegeben hatte. Es hatte nie einen Anfang geben und würde niemals enden. Also gab es eine unendliche Menge an ›Zeit‹ in der Vergangenheit und eine ebenso große Menge an ›Zeit‹ in der Zukunft. Er zog den berühmten Vergleich mit einem unendlichen Stück Faden. Wenn man einen Faden hatte, der sich von einer Unendlichkeit in die andere spannte, dann war jeder Punkt auf diesem Faden die Mitte. Man konnte auf der einen Seite nicht mehr Unendlichkeit haben als auf der anderen. Genauso war es mit der Zeit. Wo auch immer man sich in ihr befand, man war genau im Zentrum. Nicht mehr Zeit hinter einem als vor einem. Es ergab den perfekten Sinn. Zeit, sagte Mister Rune, war ein rein menschliches Konzept. Es gab keine Vergangenheit und keine Zukunft, lediglich eine unendliche Anzahl von Gegenwarten.

Und wie konnte nun ein menschliches Wesen in die Vergangenheit oder die Zukunft reisen? Die Antwort lautete, daß es selbstverständlich nicht wirklich möglich war. Jedenfalls nicht physisch. Um physisch durch die Zeit zu reisen, mußte man sich schneller als das Licht bewegen, und nichts war schneller als das Licht. Nun ja, jedenfalls nichts außer GEDANKEN. Das Wort war groß geschrieben in der Broschüre, was bedeutete, daß es wichtig sein mußte.

Es dauert zum Beispiel nur einen Sekundenbruchteil, an die Sonne zu denken ... aber ihr Licht benötigt acht Minuten, um die Erde zu erreichen. Also kann man, mental betrachtet, das Licht der Sonne überholen.

Rune argumentierte (sehr überzeugend), daß viele Menschen die Technik der mentalen Zeitreise zu beherrschen gelernt hatten. Die Propheten gehörten dazu. Die wenigen, die mit der Macht der Präkognition gesegnet waren. Die Nostradamus-Typen, die in die Zukunft sehen konnten. Und es hatte eine Menge von ihnen gegeben. Mutter Shipton, Edgar Cayce, Rune zählte eine ganze Liste auf. Diese Leute waren allein kraft ihres Verstandes in die Zukunft gereist. Das Dumme war nur, daß die Zukunft, die aus einer unendlichen Anzahl von noch bevorstehenden Gegenwarten bestand, einfach zu groß war für den durchschnittlichen Propheten, um alles zu sehen. Es war einfach zuviel. Also litt er an Sinnesüberflutung und Verwirrung und machte in der Folge lauter inakkurate Vorhersagen. Rune behauptete, eine Reihe von mentalen Übungen entwickelt zu haben, die das Bewußtsein auf einen einzigen winzigen Ausschnitt der Zukunft konzentrierten – bis hin zum und einschließlich des winzigen Stückchens, das sich bereits in einer halben Stunde zutragen würde.

Genau dieser Satz war es, der Jim fesselte. Nur eine halbe Stunde in der Zukunft! Welches Wissen, wenn man es denn eine halbe Stunde zuvor wußte, konnte einem soviel Nutzen bringen?

Jim hatte eine halbe Stunde benötigt, um es herauszufinden.

Die Ergebnisse der nationalen Lotterie.

Und so saß Jim in der Sonne, die Augen geschlossen

und das Gesicht von der Heftigkeit seines angestrengten Denkens verzerrt.

Es war zu dumm, daß die letzte Seite der Broschüre, die Seite mit den aktuellen Anleitungen für die mentalen Übungen, herausgerissen worden war. Irgend jemand anderes hatte seinen Fisch und seine Pommes darin eingepackt aus Archie Karachis Laden getragen, und Jim war außerstande gewesen herauszufinden, wer das war. Trotzdem biß er entschlossen die Zähne zusammen und dachte *nach vorn*.

Wäre Jim imstande gewesen, die Ergebnisse seiner mentalen Übungen vorauszusehen, er hätte auf der Stelle aufgehört damit. Genaugenommen hätte er wahrscheinlich sogar damit aufgehört, an Glücksspielen und Lotterien teilzunehmen und zu trinken, und bestimmt hätte er all die anderen Dinge, die er so hoch und heilig hielt, ebenfalls aufgegeben, um sich augenblicklich in ein Kloster zurückzuziehen.

Weil nämlich Jims Zeitreise, zusammen mit seiner bevorstehenden Entdeckung einer gewissen sensationellen Enthüllung, in ihrer Wirkung vervielfacht durch die scheußlichen Machenschaften von Dr. Stefan Malone, einer totalen Apokalypse gleichkommen sollte.

Und all das sollte mit einer *Höchst aufregenden Geschichte* beginnen.

5

Vorspiel zum Höchst Ereignisreichen Tag

Jack schabte mit einer Rasierklinge durch sein Gesicht, die – genau wie seine Schlagfertigkeit – ihre Schärfe bereits vor einer ganzen Reihe von Jahren verloren hatte.

»Es war eine gute Rasur, vielleicht ein wenig kratzig«, sagte Jack, nachdem er mit seiner lästigen Routinearbeit fertig war. »So glatt wie ein Baby-Popopopo«, fuhr er fort, während er kleine Fitzel Kleenex auf die überwältigende Menge von Schnitten und Kratzern applizierte, die nun die rasierte Gegend unterhalb der Nase sprenkelten. »Ziemlich schneidig«, kommentierte er seine erschlaffenden Gesichtszüge im Badezimmerspiegel. »Das wird sie alle umhauen«, schloß er, indem er seine Krawatte richtete.

Jacks Frau, eine Schönheit Ende Vierzig, schnitt stumm in der Küche Brot und machte sich heimliche Sorgen wegen Jack. Sich heimlich wegen Jack zu sorgen war gut für sie; es hielt sie davon ab, sich mit ihren eigenen Problemen zu beschäftigen.

»Guten Morgen, Jack«, begrüßte sie ihn. »Wie möchtest du deine Eier heute haben?«

»Ich möchte viele davon, in den verschiedensten Variationen. Angefangen bei denen des sagenumwobenen Vogel Greif bis hin zu denen der Pygmäenreiher aus dem Oberen Sumatra.«

»Liegen alle auf deinem Teller«, sagte Jacks Weib. »Mach daraus, wozu du Lust hast.«

Es sollte der ereignisreichste Tag in Jacks langem und ereignislosem Leben werden, doch er tat ganz so, als wüßte er das noch nicht.

Die Ereignisse heizen sich auf

Und wie möchtest du deinen Tee, Liebling?« fragte Jacks Ehefrau.

Jack machte sich eine Menge Sorgen wegen ihr. Fast genausoviel, wenn auch auf seine ihm eigene Weise, wie sie sich wegen ihm. Warum sagt sie all diese Dinge? dachte er. Macht sie es einfach nur, um mich zu ärgern? Oder glaubt sie möglicherweise, daß ich jeden Morgen eine andere Person bin? Oder ist sie vielleicht untreu? Jack machte sich, wie gesagt, eine Menge Sorgen wegen ihr.

»Zucker, Liebling?« fragte seine Frau.

»Zwölf Klümpchen bitte«, antwortete Jack.

Jacks Frau ließ die üblichen zwei in seine Tasse fallen und rührte sie mit dem üblichen Löffel. Und wandte sich wieder ihrem eigenen Frühstück und ihren Sorgen zu.

Jack bestrich eine Scheibe Toast mit Butter. »Du bist vielleicht ein hübscher Toast«, sagte er zu der Scheibe. »Hättest du nicht Lust, am Freitag abend mit ins Kino zu gehen?«

In Jacks kleinem Vorgarten klammerte sich ein Postbote an das Dach der Veranda. »Auf den Baum gejagt von einem verdammten Spürhund«, beschwerte er sich. »Oder war es eine Dogge?«

Und werden noch heißer

»Ich muß jetzt zur Arbeit«, sagte Jack.

»Vergiß deine Sandwiches nicht, Lieber.«

Jack schob das braune Pergamentpäckchen in seine Aktentasche. »Der Preis für Butter ist einfach skandalös«, sagte er zu seiner Frau. »Aber nichts, um das wir uns Sorgen machen müßten, eh?«

Er küßte sie flüchtig auf die Wange, setzte sich seinen Klapprandhut auf den Kopf, schlüpfte in seinen Kamelhaarmantel, klemmte die Aktentasche unter den Arm, nahm seinen Schirm in die Hand und ging.

»Morgen, Herr Postbote«, sagte er zu der Gestalt auf dem Dach seiner Veranda. »Ich wußte gar nicht, daß es geregnet hat.«

»Geregnet?«

»Man sagt doch, im Regen tut's jede Veranda.«

»Höchst witzig«, entgegnete der Postbote, dem alles andere als nach Lachen zumute war. »Ich dachte, Sie hätten mir erzählt, Ihr Hund beißt nicht.«

»Tut er auch nicht«, sagte Jack.

»Aber er hätte mir fast das Bein abgebissen.«

»Dann war es nicht mein Hund«, entgegnete Jack. »Sondern der von meiner Frau.«

Die Spannung steigt im Bus

Der Acht-Uhr-fünfzehn-Bus war mit Acht-Uhr-fünfzehn-Fahrgästen überfüllt.

»Morgen, Herr Busfahrer«, sagte Jack.

»Morgen, Jack«, sagte der Busfahrer. »Ihr Freund Bill sitzt oben vorne.«

Jack verrenkte den Kopf und bog die Augenbrauen. »Morgen, mein Freund Bill!« rief er.

»Morgen, Jack«, rief Bill zurück. »Wie geht es dir heute?«

»Gut bis mittel«, rief Jack. »Gut bis mittel-diddel-diddel.«

»Da bin ich aber froh, das zu hören.« Bill wandte sich wieder seiner Betrachtung des *Täglichen Sketches* zu. RIESENSPINNE TRÄGT WITWE DAVON, hieß die fette Überschrift. *Wahrscheinlich hat sie es selbst herausgefordert,* dachte Bill, während sein Blick die Boulevardzeitung verließ und langsam an den Beinen einer außerordentlich gut gebauten Oberstufenschülerin nach oben glitt. *So etwas sollte verboten sein*, dachte er weiter.

In der Zwischenzeit probierte der Postbote in Jacks Haus mit dessen Ehefrau die Hundestellung auf dem Küchenboden. *Dieses Linoleum hat eine Dosis Glänzer® nötig*, sorgte sich Jacks Frau.

Zwei Haltestellen weiter ergatterte Jack einen Sitzplatz. »Wir sind fünfundfünfzig Sekunden zu spät dran heute morgen«, informierte er einen Fahrgast.

»Fünfundfünfzig Sekunden zu spät wofür?« erkundigte sich der Fahrgast, dessen Name John Omally lautete.

»Zur Arbeit.«

»Aber ich fahre nicht zur Arbeit.«

»Was denn?«

»Ich fahre nach Hause.«

»Aber das ist der Acht-Uhr-fünfzehn-Bus!«

»Als ich eingestiegen bin, war es der Sieben-Uhr-dreißig-Bus.«

»Ah. Ja. Ich verstehe.« Die Konversation wurde vom Geräusch einer dreizehn Jahre alten Faust unterbrochen, die Bill mitten im Gesicht traf.

»Ich hab' sie nicht angerührt!« kreischte Bill, nachdem der Busfahrer sich einen Weg durch die dichtgedrängt stehenden Passagiere gebahnt und ihn am Kragen gepackt hatte. »Ein Mann ist so lange unschuldig, bis seine Schuld bewiesen worden ist!« beschwerte er sich, als der Fahrer ihn an der nächsten roten Ampel aus der Tür stieß.

»Es ist jeden Tag das gleiche«, sagte Jack zu seinem Mitfahrgast.

»Für mich nicht«, entgegnete John. »Ich lebe nämlich ein Leben, von dem die meisten Männer nur träumen.

Eine einzige ausschweifende Häufung von gesellschaftlichen Veranstaltungen, Wochenenden auf dem Land, Uraufführungen und Wohltätigkeitsveranstaltungen.«

»Hören Sie auf«, sagte Jack.

»Nein wirklich, es stimmt«, sagte Omally. »Dann noch das Skateboardfahren, das Tiefseetauchen und das Surfen. Nicht zu Reden vom Ölbohren in der Nordsee.«

»Sie bohren in der Nordsee nach Öl?«

»Ich sagte, Sie sollen nicht darüber reden!«

»Verzeihung.« Jack kratzte sich am Hut. »Und wie steht es mit Ungezieferbekämpfung?«

»Haufenweise, außerdem bin ich Formel-Eins-Rennfahrer.« Omally zog die Fahradklammern von den Hosen und zog seine Socken zurecht. »Und heute nachmittag sitze ich im Gremium der Miß-Welt-Wahl.«

»Das muß ziemlich interessant sein«, sagte Jack.

»Ist es. Sehr sogar«, antwortete Omally. »Das heißt, solange man nicht neben Tony Blackburn oder Michael Aspel sitzen muß.«

Der Bus kam zum Halten, und die stehende Fracht endete in einem würdelosen Haufen im vorderen Bereich des öffentlichen Verkehrsmittels. Kaum hatten sich die Passagiere wieder auf die Füße gemüht und angefangen, ihre Kleidung abzuklopfen, da stemmte der Fahrer seinen Fuß auf das Gaspedal, und der gesamte Troß taumelte durch den Mittelgang nach hinten.

Eine Dame mit einem Strohhut fiel auf Omally.

»Passiert das regelmäßig?« erkundigte sich Omally bei Jack.

»Manchmal verlieren wir den einen oder anderen beim Kreisverkehr«, antwortete Jack. »Obwohl ich mich nicht erinnere, daß es je Unfälle gegeben hat.«

»Und was ist mit dem Zwerg, der letzten Monat von dem fetten Metzger zerdrückt worden ist?« fragte die Dame mit dem Strohhut.

»Ach ja, diese Sache.«

»Und dann war da noch der Zulu, der sich einfach in eine Rauchwolke aufgelöst hat.«

»Das war eine spontane menschliche Selbstentzündung. Es hätte überall passieren können.«

»Hier kommt meine Haltestelle«, sagte Omally.

»Eine sehr schöne Haltestelle«, bemerkte die Dame mit dem Strohhut. »Darf ich fragen, wieviel Sie dafür bezahlen mußten?«

»Und bestellen sie Tony und Michael meine besten Grüße!« rief Jack hinterher, als Omally ohne zu zahlen nach draußen schlüpfte.

Die Linie fünfundsechzig fuhr über die Great West Road davon und dann in Richtung Süden, auf Brentford zu. Und seine Strecke hätte durchaus von einer Riesenspinne mit bizarren Proportionen blockiert werden können, deren mutierter Verstand auf die Eroberung der Welt aus war. Doch an diesem Tag, wie schon zuvor in der Vergangenheit, war nichts von ihr zu sehen.

Es sollte der ereignisreichste Tag in Jacks langem und ereignislosem Leben werden – obwohl Jack noch immer nichts davon wußte.

Die Spannung wird beinahe unerträglich

»Guten Morgen, Jack«, sagte Jacks Boß Leslie. »Wie geht es Ihrer wunderschönen Frau?«

Jack blickte auf seine Uhr. »Wahrscheinlich macht sie im Augenblick dem Postboten das Frühstück«, sagte er. »Und was macht Ihr Ehemann?«

»Liefert noch immer die königliche Post aus.«

Ein Gedanke drängte sich in Jacks Kopf, doch als er feststellte, daß er dort mutterseelenallein war, verließ er ihn fluchtartig wieder.

»Also, Jack«, sagte Leslie, Jacks Boß. »Wir haben heute eine sehr dringende Erledigung vor uns, und sie muß mit großer Sorgfalt erledigt werden. Wir wollen doch keine unglücklichen Versehen mehr, nicht wahr?«

»Ja«, sagte Jack. »Wir wollen keine unglücklichen Schnibbel-die-dipp dapp dupp.«

Leslie, Jacks Boß, lächelte auf ihren Untergebenen herab. Sie war eine große Frau, schlank, sportlich und anmutig. Braunäugig und schwarzhaarig und mit der zauberhaften Ausstrahlung einer Frau, die genau weiß, wohin sie geht.

»Ich gehe jetzt auf die Toilette«, sagte Leslie, Jacks Boß. »Und wenn ich von der Toilette zurückkomme, möchte ich sehen, daß Sie sich dahintergeklemmt haben.«

»Nun ...«, sagte Jack.

Bange Minuten

Die Firma, für die Jack arbeitete, nannte sich SURFIN' UFO*. Soweit Jack es in den zehn Jahren seiner Tätigkeit hatte herausfinden können, beschäftigte sie sich damit, empfindliche Güter von einem Ort zum anderen zu transportieren. Das Kürzel UFO hinter dem Schlagwort SURFIN' bedeutete Unifizierte Fracht Organisation, doch die Bedeutung des Schlagworts SURFIN' vor dem Kürzel UFO entzog sich hartnäckig Jacks Kenntnis.

* Um ein wenig Gesellschaft zu haben, arbeitete er des Nachts zusätzlich in den Scheibenwischergummiwerken.

Jack war Manager der eigentlichen Frachtabteilung. Er war, genaugenommen, der einzige Angestellte, der in dieser Abteilung arbeitete. Es hatte Entlassungen gegeben. Früher hatten außer Jack noch drei weitere Burschen hier gearbeitet, mit langen Haaren und Tätowierungen. Sie waren den ganzen Tag mit Gabelstaplern herumgefahren, hatten die *SUN* gelesen und nach Zigaretten und dem Morgen danach gerochen. Doch jetzt gab es nur noch Jack. Und Jack rauchte nicht und las auch nicht die *SUN*. Sein Büro war eine kleine, durch Glaswände abgetrennte Ecke des großen Lagerhauses. Eines großen und leeren Lagerhauses.

Jack hängte seinen Hut und den Mantel an den Nagel und krempelte die Hemdsärmel hinauf. Und dann nahm er hinter seinem Schreibtisch Platz. Es war ein gründlich leerer Schreibtisch. Leer bis auf ein Telephon, ein einzelnes Paket und ein einzelnes Blatt Papier.

Jack überflog es.

VERSANDANZEIGE

SURFIN' UFO			1462
Unit 4 + 2			
Old Dock Business Park			Datum: 23.5.97
Horseferry Lane, Brentford			USt-Id.-Nr. 435 9424 666
An:		Von:	
Name:	Dr. Stefan Malone	Name:	Prof. Gustav Bolney
Adresse:	Kether House	Adresse:	INC TECH
	Butts Estate		Los Alamos
	Brentford		Nevada, USA
Inhalt:	Isotopen, hermetisch versiegelt.		

NICHT ÖFFNEN! ZERBRECHLICH!
NICHT ÖFFNEN! ZERBRECHLICH!

Jack nahm das Päckchen auf und schüttelte es neben seinem Ohr. Dr. Stefan Malone war zur Zeit der einzige Kunde von Surfin' Ufo. Er bekam von überall auf der Welt irgendwelches Zeug. Aus Turin, aus Wien, aus Los Alamos und Latvia. Immer über die unmöglichsten Wege und unter den größten Sicherheitsvorkehrungen.

Jacks Arbeit am heutigen Tag bestand darin, die lokale Spedition anzurufen, ihnen zu verdeutlichen, wie wichtig das Paket war und wie dringend die rasche und sichere Lieferung, dann auf das Eintreffen des Wagens zu warten, zahlreiche Dokumente abzuzeichnen und dann wieder an seinen Schreibtisch zurückzukehren.

Jack nahm den Hörer in die Hand und tippte die Nummer ein. Irgendwo in nicht allzu weiter Ferne läutete ein Telephon.

Und dann sagte eine Stimme: »Hallo, Leo Felix. Wer ist da?«

»Hallo-dida-dido«, sagte Jack.

»Hallo, Jack, mein Freund. Wie geht's, wie steht's denn so?«

»Der Bus hatte heute Verspätung«, berichtete Jack.

»Was denn, der Acht-Uhr-fünfzehn? Das ist ja wirklich schrecklich.« Ein gurgelndes Rastafari-Kichern drang an Jacks Ohr.

Ein echter Thriller

»Können Sie ein Päckchen abholen und unverzüglich an Dr. Stefan Malone ausliefern?« fragte Jack.

»Nö, nich' bevor ihr die verdammte Rechnung bezahlt habt, Baby.«

»Oh«, sagte Jack und legte den Hörer zurück.

Ununterbrochene Action

»Mister Felix sagt, daß er nichts mehr für uns macht, bevor wir nicht die Rechnung bezahlt haben«, sagte Jack zu seinem Boß Leslie, die in diesem Augenblick von der Toilette zurückkehrte.

»Leo Felix ist ein diebischer Nigger.«

»Das ist eindeutig eine diskriminierende Bemerkung«, erwiderte Jack.

»Nicht, wenn sie von einer dunkelhäutigen Frau kommt. Und das bin ich, für den Fall, daß Ihnen diese Tatsache bisher entgangen ist.«

»Ich dachte, Sie hätten erzählt, Sie wären Jüdin?«

»Hab' ich auch.«

Und jetzt nehmen die Dinge erst richtig ihren Lauf

»Dann müssen Sie das Paket eben selbst ausliefern«, sagte Leslie, Jacks Boß. »Glauben Sie, daß Sie dazu imstande sind?«

»Zu Fuß?« fragte Jack. »Und ohne einen bewaffneten Leibwächter?«

»Es sind nur zwei Blocks!«

»Aber Mister Felix hat mir immer erzählt, es wäre ein anderes Brentford, irgendwo in Äthiopien.«

Leslie verbog die Augenbrauen, bis sie eine durchgehende Brücke über ihrer Nase bildeten.

»Dieser diebische Nigger«, sagte Jack.

»Das reicht jetzt langsam mit Ihren diskriminierenden Bemerkungen, weißer Mann.«

Eine Achterbahnfahrt mitten in die Hölle

Jack trottete über die Horseferry Lane, am *Geschrumpften Kopf* vorbei und zur Hauptstraße hinauf. Er sah nach rechts und links, bevor er sie überquerte, und erreichte sicher die andere Seite. Dort setzte er sich erst einmal auf eine Bank vor Budgens und studierte sein Adreßverzeichnis.

Eine Dame in einem Strohhut nahm neben ihm Platz. »Haben Sie sich verlaufen?« fragte sie.

Jack drückte besorgt das Paket an seine Brust. »Nein, gewiß nicht«, sagte er.

»Ich hab' manchmal *Niéjà*-vus«, sagte die Dame mit dem Strohhut. »Ich verlaufe mich immer wieder.«

»Was ist denn das?« fragte Jack.

»Das Gegenteil von einem Déjà-vu. Ich kann mitten in einem Supermarkt stehen, und plötzlich kriege ich dieses Gefühl, als wäre ich noch nie im Leben hier gewesen.«

»Ich muß gehen«, sagte Jack. »Ich muß ein sehr wichtiges Paket abliefern.«

»Der Doktor hat mir eine Kur mit Placebos verschrieben«, sagte die Strohbehutete. »Aber ich nehme sie nicht. Ich sammle die Tabletten, und wenn ich genug habe, begehe ich einen vorgetäuschten Selbstmordversuch.«

»Auf Wiedersehen«, sagte Jack.

»Auf Wiedersehen«, sagte die Strohbehutete.

Wieviel mehr können wir noch ertragen?

Jack läutete an einer messingnen Glockenkette. Irgendwo im Innern läutete eine Messingglocke, und schließlich öffnete sich die Vordertür.

Jack sah sich einer hageren, schwarzweißvergilbten Gestalt gegenüber, die eine wirklich verblüffende Ähnlichkeit mit dem Sherlock Holmes auf den Zeichnungen von Sidney Paget besaß.

»Dr. Stefan Malone?« fragte Jack.

»Nein«, sagte die Gestalt. »Der wohnt nebenan.«

Jack ging eine Tür weiter und läutete an einer weiteren messingnen Glockenkette. Eine weitere Messingglocke läutete, und ein Herr öffnete ihm, der ganz exakt genauso aussah wie der erste.

»Dr. Stefan …«

»Malone«, sagte Dr. Stefan Malone. »Und mit wem habe ich die Ehre?«

»Jack«, sagte Jack. »Von der Firma SURFIN' UFO.«

»Bitte kommen Sie doch herein.«

»Danke sehr.«

Dr. Stefan Malone führte Jack durch eine spärlich möblierte Eingangshalle und in einen Raum von weitläufigen Proportionen, dessen goldener Eichenboden mit verblassenden Kelims ausgelegt und der mit schwerem Mobiliar viktorianischer Provenienz ausgestattet war. Es war ein düsterer Raum.

»Sie haben mein Paket. Möchten Sie, daß ich irgend etwas unterschreibe?«

»Das möchte ich, in der Tat möchte ich die-da-das.« Jack zog Papiere aus seiner Brusttasche. Dr. Stefan schraubte die Kappe seines Füllfederhalters ab.

»Einfach dort«, sagte Jack, und Dr. Stefan unterschrieb einfach dort.

»Und dort.«

»Hier?«

»Einfach dort. Und dort, wenn es Ihnen nichts ausmacht.«

»Hier?«

»Nein, dort.«

»Verzeihung.« Dr. Stefan unterschrieb erneut.

»Und wenn Sie noch Ihre Initialen hierhinsetzen könnten.«

»Selbstverständlich.«

»Und einen Haken in dieses Kästchen.«

»Natürlich.«

»Und das heutige Datum eintragen.«

»Ist mir ein Vergnügen.«

»Und wenn Sie dann noch so freundlich wären, dies und dies und dies auszufüllen und das hier zu unterschreiben.«

Dr. Stefan hob die Augenbrauen und senkte die Ohren.

»Haben Sie das in Tibet gelernt?« erkundigte sich Jack.

»Das ist wirklich eine schreckliche Menge an Papierkram«, sagte Dr. Stefan.

»Das ist es, in der Tat«, stimmte Jack ihm zu. »Und alles vollkommen überflüssig. Ich bestehe nur darauf, weil es offiziell sein muß. Würden Sie bitte noch die Fragen auf den Durchschlägen ausfüllen und unterschreiben?«

»Überhaupt keine Frage.«

»Wie äußerst unangenehm das für Sie sein muß. Aber ich kann Ihnen das Paket nicht geben, ohne daß Sie die entsprechenden Angaben gemacht haben.«

»Was haben Sie eigentlich für eine Blutgruppe?« fragte Dr. Stefan.

Achtung, es geht los

»AB negativ«, sagte Jack. »Als Kind habe ich ziemlich oft geblutet.«

»Was denn, Nasenbluten?« erkundigte sich Dr. Stefan.

»Nein, oben auf dem Kopf.«
»Wie ungewöhnlich.«
»Nicht wirklich. Mein älterer Bruder wollte Musiker werden.«
»Ich denke, ich kann Ihnen nicht ganz folgen.«
»Er wollte Xylophon spielen, aber mein Vater konnte keins bezahlen. Deshalb hat mein Bruder uns jüngere in einer Reihe in absteigender Größe aufgestellt, dann ist er hinter uns getreten und hat uns mit einem Zeltpflockhammer auf die Köpfe geschlagen. Eine Art menschliches Xylophon, verstehen Sie? Er konnte fast das gesamte Songbook von Lennon und McCartney. Ich war das eingestrichene C. Ich hab' ziemlich viele Gehirnerschütterungen gehabt.«
»Spielt Ihr Bruder heute Xylophon?«
»Im Gefängnis. Warum?«
»Ich frage mich, ob ich Ihnen eine Blutprobe entnehmen dürfte?«
»Ich wüßte nicht, warum nicht. Wofür brauchen Sie sie?«
»Es ist ein streng geheimes Experiment.«
»Wie interessant! Und worum geht es bei diesem Experiment?«
»Das ist streng geheim.«
»Ich kann Geheimnisse für mich behalten«, sagte Jack. »Hören Sie sich beispielsweise das hier an.« Er flüsterte eine Reihe von Worten in die noch immer gesenkten Ohren Dr. Stefan Malones.
»Das macht sie nie!« sagte Dr. Stefan.
»Doch, das tut sie, aber erzählen Sie es niemandem weiter.«
»Ganz bestimmt nicht.«
»Und was wäre jetzt das streng geheime Experiment?«
Dr. Stefan Malone winkte Jack zu einem Sessel vor

dem Kamin und nahm in einem zweiten Platz. »Während der letzten beiden Jahre«, begann er, »habe ich an einem bahnbrechenden Projekt gearbeitet. Ich habe von überall auf der Welt getrocknete Blutproben eingesammelt. Vom Leichentuch in Turin, vom Speer des Longinus, von der angeblichen Dornenkrone, die in Troyes aufbewahrt wird, von Nägeln des Echten Kreuzes, die überall auf der Welt in den Grüften der Kathedralen aufbewahrt werden, sogar von einer Reliquie, von der es heißt, sie sei die heilige Vorhaut. Ich habe sie alle miteinander verglichen und bin jetzt sicher, daß sie alle vom gleichen Wesen stammen.«

»Jesus Christus!« sagte Jack.

»Genau dem. Und jetzt beabsichtige ich, mit Hilfe eines Reagenses, das ich selbst entwickelt habe, dieses Blut zu verflüssigen und die DNS zu extrahieren. Und mit dieser DNS möchte ich ein Klonexperiment durchführen, um …«

»Jesus Christus!«

»Ganz genau. Und nicht nur einen einzigen. Ich werde wenigstens sechs machen.«

»Wie in diesem Film«, sagte Jack. »Die *Boys from Brazil.* Wo sie Hitler geklont haben.«

»Ganz genau. Meine Jungs werden die *Boys from Bethlehem.*«

»Glauben Sie nicht, daß Sie sich damit auf Dinge einlassen«, sagte Jack, »auf die sich kein Mensch einlassen sollte?«

»Oh, absolut, ja. Andererseits … Macht es Ihnen etwas aus, wenn ich aufstehe, während ich weitermache?«

»Überhaupt nicht.«

Dr. Stefan Malone erhob sich, warf die vergilbten Arme in die Luft und ging im Zimmer auf und ab. »Sie dachten, ich wäre verrückt! Verstehen Sie das?« schrie er eifernd. »Ich und verrückt! Ich, der ich die Geheimnisse des Lebens selbst enthüllt habe!« Er setzte sich wieder und fuhr ruhig fort. »Und? Was denken Sie?«

»Sehr beeindruckend. Aber Sie könnten noch hinzufügen: ›Eines Tages wird mein Name in der ganzen Welt bekannt sein!‹«

»Ich danke Ihnen vielmals. Ich werde mich daran erinnern. Und jetzt, wegen ihrer Blutprobe ...«

»Wieviel wollen Sie denn entnehmen?«

»Etwa acht Pints.«*

Schließen Sie die Augen und halten Sie Ihre Ohren zu

»Nun ja, ich würde wirklich gerne«, sagte Jack. »Aber ich muß jetzt, glaube ich, wirklich wieder zurück zu meiner Arbeit.«

»Dann vielleicht ein andermal. Warten Sie, ich bringe Sie raus.«

»Danke sehr. Auf Wiedersehen.«

Hä?

»Nun ja, ich würde wirklich gerne«, sagte Jack. »Aber ich muß jetzt, glaube ich, wirklich wieder zurück zu meiner Arbeit.«

Dr. Stefan zog eine kleine automatische Pistole aus der Hosentasche und richtete sie auf Jack. »Bedauerlicherweise kann ich Sie nicht gehenlassen. Ich brauche Ihr Blut, und ich brauche es jetzt. Verstehen Sie mich nicht falsch, es ist nichts Persönliches. Ich hätte das Blut eines jeden Boten genommen, der das Paket gebracht

* Vier Liter

hätte. Die Isotopen sind das, was noch fehlt, um mein Experiment zu vervollständigen.«

Allmählich machte sich Jack Sorgen. »Ach, kommen Sie!« winselte er. »Sie wollen mein Blut ganz bestimmt nicht. Es ist ganz gewöhnliches Zeug. Ich könnte meine Frau anrufen, die hat wirklich phantastisches Blut.«

»Ihr Nachnahme lautet nicht rein zufällig Bryant?« erkundigte sich Dr. Stefan.

»Doch, das ist richtig. Vielleicht kennen Sie meine Frau. Sie trägt immer sehr kurze Kleider, und sie hat diesen Spürhund, der außerdem eine Dogge ist, und …«

»… sie läßt sich gerne von hinten nehmen, während ihr Kopf im Kühlschrank steckt?«

»Das hat sie mir gegenüber noch gar nicht erwähnt?« staunte Jack.

»Los, gehen Sie«, sagte Dr. Stefan. »Durch den Korridor und die Treppe hinunter.«

»O nein-diddeldi-dein!«

So endete, was ganz ohne Zweifel der ereignisreichste Tag in Jacks langem und ereignislosem Leben gewesen war. Leider sollte es auch sein letzter sein.

Dr. Stefan stand da, schwarzweiß und im Profil, und richtete die Pistole auf eine Stelle außerhalb der Seite.

6

Pooleys verträumte Gedanken begaben sich auf ihre Reise und wateten durch einen zusammenhanglosen Strom von Halb-Bewußtem.

Eine zerbrochene Tasse aus dunklem Blattwerk angefüllte Aschenbecher auf schlaffen Teppichen aus verblaßtem Wappenschmuck wo Gerüche nach abgestandener Kinoluft und versperrte Wagen und Kühlschränke und Magneten und Schubladen in alten Pensionen ihren ersterbenden Atem aufgaben und Anzeigen in Monatsschriften für Tennisschuhe und Mieder und die Zwei-Penny-Riegel von Cadbury die einem Sportler die Energie zum Laufen geben während darunter und ungestört die unbearbeiteten Schubladenböden Gerüche nach Safran und Bernstein im Imperium und dann über den glänzenden Linoleumboden auf winzigen sich drehenden Gummirädern die *Speed of the Wind* sein Liebling niedlich ein Stoß und es segelt vorbei an der irrsinnigen Tiefe in der Dunkelheit unter dem Bett wo die silbern schimmernden Spiralen der Federn in Reih und Glied liegen und nach oben starren in einer verrückten Perspektive aus dem Gewirr und Durcheinander von Leuten die für jeden Tag ihr Geld bekommen damit sie vergessen Sie nicht am Abreisetag müssen Sie Ihr Zimmer bis um zehn Uhr räumen und wischen Sie den Spülstein bevor Sie Ihr Gepäck die Treppe hinunter nach unten bringen in das Wohnzimmer das wir Empfangshalle nennen und mache einen langen letzten Spaziergang über die Promenade um zu beobachten wie das Meer seine reizbaren Wellen gegen den Strand peitscht und den Sand einsaugt und an den Pfeilern leckt diesen gesprungenen weißen Pfeilern unter dem Pier ist alles geschlossen sieh nur selbst das Palm Restaurant hat zu nirgendwo Tee auf Tabletts um sie an grünen Glastischen auszuteilen weil die Jaquardwebstühle die sonst dort stehen in den Arkaden haben ihre Rolläden herabgelassen und Photographen und Bauarbeiter und Bettler und vielleicht gewinnst du ja den Goldfisch im Beutel oder du siehst einfach nur zu geh zu so schnell du kannst über die eiserne Eisenbahnbrücke beeil dich weil Vater hat die Koffer unten stehen gelassen am Anfang der Stufen zum leeren Bahnsteig wo die Lok Dampf abläßt und Schreie und Rufen und Seufzer und terrassenförmige Häuser mit ihren Schieferdächern über den Londoner Antennen und Schornsteine und die orangefarbene Katze auf dem Fenstersims die froh ist daß du wieder zu Hause bist und in Hausaufgaben stürzen auf dieses letzte Wochenende gut wieder zurück zu sein auf diesem Spielplatz wo die Roßkastanien wachsen und Glimmstengel und Spielkarten umdrehen Mädchen Seilspringen und ihre Schlüpfer unter den Röckchen sichtbar Murmeln während die Pfeife pfeift wie ein Zug …

»Jim Pooley, zum Schulleiter, aber ein bißchen plötzlich!«

»Aber ich war es nicht! Omally hat es getan, nicht ich, Sir.«

Doch John weigerte sich, seine Tat zu gestehen.

Und Pooley bekam die Strafe aufgebrummt.

Jim rührte sich in seinem entrückten Zustand.

»Los, beweg dich, du Rindvieh«, sagte er zu seinem Gehirn. »Wir landen immer wieder in der Vergangenheit, in der Schule, und ich muß immer und immer wieder zu dem verdammten Nachsitzen!«

Eine Art mentaler Knoten platzte, und dann … Was ist das?

Schnelle Musik. Pete Townshend fuchtelt wie eine

Windmühle in der Luft. Marshall-Lautsprecher, Mod-Tänzer, der Blue Triangle Club. Motorroller mit viel Chrom. Parkas. Jim ist hier. Netter Auspuff. Burton's Special. Fünfzehn Pfund zehn Schilling über zehn Wochen. Slim-Jim-Krawatte. Schick, schick. Er wartet auf jemanden. Alberner Haarschnitt, Jim. Aber geile Schuhe. Aus dem Ivy Shop in Richmond? Kosten eine hübsche Stange, Jungs. Auf was wartest du, Jim, so ganz allein hier draußen, mit der lauten Musik, die durch das Lokusfenster dringt, und dem Türsteher, der eine Zigarette raucht.

»Sandra«, flüsterte Jim in seinem kosmischen Schlaf. »O Sandra.«

Stehen und warten und immer wieder auf die Uhr sehen. Schicke Uhr. Woher ist die? Hab' sie einem Typ in einem Pub abgekauft. Du gehst doch nicht in Pubs, du bist doch viel zu jung? Einem Typ *vor* einem Pub. Vor einem Club. Gerade eben. Der Türsteher hat sie mir verkauft. Wo ist Sandra? Wo steckt Sandra?

Doch Sandra kommt nicht. Sandra ist mit John Omally weggefahren, auf dem Rücksitz seiner Vespa.

Jim murmelte und brummte vor sich hin. »Verdammter John. Vorwärts, Gehirn, *vorwärts*! In die Zukunft!«

Wirbel und Klick und *Schneller Vorlauf*.

Und *Spiel pausieren*.

Und *Abspielen*.

Welches Jahr haben wir? Aufstehen, frühstücken. Der Buchmacherladen, dann der *Fliegende Schwan*. Der *Fliegende Schwan* und dann die Bank vor der Memorialbücherei. Dann nach Hause zum Tee und wieder zurück in den *Fliegenden Schwan*. Dann wieder – Autsch! – aufstehen, frühstücken, der Buchmacherladen, der *Fliegende Schwan*. Die Bank. Der Tee. Der *Fliegende Schwan*. Was ist denn das? Tage addieren sich zu

Jahren, immer gleich? Ein kleiner Job hier, ein paar Mauscheleien dort, ein Lachen, ein wenig Traurigkeit, noch ein Bier. Dann ausschlafen, aufstehen, frühstücken, Buchmacherladen, *Fliegender Schwan* …

»Vorlauf«, stöhnte Pooley. »*Schneller Vorlauf* bitte!«

Schneller Vorlauf. Pause. Abspielen.

… die Bank vor der Memorialbücherei, nach Hause zum Tee, zurück in den *Fliegenden Schwan*, dann …

»Vorlauf, Vorlauf!«

Tanzende kleine Kugeln aus Weiß und Rot.

»Hier anhalten und *Abspielen*.«

Zahlen auf den tanzenden kleinen roten und weißen Kugeln.

»Das ist es«, seufzte Jim. »Das ist es. Was für eine Woche? Welche Woche?«

»Guten Abend zur Ausspielung der nationalen Lotterie. Wir haben den mmmph mmmmmph 1997.«

»Ich hab' kein einziges Wort verstanden«, beschwerte sich Pooley.

»Und die Maschine, die unser wunderschöner Gaststar für die heutige Ausspielung ausgewählt hat …« Diese männliche Glücksfee war doch früher im *Glücksrädchen*, oder vielleicht nicht? »… ist der … LEVIATHAN!!!«

»Oooooooh!« machte die Menge. Als würde das irgend etwas bedeuten.

»Oooooooh!« machte Jim. Weil er unversehens auch dabei war. In einem Sitz in der ersten Reihe, einen Lotterieschein in der Hand. Doch er sah ein wenig seltsam aus. Ein wenig mitgenommen. Sein linkes Bein war von oben bis unten bandagiert. War er vielleicht in einem Kampf? Oder einem Krieg oder was?

»Den magischen Knopf wird«, sagte der Typ aus dem *Glücksrädchen*, oder war er doch eher aus dem anspruchsvollen Kinderprogramm, wo sie so merkwürdige Dinge mit Gummibändern und Haftfilm und Rohren und tubenweise Klebstoff machten ... oder war das ein Video mit deutschen Untertiteln?

»Den magischen Knopf, verehrte Zuschauer, wird die sagenhafte amerikanische Schauspielerin drücken, die mit den irren Titten, die mit Sylvester Stallone zusammen in diesem einen Film gespielt hat. Man kann sich nie an ihr Gesicht erinnern, aber man weiß, wer sie ist, sobald sie ihren Büstenhalter ausgezogen hat.«

Jim gab leise ungeduldige Geräusche von sich. »Mach schon weiter, verdammt, mach endlich weiter!« murmelte er unhörbar.

»Drück den Knopf, Bimbo!« brüllte der Typ aus dem *Glücksrädchen*, oder war er der Bursche aus diesem Werbespot für Schokoladenriegel, wo vorn und hinten dieses cremige Zeugs rausquillt? Oder war *das* auf dem Video mit den deutschen Untertiteln?

»Das war auf dem Video«, murmelte Jim. »Ja, das muß es gewesen sein.«

Die amerikanische Schauspielerin mit der Woolworth-Fassade drückte den Knopf. Herunter fielen die Bälle und tanzten herum und herum.

Jim starrte auf den Lotterieschein in seinem Schoß. »Mach schon«, flüsterte er.

Und dann glitten die Kugeln eine nach der anderen in die Röhre, während die Spannung unablässig stieg. Der Typ aus dem *Glücksrädchen*, der inzwischen nur noch als Synchronsprecher arbeitet, aber mit Max Cliffords Hilfe Hoffnung auf ein Comeback hat, zeigte auf die erste Kugel und schrie: »*Siebzehn!*«

»Ooooooooh!« machte die Menge. Ob irgendeiner von den Zuschauern tatsächlich die Siebzehn auf seinem Zettel angekreuzt hat?

»Ich schon«, flüsterte Jim.

»*Fünfundzwanzig!*«

Ein weiteres Oooooooh! ging durch die Zuschauermenge, diesmal nicht ganz so laut, und ein paar Stimmen fehlten bereits.

Jim drückte sich ganz fest die Daumen.

Dann »*Zweiundvierzig!*« und »*Neunzehn!*« und »*Die Nummer fünf!*«, und jedesmal erschollen weniger ›Oooooooohs‹. Mit Ausnahme von Jim.

»Und als nächstes die Einunddreißig«, flüsterte Jim und grinste über das ganze Gesicht.

»Und die letzte Zahl lautet: *Einunddreißig!*«

»O ja! Und jetzt noch die Zusatzzahl, sie lautet ...«

»*Hundertachtzig.*«

»Wie bitte?«

»*Einhundertundachtzig.*«

»Das kann nicht sein. Die Kugeln gehen nur bis neunundvierzig. Halt, warten Sie mal, Sie sind nicht dieser Typ aus *Glücksrädchen,* Sie sind ...«

»Einhundertachtzig, und der *Fliegende Schwan* gewinnt zum neunzehnten Mal in Folge das jährliche Darts-Turnier!« Und Omally blies Pooley ins Ohr.

Jim sprang von seinem Sitz in der ersten Reihe auf – und fand sich im Aufspringen von seiner Parkbank vor der Memorialbücherei wieder. Omallys grinsendes Gesicht reichte von einem Horizont bis zum anderen.

»Haste Schafe gezählt?« erkundigte sich John anzüglich. »Hey ...!«

Jim erwischte den Sohn Irlands mit einem Aufwärtshaken, der Omally über die Bank warf und in die Büsche dahinter sandte.

Er rappelte sich, übersät mit Blättern, Ästen und Spinnweben, wieder auf die Beine und hielt seinen Kiefer. »Bei der Handtasche der heiligen Mutter Gottes, Jim! Du hast mich geschlagen!«

»Und du kriegst gleich noch viel mehr! Du hast mir meine Millionen geraubt!«

Jim holte zu einem weiteren mächtigen Schwinger aus, doch diesmal duckte sich John benommen zur Seite. Vom eigenen Schwung mitgerissen, fiel Jim ebenfalls über die Bank. Omally half ihm auf die Beine.

»Beruhige dich erst mal, Jim! Was ist denn überhaupt los?«

»Mich beruhigen? *Mich beruhigen?* Ich war dort, ich war wirklich dort! Ich hatte die Zahlen, ich … Mein Gott, die Zahlen! Wie waren noch mal die Zahlen?«

»Einhundertachtzig war eine davon.«

»Du verdammter Dummkopf, Omally!« Jim holte ein drittes Mal aus, doch auch diesmal verpaßte er sein Ziel und ging erneut zu Boden.

»Hör endlich mit diesem Unsinn auf, Jim! Ich bin gekommen, um dich reich zu machen!«

»Ich war reich! Ich *war*! Ich hatte es fast geschafft. Hilf mir hoch, um Gottes willen, ich hänge hier in den Brombeeren fest.«

Omally half ihm einmal mehr auf die Beine und klopfte ihn ab.

»Du hattest gar nichts, Jim«, sagte er leise. »Ich hab' die Zahlen gehört, die du im Traum geflüstert hast. Es waren die Zahlen von letzter Woche.«

»Es waren die Zahlen von letzter Woche? Aber … ich war dort, und ich war überall bandagiert und …«

»Vergiß es, Jim. Ich bin gekommen, um dich reich zu machen. Glaub mir, ganz ehrlich.«

Jim schüttelte den Kopf, zog sich über die Lehne der Bank und ließ sich schwer auf den Sitz fallen. Omally gesellte sich zu ihm.

»Dann erzähl mal«, sagte Jim. »Laß hören, was du ausgeheckt hast.«

John zerrte Jims Buch aus der Jackentasche. Es hatte in der Zwischenzeit einige Eselsohren hinzubekommen.

»Du hast es völlig verschmiert!« beschwerte sich Jim mürrisch.

»Tut mir leid.« Omally blätterte durch die Seiten, fand, was er gesucht hatte, und hielt es Pooley unter die Nase. »Wirf mal deine Augen auf das hier«, sagte er.

Ein junger Mann auf einem Vespa-Roller fuhr vorbei, und Jim gab ein leises, stöhnendes Geräusch von sich.

»Nun mach schon, wirf einen Blick darauf«, drängte Omally.

Jim warf einen Blick, obwohl er nicht von besonderem Interesse heimgesucht wurde. Seine Augen waren noch gar nicht weit auf der Seite gekommen, als ein ungläubiger Ausdruck sein Gesicht überzog. »Ich werd' verrückt«, krächzte er.

»Stimmt.«

»Aber ... aber er ist ein Mitglied ... ich wußte gar nicht, daß die in Brentford geboren sind!«

»Ich glaube nicht, daß irgend jemand davon wußte. Und wenn du mich fragst, dann glaube ich, daß sie es nicht einmal selbst wissen.«

»*Chezolognia?* Was soll das bedeuten?«

»Glaub mir, das willst du wirklich nicht wissen. Sieh dir lieber das Foto auf der nächsten Seite an.«

»Es gibt sogar Fotos?« Jim blätterte die Seite um. »Bei allen guten Geistern, John! Das ist reinstes Dynamit! Wenn das rauskommt, landen wir im Tower von London. Informationen wie diese hier könnten das gesamte Establishment zum Einsturz bringen!«

»Könnte es, ja«, sagte Omally.

»Stell dir vor, das fällt jemandem in die Hände, der die Engländer nicht leiden kann.«

»Ja, stell dir das vor«, sagte John Omally, der Sohn Irlands.

»O nein, John, das würdest du doch nicht tun? Das könntest du nicht!«

»Nein«, sagte John, »das wollte und könnte ich nicht. Was ein Mann in seiner privaten *Menagerie d'amour* macht, ist ganz allein seine Sache.«

Jim blätterte eine weitere Seite um, schrie: »Waaaah!« und stieß John das Buch in den Schoß. »Nimm es weg! Verbrenn es! Ich wünschte, ich hätte nie hineingesehen!«

John klappte das Buch zu und schob es zurück in seine Jackentasche.

»Dann werden wir eben nicht reich«, sagte Pooley mit einem langen, herzzerreißenden Seufzer.

»O doch, das werden wir.«

»Aber du hast gesagt, daß du das niemals tun würdest oder könntest!«

»Ich wollte dich nur richtig wach machen, Jim. Das ist nicht der Teil des Buches, der uns beide zu reichen Leuten macht.«

»Du meinst, es stehen noch schlimmere Sachen drin?«

»Nicht schlimmere, Jim, und überhaupt nichts von der Sorte. Das war bloß eine kleine Fußnote, eine Randbemerkung ... aber sie hat mich zum Nachdenken gebracht. Was weißt du von den Frühen Tagen Gottes und den Brentforder Schriftrollen?«

»Das haben wir in der Schule durchgenommen. Es hatte irgendwas mit Papst Gregor zu tun, der den Kalender vom Julianischen zum Gregorianischen geändert hat, wodurch das Jahr elf Tage kürzer wurde. Was diesen übergeschnappten Mönch aus Brentford dazu veranlaßt hat, eine Pilgerfahrt nach Rom anzutreten und die Göttlichen Tage zurückzuverlangen.«

»Und?«

»Hm, hatte der Papst nicht so die Schnauze von seiner Quengelei voll, daß er den Bewohnern von Brentford zwei Tage gelassen hat, falls sie diese wünschten?«

»Genau das. Und er gab dem Mönch ein Dekret mit, in dem er seinen Willen schriftlich niedergelegt hat.«

»Die Schriftrollen von Brentford.«

»Ganz genau die.«

»Aber der Mönch wurde ermordet, als er wieder zu Hause war, und deswegen hat Brentford nie die zusätzlichen Tage erhalten, die es sowieso nicht wollte. Und alle lebten glücklich bis an ihr Ende. Außer dem Mönch.«

»Sehr gut, Jim. Es ist dir doch tatsächlich gelungen, das bedeutungsvollste Ereignis in der Geschichte Brentfords mit wenigen kurzen Sätzen in einen Haufen von stumpfsinnigem Kohl zu verwandeln.«

»Tut mir wirklich leid, John, aber ich sehe die Bedeutung dieses bedeutungsvollen Ereignisses nicht. Ganz besonders schleierhaft ist mir, wie wir mit diesem Wissen reich werden wollen.«

»Dann laß mich es dir erklären. Der Papst hat dem Mönch gesagt, daß Brentford zwei zusätzliche Tage pro Jahr haben kann, die Göttlichen Tage, und das bis in alle Ewigkeit. Doch diese Option wurde niemals eingelöst. All das hat sich im Jahre 1582 ereignet, und wir schreiben jetzt das Jahr 1997, also genau vierhundertfünfzehn Jahre später. Was bedeutet ...?«

»Ich hab' nicht den dunstigsten Dunst«, antwortete Jim. »Was bedeutet das?«

»Es bedeutet, daß Brentford zum Ende dieses Jahres über achthundertunddreißig Tage verfügt, die ihm gehören. Das sind mehr als *zwei Jahre*, Jim!«

»Bitte entschuldige, aber ich verstehe immer noch nicht, John. Was bedeutet das?«

»Jim, was geschieht am einunddreißigsten Dezember des Jahres 1999?«

»Eine verdammt gewaltige Party.«

»Korrekt. Die Feiern zum Jahrtausendwechsel. Die

größten, kostspieligsten und am besten finanzierten Feierlichkeiten in der gesamten Geschichte der Menschheit.«

»Und?«

Omally warf verzweifelt die Hände hoch. »Und? Und? Die Bewohner von Brentford haben einen Anspruch darauf, zwei Jahre früher zu feiern als der Rest der Menschheit, einem ganz besonderen Erlaß von Papst Gregor zufolge. Er hat den Kalender umgestellt, und was er verfügt, das gilt.«

Jim öffnete einmal mehr den Mund, um sein ›Und?‹ auszustoßen, doch statt dessen fragte er schließlich: »Wie war das?«

»So langsam kommst du dahinter, wie? Der Millenium-Fonds. Millionen über Millionen Pfund, zur Seite gelegt für alle möglichen Pläne und Projekte. Und die Einwohner von Brentford sind berechtigt, zwei Jahre vor allen anderen die Hand auszustrecken.«

»Das soll doch wohl nur ein Witz sein.«

»Sämtliche Einzelheiten stehen in diesem deinem Buch. Wir müssen lediglich unauffällig nachprüfen, ob das päpstliche Dekret jemals widerrufen wurde, und ich bin sicher, das war nicht der Fall. Und dann machen wir unsere absoluten und berechtigten Ansprüche auf die Gelder in diesem Fonds geltend.«

»Das werden die Typen von diesem Millennium-Fonds niemals schlucken!«

»Sie haben überhaupt keine andere Wahl, Jim.« Omally zerrte ein zerknittertes Blatt Kanzleipapier aus seiner Innentasche. »Hier hab' ich eine Art Plan für unsere Vorgehensweise aufgeschrieben. Als Kodirektoren des Brentforder Millennium-Komitees wird man uns ganz offensichtlich Gehälter zahlen, die unserem Status angemessen sind. Na, was sagst du zu diesen Zahlen hier?«

Pooley überflog die hingekritzelte Rechnung.

»Kümmerlich«, sagte er. »Mach da hinten noch eine Null dran.«

»Ich mach' sogar zwei dran, damit wir auf der sicheren Seite sind. Wir werden eine große Parade und einen Schönheitswettbewerb organisieren ...«

»Die Schönen von Brentford«, sagte Jim.

»Die Schönen von Brentford. Das gefällt mir.« Omally fertigte eine Notiz an.

»Und ein Bierfestival«, sagte Jim.

»Besser zwei, damit wir auch hier auf der sicheren Seite sind.«

»Weißt du was, wir veranstalten zwei Schönheitswettbewerbe, besser sogar drei. Und wir würden selbstverständlich bei den Juroren mitmachen.«

»Selbstverständlich. Außerdem habe ich gedacht, daß wir vielleicht etwas bauen könnten. Was hältst du von einer neuen Bücherei?«

»Was stimmt denn nicht mit der alten?«

»Die Heizung ist ziemlich mies im Winter.«

»Stimmt. Also reißen wir die alte ab und bauen eine neue.«

»In Ordnung«, sagte Omally und fertigte eine weitere Notiz an. »Das wird dann die John-Vincent-Omally-Memorialbücherei.«

»Die *was*?«

»Nun ja, sie braucht doch schließlich einen neuen Namen, oder?«

»Vermutlich ja, aber wenn du eine Bücherei nach dir benennen läßt, dann will ich auch etwas, das meinen Namen trägt«, sagte Pooley.

»Was immer du willst, mein Freund.«

Pooley dachte angestrengt nach. »Ich will das *Jim Pooley*«, sagte er dann.

»Das Jim Pooley was?«

»Nichts. Einfach nur das *Jim Pooley*. Es soll eine Wirtschaft werden.«

»Gute Idee. Ich komm dich auf ein Pint besuchen. Was meinst du, sollen wir all die Mietskasernen abreißen und ein paar hübsche Terrassen im georgianischen Stil bauen lassen? Oder sollten wir …«

»John?« fragte Jim.

»Jim?« antwortete John.

»John, wegen dieser Brentforder Schriftrollen. Das päpstliche Dekret, das all diese Dinge päpstlich dekretiert. Wo genau befinden sich diese Schriftrollen in diesem Augenblick?«

»Ah«, sagte Jim.

»Und was, bitte schön, bedeutet dieses ›Ah‹?« fragte John.

»Dieses ›Ah‹ bedeutet, daß die Schriftrollen verschwunden sind, als der Mönch ermordet wurde. Keine Menschenseele hat sie in den letzten vierhundert Jahren gesehen.«

Jim Pooley holte zu einem weiteren Faustschlag gegen Omally aus.

Und diesmal traf er.

7

»Zwanzig von uns im Graben, mit nichts als einer Persenning, um das Wetter draußen zu halten.« Der Alte Pete sank in seinem Stuhl zurück und vollführte eine bedeutungsvolle Geste mit dem Mundstück seiner Pfeife, nachdem er neue Kraft aus der Reaktion seiner Zuhörer geschöpft hatte, ausnahmslos Burschen, die Büroschluß hatten und auf das eine oder andere Pint in den *Fliegenden Schwan* gekommen waren. »Das nenne ich ›Harte Zeiten‹. Nichts von diesem verzärtelten Getue von wegen Pyjama und Nachtlicht.«

Der Alte Pete hatte sicherlich harte Zeiten hinter sich. Schließlich – hatte er nicht auf den Feldern nach Wurzeln gegraben, um seine vier jüngeren Brüder zu ernähren? Und hatte er nicht einst für drei Monate in einem Faß gelebt, bis sein Bart lang genug gewachsen war, um die Schande zu verbergen, daß er sich kein Hemd leisten konnte? Und als sein Onkel gestorben war, bei einem schweren Unfall mit einem Heckentrimmer und unanständig entblößt, war es da nicht der Alte Pete gewesen, der die Körperteile eingesammelt und mit eigenen Händen das Grab geschaufelt hatte? Der Alte Pete hatte echte Armut erlebt. Seine Geschichten von einem einzigen Marmeladensandwich zwischen sechs und vier zu einer einzigen Tasse Tee hatten noch stets die Tränen in die Augen seiner Zuhörer getrieben und ihm den einen oder anderen freien Drink eingebracht.

»Wie kommt es nur«, sagte Omally, der die ganzen Geschichten bereits mehr als einmal gehört hatte, »daß von den zwanzig Burschen, mit denen du im Graben gelegen hast, nicht ein einziger genügend Grips besaß, um sich das Geld für ein Nachtasyl zu verdienen?«

»Ein zynischer Mistkerl ist doch immer dabei«, konterte der Alte Pete, »der nichts lieber tut, als eine guterzählte Geschichte zu verderben.«

Omally führte Jim zum Tresen.

»'n Abend, Neville«, begrüßte er den Teilzeitbarmann. »Zwei Pints Large bitte, und ein ganzes Marmeladensandwich für meinen Freund hier, der den Tee verpaßt hat.«

Jim starrte Neville verdrießlich hinterher, als dieser sich an seine Arbeit machte.

»So«, sagte der Vollzeit-Teilzeitbarmann, als er seinen beiden Stammgästen die Gläser hinschob. »Laßt mich raten. Mein erster Gedanke war, daß ihr in eine Stampede geraten seid, aber das erscheint mir eher unwahrscheinlich. Also schätze ich, ihr habt eine Trainingsstunde beim Special Air Service genommen?«

»Wovon redest du denn da?« erkundigte sich Jim.

»Ihr beide«, erklärte Neville, »ihr beide steht völlig zerzaust hier vor mir, überall Fäden gezogen, Schnitte und Kratzer und blaue Flecken, ihr habt Reste von Brombeerdornen an den Jacken, und jeder von euch hat ein geschwollenes Auge.«

»Ich würde wirklich lieber nicht darüber reden«, sagte Jim.

»Meinetwegen. Aber verrate mir eins, John – bist du schon auf die eine oder andere sensationelle Enthüllung in Jims Buch gestoßen?«

Omally öffnete den Mund und wollte reden.

»Nein«, sagte Jim hastig. »Ist er nicht.«

»Schade«, sagte Neville. »Ich hatte gehofft, daß es vielleicht ein paar zusätzliche Pennies in meine Kasse bringen würde. Die Zeiten sind wie immer schlecht für den einfachen Schankwirt.«

»Die Leiden armer Schankwirte sind uns nur allzu bekannt«, entgegnete John. »Du bist uns allen ein Vorbild, Neville.«

»Hm«, machte Neville und wandte sich dann wieder seinen Gläsern und einem Poliertuch zu.

»Komm, wir gehen an einen Tisch«, schlug John vor und deutete zu einer diskreten Ecke. Jim folgte ihm widerwillig, stellte sein Bier und sein Marmeladensandwich auf die Tischplatte und setzte sich.

»Ich werde das hier jetzt essen und trinken, und dann gehe ich nach Hause und lege mich in mein Bett«, sagte Jim. »Das ist einer von den Tagen, die ich beim besten Willen nicht unnötig verlängern möchte.«

»Komm schon, Jim! Du kannst doch nicht wirklich aus einem Spiel aussteigen wollen, bei dem es soviel zu gewinnen gibt!«

»Ich sehe keine Karten auf dem Tisch, mit denen wir spielen könnten, John. Die Schriftrollen sind wahrscheinlich vor Hunderten von Jahren zu Staub zerfallen. Die gesamte Vorstellung ist absurd! Warum gibst du das nicht endlich zu?«

»Unsinn, blanker Unsinn. Betrachte die Sache doch als eine Art heiliger Queste. Wie bei *Jäger des verlorenen Schatzes*.«

»Man hat mir zwar zu mehr als einer Gelegenheit erzählt, daß ich eine verblüffende Ähnlichkeit mit Harrison Ford besitze, aber ich verspüre trotzdem nicht die geringste Absicht, meine Zeit mit derart dummen Unternehmungen zu verschwenden. Und jetzt erlaube bitte, daß ich esse und trinke und meiner Wege gehe.«

»Du besitzt wirklich einen sehr eigenartigen Sinn für Humor, Mister Pooley. Also schön, wie sollen wir denn deiner Meinung nach am besten an die Sache herangehen? Ein paar Metalldetektoren mieten, einen Wünschelrutengänger um Hilfe bitten …«

»Nein!« Jim schüttelte den Kopf, wischte sich Brotkrumen vom Kinn, leerte sein Bier und stand auf. »Ich bin nicht interessiert, John. Ich will nichts damit zu tun haben. Ich gehe nach Hause. Gute Nacht.« Und mit diesen Worten wandte er sich um und verließ den *Fliegenden Schwan*.

»In diesem Augenblick wurde ich wach«, hörte man den Alten Pete erzählen, »und mein großer Zeh war weg. Nur ein kleiner Zettel steckte am Stumpf, und darauf stand zu lesen: ›Bin einkaufen gegangen‹.«

John Omally nahm noch ein weiteres Pint, dann verließ auch er den *Fliegenden Schwan*. *Was zum Kuckuck ist nur los mit diesem Jim Pooley?* fragte er sich, während er ziellos durch die Straßen Brentfords wanderte. Hatte er denn allen Unternehmungsgeist verloren? Oder war er einfach mit der Zeit älter geworden?

Omally blieb wie angewurzelt stehen. Warum war ihm jetzt *dieser* Gedanke in den Kopf gekommen? *Mit der Zeit* ... Er und Jim besaßen das gleiche Alter, und sie waren nur ... Omally strich sich über das Kinn. *Nur* war wohl nicht mehr der passende Ausdruck, schien ihm. *Gut und gerne* paßte sehr viel besser.

Omally dachte nach und setzte sich, als er feststellte, daß er gleich neben Omallys Lieblingsbank stand.

Er und Jim hatten in der Vergangenheit so manches Abenteuer genossen. Sie waren in die eine oder andere wirklich schreckliche Geschichte verwickelt gewesen, doch sie waren immer wieder mit hoch aufgerichteten Köpfen daraus hervorgekommen, selbst wenn ihre Taschen leer geblieben waren. Diese Geschichte mit den Brentforder Schriftrollen war genau ihre Sorte von Ding. Ein Abenteuer, wenn es denn jemals eines gegeben hatte. Die Jagd nach den wertvollen Artefakten, ganz ohne Zweifel im Wettlauf mit irgendeinem bösartigen Irren, der sie für sich selbst haben wollte. Kämpfe auf Leben und Tod, Aufregung, Risiko ...

Omally kratzte sich ein weiteres Mal am Kinn. Vielleicht hatte Jim ja recht. Vielleicht war es wirklich eine dumme Idee. Die Schriftrollen waren aller Wahrscheinlichkeit nach für immer verloren. Und selbst wenn sie die Rollen fanden – würde das Millennium-Komitee zwei dahergelaufenen Brentforder Tölpeln, die zufällig über ein altes Pergament gestolpert waren, so einen Haufen Kohle aushändigen?

»Ich bin kein Tölpel«, sagte Omally laut, und ein einsamer Radfahrer sah ihn erschrocken an.

»Und ich bin kein Transvestit!« rief der andere zurück. »Ich ziehe mich manchmal eben gerne anders an, na und? Wer macht das nicht?«

Omally ließ es ihm durchgehen. Dann blickte er hinunter zu seinem Handgelenk, wo er, hätte er eine Armbanduhr getragen, seine Armbanduhr getragen hätte.

»Halb neun«, sagte er. »Hm. Was mache ich jetzt? Soll ich noch mal bei Jim vorbeischauen und versuchen, ihn doch noch zu überreden? Oder soll ich einen Spaziergang zu Professor Slocombe unternehmen und ihn fragen, was er über die Brentforder Schriftrollen weiß? Oder gehe ich in den *Schwan* zurück und trinke noch ein Pint? Oder vielleicht doch nach Hause und ins Bett?«

Ein schiefes Lächeln huschte breit über John Omallys Gesicht. Vielleicht konnte er ja zu jemand anderes Zuhause gehen und in dessen Bett schlafen? Und halb neun war gerade die Zeit, zu der Jack Bryant zu seiner Nachtschicht aufbrach. Und der Alte Pete, Beobachter des Inkubus, hatte sich im *Fliegenden Schwan* häuslich niedergelassen.

Omally erhob sich von Pooleys Bank, streckte sich, stopfte sein Hemd in die Hose, fuhr mit den Fingern durch das lockige Haar und machte sich mit einem Pfeifen auf den Lippen auf den Weg zur Haltestelle.

Jim Pooleys Kessel pfiff nicht. Es war eines von diesen elektrischen Modellen, und diese Dinger pfeifen nie. Sie schalten sich einfach ab. Nun ja, die meisten tun es. Jims Kessel tat es nicht, weil es Jims Kessel war und weil er elektrisch war und Jim und elektrische Apparate nicht miteinander auskamen. Außerdem – selbst wenn Jims Kessel einer von der pfeifenden Sorte gewesen wäre, hätte er im Augenblick nicht pfeifen können. Weil er nämlich voller gebackener Bohnen war.

Jim hob den Deckel seines nicht-pfeifenden Kessels und spähte auf den munter köchelnden Eintopf.

»Fast fertig«, sagte er.

Die Brotscheibe, aus der Jim einen Toast herzustellen gedachte, lag gefährlich unsicher auf dem Schutzgitter des zweiflammigen Gaskochers. Beide Flammen brannten, weil der Schalter, mit dem die eine abgeschaltet wurde, zufällig abgebrochen war. Jim drehte das Brot um und verbrannte sich dabei die Finger.

»Autsch!« sagte Jim, wie man das eben so tut.

Aber Jim hatte noch ein Pfeifen in sich übrig. Schön, es war ein ziemlich mieser Tag gewesen, aber es gab ja immer noch das Morgen. Für heute mußten gebackene Bohnen mit Toast reichen, und anschließend würde er früh zu Bett gehen. Vielleicht war er ja sogar imstande, den gefürchteten Kreislauf von Aufstehen-und-zum-Buchmacher-gehen-und-dann-ins-Pub-und-dann-zur-Bank-vor-der-Bücherei-und-dann-nach-Hause-zum-Tee-und-wieder-ins-Pub-und-von-dort-ins-Bett zu durchbrechen.

Vielleicht.

»Morgen fange ich neu an«, sagte sich Jim. »Vielleicht gehe ich sogar runter zur Arbeitsvermittlung und sehe nach, was es an Jobs gibt.« Er erstarrte und blickte sich um. Dann schüttelte er den Kopf. »Das hat niemand gehört, oder?« flüsterte er. »Nein«, schloß er.

»Also gut, machen wir uns jetzt über diese Bohnen her.«

KLOPF, KLOPF, KLOPF, machte es an Pooleys Tür.

KLOPF, KLOPF, KLOPF, machte John Vincent Omally an Mrs. Bryants Küchentür. Das Licht wurde eingeschaltet, und durch die Milchglasscheiben sah John, wie sich die Dame des Hauses näherte. Der Anblick dieser Silhouette, von hinten beleuchtet durch die falschen Kutschenlampen an der Küchenwand, führte immer dazu, daß sich in Omally etwas regte.

»Wer ist da?« rief Mrs. Bryant.

»Der Mann deiner Träume«, flüsterte John.

»Jim, ich hab' dir gesagt, du sollst nur donnerstags abends kommen.«

Jim? Omallys Unterkiefer klappte herab. *Donnerstags?* Ging Pooley nicht jeden Donnerstag abend früh nach Hause, um irgendeine Gartensendung im Fernsehen nicht zu versäumen? Aber ... *Pooley?* Bestimmt nicht.

»Ich bin es, John«, flüsterte er.

»Oh, John. Oh, hahaha« (das Geräusch von verlegenem Gelächter). »War natürlich nur ein kleiner Scherz. Komm herein.«

Mrs. Bryant öffnete, und Omally grinste sie an.

»Dein Mann ist nicht in der Nähe, oder?«

»Nein. Er ist heute abend noch gar nicht nach Hause gekommen. Ich mache mir allmählich ernste Sorgen wegen Jack.«

»Soll ich lieber wieder gehen und ein andermal zurückkommen?«

»Machst du Witze?« Mrs. Bryant packte John bei den Revers und riß ihn zu sich in die Küche.

KLOPF, KLOPF, KLOPF, machte es erneut an Pooleys Vordertür. Jim schwankte hektisch hin und her, während er zur gleichen Zeit versuchte seinen Toast von der Gasflamme zu angeln und den Stecker des elektrischen Kessels herauszuziehen. »Nur noch einen Augenblick!« rief er. »Ich komme gleich!«

KLOPF, KLOPF, KLOPF.

Pooley warf den Toast von einer Hand in die andere, blies nacheinander auf seine Finger und vollführte dabei einen ziemlich blödsinnigen Tanz.

KLOPF, KLOPF, KLOPF!

»Verdammter Mist!« Pooley warf den Toast über die Schulter und stapfte durch seine enge Diele zur Wohnungstür. Wütend riß er sie auf und brüllte nach draußen: »*Was willst du?*«

»Ich weiß genau, was du willst«, gurrte Mrs. Bryant und blies in John Omallys Ohr.

Und sie wußte es tatsächlich. Trotzdem hielt John einen Augenblick lang inne und nahm Maß. Er wollte sich mit ihr vergnügen, sicher. Aber das wollte er schließlich immer. Die meisten Männer wollten sich ständig vergnügen. Die meisten Männer würden jederzeit alles stehen- und liegenlassen, wenn sie die Gelegenheit dazu erhielten. Aber wollte er, John Vincent Omally, das auch? In das Haus einer verheirateten Frau schleichen, um des billigen Nervenkitzels wegen. Es war eine ziemlich geschmacklose Angelegenheit, wenn man es genau bedachte. Nicht, daß John Schuldgefühl wegen dem armen Jack Bryant entwickelt hätte. Jack war ein liebenswerter Trottel. Aber zu was machte er sich mit dieser Geschichte? Zu einem gemeinen Rüpel?

»Ich bin kein Rüpel!« sagte John Vincent Omally.

»Ich hab' nie gesagt, daß du einer wärst. Kann ich jetzt aus den Eiswürfeln raus?«

»O ja, bitte«, sagte John. »Und ...«

KLATSCH! machte Pooleys Wohnungstür, als sie aufgestoßen wurde und gegen die Dielenwand knallte.

»Heh, warten Sie!« sagte Jim, als er von Händen gepackt wurde. »Hören Sie auf damit!« fuhr er fort, als die Hände ihn durch die Diele schleppten.

KLATSCH! machte die Tür einmal mehr, als andere Hände sie wieder ins Schloß warfen.

Mrs. Bryant hatte die Kühlschranktür offengelassen.

Es mag dem Leser vielleicht ein wenig unglaubwürdig erscheinen, aber es gibt noch immer Menschen auf der Welt, die nichts von den sexuellen Schätzen ahnen, die so ein Kühlschrank in sich birgt. Sie mögen die Stirn runzeln, aber es stimmt. Diese tragischen, uninspirierten Gestalten öffnen ihre Kühlschränke und sehen – Essen. Essen und Trinken und sonst nichts.

Gewiß, jeder hat ein umfassendes Sammelsurium ehelicher Hilfsmittel in seinem Nachtschrank verstaut – schließlich, wer hat das nicht? Aber wenn es um den Kühlschrank geht, dann sehen alle immer nur Essen und Trinken.

Der Connaisseur der Küchenkopulation jedoch sieht den Inhalt des Kühlschranks in all seiner nackten Pracht.

Die erotischen Möglichkeiten des Gemüsefachs sind den meisten wohl vertraut. Wer wurde nicht schon einmal erregt vom Anblick all dieser Maiskolben und Pastinake, Bananen und Salatgurken? Doch der Connaisseur verachtet das Offensichtliche und geht weiter zu den exquisiten Vergnügungen der halb ausgedrückten Limonen und der höllischen roten Chilischoten, hier eine Prise, dort ein Tropfen. Indem er weiter nach oben sieht, erblickt er das Fach mit den Schmiermitteln, Cremes und Lotionen: Butter und Margarine, Schweineschmalz, Mayonnaise, das kaltgepreßte native grüne Olivenöl, die Salatdressings und natürlich die HP-Sauce.

Dann zum Eingemachten. Wußten Sie, daß man zehn kleine Silberzwiebeln auf ein Stückchen Faden gezogen ganz sanft in den …

»Stoßen Sie mich nicht herum!« kreischte Jim. »Was hat das überhaupt zu bedeuten? Lassen Sie mich los!«

»Mister Pooley? Mister James Arbuthnot Pooley?« Eine große Hand hielt Jim fest an der Kehle gepackt und drückte ihn gegen die Wand.

Pooley starrte seinem Peiniger ins Gesicht. Es war ein beeindruckendes Gesicht. Ein Gesicht, das schon einige Dienstjahre hinter sich hatte. Ein Gesicht mit einer eingeschlagenen Nase und einer massigen Stirn, der Mund fest zusammengepreßt von harten Kiefermuskeln, das Kinn unrasiert. Es war ein Gesicht, das sagte: »Komm mir nicht in die Quere«, ohne daß der Besitzer ein einziges Wort sprechen mußte.

»Wer sind Sie?« ächzte Pooley. »Und was wollen Sie?«

»Polizei«, sagte der Mund in dem beeindruckenden Gesicht.

Jim betrachtete den Kopf und den Körper, die zu dem Gesicht gehörten. Gleichermaßen beeindruckend. Groß und grobschlächtig. Zwei weitere Burschen gleicher Statur lungerten in Pooleys Diele.

»Polizei?« fragte Jim mit zitternder Stimme. »Aber ich habe nichts Falsches getan!«

»Wir sind gekommen, um Ihre Wohnung zu durchsuchen.«

»Ah«, sagte Jim. »Ah. Ich nehme nicht an, daß Sie über einen richterlichen Durchsuchungsbeschluß verfügen?«

»Ich nehme nicht an, daß wir einen besitzen, nein.«

»Kein Problem, wirklich. Überhaupt kein Problem«, sagte Jim. »Darf ich Sie nur um einen Gefallen bitten?«

»Dürfen Sie, ja.«

»Nun ja, sehen Sie, Fehler geschehen. Niemand möchte sie, aber manchmal geschehen sie einfach. Manchmal trägt beispielsweise ein Polizeibeamter versehentlich ein belastendes Beweisstück in seiner Tasche bei sich. Illegale Drogen, oder vielleicht sogar eine Mordwaffe. Und während die Wohnung eines Unschuldigen durchsucht wird, der fälschlicherweise denunziert worden ist, könnte dieses Beweisstück aus der Tasche des Beamten fallen und, sagen wir, unter einer Matratze oder hinter einem Abflußrohr landen, und der Polizeibeamte hebt es in aller Unschuld auf und ruft: ›Ts, ts, ts, was haben wir denn hier?‹, und das nächste, an das man sich erinnert ...«

KLATSCH! ertönte das Geräusch von neuem.

Doch diesmal kam es nicht von der Tür.

KLATSCH! machte der Sellerie. KLATSCH! KLATSCH! KLATSCH!

»Möchtest du vielleicht, daß ich Kakaopulver darüberstreue?« fragte Mrs. Bryant.

»O ja, bitte«, sagte Pooley.

Mrs. Bryant brachte Johns Cappuccino herbei und setzte sich neben ihn an den nachgemachten altertümlichen Küchentisch.

KLATSCH! machte der Sellerie einmal mehr in der Salzschüssel.

»Immer eine Freude, dich zu sehen, John«, sagte Mrs. Bryant. »Schmeckt dir der Salat?«

»Sehr gut, ja. Danke.«

»Möchtest du noch etwas Eis in dein Perrier?«

»Nein danke, es ist perfekt. Sehr lieb von dir, mir ein Essen zu machen.«

»Du brauchst eine Frau in deinem Leben, John. Jemanden, der sich um dich kümmert.«

»Was ein Mann braucht und was ein Mann will, das deckt sich nur selten«, verkündete der irische Philosoph.

»Und erklärt das die große Beule in deiner Hose?«

»Ach die.« Omally fischte Pooleys Buch hervor. »Das ist nichts Wichtiges, nur ein Geschichtsbuch.«

»Geben Sie uns das Buch«, sagte der Polizeibeamte mit dem Gesicht, während er Pooley auf die Beine zerrte und erneut zuschlug. »Wir können Ihre Wohnung auch auseinandernehmen, wenn Sie wollen, und Sie gleich mit. Warum ersparen Sie sich nicht den Schmerz? Wo ist es?«

»Ich hab' es nicht.« Pooley zuckte zusammen, als ein weiterer Schlag auf ihn einKLATSCHte. »Ich hab's nicht, ich hab's nicht!«

»Wir haben das hier gefunden, Sarge«, sagte der zweite Polizist.

»Es gehört mir nicht! Es gehört mir nicht!« kreischte Jim. »Was auch immer es ist.«

»Da steht Ihr Name und Ihre Anschrift drauf«, sagte das Gesicht. »Und es sieht aus wie die Verpackung von einem Buch.«

»Ich hab's nicht. Ich hab's wirklich nicht!«

»Aber Sie hatten es vorhin, als Sie vor dem Büro des frisch verschiedenen Mister Compton-Cummings aufgetaucht sind.«

»Woher wissen Sie *das*?«

»Spielt keine Rolle. Wollen Sie uns jetzt verraten, wo das Buch ist, oder müssen wir ...«

»Wo ist Ihre Teekanne?« fragte in diesem Augenblick der dritte Polizeibeamte.

»Aaaaaargh!« machte Pooley.

»Mmmmmm«, machte Omally und öffnete die unteren Knöpfe seiner Weste. »Das war ein ganz ausgezeichnetes Essen.«

Mrs. Bryant blätterte durch die Seiten von Pooleys Buch. »Was ist Auto-Päderastie?« fragte sie.

»Das möchtest du nicht wissen. Jedenfalls nicht wirklich.«

»Aber ich möchte es wissen. Wirklich.«

John flüsterte.

»Das ist doch nicht möglich! Oder vielleicht doch?«

»Ich weiß zumindest, daß es im Internet eine eigene ganz spezielle Seite dafür gibt. Obwohl ich nicht genau weiß, was ein Internet ist.«

»Ich glaube, es handelt sich um eine Art Netzstrümpfe, die von weiblichen Eisenbahnbediensteten in den britischen Eisenbahnen getragen werden.«

»Tja, man lernt eben jeden Tag noch etwas hinzu«, sagte John. »So, und was machen wir jetzt?«

Mrs. Bryant dachte einen Augenblick lang nach. »Warum vergnügen wir uns nicht ein wenig?« fragte sie dann.

»Warum entspannen wir uns nicht alle ein wenig?« fragte das Gesicht. »Mister Pooley hier wird uns ganz genau erzählen, was wir wissen möchten, nicht wahr, Mister Pooley?«

»Ich habe keinen Teekessel!« stöhnte Jim vom Küchenboden.

»Das hier sieht nach einem aus«, sagte der dritte Polizist und hielt ein zersplittertes emailliertes Ding in die Höhe, das der Pooley-Dynastie seit Generationen treue Dienste leistete.

»Ich glaube, daß ist eine Gießkanne.« Jim ächzte, als ein Stiefel sein Ziel fand.

»Scheint sich um einen Fall von pathologischer Angst vor Teekesseln zu handeln«, sagte der zweite Polizeibeamte. »Ich frage mich, woher diese Angst rührt?«

»Von einer pathologischen Furcht vor dem Tod«, murmelte Pooley. »Bitte treten Sie mich nicht wieder.«

»Das Buch«, sagte das Gesicht.

»Ich hab's weggeworfen.«

»Nicht gut genug.«

»Dann hab' ich's eben weggegeben.«

»Wohin?«

»Es heißt ›*An wen?*‹, Sergeant.«

»Dafür ist es zu spät.«

»Verzeihung?«

»Wenn das hier ein Running Gag über Grammatik werden soll, dann hätte man ihn direkt zu Beginn der Szene einführen müssen.«

»Oh. Ja. Sicher, Sie haben recht, Sergeant. Tut mir leid.«

»Schon gut, Bursche. Wo war ich noch gleich stehengeblieben?«

»Ich glaube, Sie wollten Mister Pooley noch einmal treten.«

»Ah-ja.«

»Nein, nein, nein!« heulte Pooley auf. »Ich hab's weggegeben, ganz ehrlich!«

»*An wen?*«

»An ...« Jim schüttelte den zitternden Kopf. »Ich

kann mich nicht mehr erinnern. Irgendein Typ in der Kneipe.«

John Omally ging hinein, blieb für eine ganze Weile drin und kam dann wieder heraus.

Mrs. Bryant blickte vom Bett zu ihm auf. »Du hast ziemlich lange gebraucht, um dir die Hände zu waschen«, sagte sie. »Ich wollte schon ohne dich anfangen.«

John gab ein merkwürdiges, krächzendes Geräusch von sich. Sein Gesicht war mit einemmal so weiß wie das eines Albino-Herings.

»Ist mit dir alles in Ordnung, John? Du siehst plötzlich so ...«

»Ruf die Polizei!« krächzte Omally. »Ruf die verdammte Polizei.«

»Oh, es ist ein Rollenspiel, ja? Was soll ich für dich sein? Eine Krankenschwester?«

»Das ist kein Rollenspiel, und es ist auch kein Witz! Irgend etwas ist in deinem Badezimmer. *Jemand*. Total verschrumpelt und mausetot. Es ist schrecklich! Ich glaube, es könnte dein Ehemann sein.«

Mrs. Bryant wurde ohnmächtig.

»Er ist ohnmächtig, Sergeant«, sagte der zweite Polizeibeamte. Er hob Pooleys Kopf hoch und ließ ihn mit einem scheußlichen Geräusch wieder auf den Küchenboden fallen.

»Ein sturer Bursche, nicht wahr?« sagte das Gesicht. »Warum, glaubt ihr, ist er so verdammt stur?«

Die Beamten zwei und drei standen da und zuckten die Schultern. Der Beamte Nummer zwei hielt noch immer den Teekessel in der Hand. »Ich schätze, im Augenblick hat er keine Lust auf eine Tasse Tee«, sagte er.

»Beantworte einfach meine Frage, Kerl!«

»Wir wissen es nicht, Sergeant.«

»Weil er jemanden schützen will, das ist doch wohl ganz offensichtlich. Jemanden, der ihm wichtig ist. Jemanden, dem er eine ähnliche Abreibung ersparen möchte.«

»O ja!« Die Beamten zwei und drei nickten eifrig.

»Also, was wissen wir über Pooleys Umgang?«

Der Polizeibeamte zwei zog seinen vorschriftsmäßigen Polizeinotizblock hervor und blätterte durch die Seiten. »Nur eine einzige Person, Sergeant«, antwortete er dann. »John Vincent Omally, aus der Mafeking Avenue Nummer siebzehn.«

»Nun, dann schlage ich vor, wir gehen jetzt alle in eine Kneipe und nehmen einen Drink.«

»Warum denn, Sergeant?«

»Weil Omally ein irischer Name ist, darum. Und Iren sind allesamt versoffene Bastarde, oder vielleicht nicht? Also brauchen wir nicht mit der Rückkehr von Mister Omally zu rechnen, bevor die Lokale schließen.«

»Das ist eine diskriminierende Bemerkung, Sergeant, oder nicht?«

»Nicht, wenn sie von jemandem kommt, der selbst Ire ist.«

»Aber Sie sind doch gar kein Ire, Sergeant.«

»Nein, bin ich nicht. Ich bin Polizeibeamter.«

Mehrere Polizeifahrzeuge kamen schleudernd vor Mrs. Bryants Wohnung zum Stehen. Plärrende Martinshörner, blitzende Blaulichter. In der Küche schob Mrs. Bryant den widerstrebenden Omally zur Hintertür.

»Geh einfach«, sagte sie. »Überlaß das alles mir.«

»Ich kann dich doch nicht allein lassen ...«

»Du mußt, John.«

»Dann ruf mich an. Nein, ich rufe dich an, ich stehe nicht im Telefonbuch. Sieh mal, diese ganze Sache tut mir unendlich leid. Ich weiß überhaupt nicht, was ich sagen soll.«

»Sag nichts. Geh einfach.«

Mrs. Bryant küßte ihn ein letztes Mal, und John Omally ging.

An der Ampel sprang er auf einen Bus der Linie fünfundsechzig und ließ sich in einen der breiten Sitze in der letzten Reihe fallen. Er schloß für einen Moment die Augen, doch sofort war wieder dieses schreckliche Bild in seinem Kopf. Ein verrenktes, verschrumpeltes Etwas, das einst ein Mann gewesen war, zusammengesunken über der Toilette. Jim hielt die Luft an und riß die Augen wieder auf.

»Ah«, sagte der Busfahrer. »Ich erinnere mich an Sie. Sie sind heute morgen ausgestiegen ohne zu zahlen.«

John zahlte den doppelten Fahrpreis. Er wollte nur noch nach Hause und ins Bett. Dieser Tag war von Anfang bis zum Ende nicht der seine gewesen. Wäre er doch nur ein weiser Mann wie Pooley gewesen. Der lag wahrscheinlich längst im Bett und schlief den Schlaf des Unschuldigen.

»Dieser Tag ist hiermit vorbei«, beschloß John Vincent Omally.

Doch das war er nicht.

O nein, das war er noch längst nicht.

8

John sprang aus der Linie fünfundsechzig, überquerte die Ealing Road und blieb an der Ecke vor Normans Laden stehen. Es war fast elf Uhr. Die Zeit der letzten Runde. Wenn er sich beeilte, schaffte er es noch auf ein schnelles Helles in den *Fliegenden Schwan*.

»Nein«, sagte John. »Ich gehe nach Hause und in die Sicherheit meines Bettes.«

Er schlug seinen Tweedkragen hoch, stieß die Hände in die Taschen seiner Tweedhosen und trottete durch die Albany Road in Richtung Mafeking Avenue.

Er drehte gerade den Schlüssel im Schloß, als er es hörte.

Ein Klicken, einen dumpfen Schlag und einen Schmerzensschrei.

Omally wirbelte herum.

Ein Stöhnen.

Omally starrte in die Richtung, aus der das Stöhnen gekommen war.

Dort. Bei den Mülltonnen. Eine blutige Hand winkte schwach. Omally sprang über die Tonnen und stieß sie beiseite.

»Pooley!« ächzte er. »Jim! Was zur Hölle ist mit dir passiert?«

»Hilf mir nach drinnen. Schnell!«

Omally bemühte sich angestrengt, seinem Freund auf die Beine zu helfen. Er zerrte an Jims Arm, legte ihn um seine Schulter und schleifte den Rest hinter sich her.

»Schieb den Riegel vor!« stöhnte Jim. »Und stemm ein paar Stühle dagegen.«

»Was ist passiert? Wer war das? Ich mache Brei aus ihnen!«

»Die Polizei, John.«

Omally half Pooley in die Küche. Sie besaß eine verblüffende Ähnlichkeit mit der von Pooley – der gleiche ungeleerte Tretmülleimer, die gleiche Unordnung und alles.

»Setz dich«, sagte John. »Ganz vorsichtig, gleich haben wir's geschafft.«

»Du sollst die Tür verbarrikadieren.«

»Keine Sorge, überlaß nur alles mir.«

Omally verließ die Küche, zog einen schweren Lehnsessel aus dem Wohnzimmer und rammte ihn unter die Türklinke, bevor er zu seinem verwundeten Freund zurückkehrte. Er ließ kaltes Wasser über ein Geschirrtuch laufen und wischte Jims Gesicht damit ab. »Warum haben sie dich so zusammengeschlagen? Was hast du angestellt?«

»Überhaupt nichts. Sie wollten das Buch.«

Omally starrte Pooley an. Er wußte, daß sein bester Freund ihn niemals an die Polizei verraten würde.

»Und wieso glaubst du, daß sie hierherkommen?« fragte er.

»Sie hatten einen Notizblock, und darin bist du als mein bester Freund aufgetaucht. Ich hab' so getan, als wäre ich bewußtlos. Ich hab' gehört, wie sie sich unterhalten haben. Sie wollten einen trinken gehen und nach der Polizeistunde zu dir kommen.«

Omally betupfte Pooley mit seinem Geschirrtuch, und Pooley zuckte und stöhnte.

»Du bist ziemlich schlimm zugerichtet«, sagte Omally. »Und du hast noch ein blaues Auge mehr. Irgendwelche Knochen gebrochen?«

»Die meisten, wenn nicht alle.«

»Waren wohl ziemlich kräftige Kerle?«

»Sehr kräftig.«

»Dann müssen wir von hier verschwinden. Meine Wohnung ist keine Festung.«

»Aber wohin sollen wir bloß gehen? Aua! Autsch!«

»Entschuldige, Jim. Ich weiß nicht, wohin. Irgendwohin, wo wir sicher sind. Wo die Polizei nicht nach uns suchen kommt.«

Jim blickte zu John, und John blickte zu Jim.

»Professor Slocombe!« sagten beide gleichzeitig.

Daß sowohl Jim als auch John ohne eine Sekunde zu zögern den gleichen Namen nannten, mag jedem seltsam erscheinen, der nicht innerhalb der geweihten Grenzen des Brentford-Dreiecks aufgewachsen ist. Doch für all diejenigen, die innerhalb dieser weltberühmten geomantischen Konfiguration leben (die von der Great West Road, dem Grand-Union-Kanal und der Themse begrenzt wird), hätte es gar keine andere Wahl gegeben.*

John und Jim kannten den Professor viele Jahre länger als einander. Er war Brentfords Patriarch, exotisch, geheimnisvoll und doch ein ganz wesentlicher Bestandteil der Gemeinde.

Früher einmal, vor langer, langer Zeit, da hatte Professor Slocombe …

KLOPF, KLOPF, KLOPF, erklang ein schreckliches Klopfen an Omallys Tür.

»Aaaaaargh! Sie sind da!« Jim kämpfte sich auf die Beine. Seine Hände flatterten wie Flügel, und er drehte sich in kleinen Kreisen um sich selbst – eine Angewohnheit, die sich in Augenblicken extremer mentaler Qualen immer wieder Bahn brach.

* Ebensowenig wie für alle Leser der übrigen herrlich verrückten Bände dieser herrlich verrückten fünfteiligen Brentford-Trilogie (vgl. Sie vorne in diesem herrlich verrückten Buch oder besuchen Sie uns im Internet unter www.luebbe.de. Dort gibt's mehr zum herrlich verrückten Rankin, was dem ~~herrlich verrückten~~ Lektor die ewig langen Anmerkungen mit Hinweisen auf die anderen Bücher des Autors erspart. Schon gut, die neue Technik).

»Hör sofort auf damit!« befahl John und unterbrach Pooleys Kreiseln, indem er seinen Kopf in den Schwitzkasten nahm. »Wir verschwinden durch den Hinterausgang.«

»Ich kann nicht, John. Ich bin nicht fit genug.«

»Reiß dich zusammen, Kerl!«

»Reiß dich zusammen? Reiß dich zusammen? Sieh doch, wie ich aussehe!«

KLOPF, KLOPF, KLOPF, ertönte das Klopfen von neuem.

»Lauf, John! Rette dich! Laß mich hier zurück.«

»Wir gehen zusammen. Du mußt nicht rennen.«

»Nein?«

Omally stieß Pooley durch die Küchentür und in den winzigen unaufgeräumten Hinterhof. Das Mondlicht enthüllte alles. An der Wand unter dem Küchenfenster, eingehüllt von einer Persenning, die Omally von dem Alten Pete ausgeliehen hatte, stand *etwas*.

»Sieh her, die Maschine unserer Erlösung«, bühnenflüsterte John und zog die Persenning beiseite, um …

»Nicht *Marchant*!« stöhnte Jim.

Doch es war Marchant.

Und Marchant war ein Fahrrad.

Wer den legendären Flann O'Brien gelesen hat, der weiß alles über Fahrräder. Flanns Theorie zufolge, besaß in Irland, in den Zeiten, da er dort geschrieben hat, fast jeder ein Fahrrad. Und das ununterbrochene Rattern und Klappern über unebene Straßen hatte im Verlauf langer Jahre dazu geführt, daß gewisse Atome Fahrrad und gewisse Atome Mensch sich miteinander verbunden hatten, bis der Mensch schließlich ein Stück Fahrrad und das Fahrrad ein Stück Mensch geworden war. O'Brien führte den extremen Fall eines Polizeibeamten an, der so sehr Fahrrad war, daß er sich immer irgendwo anlehnen mußte, sobald er stehenblieb, weil er sonst umgefallen wäre.

Das traf bei Omally zwar nicht zu, trotzdem existierte zwischen ihm und Marchant ein Verhältnis, das eine beinahe spirituelle Qualität besaß.

Beinahe.

»Los, auf den Lenker, Jim«, sagte John. »Wir gehen flitzen.«

»Aber Marchant kann nicht flitzen!«

»Nur so eine Redensart.«

John half Jim auf den Lenker, bezog selbst den Platz auf dem gefederten Sattel, setzte einen Fuß in den Sattel, und alle drei kippten seitwärts.

»O nein, das wirst du nicht tun!« John streckte den Fuß aus, um das Kippen aufzuhalten. »Komm schon, Marchant! Das ist ein Notfall! Mein bester Freund Jim ist verletzt, und das gleiche droht dir auch, wenn du uns nicht helfen willst.«

»Wenn die Polizei mich nicht umbringt, dann bestimmt dieses Fahrrad«, stöhnte Jim.

»Wenn du dich benimmst, darfst du morgen den ganzen Nachmittag in den Fahrradschuppen hinter der Höheren Mädchenschule.«

»Wie kannst du es wagen ...!«

»Ich hab' mit meinem Fahrrad geredet.«

KLOPF, KLOPF, KLOPF, ertönten die Geräusche weiteren Klopfens, gefolgt von einem davon höchst verschiedenen KRACH!

»Hüa, Marchant.«

Heraus aus dem Hinterhof und durch die schmale Gasse ging es, während Omally nach Kräften in die Pedale trat und Jim sich verzweifelt an seiner Lenkstange festklammerte. Es war ein irrer Ritt, und zum Glück war an diesem Tag nicht Müllabfuhr.

Am Ende der Gasse schwenkte Omally hart nach

rechts. Es gab nur einen Weg, und der führte über eine kurze kopfsteingepflasterte Gasse und zurück in die Mafeking Avenue.

»Halt dich gut fest«, sagte John, während sie über das Pflaster ratterten und dann in die Mafeking hinausrasten.

»Dort, Sergeant!« ertönte ein Schrei. »Auf einem Fahrrad! Und dieser Pooley ist auch bei ihm!«

»Wir werden sterben!« kreischte Jim.

»O nein, werden wir nicht.«

Dann ertönten die Geräusche von trappelnden Polizistenfüßen, von Wagentüren, die aufgerissen und zugeschlagen wurden, und von einem Motor, der im Leerlauf hochgedreht wurde. Doch weder Jim noch John hörten etwas davon, denn sie waren bereits ein ganzes Stück weiter bei der Moby-Dick-Terrasse und auf dem Weg zum Memorial Park. Während sie dort vorüberfuhren, machte sich der geistig stets rege Omally eine mentale Notiz, seiner Liste noch den John Omally Millennium Bowling Park hinzuzufügen.

»Haben wir sie abgehängt?« rief Jim.

John bremste mit aller Kraft – keine gute Idee, wenn man jemanden auf dem Lenker hat.

»Oooooooh!« machte Jim, als er durch die Luft segelte. Und »Aaaaaaaaargh!« fuhr er fort, als er auf der Straße landete.

»Entschuldige«, sagte John und radelte zu der tragischen Gestalt. »Aber ich glaube, wir haben sie abgehängt. Ja, bestimmt.«

QUIETSCH! ertönte das Geräusch quietschender Reifen.

»Oder vielleicht doch nicht. Schnell, Jim, zurück auf den Lenker!«

»Ich sterbe«, klagte Pooley.

»Los jetzt. *Beeilung!*«

»Oje, oje. Ojemine!« Jim rappelte sich auf und hockte sich einmal mehr auf Marchants Lenker. Omally trat mit aller Kraft in die Pedale, und einmal mehr ging es los.

Im Innern des Polizeiwagens lachten drei Polizeibeamte voller Häme. Das tun sie eben manchmal. Üblicherweise, wenn sie im Begriff stehen, während eines Verhörs zu der einen oder anderen wirklich zweifelhaften Methode zu greifen. Und dann auch während sie zu dieser Methode greifen. Und natürlich hinterher erst recht, um genau zu sein. Hinterher in der Stammkneipe. Amerikanische Polizisten sind noch besser darin. Ganz besonders die in den Südstaaten, diese braven, guten Jungs mit Namen wie Joe-Bob. Die haben ein wirklich irres Lachen, diese Jungs.

»Hören Sie mit dem verdammten irren Lachen auf, Konstabler Joe-Bob!« befahl das Gesicht. »Und fahren Sie endlich diese beiden Bastarde über den Haufen.«

»Selbstverständlich, Sergeant«, sagte Konstabler Joe-Bob und drückte das Gaspedal nach unten.

»Schneller!« kreischte Pooley. »Sie holen auf!«

»Natürlich holen sie auf. Sie sitzen schließlich in einem Auto!«

»Dann fahr von der Straße runter!«

»Sei endlich still, Jim. Ich versuche nachzudenken.«

»Was denn, zu einem Zeitpunkt wie *diesem*?«

»Ich versuche über eine mögliche Fluchtroute nachzudenken, du Hornochse.«

»'tschuldige.«

Unvermittelt bog John so scharf nach links ab, daß Pooley beinahe erneut abgeflogen und diesmal in den Kanal gesegelt wäre. Das Polizeiauto tat es ihnen unter dem Geräusch weiteren Reifenquietschens nach.

»Das ist eine Sackgasse!« heulte Jim. »Wir werden sterben!«

»Halt dich fest, Jim.«

Omally bremste mit aller Kraft, und Marchant kam schlitternd zum Stehen.

»Was jetzt, John?«

»Nimm die Hände hoch, Jim.«

»Was?«

Plötzlich wurden sie vom Licht der Scheinwerfer erfaßt, und der Polizeiwagen schoß vor.

»Nimm die Hände hoch, Jim.«

»Willst du mich ausliefern?«

»Mach es einfach!«

Der Wagen wurde immer schneller, während er näher und näher kam.

Jim hob die Hände hoch. »Sie werden bestimmt nicht anhalten.«

»Ich hoffe es.«

»Was?«

Ein laut brüllender Motor, ein schnell heranjagendes Polizeiauto.

Schnitt.

Pooleys verängstigtes, malträtiertes Gesicht, in Großaufnahme.

Schnitt.

Der irre Konstabler hinter dem Lenkrad. Schnitt. Das immer schneller heranrasende Fahrzeug.

Schnitt auf Johns Gesicht, Schnitt auf Jims Gesicht, Schnitt auf die Gesichter der Polizisten. Die Kühlerhaube. Durchdrehende Reifen, dann …

»Spring!« Omally stieß Jim zur einen und warf sich selbst zur anderen Seite.

Jetzt alles in Superzeitlupe: die beiden Männer, die sich nach den beiden Seiten hin abrollen.

Schnitt.

Der Polizeiwagen, der mit voller Wucht gegen Marchant prallt.

Schnitt.

Dann eine Einstellung von unter dem Wagen, wie er das Fahrrad langsam vor sich herschiebt, bevor Marchant überrollt wird. Und dann, wie der Wagen in den Abgrund stürzt und stürzt und stürzt …

Mitten in den Kanal.

Große Fontänen, Spritzen, Platschen.

Dann langsam Abblenden.

»Heilige Scheiße«, sagte Jim.

»Heilige Scheiße, da hast du nicht ganz unrecht«, stimmte John ihm zu.

Schnitt.

9

Langsam kam Omally auf die Beine. Er ging zu Jim und half ihm beim Aufstehen. Pooleys Knie boten wenig Unterstützung, und er sank auf den Hintern.

»Was machen wir jetzt bloß, John?«

»Wir sehen zu, daß wir verschwinden, was denn sonst, Jim?«

»Aber die Polizisten! Sie ertrinken! Sie mögen vielleicht verbrecherische Polizisten sein, aber wir können sie doch nicht einfach ertrinken lassen.«

»Für was hältst du mich, Jim? Das Wasser ist nur zwei Fuß tief.«

»Aber sie könnten ernsthaft verletzt sein.«

»Dann rufen wir unterwegs die Ambulanz.«

Hustende und spuckende Geräusche und lautes Fluchen drangen aus der Dunkelheit unten im Wasser.

»Los, komm«, sagte Jim.

John starrte in die Dunkelheit. »Armer Marchant«, murmelte er.

Von der Kanalbrücke bis zum Butts Estate ist es ein erfrischender Fünfminutenspaziergang. Doch es dauert zwanzig Minuten, wenn man humpelt. Omally stützte seinen Freund auf der breiten, eichengesäumten Straße, die zum Haus des Professors führte.

Sie humpelten von einem Baum zu nächsten, immer sorgsam darauf bedacht, im Schatten zu bleiben. Sie kamen an der Tür von Dr. Stefan Malone vorbei, doch das wußten sie zu diesem Zeitpunkt noch nicht.

Ein Stück voraus, im goldenen Licht einer Gaslaterne – denn die Laternen von Butts Estate werden tatsächlich noch mit Gas betrieben – erhob sich das Haus des Professors. Ein prächtiges, freundliches Haus im georgianischen Stil, in dem der Slocombe-Clan wohnte, seit er es gebaut hatte. Hohe Flügelfenster, bunter Ziegelstein, ein Tribut an das Maurerhandwerk.

Sie blieben am Gartentor stehen und warteten einen Augenblick. Keiner der beiden wußte warum, doch das taten sie immer, bevor sie das Grundstück betraten. Dann, mit einem erleichterten Aufatmen, öffneten sie das Tor und betraten das Grundstück.

Es war wie immer, als hätten sie eine unsichtbare Grenze überschritten, einen Vorhang, der die eine Welt dort draußen von dieser Welt hier drinnen trennte.

Der mondbeschienene Garten war von außergewöhnlicher Schönheit. Schwere Düfte von nachtblühenden Orchideen schwängerten die Luft. Chrysanthemen schwankten verführerisch wie Flittchen am Straßenrand, während Schneeglöckchen gafften und tuschelten. Alte Rosen zeigten ihre Gesichter und reckten die Hälse, um gesehen zu werden. Überall war Farbe, überall war Leben.

Voraus schimmerte Licht durch die großen Verandafenster, und darin war die zerbrechliche Gestalt des Professors zu sehen, der über ein altes Buch gebeugt an seinem Schreibtisch saß.

»Komm weiter, Jim«, sagte John und stützte seinen kraftlosen Begleiter. »Wir sind da, und wir sind in Sicherheit.«

Als John die Hand ausstreckte, um an das Fenster zu klopfen, öffnete es sich wie von alleine, und der Professor *Schwang* in seinem Stuhl herum.

»Willkommen, meine Freunde«, sagte er.

John winkte mit der freien Hand. Jim brachte ein schiefes Grinsen zustande.

Das Gesicht des Professors nahm einen besorgten Ausdruck an. Die blauen, glitzernden Augen verengten sich zu Schlitzen, der freundliche Mund wurde zu einem schmalen, nach unten gebogenen Schlitz, und die Nüstern seiner vornehmen Nase blähten sich.

»Bring ihn dort zu dem Sessel vor dem Kamin, John«, sagte der alte Gelehrte. »Ich werde sogleich um Hilfe läuten.«

Seine von Altersflecken gesprenkelte Hand ergriff ein kleines messingnes Tempelglöckchen burmesischer Provenienz und bimmelte damit. John half Jim in den Sessel und setzte sich anschließend auf einen persischen Polsterschemel.

Auf dem Rost knisterte ein munteres Feuer. Das Arbeitszimmer des Professors, mit seinen riesigen Regalen, vollgestopft mit ledergebundenen Wälzern und den leblosen Kreaturen unter hohen Glasglocken, dem vornehmen Mobiliar und teuren Teppichen ... das Arbeitszimmer des Professors war ein Ort der Ruhe und Sicherheit.

Schließlich erschien Gammon, das alte Faktotum des Professors. Er war in eine antike Livree gekleidet und trug ein silbernes Tablett mit einer großen Karaffe Brandy, drei Gläsern und einem kleinen Erste-Hilfe-Kästchen.

»Bitte seien Sie doch so nett und kümmern sich um unseren verwundeten Freund hier«, sagte der Professor.

»Selbstverständlich, Sir«, erwiderte das Faktotum.

Jim zeterte und stöhnte, als Gammon seine Gliedmaßen betastete, die Rippen untersuchte, Wunden reinigte und Bandagen anlegte. »Nur oberflächliche Verletzungen, Sir«, sagte er, nachdem er fertig war, und verließ den Raum wieder.

»Was weiß *er* denn schon?« brummte Jim.

»Eine ganze Menge«, sagte der Professor und schenkte die drei Gläser voll.

»Danke sehr«, sagte John und nahm seinen Brandy entgegen.

»Auch ich möchte Ihnen danken«, sagte Jim. »Und bestellen Sie bitte auch Gammon meinen herzlichen Dank. Ich weiß es wirklich zu schätzen.«

Der Professor kehrte wieder an seinen Schreibtisch zurück und setzte sich, bevor er seine beiden Besucher über das Brandyglas hinweg musterte. »Ich schätze, ihr habt eine hübsche Geschichte zu erzählen«, sagte er.

»Da schätzen Sie ganz richtig«, antwortete John.

»Eine Kneipenschlägerei, wirklich nichts Besonderes«, sagte Jim.

John starrte ihn entgeistert an.

»Eine Meinungsverschiedenheit«, fuhr Pooley fort. »Sie sollten mal den anderen sehen.«

Professor Slocombe schüttelte den Kopf und seine silbrig weiße Mähne. »Ts, ts, Jim«, sagte er. »Deine Aura erzählt mir etwas ganz anderes.«

»Meine Aura ist wahrscheinlich betrunken, Sir. Ich wünschte, ich wäre es auch.«

»Jim wurde von der Polizei zusammengeschlagen«, berichtete John. »Und alles nur wegen einem Buch.«

»Einem Buch?«

»Ja. *Brentford, eine Studie seiner Bewohner und seiner Geschichte.*«

»Von Mister Compton-Cummings.«

»Sie kennen es?«

»In der Tat. Ich habe selbst ein paar Nachforschungen für Compton-Cummings angestellt. Und ich habe ihn überredet, gewisse Abschnitte auszulassen.«

»Nicht annähernd genug«, sagte Jim und streckte dem Professor sein leeres Glas hin.

»Du meinst, er hat den Absatz über dich und den großen Wind aus dem Osten nicht gestrichen? Ich hatte ihm gesagt, daß er ihn weglassen soll.«

»Oh«, sagte Jim, während der alte Mann sein Glas wieder auffüllte. »Ich danke Ihnen, Sir.«

»Es ging um einen ganz anderen Abschnitt«, sagte Jim. »Einen Abschnitt über ...« Er blickte sich verstohlen um, bevor er dem Professor ins Ohr flüsterte.

»*Idrophrodisia?*«

»Sie wollen bestimmt nicht wissen, was das bedeutet, Sir.«

»Ich weiß im Gegenteil ganz genau, was das bedeutet.«

»Ich nicht«, gestand Jim.

»Die Herausgeber haben die gesamte Auflage zurückgerufen und eingestampft«, sagte John. »Bis auf das eine Exemplar in Jims Post. Die Polizei war sehr begierig darauf, es zurückzuholen.«

»Wie begierig genau?« erkundigte sich der Professor.

»Sie waren bereit, über Leichen zu gehen«, antwortete John.

»Sie haben Johns Fahrrad getötet«, erklärte Jim.

»Das erscheint mir ein wenig übereifrig. Allerdings schätze ich, daß angesichts der im Buch aufgestellten Behauptungen ...«

»Fotos waren auch drin.«

»O Gott, o Gott. Aber du scheinst ja noch einmal glimpflich davongekommen zu sein.« Der Professor deutete auf Johns geschwollenes Auge.

Omally betastete sein Veilchen. »Das war Jim. Wir hatten eine kleine Auseinandersetzung wegen einer theologischen Angelegenheit.«

»Ich verstehe.«

»Aber wenn ich jetzt schon mal hier bin«, sagte John, »könnte ich Ihnen da vielleicht eine Frage stellen, Professor?«

»Frag nur zu.« Professor Slocombe füllte Johns Brandyglas, dann sein eigenes.

»Meins auch«, sagte Jim, dessen Glas irgendwie schon wieder leer war.

»Die Brentforder Schriftrollen«, sagte John. Jim stöhnte auf.

»Die Brentforder Schriftrollen?« Der Professor lachte auf. »Ich habe fast zweihundert Jahre, äh, ich wollte sagen, *ziemlich lange Zeit* damit verbracht, diese Rollen zu suchen. Sie befinden sich irgendwo hier in der Gemeinde. Ich kann sie spüren. Aber ich weiß nicht wo.«

»Siehst du?« wandte sich John an Jim.

»Aber warum genau interessiert ihr euch für diese Schriftrollen?« Professor Slocombe hob sein Glas und kostete den Brandy.

»Aus rein geschichtlichem Interesse«, sagte John.

»Denk an deine Aura.«

»John glaubt, daß er einen Weg gefunden hat, wie er Millionen Pfund aus dem Millennium-Fonds herausholen kann«, erläuterte Jim. »Brentford hat über achthundert Göttliche Tage auf seinem Konto, deswegen ist Brentford berechtigt, den Jahrtausendwechsel zwei Jahre vor dem Rest der Welt zu feiern. Wir könnten dieses Jahr feiern, Professor. Am Silvesterabend.«

Professor Slocombe warf den greisen Kopf in den Nacken und lachte.

Und lachte.

Und lachte noch mehr.

»Köstlich!« sagte er, als er wieder reden konnte. »Und du hast natürlich vollkommen recht! Falls die Schriften wiederauftauchen sollten. Und falls die päpstliche Bulle nie widerrufen wurde.«

»Ich bin sicher, daß diese Bulle nicht widerrufen wurde.«

»Das läßt sich leicht herausfinden, John. Reich mir doch bitte«, der Alte deutete mit dem Finger auf ein

Bücherregal, »diesen großen grünen Folianten, ja? Zweites Brett von oben, ganz am Ende, direkt neben dem Schrumpfkopf.«

Omally beeilte sich, dem Wunsch des Professors nachzukommen. Er zerrte und kämpfte mit dem Buch, doch es bewegte sich nicht einen Millimeter.

»Oh, entschuldige«, sagte der Professor. »Mein Fehler.« Er vollführte eine geheimnisvolle Bewegung mit der rechten Hand.

Omally fiel mit dem Buch in den Händen rückwärts auf den Hintern. Er kroch über den Teppich zum Schreibtisch und legte es auf die lederüberzogene Arbeitsfläche.

»Es tut mir leid wegen des kleinen Mißgeschicks«, sagte der Professor. »Diese Bücher sind selbstverständlich geschützt, wie immer.«

»Kein Problem«, erwiderte John und kroch zurück zu seinem persischen Hocker.

Der Professor blätterte durch die Seiten, und seine langen dünnen Finger fuhren über das Papier. Schließlich klappte er das Buch wieder zu.

»Wie mir scheint, hast du Glück gehabt«, sagte er.

»*Ja!*« sagte John und stieß die Faust gen Himmel.

»Aber selbstverständlich müßtest du erst die Schriftrollen finden, und wenn *ich* das schon nicht schaffe … nun …«

»Zwei Köpfe sind besser als einer«, sagte John.

»Nicht notwendigerweise.«

»Drei, wenn wir Jim mitzählen.«

»Nein, laß mich aus dem Spiel.« Jim verschränkte unter Schmerzen die Arme.

»Er hat einen schlimmen Tag hinter sich. Morgen ist er wieder der Alte.«

»O nein, bin ich nicht.«

»O doch, bis du doch.«

»Nicht.«

»Doch.«

»Meine Herren!« Professor Slocombe hob beschwichtigend die Hände. »Ob ihr nun wollt oder nicht, zuerst müßt ihr euch um eine andere dringende Angelegenheit kümmern.«

»Müssen wir?« fragte Jim.

»Müßt ihr. Die Polizei.«

»Ah.«

»Ich denke, ich kann etwas für euch tun. Chefinspektor Westlake von der Brentforder Konstablerei ist ein guter Freund von mir. Wir sind beide Mitglieder der gleichen Loge. Wenn ich ihn um einen persönlichen Gefallen bitte, wird er ihn nicht abschlagen.«

»Sie sind ein Heiliger«, sagte John.

»Noch nicht. Aber der derzeitige Papst zählt ebenfalls zu meinen guten Freunden.«

»Sagen Sie ihm einen schönen Gruß, wenn Sie ihn das nächste Mal treffen.«

»Das tue ich gerne. Aber um noch einmal auf die Polizei zurückzukommen … wahrscheinlich werdet ihr nicht darum herumkommen, Jims Buch zurückzugeben. Hast du es bei dir, John?«

»Hab' ich.« Er betastete seine Taschen. »O nein. Hab' ich doch nicht.«

»Er hat es verloren.« Jim warf die Hände in die Luft. »Autsch!«

»Nein, hab' ich nicht. Ich …« Johns Gedanken kehrten eine Stunde in die Vergangenheit zurück. Zu einem schrecklichen Augenblick. In die Küche der guten Mrs. Bryant. Vor lauter Elend und Verzweiflung hatte er das Buch dort zurückgelassen, auf dem nachgemachten altertümlichen Küchentisch.

»Ach du liebe Güte«, sagte er bestürzt.

Die frisch verwitwete Mrs. Bryant saß nicht an ihrem nachgemachten altertümlichen Tisch in der Küche ihres Hauses, sondern zusammengesunken auf einem Stuhl im Brentford Cottage Hospital. Draußen vor dem Leichenschauhaus.

Im kalten und abstoßenden Büro saß der diensthabende Leichenbeschauer und füllte den Totenschein für Jack Bryant aus.

»Der Patient ist an Blutarmut durch übermäßiges Drücken auf der Toilette gestorben, was zu einem akuten rektalen Prolaps und einer arteriellen Ruptur geführt hat.«

Am unteren Rand des Totenscheins unterzeichnete der diensthabende Leichenbeschauer mit seinem Namen: Dr. Stefan Malone.

Nachdem er unterzeichnet hatte, drehte er sich zur Seite und deutete in einem vergilbten Profil auf ein nacktes Etwas, das unmittelbar außerhalb der Seite auf seiner Untersuchungsbank lag.

»Schmeißen Sie das in eines der Kühlfächer«, befahl er einem Krankenpfleger.

10

Eine goldene Morgendämmerung kam über Brentford. Die Blumen in Professor Slocombes magischem Garten verbargen ihre wunderschönen Gesichter, als die ersten Einwohner der Gemeinde sich regten.

Omally hatte kein Auge zugemacht. Während Pooley in einem der Gästezimmer des Professors vor sich hin geschnarcht und leise Selbstgespräche geführt hatte, war Omally in einem weiteren Zimmer ruhelos auf und ab gewandert. Bevor nicht das Buch bei Mrs. Bryant abgeholt und der Polizei ausgehändigt worden war, konnten weder er noch Jim beruhigt in ihre Wohnungen zurückkehren noch mit ihrer Suche anfangen. Aber was war mit Jack Bryant? Was war mit ihm geschehen? Omally erschauerte bei der Erinnerung an diesen unheimlich verschrumpelten Leichnam. Er hatte ausgesehen, als wäre jeder Tropfen Blut aus ihm herausgesaugt worden. Und wer oder was konnte so etwas mit einem Menschen anstellen? Ein Vampir? Ein Vampir in Brentford? Das war sicherlich nackter Unsinn. Wirklich? Und was, wenn er zurückkam, um Mrs. Bryant auch noch auszusaugen?

Dann war da Marchant. Der arme, arme Marchant. Die zuverlässige, treue eiserne Stute, die John mehr Jahre gedient hatte, als er sich erinnern konnte. Marchant würde aus dem Kanal geborgen und mit liebevoller Hand restauriert werden müssen. Was Geld erforderte, und John hatte kein Geld. Außer natürlich, er entdeckte die Brentforder Schriftrollen.

Omallys Gedanken wanderten im Kreis wie ein unheiliges Mandala. Oder vielleicht eher wie ein furchtbarer schwarzer Mahlstrom, der mehr und mehr von ihm verschlang. Die Todesumstände von Mister

Compton-Cummings erschienen im Licht der jüngsten Ereignisse mehr als fragwürdig. Neuerdings schienen die Menschen in dieser Gegend zu sterben wie die Fliegen.

Bei Anbruch der goldenen Morgendämmerung hatte John einen Plan gefaßt. Er würde so bald wie möglich zu Mrs. Bryant gehen, ihr an Trost spenden, was in seiner Macht stand und Jims Buch wieder an sich nehmen. Dann würde er das Buch zu Professor Slocombe bringen. Sobald die Angelegenheit mit der Polizei bereinigt war, konnte er zum Kanal und seinen Marchant aus dem Wasser ziehen.

Und dann – mit oder ohne Jims Unterstützung – würde er sich auf die Suche nach den Brentforder Schriftrollen machen.

Und sobald Mittag war und er fertig, konnte er in den *Fliegenden Schwan* und das eine oder andere Pint zu sich nehmen.

Omally hinterließ eine Notiz für Professor Slocombe, in der er ihm für das nächtliche Asyl dankte und versprach, zum Frühstück mit dem Buch wieder zurück zu sein, dann machte er sich auf den Weg durch Brentford und zur Haltestelle der Linie fünfundsechzig.

Vor dem Haus von Mrs. Bryant standen keinerlei Polizeifahrzeuge. Warum auch? Die Wahrscheinlichkeit war hoch, daß die Dame nicht einmal zu Hause war. Sie würde die Nacht bei einem Verwandten verbracht haben, oder vielleicht lag sie auch unter starken Beruhigungsmitteln im Krankenhaus.

John ging um das Haus herum und klopfte leise an die Küchentür. Keine Antwort. Sollte er das Schloß aufbrechen? Omally, ein Bursche, der von Natur aus eigentlich nie unentschlossen schwankte, schwankte unentschlossen. Vielleicht war es besser, wenn er später noch einmal zurückkam? Nein. Er war jetzt hier, und er würde das Buch jetzt holen.

John drückte die Klinke herunter und gab der Tür einen sanften Stoß.

Sie öffnete sich vor ihm.

Magie.

John schlüpfte hinein, schloß die Tür hinter sich und trat zielstrebig an den nachgemachten altertümlichen Tisch. Jims Buch lag nicht darauf.

»Verdammt!« sagte John.

»Iiiiiik!« kreischte Mrs. Bryant, die in diesem Augenblick die Küche betreten hatte.

»Oh, tut mir leid«, sagte John und streckte rasch die Arme aus, um die ohnmächtig Gewordene aufzufangen. Er half ihr auf einen Küchenstuhl und schenkte ihr ein Glas Wasser aus.

»Ich dachte, du wärst ein Einbrecher, John.«

»Es tut mir wirklich sehr leid. Ich wollte sehen, ob ich vielleicht etwas tun kann, um dir zu helfen. Hier, trink das.«

»Danke, John. Mir fehlt nichts. Es war ein entsetzlicher Schock, mehr nicht.«

»Das kann man wohl sagen.«

»Man muß die gute Seite sehen.«

»Ja, ich bin sicher, du hast recht.«

»Er hätte so von mir gehen wollen.«

»Wie?«

»Wie der King.«

»Der wer?«

»Der King.«

»Tut mir leid«, sagte John schon wieder, »aber ich glaube, ich kann dir nicht folgen.«

»Der King«, sagte Mrs. Bryant zum dritten Mal. »Elvis. Jack ist gestorben wie Elvis.«

»Oh. Ja. Ich verstehe. Vermutlich hast du recht. Woran ist er denn nun gestorben, das heißt, falls es dir nichts ausmacht, die Frage zu beantworten.«

»An massiver Hämorrhagie. Er hat zu feste gedrückt, und irgend etwas muß geplatzt sein.«

Eine kleine, aber nichtsdestotrotz deutliche Alarmglocke schrillte in John Omallys Kopf. Das Bild des verstorbenen Jack Bryant würde wahrscheinlich bis ans Ende seiner Tage in seinem Gedächtnis haftenbleiben. Jedes Detail war unglaublich deutlich. Aber wenn Jack Bryant gestorben war, während er auf der Toilette gesessen hatte, dann war er, John Vincent Omally, ein tanzender Holländer in Holzpantinen. Zum einen hatte Jack Bryant zwar auf der Toilette gesessen, aber der Deckel war unten gewesen. Und zum anderen war er, im Gegensatz zu dem armen Mister Compton-Cummings, nicht mit heruntergelassener Hose verschieden.

»Wie merkwürdig«, sagte John. »Wie äußerst merkwürdig.«

Mrs. Bryant schniefte und trank ihr Wasser. »Nach den Worten des diensthabenden Leichenbeschauers ist das gar nicht so merkwürdig, sondern im Gegensatz sehr gewöhnlich. Die Leute reden wohl nur nicht gerne darüber. Sie sagen immer nur: ›Er ist friedlich eingeschlafen.‹«

»Ja. Ich schätze, du hast recht. Kann ich irgend etwas tun, um dir zu helfen?«

»Nein, danke, John. Mein Bruder kommt aus Orton Goldhay. Er kümmert sich um die Beerdigung. Ich ziehe wahrscheinlich wieder dorthin zurück.«

»Ich werde dich vermissen«, sagte John.

»Und ich werde mir Sorgen um dich machen. Sieh zu, daß du eine gute Frau für dich findest, John. Bring dein Leben in Ordnung.«

»Ich will's versuchen«, versprach Omally und küßte

sie auf die Stirn. »Oh, eine Sache noch«, sagte er wie beiläufig. »Kann ich das Geschichtsbuch zurückhaben? Ich habe es gestern hier auf dem Tisch liegen lassen.«

»Geschichtsbuch?« Mrs. Bryant versteifte sich. »So kann man das ja wohl kaum nennen, John Omally. Was ist eigentlich eine *sacofricosis*?«

»Ich glaube nicht, daß du das wirklich wissen möchtest.«

»Nein. Vermutlich nicht. Du hast wohl recht.«

»Und? Kann ich es wiederhaben?«

»Sicher, könntest du«, sagte Mrs. Bryant. »Aber ich fürchte, ich hab's nicht mehr.«

»Was?«

»Ich muß es im Wartezimmer des Cottage Hospitals liegengelassen haben.«

John verließ Mrs. Bryants Wohnung und kam gerade rechtzeitig zum Achtuhrfünfzehnbus bei der Haltestelle an. Bill wurde erneut hinausgeworfen, weil er eine Schülerin getätschelt hatte, und eine Dame in einem Strohhut erzählte John alles über ihren Ehemann, der sich einmal Deospray auf den Bart gesprüht und als Achselhöhle verkleidet zu einem Kostümball gegangen war.

Am Cottage Hospital stieg Omally aus dem Bus. Neue, noch finsterere Gedanken brauten sich in dem schwarzen Mahlstrom in seinem Schädel zusammen.

Am Empfangsschalter versah eine ziemlich hübsche Schwester ihren Dienst.

»Guten Morgen, Miß«, sagte John. »Ich frage mich, ob Sie mir vielleicht helfen könnten?«

»Sind Sie krank?«

»Nein. Mein Name ist ...« John stockte einen Augenblick. »... ist John *Bryant*.«

»Ach ja? Wie geht es Fergie?«

»Verzeihung, wie bitte?

»Verzeihung, es ist mir so herausgerutscht.« Die Krankenschwester kicherte wie Sid James.

John nahm sich insgeheim vor, zu einem späteren Zeitpunkt noch einmal zurückzukehren und sie zu fragen, ob sie mit ihm ausgehen würde.

»Mein Bruder wurde vergangene Nacht hier eingeliefert«, sagte er. »Jack Bryant. Er ist gestorben.«

»Oh, der. Der Ärmste. Wie tragisch, auf diese Weise zu enden.«

»Genau wie der King.«

»Ich dachte immer, der King hätte gesagt: ›Verdammter Bognor!‹ und wäre in seinem Bett gestorben?«

»Ich frage mich, ob ich nicht ein paar Worte mit dem Arzt wechseln könnte, der seinen Tod festgestellt hat.«

»Ich fürchte, nein«, antwortete die Krankenschwester. »Er ist im Augenblick nicht da, und ich darf überhaupt keine Informationen an Dritte weitergeben.«

»Ich verstehe. Es war Dr. *Pooley*, oder irre ich mich?«

»Dr. Malone.«

»Ach ja. Der gute alte *Jim* Malone.«

»Dr. Stefan Malone.«

»Ja, natürlich. Wohnt er eigentlich immer noch in Hanwell?«

»Nein, er wohnt inzwischen in Brentford.«

»Ja, richtig. In der Mafeking Avenue.«

»In Kether House oben auf dem Butts Estate.«

»Dann muß es ein anderer sein. Tut mir leid, aber das hilft mir nicht weiter. Oh, fast hätte ich es vergessen. Meine Schwägerin Mrs. Bryant hat ein Buch von mir im Wartezimmer vergessen. *Brentford, eine Studie seiner Bewohner und seiner Geschichte*.«

»Ach, *das* Buch«, sagte die Krankenschwester und kicherte ein weiteres Mal wie Sid James.

Meine Güte, dachte John. »Könnte ich es bitte zurückhaben?«

»Das geht nicht, der diensthabende Arzt hat es mit nach Hause genommen.«

Dr. Stefan Malone genoß sein Frühstück. Und er genoß außerdem Jims Buch. »Schau an, schau an«, murmelte er, während er auf seinem Kedgeree kaute und Orangensaft dazu trank. »Wer hätte das für möglich gehalten? Wer hätte je gedacht, daß ein gewöhnlicher Eckladenbesitzer aus Brentford als erster Mensch zu Fuß über den Kanal marschiert ist?« Er blätterte eine Seite weiter und betrachtete eine Photographie. »Und wer hätte erst *das* gedacht?«

KLOPF, KLOPF, KLOPF, machte es an seiner Tür.

Dr. Stefan Malone erhob sich und ging, um zu öffnen.

Vor ihm stand John Omally, mit einem Notizblock und einem Kuli in der Hand.

»Dr. Malone?« fragte er. »Dr. Stefan Malone?«

»Der bin ich.«

Omally betrachtete den monochromen Mediziner. »Hat Ihnen eigentlich schon mal jemand gesagt, daß Sie eine unglaubliche Ähnlichkeit ...«

»Mehr als einmal«, unterbrach ihn Dr. Stefan. »Ich habe es zwar nie als ausgesprochenen Fluch empfunden, aber die Miezen konnte ich damit nicht großartig beeindrucken.«

»Nun, Dr. Malone, mein Name ist Molloy«, sagte John. »›Knüller‹ Molloy vom *Brentforder Merkur*. Ich bin so schnell gekommen, wie ich konnte.«

»Pardon?«

»Ein Tip. Von einer vertraulichen Quelle im Cottage Hospital.«

»Ich habe nicht die geringste Ahnung, wovon Sie da reden, Mann. Würden Sie mich jetzt bitte in Ruhe lassen und gehen?«

»Liebend gerne, Doktor, sobald Sie mir etwas gesagt haben, das ich zitieren kann. So eine sensationelle Story kriegen wir hier in Brentford nicht alle Tage.«

Dr. Malone wollte die Tür schließen. John schob den Fuß in den Spalt. »›VAMPIR FINDET SEIN ERSTES OPFER‹«, sagte er. »›ALLES BLUT AUSGESAUGT.‹«

»Nun ja, vielleicht kommen Sie doch lieber herein«, sagte Dr. Malone.

»Ah, komm herein, Jim«, sagte Professor Slocombe und blickte von seinem Schreibtisch auf. »Und wie fühlst du dich heute morgen?«

»Noch ein wenig wacklig auf den Beinen, Sir. Und mein Kopf schmerzt wie verrückt.«

»Das könnte etwas mit der halben Flasche Brandy zu tun haben, die du gestern abend getrunken hast.«

»Nein. Es ist bestimmt eine Gehirnerschütterung.«

»Frühstück?«

»Oh, sehr gerne.«

Professor Slocombe läutete seine kleine messingne Tempelglocke.

»Möchten Sie vielleicht mit mir frühstücken?« fragte Dr. Malone.

»Nein danke«, antwortete John. »Ich stehe unter Termindruck, Sie wissen, wie das ist.«

»Das weiß ich in der Tat«, lächelte der Doktor.

Es war ein Lächeln, das Omally ganz und gar mißfiel. Genaugenommen mißfiel ihm alles an diesem Dr. Stefan Malone. Mit seinen vergilbten, hageren Gesichtszügen sah er Zoll für Zoll aus wie ein richtiger Vampir. Omallys dreister Vorstoß war vielleicht nicht der klügste aller Züge gewesen, obwohl er ihm Zutritt verschafft hatte. Falls er sich jetzt in der Höhle eines echten Untoten befand – würde er dann überhaupt wieder nach draußen kommen?

»Sind Sie allein gekommen?« erkundigte sich Dr. Stefan Malone.

»Ah, nein«, sagte John. »Meine drei Kollegen warten draußen im Wagen.«

»Nun, ich bin sicher, wir können diese Angelegenheit unter uns regeln.«

»Selbstverständlich.« Omally setzte sich mit dem Rücken zur Wand auf einen Stuhl und legte seinen Notizblock auf den Tisch. »Unter uns gesagt«, sagte er, »ich glaube, diese ganze Geschichte hat eine ganz einfache Erklärung.«

»Bestimmt, ja.«

»Aber wer will die schon hören, eh? Gib den Lesern, was sie wollen. Blut und Eingeweide. Diese Geschichte ist genau das richtige.«

Dr. Stefans bleiche Gesichtszüge wurden noch einen Tick heller. »Hören Sie«, sagte er. »Da gibt es keine Geschichte. Dieser Jack Bryant starb an einer Hämorrhagie, während er auf der Toilette saß.«

»Ich hörte, er sei nackt gewesen«, sagte John. »Und die Worte NUMMER EINS wären mit seinem Blut auf die Wand geschrieben gewesen.«

»Er war weder nackt, noch standen irgendwelche Worte an der Wand.«

»Also waren Sie dort? Haben Sie den Tatort gesehen? Können Sie das bezeugen?«

»Ich war dort. Ich habe den Abtransport des Leichnams veranlaßt. Er saß mit heruntergelassener Hose auf seiner Toilette.«

»Mit heruntergelassener Hose, sagen Sie?« John fertigte eine Notiz an. »Nur die Hose?«

»Nur die Hose.«

»Keine Löcher im Hals?«

»Nein.«

»Was ist mit Löchern sonstwo?«

»*Was?*«

»Ich versuche nur, der *Sunday Sport* einen Schritt voraus zu sein.«

»Möchtest du die Zeitung, Jim?« fragte der Professor über den Frühstückstisch hinweg.

»Nein danke, Sir. Ich lese nie Zeitung.«

»Wahrscheinlich ein weiser Zug.«

»Wahrscheinlich. Oh, sehen Sie doch mal nach, ob etwas über Mister Compton-Cummings drinsteht.«

»Du meinst eine Buchbesprechung? Das halte ich für höchst unwahrscheinlich.«

»Nein, über seinen Tod.«

»Seinen *was*?«

»Sein Willy?« fragte John. »Auch in seinem Willy keinerlei Löcher?«

»Absolut nicht.«

»Nun, es sieht so aus, als hätte ich doch keine Story. Wie schade.«

»Sie haben mein Mitgefühl.«

»Nein, ich meinte: Wie schade, daß ich trotzdem alles schreiben muß.«

»*Was?*«

»Mein Gehalt ist leistungsabhängig. Ich verliere meinen Bonus, wenn ich heute keine Story einreiche. Und wenn ich meinen Bonus nicht kriege, dann habe ich kein Geld mehr, um meinem lieben alten weißhaarigen Mütterchen den Treppenlift zu kaufen.«

»Und wie hoch ist dieser Bonus?«

»Wie klingen fünfzig Mäuse?«

»Sie klingen schockiert«, sagte Jim. »Aber vermutlich sind Sie das auch.«

»Compton-Cummings tot, und du hast völlig vergessen, das zu erwähnen?«

»Es ist mir irgendwie entgangen, Sir. Ich hatte einen ziemlich schweren Tag.«

»Compton-Cummings ist tot«, sagte der Professor. »Compton-Cummings ist tot.«

»Noch eine letzte Frage, bevor ich gehe«, sagte John Omally und drehte sich in der offenen Tür um. »Gestern ist noch jemand gestorben, ein Mister Compton-Cummings. Seine Leiche muß ebenfalls in das Cottage Hospital gebracht worden sein. Haben Sie die Leiche begutachtet?«

»Es wurde keine Leiche eingeliefert.«

»Aber wird denn nicht jeder in das Hospital eingeliefert, wenn er stirbt?«

»Doch, ganz sicher. Trotzdem weiß ich nichts von einem Mister Compton-Cummings.«

»Vielleicht ist das ja eine Story«, sagte John.

»Vergessen Sie's«, entgegnete Dr. Stefan Malone und schloß die Tür hinter ihm.

John ging pfeifend über die eichengesäumte Straße davon. In seiner Westentasche steckten zehn nagelneue steife Fünfpfundnoten. Der Tag hatte kaum begonnen, und schon führte er deutlich nach Punkten.

Dr. Stefan Malone verriegelte die Tür und schüttelte den bleichen Kopf. Compton-Cummings? Wer war dieser Compton-Cummings? Der Name erschien ihm merkwürdig vertraut. Ach ja, natürlich. Es war der Name des Autors von diesem Buch, das auf seinem Eßtisch lag.

Dr. Stefan Malone kehrte an seinen Eßtisch zurück, um sich zu vergewissern.

Dr. Stefan Malone war mehr als nur ein wenig außer sich, als er feststellen mußte, daß das Buch von Mister Compton-Cummings nicht mehr dort lag.

»Hi-de-ho!« sagte John Omally und schneite durch die Verandatür des Professors in dessen Arbeitszimmer.

»Hi-de-nichts da!« sagte der alte Mann und erhob sich hinter seinem Schreibtisch. »Warum hast du mir nicht erzählt, daß Compton-Cummings tot ist!«

»Muß mir irgendwie entfallen sein«, sagte John. »Ich hatte einen schweren Tag.«

Der Professor funkelte John an, dann funkelte er Jim an. Jim zuckte zusammen.

»Aber ich sag' Ihnen was, Professor«, fuhr Omally fort. »Da geht etwas sehr, sehr Seltsames vor sich. Der Leichnam von Mister Compton-Cummings ist nie beim Leichenbeschauer im Cottage Hospital angekommen.«

Professor Slocombe hob eine Augenbraue. »Und woher willst du das wissen?«

»Ich habe soeben mit Dr. Stefan Malone gesprochen.«

»Du meinst doch nicht etwa den Genetiker, der in Kether House wohnt?«

»Vielleicht ist er ein Genetiker, aber er ist auch ein verdammter Lügner.«

»Setz dich«, sagte der Professor. »Setz dich und

berichte mir alles, was letzte Nacht geschehen ist. Und damit meine ich ALLES.«

John Omally setzte sich.

Eine Stunde später traf ein Polizeiwagen vor Professor Slocombes Haus ein. Heraus stieg Chefinspektor Westlake. Er und der Professor begrüßten sich mit einem eigenartigen Handschlag, und Jims Buch wurde polizeilichem Gewahrsam anvertraut.

John und Jim mußten offizielle Geheimhaltung geloben und dies durch ihre Unterschrift bestätigen. Zuwiderhandlungen standen unter strenger Strafe.

Als der Chefinspektor schließlich wieder ging, funkelte Professor Slocombe die beiden Freunde erneut an. »Soll ich das vielleicht bezahlen?« erkundigte er sich und fuchtelte mit einem Blatt vor ihren Gesichtern herum.

»Was ist das?« fragte Omally.

»Die Rechnung für ein Polizeiauto. Ein Polizeiauto, das in der letzten Nacht in den Kanal gefahren ist. Noch etwas, das ihr vergessen habt zu erwähnen.«

»Ich kümmere mich darum«, sagte John.

Der Professor wünschte ihnen nicht alles Gute, als er das Gartentor hinter ihnen verschloß. »Verschwindet und laßt euch so schnell nicht wieder blicken«, waren die Worte, die er benutzte.

»Ich hab' ihn noch nie zuvor so wütend gesehen«, sagte Jim, als er zusammen mit John davontrottete. »Er war ganz außer sich wegen diesem Compton-Cummings.«

»Logenbrüder«, sagte John. »Aber wir sind fein aus der Sache raus, oder nicht?«

»Aus der Sache raus? Du machst wohl Witze!«

»Wir haben einen Schlußstrich gezogen. Wir stehen nicht mehr auf der Fahndungsliste der Polizei. Und wir haben Profit gemacht.«

»Was für 'n Profit?«

John zog vier steife Fünf-Pfund-Noten aus der Westentasche. »Schweigegeld von dem Totendoktor. Das ist deine Hälfte.«

»Ich will das nicht«, sagte Jim. »Das ist schmutziges Geld.«

»Na schön, wie du meinst. Ich behalte es.«

»O nein, das wirst du nicht.« Jim riß John die Banknoten aus der Hand. »Ich schulde mir einfach selbst, daß ich nicht leer aus dieser Geschichte gehe.«

»Immer brüderlich teilen«, sagte John. »So ist es doch unter uns, oder?«

»So war es immer«, sagte Jim.

»Gleich ob im Triumph oder in der Niederlage.«

»Darauf trinke ich.«

»Laß uns lieber die Hand drauf geben.«

»Meinetwegen. Hier, schlag ein.«

Die beiden Freunde schüttelten sich die Hände.

»So«, sagte John. »Dein Anteil an den Kosten eines neuen Polizeiautos beträgt achteinhalbtausend Pfund. Gibst du mir das Geld in bar, oder unterschreibst du einen Scheck?«

John duckte sich unter der *Fliegenden* Faust weg und half Jim auf die Beine.

»Achteinhalbtausend?« Jims Knie waren schon wieder ganz weich, und seine Hände fingen an zu flattern. »Wo soll ich nur achteinhalbtausend Pfund hernehmen?«

»Von deinem Gehalt.«

»Was für ein Gehalt denn?«

»Das du als Direktor des Brentforder Millennium-Komitees bekommst.«

Jim stöhnte auf.

»Es sei denn, du hast eine andere Idee, wie du so viel verdienen kannst.«

»Hab' ich nicht.«

»Dann, mein Freund, rette sich, wer kann. Wir machen uns auf unsere heilige Suche, solange die Sonne scheint und das Glück uns gewogen ist. Auf den Spuren der Brentforder Schriftrollen.«

»Wollen wir vorher noch ein Pint nehmen?«

»Lieber zwei«, sagte John Omally. »Damit wir auf der sicheren Seite sind.«

11

Sie spazierten über die Durchfahrtsstraßen von Brentford.

»Also gut«, begann John. »Mein Plan ist …«

»*Dein* Plan?« Jim hob die Hand. »Ich dachte, wir wollten alles halbe-halbe teilen?«

»Dann hast du also auch einen Plan, den du gerne mit mir besprechen würdest?«

»Nicht genau, nein.«

»Schön. Dann schlage ich vor, daß wir es bis dahin mit meinem versuchen.«

»Einverstanden. Ich wollte dich ja auch nur daran erinnern.«

»Genau.«

»Danke.«

»Darf ich fortfahren?«

»Sicher.«

»Mein Plan ist folgendermaßen. Ich gehe jetzt zum Kanal und versuche Marchant zu bergen. Du gehst in die Memorialbücherei und gräbst sämtliche alten Karten der Gemeinde aus, die du finden kannst, und fotokopierst sie. Schaffst du das?«

»Sprich nicht so herablassend zu mir, John.«

»Entschuldige bitte vielmals. Bring die Fotokopien in den *Fliegenden Schwan*, wo wir uns um …« John blickte auf sein nacktes Handgelenk. »… um genau zwölf Uhr heute mittag treffen, das wäre in einer Stunde und fünf Minuten von jetzt an.«

»John«, sagte Jim.

»Jim?« sagte John.

»Ich hoffe, du kriegst dein Fahrrad wieder hin.«

»Danke. Wir sehen uns dann später.«

»Und dann ist da dieser Eskimo«, berichtete der Alte Pete. »Und sein Schneemobil geht kaputt, und er schleppt es zur Werkstatt. Der Mechaniker wirft einen Blick darauf und sagt: ›Ich glaub', du hast 'ne Dichtung durchgeblasen, Freund‹, und der Eskimo sagt: ›Nö, kann nicht sein, das is' nur der Frost auf meinem Schnurrbart.‹«*

Einen Augenblick herrschte Totenstille im *Fliegenden Schwan*, bevor die ~~Leser~~ Mittagsgäste die Ungeheuerlichkeit (und tiefe Genialität) ~~dieser Fußnote des Übersetzers~~ dieses Scherzes begriffen. Und dann ertönte ein mächtiges Gelächter.

»Das ist aber ein diskriminierender Witz«, sagte der Kleine Dave der Postbote.

»Nicht, wenn er von einem Polizeibeamten erzählt wird«, konterte der Alte Pete.

John Omally betrat die Bar und erblickte Jim Pooley in einer abgelegenen und ruhigen Ecke. Er quatschte zu ihm hinüber.

»Du quatschst«, sagte Jim und blickte zu ihm auf.

»Ich mußte durchs Wasser waten.«

»Aber du hast Marchant wieder?«

»Was von ihm übrig ist. Ich hab' den alten Knaben auf einer Schubkarre zu Norman vom Eckladen gefahren. Er hat sich bereit erklärt, Marchant für mich wieder instand zu setzen.«

»Das kostet dich sicher das ein oder andere Pfund.«

* Im Original heißt es: I think you've blown a seal, mate. Seal bedeutet allerdings nicht nur Dichtung, sondern auch Robbe, Seehund. Also etwa: »Ich glaub, du hast 'nen Seehund durchgeblasen.« Aber weil der Witz eh lahm ist und dem Übersetzer höchstens diskriminierende Entsprechungen einfallen, nimmt er sich hier die Freiheit und bleibt am Text. (Diskriminierend? Aber nicht, wenn man Saarländer ist.) Eben. Und ich bin keiner, obwohl ich bei meinem frisierten Auto ständig Robben durchblase. Danke sehr. (Anm. d. Übers.)

»Nicht einen Penny. Ich hab' Norman einen Posten im Vorstand des Brentforder Millennium-Komitees angeboten, und er hat gleich angenommen.«

»Hast du auch erwähnt, daß alles davon abhängt, ob es uns gelingt, die Brentforder Schriftrollen wiederzubeschaffen?«

Omally tippte sich an die Stirn. »Ist mir irgendwie entgangen.«

Pooley grinste. »Hier, ich hab' dir ein Pint bestellt.«

»Wunderbar. Sind das da die Fotokopien von den alten Karten?«

Jim breitete die Blätter vor sich aus und überflog sie. »Es ist zwar nicht besonders viel, aber irgendwo müssen wir schließlich anfangen.«

Omally setzte sich, kostete von seinem Bier und gesellte sich zu Pooleys Überfliegen.

»Der Professor hat das bestimmt alles schon gesehen«, sagte Pooley.

»Der Professor ist ein Gelehrter, Jim. Ein Magus, ein Illuminatus.«

»Und wir sind zwei Tolpatsche.«

»Ich bin *kein* Tolpatsch. Was ich sagen will ist, daß er sich einem Problem ganz anders nähert, als wir das tun. Wir sind freie Geister, Jim. Wir denken anders.«

Jim nahm einen Schluck von seinem Bier. »Ich weiß, was du meinst. Ich war schon immer so. Ich kann mich nicht einfügen. Damals, als alle plötzlich Mods wurden, war ich ein Beatnik.«

»Ich war ein Mod«, sagte John. »Ich hatte 'ne Vespa. Das war vielleicht ein Weibermagnet.«

Pooley dachte an *Sandra* und sagte: »Nun, wir gehören jedenfalls nicht zur Herde, ganz gleich, was wir sind.«

»Wir sind Individuen, Jim, und du bist überdies ein Charakter, mein Herr.«

»Und das soll heißen, daß wir die Schriftrollen in zwei Tagen finden, wo der Professor Gott weiß wie ergebnislos danach gesucht hat?«

»Das soll heißen, wenn wir uns *auf unsere Weise* an die Aufgabe heranmachen, haben wir auch Erfolg.«

»Und wo sind die Schriftrollen versteckt, John?«

»Gute Frage, Jim.«

John überflog die Karten ein weiteres Mal. »Welche ist die älteste von allen?«

»Die hier. Sie stammt von 1580.«

»Ungefähr die richtige Epoche also. Und was ist darauf zu sehen?«

»Verdammt wenig, wenn du mich fragst.« Jim nahm einen weiteren Schluck. »Ein paar Feldwege, ein paar Bauernhöfe. Eine Taverne, genau hier. *Zuo diu vliegende Swan.* Ein Herrenhaus, und noch ein paar primitive Hütten.«

»Faszinierend. Gibt es sonst noch was auf der Karte zu sehen?«

»Nur das Kloster.«

»Das ist wirklich nicht viel. Aber ich denke, wir sollten vielleicht zuerst an den offensichtlichen Verstecken nachsehen.«

»Absolut«, stimmte Jim zu. »Und wo mögen diese Verstecke sein?«

»Nun, wenn du ein Mönch wärst – wo würdest du so etwas Kostbares verstecken?«

»In meinen Stiefeln.«

»In deinen Stiefeln! Sehr gut, Jim. Und ich Dummkopf dachte immer, Mönche trügen Sandalen.«

»O ja. Was meinst du, tragen Mönche Unterhosen? Oder laufen sie wie die Schotten herum, mit Kilts?«

John trommelte mit den Fingern auf die Tischplatte. »Ich stelle dir die Frage noch einmal. Wenn du ein Mönch wärst – wo würdest du so etwas Kostbares verstecken?«

»Ja, ja. Ich weiß. Im Kloster, nicht wahr?« Jim blickte John erwartungsvoll an.

John blickte Jim resigniert an. »Nein«, sagte er. »Nicht im Kloster. In der Taverne.«

»Hä?«

»Wenn du den Kanal so richtig voll hast ...«

»Was ich mir viel zu selten leisten kann ...«

»Aber wenn, was sagst du als letztes, bevor du den *Fliegenden Schwan* verläßt?«

»Gute Nacht?«

»Nein, du sagst: ›Neville, paß bitte auf mein Portemonnaie auf.‹«

»Tue ich das?«

»Das tust du.«

»Ach ja. Und wenn ich am nächsten Morgen wach werde und meine Geldbörse nicht finde und deswegen depressiv werde und einen richtigen Brummschädel habe, dann kratze ich meine letzten Pennies für einen kleinen Muntermacher zusammen und komme in den *Schwan,* und Neville sagt zu mir: ›Du hast gestern abend dein Portemonnaie hier liegengelassen‹, und dann ist die Welt wieder in Ordnung.«

»Ganz genau. Und wenn du ein Mönch wärst und gerade von dieser Pilgerfahrt nach Rom zurückgekehrt und richtig stolz auf dich wegen diesem großartigen Deal, den du mit dem Papst ausgehandelt hast, und wenn du dir die Hucke vollaufen lassen willst, um das zu feiern, wo würdest du dann hingehen?«

Jim deutete auf die Karte. »Ich würde in *Zuo diu vliegende Swan* gehen.«

»Genau wie ich. Also laß uns zuerst dort nachsehen.« John trank sein Bier aus, nahm die beiden leeren Gläser und ging damit zur Theke.

»... der irische Uri Geller«, sagte der Alte Pete, »rieb an einem Löffel, und dann fiel ihm der Finger ab.«

»Alter Bastard«, sagte Omally.

»Wen nennst du hier alt? Das ist eine diskriminierende Behauptung. Es sollte wirklich ein Gesetz geben gegen Leute, die solche Bemerkungen fallenlassen.«

John streckte dem Teilzeitbarmann die beiden Gläser hin. »Noch mal das gleiche, bitte.«

Neville machte sich an die Arbeit.

»Neville«, sagte John, »du hast doch bestimmt einen Schrank, wo du die Sachen drin aufbewahrst, die andere verloren haben?«

»Selbstverständlich habe ich das. Eine richtige Mönchszelle. Es gibt sie schon, seit der *Fliegende Schwan* gebaut wurde.«

»Ach wirklich?« fragte John in beiläufigem Ton.

»Ja. Da liegen Sachen drin, die irgendwelche Gäste vor Jahren vergessen haben.«

»Wirklich?« fragte John erneut.

»O ja. Schirme, Kartenspiele, Hüte, sogar zwei Steinschloßpistolen und ein Mönchsranzen.«

Omally wollte ein drittes Mal: »Wirklich?« sagen, doch er brachte keinen Ton heraus.

»Ich schätze, ich müßte mal richtig aufräumen da drin«, sagte Neville. »Aber ich finde einfach nie genügend Zeit dazu.«

»Ich könnte es für dich tun«, erbot sich John mit einer eigenartig erstickt klingenden Flüsterstimme.

»Stimmt was nicht mit deiner Stimme?« fragte Neville. »Du flüsterst so eigenartig erstickt.«

»Nein.« John räusperte sich. »Ich kann das für dich tun. Ich fang' direkt an.«

»Oh, ich möchte dir aber keine Umstände machen.«

»Das sind keine Umstände, wirklich nicht. Betrachte es als meine gute Tat für den heutigen Tag.«

»Na schön, wenn du es so willst.«

John rieb sich die Hände.

»Tu, was du nicht lassen kannst«, fuhr Neville fort. »Aber ich warne dich gleich, dort unten gibt es nichts, das auch nur einigermaßen wertvoll wäre.«

»Das hab' ich auch nie geglaubt.«

»Gut«, sagte Neville. »Dann bist du auch nicht enttäuscht, wenn du die Brentforder Schriftrollen nicht findest.«

John kehrte mit den beiden vollen Gläsern zu Jim an den Tisch zurück.

»Was ist denn los an der Theke?« erkundigte dieser sich neugierig. »Warum lachen alle so? Und warum machst du ein Gesicht wie sieben Tage Regen?«

»Schon gut«, sagte John in bitterem Tonfall.

»Kann ich davon ausgehen, daß wir unsere Suche nach den Schriftrollen an einem anderen Ort fortsetzen?«

»Das kannst du. Komm, wir werfen noch einen Blick auf die Karten.«

»Ich glaube nicht, daß uns das weiterhilft. Sieh nur, ich hab' auch eine moderne Karte der Gemeinde fotokopiert. Alles ist überbaut worden. Siehst du, was an der Stelle des früheren Klosters steht?«

John sah es. »Das Polizeirevier«, sagte er.

»Wir finden die Rollen jedenfalls nicht, wenn wir nach den Karten vorgehen.« Jim trank von seinem Bier. »Wie viele Leute mögen schon vor uns auf diesen Gedanken gekommen sein?«

»Allein im *Fliegenden Schwan* so um die zwei Dutzend, wie es scheint«, sagte John zwischen zusammengebissenen Zähnen hindurch.

»Was war das?«

»Schon gut. Also schön, legen wir die Karten beiseite. Benutzen wir statt dessen unseren Grips.«

»Also gehst du doch nicht von einem schnellen Sucherfolg aus?«

»Falls die Schriftrollen existieren, werden wir sie auch finden. Vertrau mir.«

»Oh, das tue ich. Aber wir müssen uns schon etwas verdammt Radikales einfallen lassen.«

»Nekromantie!« sagte John.

»Ja, das ist in der Tat radikal. Wovon redest du überhaupt?«

»Wir rufen die Geister der Toten an.«

»John, also bitte. Werd vernünftig.«

»Aber Spiritisten tun so etwas die ganze Zeit über!«

»Ich bin einmal aus einer spirituellen Kirche hinausgeworfen worden«, erinnerte sich Jim.

»Tatsächlich? Und warum?«

»Nun, ich bin überhaupt erst hingegangen, weil sie ein Medium zu Gast hatten, eine Mrs. Batty Mondschein oder so, und diese Batty hat immer wieder gesagt: ›O ja, hier sind sehr viele Geister! Ich kann sie spüren, überall. Sie versuchen mit uns zu kommunizieren‹. Und dann sagte sie: ›Ich erhalte eine Nachricht für jemanden namens John.‹«

»Ja«, sagte John. »Es ist schon merkwürdig, aber das sagen sie immer.«

»Und in dem Augenblick, wo sie das sagt, strecken überall in der Kirche irgendwelche Johns ihre Hände hoch. Und dann hab' ich dazwischengerufen: ›Fragen Sie doch nach dem Nachnamen von diesem John‹, und sie haben mich rausgeworfen.«

»Das überrascht mich nicht.«

»Ich wollte doch nur helfen. Aber ich glaube nicht, daß es wirklich funktioniert. Du?«

»Wahrscheinlich nicht. Aber *wenn* es funktionieren würde und wir direkt mit dem Mönch reden *könnten* …«

»Das würde nur gehen, wenn wir eine Zeitmaschine hätten.«

Omally lachte.

Nicht so Pooley. »Das ist es!« sagte er.

»Das ist was?«

»Eine Zeitmaschine!«

»Hast du vielleicht als Kind eine Ladung Bleisoldaten verschluckt?«

»Nein, John, ich weiß, wovon ich rede! Genau so machen wir's. Wir reisen in der Zeit zurück!«

»Wir reisen zurück in die Bar und nehmen noch ein paar Bier.«

»Nein, John! Das ist kein Witz! Ich mache diese mentalen Übungen inzwischen schon seit Monaten. Ich versuche, nur kraft meines Verstandes in der Zeit vor und zurück zu reisen.«

»Auf der Suche nach den richtigen Lottozahlen. Ich mußte mich ziemlich anstrengen, um nicht zu lachen.«

»Aber ich schaffe es nur rückwärts. Ich erlebe meine Kindheit wieder und immer wieder.«

»Das ist keine Zeitreise, Jim, das sind Erinnerungen. Du erlebst deine Kindheit, weil du dich daran *erinnerst*. Weiter nichts.«

»Ich kann es. Ich weiß, daß ich es kann.«

»Du spinnst. Geh nach Hause.«

»Ich kann es.« Jims Gesicht zeigte tiefsten Ernst.

»Du machst wirklich keine Witze, wie?«

»Nein, mache ich nicht.«

»Ich laß die beiden noch mal auffüllen«, sagte John und nahm die Gläser an sich. »Und dann werden wir uns ein wenig eingehender unterhalten.«

Kurz nachdem der *Fliegende Schwan* für den Nachmittag geschlossen hatte, konnte man Jim und John einmal mehr über die Durchgangsstraßen Brentfords schlendern sehen. »Also schön«, sagte John. »Probieren wir's eben aus. Wo willst du es tun?«

»Ich hab' es immer auf der Bank vor der Memorialbücherei getan.«

»Das ist ein wenig zu öffentlich für meinen Geschmack. Mach es im Park.«

»Okey-dokey.«

John und Jim schlenderten hinunter zum Park. Nur wenige Leute waren unterwegs, ein oder zwei Männer, die ihre Hunde ausführten, eine junge Mutter mit einem Kinderwagen.

Jim setzte sich mit dem Rücken an einen Baum.

»Und was genau machst du jetzt?« erkundigte sich John.

»Ich schlafe, jedenfalls so ähnlich.«

»Meine Güte, meine Güte.«

»Aber es ist kein richtiger Schlaf. Es ist ein veränderter Zustand.«

»Bist du eigentlich nüchtern, wenn du das machst?«

»Manchmal.«

»Kann ich vielleicht etwas tun, um dir zu helfen?«

»Du könntest ein Geräusch wie ein Preßlufthammer machen.«

»Warum denn das?«

»Nun ja, in der Nähe der Bibliothek reißen sie die Straße auf, und ich habe das Gefühl, als würde das Geräusch helfen.«

»Brrrrrrrt«, machte John Omally und bemühte sich sichtlich, ein ernstes Gesicht zu behalten.

»Eigenartig, aber das klingt wie eine Vespa.«

»Raaaaaaaa«, machte John.

»Nicht schlecht, aber kannst du das auch in a-Moll?«

»A-Moll«, sagte John. »Das wirft mich in der Zeit zurück.«

»Mich auch, aber warum wirft es *dich* zurück?«

»A-Moll. Die Blues-Mundharmonika. Ich hatte eine Hohner. Sie war in a-Moll. Blues ist immer in a-Moll.«

»Vielleicht hat das etwas zu bedeuten. Also los, mach es in a-Moll.«

Omally machte es in a-Moll.

Eine Dame mit einem Strohhut spazierte vorbei. »So was sollte verboten sein«, sagte sie.

John fuhr fort mit seinem a-Moll, während Pooley es sich am Baum gemütlich machte und die letzten Vorbereitungen traf. Er atmete ein paarmal tief durch, dann schloß er die Augen.

Und bald war das träumende Bewußtsein von Jim wieder einmal auf seiner Rundreise durch die Zeit.

Lotteriekugeln machten pop, pop, pop, und der Typ vom *Glücksrädchen*, der gar nicht der Typ vom *Glücksrädchen* war, brachte die gleichen alten dummen Sprüche. Jim fand sich erneut unter den Zuschauern wieder, und erneut war sein linkes Bein dick bandagiert. Dann war es wieder da, dieses Aufstehen-und-zum-Buchmacher-gehen-und-dann-ins-Pub-und-dann-zur-Bank-vor-der-Bücherei-und-dann-nach-Hause-zum-Tee-und-wieder-ins-Pub-und-von-dort-ins-Bett …

»Zurück!« befahl Jim. »Weiter zurück.«

»Mmmmmmmmm«, machte John Omally.

Jim ging weiter zurück. In seine Teenagerzeit, zum Blue Triangle Club und Sandra. Noch weiter, bis in die Ferien und die Schulzeit und das Zimmer des Direktors.

»Noch weiter!«

Bis in den Kindergarten, die Krippe, die Wöchnerinnenstation, dann …

KLATSCH!

Das war nicht das Geräusch einer Tür, die gegen eine Wand klatschte. Das war ein KLATSCH! von einer ganz anderen Sorte.

»Ich gehe«, murmelte Jim. »Immer weiter und weiter.«

»Dann geh mit Gott, mein Freund«, sagte John, dem nichts Besseres einfiel.

Und Jim ging weiter und weiter.

Straßenzüge erhoben sich vor ihm und blieben hinter ihm zurück. Frauen mit weißen Hauben und Babys auf dem Arm, Männer mit hohen Vatermörderkragen und prachtvollen Koteletten. Pferdedroschken und Limousinen mit offenem Fahrersitz, leichte Einspänner mit Pferden oder Ponys davor, dann Dandys mit bunten Bauchbinden, Stutzer und Damen mit Pompadours, Reifröcken und seidener Unterwäsche …

Zurück.

Jim spürte Hitze auf dem Gesicht. Wo war er jetzt? Es war heiß hier. In der Ferne primitive Hütten. Jim dachte sich näher heran. Puh! Was für ein Gestank! Das ist also der Grund, warum die Hütten primitiv genannt wurden. Aber halt, wer ist das?

Jim sah ihn über einen Hügel marschieren, mit einem flatternden Umhang. Einem braunen flatternden Umhang, vorn über dem Bauch zusammengebunden, nackte Füße in Sandalen. Er drückte etwas gegen seine Brust, etwas, das in ein Stück Samt eingeschlagen war.

Der Mönch kam näher und näher.

Jetzt konnte Jim sein Gesicht erkennen, das Gesicht eines alttestamentarischen Propheten. Edle Stirn, wilder Blick, mit einer gewaltigen Hakennase und einem vorspringenden Kinn.

Und weiter marschierte er. Direkt an Jim vorbei.

»Halt, warte!« kreischte Jim. »Auf ein Wort!«

Doch der Mönch blieb nicht stehen.

Er sah Jim nicht.

Aber wer war denn das?

Ein Reiter unter einer großen Kapuze kam aus dem Osten, wie vom Wind getragen. Er ritt auf den Mönch zu, zügelte sein Pferd und stieg aus dem Sattel.

»Ho, hallo, heiliger Vater«, rief er.

»Geh mir aus dem Weg, Schurke.«

Ziemlich rauhe Worte für einen Mönch, dachte Jim, doch er starrte voller Ehrfurcht auf den Reiter. Denn dieser hatte jetzt seine Kapuze zurückgeschlagen, und sein Gesicht war deutlich zu erkennen.

»Ich gehe mit Gott«, erklärte der Mönch. »Also stell dich mir nicht in den Weg.«

»Aber ich bin ein Sendbote Gottes, oder besser gesagt: ein Sendbote von seinem Sendboten.« Der Reiter grinste niederträchtig. »Ich habe etwas für dich.«

»Ich will nichts von dir, du übelriechendes Geschöpf. Ich rieche den Atem Satans an dir. Die Schwefelgrube.«

»Deine Worte sind nicht freundlich, Mönch. Was trägst du in deinem Bündel?«

»Ich habe die Göttlichen Tage. Und niemand wird sie ihm streitig machen.«

»Meinetwegen, wer will das auch. Ich verweigere dir nur die deinen.«

»Tritt zur Seite, Antichrist!«

»Deine Tage sind gezählt, Mönch. Dein Ende ist gekommen. Jetzt.«

»Tritt beiseite.«

»Bete zu deinem Schöpfer.«

Eine Klinge blitzte auf in der hellen Sonne und dem heißen Wind und schlug wieder und wieder zu.

Und dann sah Jim noch mehr. Viel mehr. Entsetzen folgte auf Entsetzen.

Und mit einem schrecklichen Schrei auf den Lippen erwachte er.

Omally schüttelte ihn. »Alles in Ordnung mit dir, Jim? Du bist weiß wie ein Bettlaken!«

»Ich bin okay. Ich bin okay.«

»Deine Stirn ist schweißnaß.«
»Das überrascht mich nicht.«
»Hast du ihn gesehen? Der Mönch, hast du ihn gesehen, Jim?«
»Ja, ich hab' ihn gesehen. Ich hab' alles gesehen. Es war schrecklich, John. Einfach schrecklich.«
»Willst du es mir nicht erzählen?«
»Es war die Geschichte über mich in dem Buch von Mister Compton-Cummings. *Das ist der Atem des Pooley*. Ein Meuchelmörder kam mit dem Wind aus dem Osten, und der Meuchelmörder war ich!«
»*Du?*«
»Einer meiner Vorfahren. Einer meiner Vorfahren hat den Mönch ermordet!
»Heilige Mutter Gottes!«
»Der Papst hat ihn geschickt. Verstehst du? Der Papst konnte die päpstliche Bulle nicht für ungültig erklären. Diese Bullen sind schließlich angeblich durch Gott selbst inspiriert. Und Gott ist nicht dafür bekannt, daß er seine Meinung ändert. Also hat der Papst einen Meuchelmörder gedungen, um den Mönch umzubringen und die Brentforder Schriftrollen zu vernichten.«
»Und der Meuchelmörder war wirklich einer von deinen Vorfahren?«
»Er sah genauso aus wie ich.«
»Und? Hat er die Schriftrollen vernichtet?«
»Nein. Er hat versucht, den Papst damit zu erpressen. Hat Berge von Gold dafür verlangt.«
»Und was hat der Papst gemacht?«
»Er hat einen Meuchelmörder gedungen, um den Meuchelmörder zu meucheln.«
»Bastard.«
»Zu wahr, John, zu wahr. Der zweite Meuchelmörder war ein gewisser Mister Sean Omally.«
»Gottes Gebiß und Unterhose!«

»Und dann hat der Meuchelmörder des Meuchelmörders versucht, den Papst zu erpressen, und der Papst hat einen dritten Meuchelmörder gedungen, um den Meuchelmörder des Meuchelmörders zu meucheln. Und dieser dritte Meuchelmörder wiederum ...«

»Geht das noch lange so weiter?«

»Viele Jahre.«

»Und wo sind die Schriftrollen am Ende gelandet?«

»Bei einem von meinen Vorfahren.«

»Und hat er sie vernichtet?«

»Nein, er hat sie vergraben.«

»Wo, Jim, wo? Konntest du sehen wo?«

»Ich hab' es sogar ganz genau gesehen.«

»Also weißt du jetzt, wo sie sind?«

»Ich weiß sogar ganz genau, wo sie jetzt sind.«

»Dann sag es mir.«

»Es ist so unheimlich«, sagte Pooley. »Ich meine, diese Geschichte muß in meinen Genen stecken. Vielleicht ein Teil meiner archaischen Erinnerungen oder so. Weitergegeben vom Vater auf den Sohn auf den Enkel, von einer Generation zur nächsten.«

»Sprich weiter.«

»Ich muß es die ganze Zeit über gewußt haben. Es ist der Ort, wo ich immer hingehe, verstehst du? Ich fühle mich wie magisch dorthin gezogen, wenn ich meinen Frieden haben und in Ruhe nachdenken möchte. Ich wußte nie, warum, aber irgend etwas in mir hat mir immer gesagt, ich soll dorthin gehen.«

»Wohin, Jim? Wohin?«

»Zu der Parkbank, draußen vor der Memorialbücherei. Die Schriftrollen sind in einer Schatulle unter der Bank vergraben.«

12

»Würdest du einen Blick auf das hier werfen?« fragte John Vincent Omally. »Hast du jemals in deinem Leben eine Bank gesehen, die ein massiveres Betonfundament besessen hat als dieses Ding?«

Jim Pooley schüttelte den Kopf. »Aber vermutlich hätte die Bank nicht so lange hier gestanden, wenn das Fundament nicht so stabil gewesen wäre.«

»Stimmt auch wieder. Und wie wollen wir sie zur Seite schaffen?«

Jim strich sich übers Kinn. »Also schön«, sagte er. »Angesichts der Tatsache, daß wir mit *unserer* Methode schon so weit gekommen sind, schlage ich vor, wir setzen unsere einzigartigen Talente ein und bemühen uns um eine effektive und erfolgreiche Lösung.«

»Gut gesprochen«, sagte John. Und: »Sprich weiter.«

»Weiter was?«

»Setz dein einzigartiges Talent ein.«

»Richtig.« Jim betrachtete die Bank von oben, von unten und von allen Seiten, scharrte mit den Hacken auf dem mächtigen Beton des Fundaments und trat dann mit in die Hüften gestützten Händen und zur Seite geneigtem Kopf zurück.

»Ich schätze, wir müssen das Ding in die Luft sprengen«, sagte er dann.

»In die Luft sprengen?« Omally zuckte zusammen.

»Das ist die sauberste Lösung. Kein langwieriges Herumwerkeln.«

Omally seufzte. »Jim«, sagte er, »wie tief genau stecken diese Schriftrollen im Boden?«

»Ich hab' nicht die geringste Ahnung. Weißt du es vielleicht?«

»Ich hab' nicht die geringste Ahnung. Aber wir können die Bank nicht in die Luft jagen, weil wir damit vielleicht auch die Schriftrollen sprengen.«

»Dann müssen wir die Sprengung halt kontrollieren. Du weißt doch genau, wie man so etwas macht.«

»Pssst! Nicht so laut!« John legte erschrocken den Finger auf den Mund. »Das ist keine gute Idee. Außerdem – meinst du nicht, daß eine Explosion die Aufmerksamkeit von Passanten erregen würde?«

»Wir könnten es nachts machen, wenn alle zu Hause sind und schlafen.«

John stieß einen weiteren Seufzer aus. »Hast du vielleicht noch mehr inspirierte Ideen von dieser einzigartigen Sorte?«

»Ja«, sagte Jim. »Wir könnten einen Tunnel graben.«

»Einen Tunnel graben?«

»Wie in diesem einen Film, *Das hölzerne Pferd* hieß er, glaube ich. Diese Kriegsgefangenen haben ein Sprungpferd gebaut und sind jeden Tag nach draußen gegangen und haben Übungen darauf gemacht. Aber im Innern saß ein Typ mit einem Teelöffel und einem Sack, und er hat einen Tunnel gegraben und …«

»War der nicht mit Trevor Howard?«*

»Könnte sein. Ich glaube, John Mills hat auch mitgespielt.«

»Und Anton Diffring war dieser Nazioffizier.«

»Du meinst den mit dem langen Ledermantel?«

»Ja, genau. Wolltest du nicht auch immer so einen Mantel?«

»Will ich noch immer.«

»Ich kaufe dir einen, sobald wir unseren ersten Gehaltsscheck bekommen haben.«

»Danke, das ist wirklich sehr freundlich von dir,

* Der Film, nicht der Tunnel.

John. Worüber haben wir eigentlich gerade gesprochen? Ich glaube, ich hab' den Faden verloren.«

»Du hast vorgeschlagen, daß wir ein Sprungpferd bauen und es jeden Morgen in den Garten der Bücherei schleppen, so daß du unten drunter mit einem Teelöffel einen Tunnel zur Bank graben kannst, während ich meine Übungen auf dem Pferd mache.«

Jim nickte begeistert. »Ich muß schon sagen«, sagte er. »Wenn man es von dieser Seite betrachtet, dann ist es eine wirklich saublöde Idee.«

»Ja, nicht wahr?«

»So«, sagte Jim. »Damit bleibt uns nur noch Marchant.«

»Marchant?«

»Sobald er wieder in altem Glanz erstrahlt, binden wir die Bank mit einer Kette hinten dran und …«

John schüttelte den Kopf.

»Du schüttelst den Kopf«, sagte Jim.

»Ich schüttle«, sagte John.

»Also gut, ich geb's auf. Ich habe drei wundervoll vernünftige Vorschläge unterbreitet, und du hast jeden einzelnen davon verworfen. Jetzt bist du an der Reihe, Freund John.«

John seufzte ein weiteres Mal. »Es muß doch eine einfachere Möglichkeit geben, diese Bank da wegzukriegen«, sagte er. »Komm, wir gehen woanders hin und reden dort weiter. Der Krach von all diesen Preßlufthämmern in a-Moll macht mir langsam Kopfschmerzen.«

Und John blickte Jim an.

Und Jim blickte John an.

Und beide grinsten.

»Was glauben Sie eigentlich, was Sie da machen, guter Mann?« fragte der offiziell aussehende Herr mit der Melone, dem großen schwarzen Schnurrbart und dem Klemmbrett.

»Ich, Boß?« fragte der Typ unten im Loch.

»Ja, Sie, Meister.«

»Kabelfernsehen«, sagte der Typ im Loch. »Wir verlegen das Kabel.«

»Will denn irgend jemand in Brentford tatsächlich Kabelfernsehen?«

»Ich glaube nicht, Boß. Das ist alles nur Dreck, nicht wahr? Präsentiert von einem ganzen Stall abgetakelter Schauspieler wie diesem Typ aus dem *Glücksrädchen*, der den Ärger mit …«

»Ich glaube, ich habe in der *Sunday Sport* darüber gelesen. Aber wenn niemand wirklich Kabelfernsehen will – warum dann all dieses Gegrabe?«

Der Typ unten im Loch grinste den Melonenträger an. »Da stellen Sie vielleicht 'ne Frage, Meister. Aber ich geb' Ihnen die Antwort. Sehen Sie, ich grabe dieses Loch, und mein Kollege hier nimmt die große Säge und schneidet die großen Wurzeln der Straßenbäume durch.«

»Aber gehen die Straßenbäume davon nicht ein?«

»Ganz sicher sogar, Boß. In zwei Jahren von heute an gibt es in keiner Stadt im gesamten Land noch einen einzigen Baum.«

»Aber das ist doch … das ist doch sehr, sehr schlecht, oder nicht?«

»Kommt ganz darauf an, von welcher Seite man es betrachtet, Boß, schätze ich. Für uns mag es vielleicht schlecht sein, aber bestimmt nicht für die heimliche Streitmacht der Aliens, die unbemerkt in einem Orbit um die Erde kreist.«

»*Was?*«

»Nun ja, das ist nur so eine persönliche Theorie von mir, und vielleicht irre ich mich auch gründlich, aber ich glaube, daß das gesamte Kabelfernsehen von Aliens aus dem Weltraum gemacht wird, mit dem Ziel, die Weltherrschaft an sich zu reißen.* Und sie sorgen dafür, daß sämtliche Bäume gefällt werden, damit die irdische Atmosphäre ihren eigenen Ansprüchen besser genügt.«

»Heiliger Scott!« entfuhr es dem offiziell aussehenden Melonenträger.

»Nein, war nur ein Witz«, erwiderte der Typ unten im Loch. »Die Wahrheit ist, daß wir das hier tun, weil wir dumm sind. Typen, die Löcher in die Straße buddeln, gehören zur arbeitenden Klasse, und die arbeitende Klasse ist nun einmal dumm.«

»Das ist eine ziemlich diskriminierende Bemerkung, finden Sie nicht?«

»Was bedeutet diskirimi... diskrimi... na ja, Sie wissen schon.«

»Ich glaube nicht, daß Sie das wirklich wissen wollen.«

»Aber wer sind Sie überhaupt, Boß? Sie sehen so gelackt aus. Soll ich Sie vielleicht lieber mit ›Euer Ehren‹ anreden als mit ›Boß‹?«

»Nein, ›Boß‹ reicht völlig aus. Ich bin vom Straßenbauamt.« Der offiziell aussehende Gentleman produzierte seinen offiziell aussehenden Ausweis.

* Diese Theorie ist noch nicht weitgehend genug. Ist möglicherweise die ganze Erde bloß eine Soap Opera der Aliens? Lesen Sie dazu mehr in ARMAGEDDON – DAS MUSICAL, dem nächsten wahnwitzigen Roman vom wahnwitzigen Robert Rankin (übersetzt vom wahnsinnigen A. Merz), der bei Bastard-Lubber, pardon: Bastei-Lübbe wahrscheinlich im September 2000 erscheint. (Anm. d. Red.)

»Gute Güte, Meister«, sagte der Typ im Loch. »Ich bin ziemlich beeindruckt.«

»Das sollten Sie auch sein. Und jetzt möchte ich, daß Sie auf der Stelle mit dem Graben an dieser Stelle aufhören und dafür an einer anderen Stelle weitermachen. Ich werde Sie beaufsichtigen.«

»Ganz wie Sie meinen, Boß. Und wo genau sollen wir weitergraben?«

»Dort drüben.«

Der offiziell aussehende Gentleman deutete auf die Bank vor der Memorialbücherei.

Wir haben seit geraumer Zeit nichts mehr von diesem anderen, vergilbten Burschen gehört, der immer auf eine Stelle außerhalb des Blattes zeigt. Aber er war die ganze Zeit geschäftig gewesen, und er führte absolut nichts Gutes im Sinn. Dr. Stefan Malone hielt keine Vorlesung an diesem Morgen, noch arbeitete er im Leichenschauhaus des Cottage Hospitals. Er werkelte ganz allein in seinem Kellerlabor, das er im Kether House eingerichtet hatte.

Vielleicht hat der Leser bereits vermutet, daß jemand, der dem Sherlock Holmes auf den Zeichnungen von Sidney Paget zum Verwechseln ähnlich sieht, sogar in den Farben, auch eines von diesen Laboratorien besitzt, die man im allgemeinen bei Irren Viktorianischen Wissenschaftlern (IVW) findet. Man kennt die Sorte von Laboratorien. Überall blubbert es in Retorten, überall messingne Bunsenbrenner, Glaskühler und rote Gummischläuche. Außerdem eine Menge vorindustrieller Elektrizität, funkenstiebende Spulen, polierte Röhren und mächtige Schalttafeln mit den hinlänglich bekannten gigantischen Hebeln.

Aber nichts von alledem.

Weil, sehen wir der Tatsache ins Auge, heutzutage niemand mehr ein Laboratorium von dieser Sorte haben will. Genaugenommen hatte selbst in den damaligen Tagen niemand ein Laboratorium von dieser Sorte. Laboratorien von dieser Sorte wurden in Hollywood erfunden. Und obwohl wir alle Dankbarkeit verspüren, daß Hollywood die Geschichte auf diese Weise umgeschrieben hat – das hier ist *nicht* Hollywood.

Das hier ist – Gott sei Dank – Brentford.

Und wir in Brentford sind anders.

Dr. Stefan Malones Laboratorium war eine lebende Hölle. Jeder, der einmal eine Photographie von Ed Geins Küche oder Jeffrey Dahmers Badezimmer gesehen hat, kann sich augenblicklich ein Bild machen. Irgend jemand hat einmal gesagt, daß Psychos sich nie das Haar kämmen; nun ja, ihr Geschirr waschen sie auch nicht ab. Und Dr. Stefan Malone war ein Psycho. Ein richtiger Psychopath, alles, was recht ist. Obwohl er sich das Haar kämmte und sein Geschirr abwusch.

Der Vollständigkeit halber soll erwähnt werden, daß der präzise Augenblick zurückverfolgt werden kann, an dem der Genetiker seine geistige Gesundheit verloren und sich in die Umarmung des Wahnsinns begeben hat. Es war der Tag vor fünf Jahren, an dem er seinen Namen von Stephan zu Stefan hat ändern lassen.

Das kam ungefähr so. Dr. Stephan war anläßlich einer Party in Dublin einem gewissen Schreiber Weit Hergeholter Belletristik vorgestellt worden. Dieser Schreiber Weit Hergeholter Belletristik zeigte Dr. Stephan Malone seine Taschenuhr. Die Ziffern auf dem Uhrenblatt waren ausradiert und durch die Buchstaben des Namens dieses Schreibers Weit Hergeholter Belletristik ersetzt. Zwölf Buchstaben, sechs für den Vornamen, sechs für den Nachnamen. Dr. Stephan bemerkte diese groteske Eitelkeit und war, im Gegensatz zu anderen, die es gesehen und mit gewissen (diskriminierenden) Bemerkungen leicht unterhalb der Gürtellinie reagiert hatten, fasziniert davon. Er wußte, daß er auch so eine Uhr haben mußte. Doch damit würde er dreizehn Stellen auf dem Zifferblatt benötigen, und dreizehn war eine Unglückszahl.

Und als ein Mann, der die Welt verändern würde, duldete er keine dreizehn Buchstaben in seinem Namen.*

Hinter all dem steckte eine gewisse kosmische Wahrheit, wenngleich eine von schrecklichem Irrsinn. Der Leichnam des Schreibers Weit Hergeholter Belletristik wurde am nächsten Tag aus dem Fluß gezogen. Seine Taschenuhr ward nie wieder gesehen.

Außer von Dr. Stefan Malone.**

Zurück in sein Labor.

Es roch schlecht dort unten. Es stank zum Himmel. Es stank nach Tod und Verwesung.

Die Wände waren mit schlecht zusammengebauten

* ~~Wenn der Übersetzer an dieser Stelle eine Fußnote anmerken würde, dann nur der Vollständigkeit halber. Deswegen verzichtet er wohlweislich darauf. Dem Leser möge der Hinweis genügen, daß ein gewisser Lektor, als er vor ziemlich genau fünf Jahren (von 1997 an gerechnet, als dieser Roman geschrieben wurde) im Wundersamsten Verlag Von Allen (WVVA) seine Tätigkeit aufnahm, den Vornamen von Stephan in Stefan hat ändern lassen. Weil er nicht den Fehler begehen wollte, kein Leerzeichen zwischen die sechs Buchstaben des Vor- und die fünf des Nachnamens zu setzen. (Anm. d. Übers.)~~

** Der Übersetzer weiß es besser. Die Taschenuhr steckt in der Uhrentasche eines gewissen Stephan *Bauer*, nicht Malone, alias Stefan. Außerdem ist dem Übersetzer bereits vor längerer Zeit aufgefallen (vor ungefähr fünf Jahren), daß Robert nicht mehr ans Telephon geht. Oder schreibt man das neuerdings auch mit ›f‹? (Anm. d. Übers.)

[Was denn, Robert mit ›f‹? (Anmerkung des Korrektors)]

[Da sehen Sie mal, wie dumm diese Übersetzer sind. Überhaupt, man sollte nur noch die Originale lesen. Ts, ts, ts. Robert mit ›f‹! (Anmerkung des Lesers, der sich über die Fußnoten beschwert)]

Dexion-Regalen vollgestellt. Marmeladengläser standen in diesen Regalen, Marmeladengläser mit Spezimina darin. Menschlichen Spezimina. Eingelegte Teile in Formalin. Hier eine tragisch abgetrennte Hand, die Fingerspitzen von innen am Glas, dort ein paar sezierte Organe, zerbrechlich wie Korallen, in hauchdünne Scheiben geschnitten. Und überall ringsum menschliche Augen, die den Betrachter blicklos und doch vorwurfsvoll aus ihren viel zu großen Marmeladengläsern anstarrten.

Auf dem Boden: Abfall. Zerknitterte Verpackungen, Kartons, leere Dosen und Flaschen, achtlos weggeworfene Zigarettenpackungen (die meisten Psychos rauchen)*, Magazine, Bücher, Zeitungen, ungeöffnete Briefe, Treibgut und Strandgut, schmutzige Teppiche und Lumpen. Und an den Wänden, an der Decke und auf dem Abfall: Blutflecken. Wie auf den Händen von Dr. Stefan Malone.

Weitere Dexion-Regale trugen sechs große verzinkte Wassertanks, ein jeder mit einer sterilen Lösung gefüllt, in der ein nackter menschlicher Torso schwebte. Die Arme, die Beine und der Kopf waren mit chirurgischem Geschick entfernt worden, die Wunden glatt und sauber vernäht. Plastikschläuche führten Nährlösung zu, und elektrische Implantate zwangen die Herzen zu schlagen. Und im Innern eines jeden geschwollenen weiblichen Torsos bewegte sich etwas.

Etwas Lebendiges.

Etwas neu Geklontes.

Dr. Stefan schlenderte von einem Tank zum anderen und begutachtete sein böses Werk.

Und lächelte erfreut.

Was für ein Bastard!

* Eine weitere Unart, die sie mit vielen Übersetzern Weit Hergeholter Belletristik gemeinsam haben. (Anm. d. Lektors)

»Das ist ein ganz schöner Bastard«, sagte der Typ aus dem Loch, als er das Betonfundament der Bank vor der Memorialbücherei in Augenschein nahm. »Wissen Sie, normalerweise, wenn wir vor einem Problem wie diesem stehen, gehen wir erst mal zwei Stunden lang frühstücken.«

»In Übereinstimmung mit dem Stereotyp von der arbeitenden Klasse?«

»Würde mich nicht sonderlich überraschen. Also, wir sehen uns später, ja?«

»Ich denke nicht«, sagte der offiziell aussehende Gentleman. »Lassen Sie uns für den heutigen Tag die Konvention in alle vier Winde verstreuen. Lassen Sie uns den wollenen Mantel der Konformität zerreißen und den grauen Tweed der Unterdrückung abstreifen, um unsere Augen auf den goldenen G-Punkt des Egalitarismus zu richten. Nehmen Sie Ihren verdammten Preßlufthammer auf, und fangen Sie an zu graben.«

»Meine Güte, Boß! Wenn das keine gute Rede war, keine Frage!«

»Graben Sie endlich das verdammte Loch.«

»Was ist denn hier los?« erkundigte sich ein zufälliger Passant, dessen Name Pooley lautete. Jim Pooley.

»Wir graben ein Loch«, antwortete der Typ, der gegraben hatte, aber im Augenblick seine Stirn abtupfte. »Für das Kabelfernsehen. Dieser offiziell aussehende Gentleman sagt, wir sollen es hier graben.«

»Macht es Ihnen vielleicht etwas aus, wenn ich ein wenig dabeistehe und zusehe?«

»Haben Sie nichts zu tun?«

»Nun«, sagte Jim. »Früher war ich arbeitslos, aber jetzt bin ich Jobsucher.«

»Oh, Sie meinen, Sie sind ein Nichtstuer.«

»Nein, das tue ich nicht.«

»Schön, treten Sie zurück, und kommen Sie mir nicht

in den Weg. Dieser pneumatische Hammer ist eine furchtbare Bestie. Stellen Sie sich vor: Es ist eine reine Freude, ihn zu benutzen. Er hämmert in E-Dur.«

»Bestimmt meinen Sie a-Moll«, sagte der offiziell aussehende Melonenträger.

»Nein, ich meine E-Dur«, widersprach der Typ. »Wie beim Blues. Blues ist auch immer in E-Dur.«

»Blues ist immer in a-Moll«, sagte der offiziell-aussehende Melonist. »Ich hatte als Junge eine Mundharmonika.«

»Es war eine Hohner«, fügte der Passant namens Pooley hinzu.

»Woher wollen Sie das wissen?« fragte der Typ mit dem Hammer.

»Geraten, weiter nichts.«

»Nun, der Blues ist jedenfalls immer in E-Dur. Lassen Sie sich das von mir gesagt sein.« Der Preßlufthammer nahm seinen Betrieb wieder auf.

Eine Dame mit einem Strohhut spähte hinunter in das Loch und nickte zum Rhythmus des Hammers. »Das ist C«, rief sie über den Radau hinweg.

»E!« widersprach der Typ mit dem Hammer, ohne mit dem Hämmern aufzuhören.

»A-Moll!« brüllte der offiziell aussehende Melonenbehutete.

»A-Moll«, stimmte Pooley ihm zu.

»C!« kreischte die Bestrohhutete. »Mein verstorbener Mann hat mit Jelly Roll Morton zusammen gespielt, und Jelly hat den Blues erfunden.«

Der Typ mit dem Preßlufthammer hörte auf zu hämmern. »Jelly Roll Morton hat den Blues nicht erfunden«, sagte er. »Blind Lemon Jefferson hat den Blues erfunden.«

»Nie im Leben«, sagte die Strohbehutete.

»Niemand hat den Blues erfunden«, sagte der offiziell aussehende Gentleman. »Der Blues reicht zurück bis in die Zeit des Sklavenhandels vor Hunderten von Jahren.«

»Nein, reicht er nicht«, sagte ein junger Bursche mit einem Bart, der stehengeblieben war, um einen Blick in das Loch zu werfen. »Blues ist eine Form von Volksmusik, die zu Beginn des zwanzigsten Jahrhunderts unter jungen farbigen Amerikanern aufkam.«

»Mit Jelly Roll Morton«, sagte die Dame.

»Blind Lemon Jefferson«, sagte der nicht hämmernde Mann mit dem Preßlufthammer.

»Es gibt keinen speziellen Musiker, dessen Name mit der Erfindung des Blues in Zusammenhang gebracht wird«, sagte der junge Bärtige. »Doch die Form ist spezifisch, bestehend aus zwölf Takten in drei Teilen zu je vier Takten im 4/4-Rhythmus, die sogenannte *Bluesformel,* ein Akkord- und Taktschema, das sich dem Aufbau der Bluestexte entsprechend in drei viertaktige Teile unterteilt. Die Akkordfolge wird oft abgewandelt, ohne die Hauptharmonien aufzugeben, und auf jeden gesungenen Textabschnitt folgt normalerweise eine Instrumentalimprovisation, wodurch sich dann ein Ruf-Antwort-Schema ergibt. Und dann gibt es noch die *Blue notes.*«

»Was sind *Blue notes*?« fragte Jim.

»Eine spezielle Tonleiter, in der die dritte und siebte Stufe neutral intoniert werden.«

»Aber immer in a-Moll.«

»In jeder Tonart, die Sie wollen.«

»Sind Sie vielleicht auch ein Jobsucher?« fragte der Bursche im Loch.

»Nein, ich bin Medizinstudent«, antwortete der Bursche mit dem Bart.

»Noch so ein Nichtstuer.«

»Macht es Ihnen vielleicht etwas aus, wenn Sie wieder anfangen zu bohren?« bat der offiziell Aussehende, indem er einen Arm konsultierte, an dem keine Armbanduhr zu entdecken war. »Der Tag ist bereits fortgeschritten.«

»Ja, graben Sie Ihr Loch«, sagte Jim.

»Hör mal zu, Freund«, sagte der Typ im Loch. »Nur weil ich meinen Lebensunterhalt mit Löchergraben bestreite, heißt das noch lange nicht, daß ich dumm bin.«

»Ich dachte, das hätten Sie selbst erwähnt«, meinte der offiziell Aussehende.

»Das war ironisch gemeint, okay?«

»Sokrates hat die Ironie erfunden«, sagte die Dame mit dem Strohhut.

»Unsinn«, entgegnete der Typ im Loch.

»Nein, sie hat recht«, sagte der Bärtige. »Verspotten oder Lächerlichmachen eines dem Anschein nach ernsthaften Gedankens mit dem Ziel, das Gegenteil des scheinbar Gesagten auszudrücken. Das nennt sich sokratische Ironie.«

»Was hältst du von einem Preßlufthammer in deinem Kuchenloch, Sonnenschein?« erkundigte sich der Bediener des Geräts.

»Kommen Sie, meine Herren«, sagte der offiziell aussehende Herr. »Wir tun schließlich alle nur unsere Arbeit.«

»Der da nicht«, sagte der Hammerbediener und zeigte auf Pooley. »Typen wie der da liegen nur dem Steuerzahler auf der Tasche.«

»Das nehmen Sie zurück«, sagte Jim.

»Schlagen Sie ihn k. o.«, verlangte die Dame mit dem Strohhut.

»Ich bitte Sie«, sagte der Typ mit dem Hammer. »Sehen Sie sich diesen Waschlappen doch an. Er hat schon zwei Veilchen.«

»Meine Herren, meine Herren«, sagte der mit dem offiziellen Aussehen. »Lassen Sie uns anfangen. Arbeit wartet.«

»Sie halten sich da ganz raus«, brüllte der Hammer. »Verdammter kleiner emporgekommener Nazi.«

»Das nehmen Sie zurück.«

»Ach ja? Wollen Sie vielleicht auch Streit anfangen?«

»Entschuldigung«, sagte der Kollege des Hammers, der die ganze Zeit über leise und unauffällig mit einem Spaten weitergegraben hatte. »Aber ich glaube, ich habe hier etwas gefunden. Es sieht aus wie eine Schatzkiste.«

»Lassen Sie mal sehen«, sagte der vom offiziellen Aussehen.

»Keine Chance«, brüllte der Hammer. »Wenn mein Kumpel was gefunden hat, dann gehört es *uns*!«

»Wenn ich was gefunden hab', dann gehört es mir«, sagte der Kumpel.

»Könnte ein Blindgänger sein aus dem Krieg«, sagte Jim mit einer Stimme, die sehr spontan klang.

»Unsinn«, widersprachen der Hammer und sein Kumpel unisono.

»Könnte sein«, sagte die Dame mit dem Strohhut (Dame MDS). »Im Krieg sind jede Menge von diesen Sprengdingern runtergekommen. Getarnt als Dosen mit Frühstücksfleisch, als Zigarettenpäckchen oder elektrische Vibratoren und …«

»Wir lassen die Gegend besser abriegeln«, sagte der OAG. »Ihr beiden da im Loch: Heraus mit euch und in sicheren Abstand. Ich kümmere mich um die Bombe.«

»Gute Idee«, sagte Jim. »Los, alle miteinander, zurück. Zurück.«

»Hat hier jemand ›Bombe‹ gesagt?« erkundigte sich der Alte Pete, der zufällig vorbeigekommen war.

»Bitte gehen Sie weiter, Sir.«

»Warum hast du diesen falschen Schnurrbart angeklebt, Omally?«

»Was faselt der Alte da von einem falschen Schnurrbart?« fragte der Typ im Loch, kletterte aus eben diesem und ließ den Hammer zurück.

»Nur ein verwirrter alter Herr«, sagte John Omally. »So, wenn ich jetzt bitten dürfte? Räumen Sie die Gefahrenzone, meine Dame, meine Herren.«

»Wie ist Ihr Name?« brüllte der Typ aus dem Loch, indem er einen Schritt auf Omally zu machte und ihm den falschen Schnurrbart abriß.

»Oooooooh!« machte die Dame MDS. »Das ist der Sittenstrolch aus dem Park. Er hat einen Preßlufthammer in a-Moll nachgemacht, während sein Kumpan hier sich an einen Baum schlafen gelegt hat!«

»Sein Kumpan? Der hier?« Der Typ (ohne Hammer) aus dem Loch wandte sich gegen Pooley.

»Ich habe diesen offiziell aussehenden Gentleman in meinem ganzen Leben noch nie gesehen«, beteuerte Pooley, schlug hastig ein Kreuz und hoffte inbrünstig, nicht vom Blitz erschlagen zu werden.

»Wer trägt hier die Verantwortung?« fragte eine fremde Stimme. Ein Mann schob sich durch die schnell wachsende Menge.

»Ich«, sagte John.

»Ganz bestimmt nicht«, sagte der Hammer.

»Nun, irgend jemand sollte sie besser tragen. Was haben Sie mit meiner Bank gemacht?«

»*Ihrer* Bank?« fragte John.

»Meiner Bank. Ich bin der Chefbibliothekar«, sagte der Chefbibliothekar.

»Er ist der Chefbibliothekar«, sagte Jim.

»Oh, Sie sind auch dabei?« fragte der Chefbibliothekar. »Das hätte ich mir denken können. Sie lümmeln ja immer hier herum. Ich wußte gleich, daß Sie etwas im Schilde führen.«

»Verdammter Nichtstuer«, sagte der Typ aus dem Loch.

»Genau«, sagte Jim und krempelte die Ärmel hoch. »Das war zuviel.«

»Genau«, sagte der Typ aus dem Loch. »Das war zuviel.«

»Sofort aufhören!« kreischte Omally. Er machte einen Schritt vor, um den Typ aus dem Loch festzuhalten, und stolperte über dessen Kumpan, der im Begriff stand, aus dem Loch zu klettern.

»Und box!« kreischte die Dame MDS, während sie dem Chefbibliothekar auf den Fuß trat.

»Aaaaaaaaargh!« kreischte der Chefbibliothekar und hüpfte auf einem Bein durch die Gegend.

Und dann geriet Bewegung in die Menge, und die Fäuste flogen.

Omally schaffte es, die Schatzkiste an sich zu reißen, doch der Kumpan des Typs aus dem Loch wollte sich nicht kampflos geschlagen geben. Er rammte dem Stolz Irlands den Kopf in den Magen und stieß ihn in das Loch zurück. Die Dame MDS bearbeitete unterschiedslos alle und jeden mit ihrer Handtasche. Der junge Mann mit dem Bart, dessen Name übrigens Paul war und der sich nicht nur mit dem Blues und mit sokratischer Ironie auskannte, sondern auch mit Dimac, fällte den Typ mit dem Hammer, der gerade auf Pooley eintrat, mit einem mörderischen Schlag, der als das *Einrollen des Drachenschwanzes* bekannt war.

Als hätte jemand nach ihnen gerufen, ertönte plötzlich das Martinshorn eines Polizeiautos über den dumpfen Schlägen und dem Stöhnen und Heulen der rasch größere Ausmaße annehmenden Straßenschlacht.

Omally streckte vorsichtig den Kopf aus dem Loch. »Der Kumpan von dem mit dem Hammer haut mit der Schatulle ab, Jim!« brüllte er. Jim, inzwischen in eine fetale Position zusammengerollt, antwortete mit einem kläglichen Stöhnen.

Das Polizeiauto kam schleudernd zum Stehen, und drei Beamte sprangen heraus. Einer hatte ein Gesicht, das man nicht unterschätzen sollte, und ein anderer erfreute sich des Namens Joe-Bob.

»Kommt, wir probieren unsere neuen elektrischen Schlagstöcke aus«, sagte der mit dem Gesicht.

Und danach gingen die Dinge erst wirklich den Bach hinunter.

13

»Nein!« sagte Professor Slocombe. »Nein, nein, und wieder nein!« Er deutete auf die kleine erdige Schatulle, die auf seinem Schreibtisch stand. »Vollkommen unmöglich! Einfach lächerlich!«

»Ich bin sicher, daß es die richtigen sind«, entgegnete Jim.

»Oh, ich auch. Aber ich habe diese Schriftrollen jahrelang gesucht, Jahrzehnte … und ihr beide … ihr beide …«

»Habt sie gefunden«, vollendete John den Satz. »Wir sind ziemlich stolz auf uns, Sir. Wirklich.«

»Lächerlich! Absurd!« Professor Slocombe schüttelte den Kopf.

»Wir dachten, Sie wären erfreut.«

»Oh, das bin ich. Das bin ich.« Der Professor schielte auf Pooley. »Warum stehen dir die Haare so merkwürdig zu Berge, Jim?«

Jim verzog in schmerzlicher Erinnerung das Gesicht. »Ich lag zusammengerollt auf dem Boden, und dann kam dieser Polizeibeamte mit seinem elektrischen Schlagstock von hinten und hat ihn mir direkt in den …«

»Schon gut, schon gut!« Der Professor fuchtelte mit den Händen. »Ich denke wirklich, wir sollten das nicht weiter vertiefen.«

»Genau das habe ich dem Polizisten auch zugeschrien. Er hat trotzdem nicht aufgehört.«

Der Professor deutete mit zitternden Fingern auf einen Sessel. »Nimm einfach Platz, Jim.«

»Ich bleib', glaub' ich, lieber stehen, Sir. Wenn es Ihnen nichts ausmacht.«

»Los, weiter«, drängte John. »Machen Sie die Schatulle auf. Das wollen Sie doch.«

»Selbstverständlich will ich das.« Der Professor ließ sich schwer auf den Stuhl hinter seinem Schreibtisch sinken. »Das alles ist so ...«

»Unwahrscheinlich?« fragte Jim.

»Haarsträubend?« fragte John.

»Das, ja. Und das andere auch. Wie habt ihr die Schriftrollen gefunden?«

»Das verdanken wir Jim.« John tätschelte seinem Kameraden die Schulter. »Jim hat sich in eine mystische Trance versetzt und ist zurück in die Vergangenheit gereist.«

»Ihr müßt mich nicht auf den Arm nehmen«, sagte Professor Slocombe.

»Tun wir nicht, Sir. Es war wirklich so.«

Professor Slocombe schüttelte einmal mehr den Kopf. »Ihr beide müßt in einem früheren Leben etwas wirklich Gutes getan haben«, sagte er.

Zwei Köpfe stimmten in das Schütteln ein.

»Ganz im Gegenteil«, sagte Jim.

»Nun, ihr müßt mir jedenfalls alles der Reihe nach erzählen ...«

»Da war dieser Mönch«, sprudelte Jim los, »und er ...«

»... später, zu einem anderen Zeitpunkt.« Professor Slocombe betastete vorsichtig die Schatulle. »Habt ihr sie schon aufgehabt?«

»Äh, nein«, antwortete Omally. »Verstehen Sie, wir konnten nicht gleichzeitig laufen und die Kiste aufmachen.«

»Ich glaube nicht, daß ich das verstehe.«

»Es gab ein paar Probleme«, sagte Jim. »Einen kleineren Krawall.«

»Deswegen die Polizisten mit den ...« Professor Slocombe vollführte die entsprechenden Handbewegungen.

»Unter anderem. Zwei Typen haben die Bank vor der Memorialbücherei geklaut, und der Chefbibliothekar ist mit einem Preßlufthammer Amok gelaufen.«

»Sie mußten ihn in eine Zwangsjacke stecken«, sagte John.

»Aber zuerst hat er noch das Polizeiauto zerstört«, sagte Jim.

»War das, bevor er die Hauptgasleitung durchtrennt hat?« erkundigte sich John.

»Danach«, erklärte Jim. »Erinnerst du dich? Der Kumpan von dem Typ aus dem Loch hatte dich gerade dazwischen, als du das Gas gerochen hast.«

»Also war es nicht der Chefbibliothekar, der die Explosion ausgelöst hat?«

»Nein, es war der elektrische Schlagstock des Polizisten. Aber zu diesem Zeitpunkt hatten wir beide schon die Beine in die Hand genommen.«

»Wie die meisten anderen Leute auch.«

»Was sollten sie auch sonst tun, bei den ganzen vermummten Gestalten, die sich aus Helikoptern abgeseilt haben und alles.«

»Und dem ganzen Tränengas«, sagte John. »Und den Pferden.«

»Und dieser Kollege von dem Typ aus dem Loch hat dir ganz schön tiefe Einblicke gewährt«, sagte Jim.

»Ja. Ich hab' jede Sekunde genossen.«

»*Was?*« fragte Professor Slocombe.

»Der Kollege von dem Lochbuddler war eine achtzehnjährige Studentin, die ein Praktikum absolviert hat«, erklärte Jim.

»Und sie war verdammt schnell«, sagte John. »Sie ist den Polizeihunden weggelaufen.«

»Aber ein Scharfschütze hat sie dann doch erwischt. Mit einem Gummigeschoß.«

»Ich dachte, das wäre der Wasserwerfer gewesen«, sagte John.

»Meine Herren, meine Herren«, sagte Professor Slocombe. »Meine Herren.«

»Ja?« fragten John und Jim wie aus einem Mund.

»Würdet ihr jetzt bitte die Klappe halten?« Er klingelte mit seiner kleinen messingnen Tempelglocke.

Einen Augenblick später trat Gammon ein und brachte eine Flasche Champagner zusammen mit drei Gläsern.

»Nehmen Sie sich auch ein Glas, mein Freund Gammon«, sagte Professor Slocombe. »Wir sollten diesen Erfolg alle zusammen feiern.«

»Das ist wirklich nicht nötig, Sir«, sagte das Faktotum und nahm einen großen Schluck aus der Flasche. »Ich hatte nämlich einige Probleme auf dem Rückweg von Budgens, weil die Armee die meisten Straßen gesperrt und das Kriegsrecht ausgerufen hat und …«

»… und alles«, sagte Jim.

Und alles

Die Champagnergläser klirrten gegeneinander, Trinksprüche wurden ausgebracht, und bald war die ganze Flasche leer.

Professor Slocombe setzte sich wieder an seinen Schreibtisch und legte die Hände auf die Schatulle.

»Bevor ich dies hier öffne«, sagte er, »möchte ich euch bitten, einen Augenblick lang die Augen in einem stummen Gebet zu schließen.«

Jim sah John an.

Und John sah Jim an.

»Da kommt doch etwas Ernstes auf uns zu, wie?« fragte Jim.

»Etwas sehr Ernstes. Laßt mich nur machen.«

Sonnenlicht strömte durch die Verandafenster herein. Draußen in dem magischen Garten hörten die Vögel auf zu singen. Als die vier Männer die Augen schlossen und den Atem anhielten, schien die Luft in dem großen Arbeitszimmer einen Seufzer auszustoßen.

Und für kaum mehr als eine Sekunde oder zwei – oder waren es zehn oder ein ganzes Leben aus Sekunden und Minuten und Tagen und Stunden – herrschte so etwas wie absolute Ruhe und absoluter Frieden.

Absolut.

Und dann war der Augenblick vorbei. Alle atmeten auf, und alle fühlten sich verlegen und unbehaglich. Als hätten sie ihre Seelen und geheimsten Ängste bloßgelegt. Und etwas so Besonderes und so Greifbares erlebt, daß es physisch schmerzte.

»Irgend etwas ist geschehen«, sagte Jim und preßte die Hände aufs Herz. »Irgend etwas Wundervolles. Was war das?«

Professor Slocombe lächelte.

»Meine Herren«, sagte er. »Das Wundervolle beginnt gerade erst.« Er legte die Hände auf den Deckel der Schatulle und hob ihn an. Und dann erfüllte sich das gesamte Arbeitszimmer mit dem Duft von Flieder.

Omally bekreuzigte sich. »Der Odem der Heiligkeit«, flüsterte er.

»Korrekt, Jim. Der Duft, der von den unverweslichen Körpern der Heiligen aufsteigt.« Professor Slocombe sprach das lateinische Benediktum und nahm etwas aus der Schatulle, das in lilafarbenen Samt eingeschlagen war. Er legte das Bündel auf seinen Schreibtisch und schlug vorsichtig den Stoff beiseite. Darunter kamen die Schriftrollen zum Vorschein, in lateinischer Schrift und mit dem päpstlichen Siegel versehen.

»O ja«, sagte Professor Slocombe. »O ja.«

»Dann sind es die Rollen?«

Der weißhaarige Gelehrte blickte den Mann mit der elektrostatischen Frisur an, den Mann mit den beiden blauen Augen und der blutigen Nase.

»Du hast eine Menge für diese Rollen auf dich genommen, nicht wahr, Jim?« fragte er. »Aber weißt du eigentlich genau, was du da gefunden hast?«

»Die Brentforder Schriftrollen«, sagte Jim stolz.

»Die Tage Gottes«, sagte Professor Slocombe. »Jim, vielleicht hast du mit dieser Entdeckung den gesamten Verlauf der menschlichen Geschichte verändert.«

Professor Slocombe erzählte. »Als Papst Gregor den Kalender vom Julianischen auf den Gregorianischen geändert hat, da geschah das aus rein praktischen Erwägungen heraus. Es hatte nichts mit mystischen Dingen zu tun. Aber versteht ihr, das genaue Datum von Christi Geburt war nie mit letzter Sicherheit bekannt. Das kommende Millennium, das Jahr 2000, ist nichts weiter als eine Annäherung. Der Papst war sich nicht bewußt, daß er mit seiner Unterschrift unter der päpstlichen Bulle, mit der er die Tage Gottes genehmigte, einem Menschen in der Zukunft die Mittel in die Hand geben würde, sicherzustellen, daß die Millenniumfeiern am richtigen Tag im richtigen Jahr gefeiert werden.«

»Aber spielt das denn wirklich eine Rolle?« erkundigte sich Jim.

»Oh, absolut. Hättest du die magischen Wissenschaften so lange studiert wie ich und, wie ich zu behaupten wage, mit einigem Erfolg praktiziert, dann würdest du verstehen, daß Präzision alles ist. Wenn eine Magie erfolgreich sein soll, dann muß jeder magische Block präzise ausgerichtet werden. Wenn nur ein einziger fehlt oder nicht an seinem vorgesehenen Platz ist, dann kollabiert das gesamte metaphysische Gebäude. Nur wenn alles ganz genau zusammenpaßt, wird das Unmögliche möglich. Die ›Naturgesetze‹ sind transzendent, höhere Wahrheiten werden offenkundig, Weisheit enthüllt. Wenn der exakte Tag des Jahres vorübergeht, an dem das Millennium gefeiert werden sollte, ohne daß die entsprechenden Zeremonien durchgeführt wurden, dann kann und wird seine Magie sich nicht manifestieren.«

»Aber was ist das für eine Magie? Sie reden doch wohl nicht vom Armageddon oder vom Ende der Welt oder ähnlichen Schrecken, oder?«

»Ganz im Gegenteil, Jim. Wenn die Zeremonien am richtigen Tag durchgeführt werden, geschieht etwas ganz und gar Wunderbares. Etwas Unvergleichliches. Etwas, das die Welt für immer verändern wird.«

»Oh«, sagte Jim. »Und was mag das sein?«

»Was hast du gerade eben gefühlt, als du deine Augen im Gebet geschlossen hast?«

»Ich weiß es nicht genau.« Jim schüttelte den Kopf. »Aber es war etwas Wunderbares.«

»Stell dir dieses Gefühl die ganze Zeit über vor. Stell dir einen Zustand erhöhter Bewußtheit und besseren Verständnisses vor. Einen Zustand des inneren Friedens, der Ruhe, der Liebe meinetwegen. Ja, Liebe ist genau das richtige Wort.«

»Und Sie behaupten, daß jeder dieses Gefühl erfahren wird, wenn die Millenniumfeiern am richtigen Tag zelebriert werden?«

»Das wäre der nächste Schritt«, erwiderte der Professor. »Die nächste Stufe auf der evolutionären Leiter. Nach oben. Oder besser noch, eine weitere Umdrehung des Rades. Das heilige Mandala, das uns Gott näherbringt, indem es uns zu ihm führt. Alles wurde einst aus DER GROSSEN IDEE geboren, und alles wird letztendlich zu ihr zurückkehren.«

Jim öffnete den Mund. »Sie sehen mich sprachlos«, flüsterte er.

»Nur eine Sache noch, Professor.« John hob die Hand. »Ich habe Ihren Worten genau zugehört, Sir. Und Sie behaupten, daß das genaue Datum von Christi Geburt niemals präzise bekannt war.«

»Genau das habe ich gesagt, John.«

»Bedeutet das, daß es jetzt bekannt ist?«

»Das bedeutet es.«

»Und Sie wissen es?«

»Und ich weiß es.«

»Dann verraten Sie's uns«, sagte Jim.

Professor Slocombe lächelte sein typisches Lächeln und sprach weiter. »Als ihr vorletzte Nacht zu mir gekommen seid und mich über die Schriftrollen befragt und mir von eurem Plan erzählt habt, in Brentford zwei Jahre vor dem Rest der Welt das Millennium zu feiern, da habe ich gelacht, wenn ihr euch erinnern wollt. Ich habe nicht gelacht, weil ich die Idee absurd fand, ich habe gelacht, weil ihr es entweder durch Glück (sehr wahrscheinlich sogar) oder durch Sachverstand (nicht so wahrscheinlich) genau richtig formuliert habt. Ganz genau auf den Punkt habt ihr es getroffen. Das korrekte Datum ist der einunddreißigste Dezember. Das korrekte Jahr ist genau dieses.«

Es war Teezeit oder so, als Jim und John das Haus des Professors verließen. Das Kriegsrecht war inzwischen wiederaufgehoben worden, und mit Ausnahme des einen oder anderen ausgebrannten Fahrzeugs und der einen oder anderen eingeschlagenen Schaufensterscheibe gab es nichts mehr, das darauf hingedeutet hätte, daß die Dinge in Brentford nicht so waren wie immer.

Aber das waren sie nicht.

Und John und Jim wußten, daß sie es nicht waren.

John und Jim wußten, daß etwas sehr Großes geschehen würde, etwas sehr, sehr Großes. Und sie verspürten nicht geringe Sorge deswegen, wenngleich sie andererseits ziemlich aufgeregt waren.

Sie redeten nur wenig, während sie, die Hände in den Taschen vergraben und mit gesenkten Köpfen, durch die Straßen stapften und mit einem mißtönenden Pfeifen auf den Lippen leere CS-Gaskartuschen durch die Gegend traten. Draußen vor dem *Fliegenden Schwan* blieben sie eine Weile schweigend stehen.

Dann atmete John tief durch.

»Soso«, sagte er. »Wir haben uns alles angehört, was der Professor zu sagen hatte. Wir haben es genossen. Wir sind verzaubert, wir sind befremdet, wir sind voller Sorge, wir stehen starr vor Staunen. Aber sind wir Männer oder nicht?«

»Wir sind erledigt«, sagte Jim.

»Wir sind John und Jim«, sagte John. »Hin und wieder eingeschüchtert, aber niemals erledigt.«

»Ich nehme an, diese ganze gespielte Tapferkeit soll etwas bezwecken?«

»Sie soll, und zwar das: Der Professor mag mit allem recht haben, was er gesagt hat. Auf der anderen Seite könnte es sich auch als ein Haufen dummes Gewäsch herausstellen. Was auch immer – *wir* haben die Brentforder Schriftrollen gefunden. Und die Schriftrollen sind echt. Und um das gebührend zu feiern, schlage ich vor, daß wir erst einmal unsere Gehälter als Direktoren des Brentforder Millennium-Komitees erhöhen.«

»Darauf trinken wir«, sagte Jim. »Wir verdoppeln unser Salär.«

»Genau. Darauf trinken wir.«

Und das taten sie denn auch.

»Zwei Pints Large bitte, Neville«, sagte John Omally. »Und Jim hier bezahlt.«

»Ich bezahle?«

»Das ist das mindeste, Jim. Wenn man dein gestiegenes Einkommen bedenkt.«

»Und zwei Whisky noch dazu, Neville«, sagte Jim.

»Was hat das nun wieder zu bedeuten?« erkundigte sich der Alte Pete. »Hast du neuerdings einen Job, Pooley? Ich dachte, du wärst beim Arbeitsamt als Hilfs-Schneeschipper eingetragen?«

»Das liegt hinter mir, Pete. John und ich sind jetzt Männer von Rang. Brentford geht großen Zeiten entgegen, und wir beide sind die Männer, bei denen ihr euch bedanken könnt.«

»Darauf trinke ich«, entgegnete der Alte Pete. »Wirklich sehr freundlich von euch.«

Neville zapfte die Pints. »So, John«, sagte er mit einem Grinsen auf dem Gesicht. »Ich nehme an, ihr habt die Brentforder Schriftrollen gefunden?«

Die Gäste brachen in schallendes Gelächter aus. Norman Hartnell klopfte sich auf die Schenkel und keuchte und ächzte.

»Nun beruhige dich mal wieder, Norman«, sagte der Alte Pete.

Norman richtete sich auf. »Verzeihung«, sagte er. »Aber das war ein unglaublicher Witz, den der Alte Pete eben erzählt hat.«

Neville wischte sich die Tränen aus dem guten Auge. »Komm schon, John«, sagte er. »War doch nur ein Witz.«

Omally zuckte die Schultern. »Kein Problem, Neville. Aber ich hab' die Brentforder Schriftrollen leider nicht gefunden.«

»Pech«, sagte Neville.

»Jim hat sie gefunden.«

Weitere Heiterkeitsausbrüche. »Das ist zu gut!« sagte Neville. »Einfach köstlich.«

»Im Augenblick liegen sie bei Professor Slocombe«, fuhr John fort.

»Na ja, wo auch sonst.«

»Nein«, entgegnete John. »Sie sind wirklich bei dem Professor. Jim *hat* sie gefunden, ernsthaft.«

»Ach ja? Ich wußte gar nicht, daß jemand sie verloren hat«, warf Norman ein. »Als du mir gesagt hast, daß du mich in den Vorstand des Brentforder Millennium-Komitees berufen würdest, da hast du mir zu verstehen gegeben ...«

Omally flüsterte Norman etwas ins Ohr.

Norman pfiff leise. »Das ist allerdings ein sehr beachtliches Gehalt. Damit könnte ich mir sogar den Teilchenbeschleuniger kaufen, den ich mir so sehr wünsche.«

»Halt mal, halt mal.« Neville hob die Hände. »Ein Witz ist ein Witz, John. Jim hat die Brentforder Schriftrollen nicht gefunden.«

»Hab' ich doch«, sagte Jim.

»Hat er doch«, sagte John.

»Ja, sicher«, sagte Neville und wandte sich wieder seinen Gläsern und dem Poliertuch zu.

»Wozu brauchst du denn einen Teilchenbeschleuniger?« wandte sich Jim an Norman.

»Um Teilchen zu beschleunigen natürlich. Was hast du denn gedacht?«

Jim zuckte die Schultern. »Dann bist du also wieder einer Erfindung auf der Spur?«

»Ich baue einen De-Entropisierer.«

»Ah«, sagte John. »So ein Ding, wie?«

»Es ist für die Teilchen«, sagte Norman informativ.

»Ich geb's auf«, sagte Jim. »Wovon redest du da überhaupt?«

»Nun ja.« Norman trank einen Schluck von seinem Bier. »Du weißt doch sicher, was Entropie ist, oder nicht?«

Jim legte das Gesicht in nachdenkliche Falten, dann glättete er es wieder.

»Genau«, sagte Norman. »Sehr gut dargestellt. Entropie ist, wie alles immer im Chaos endet statt in Ordnung. Und das Chaos endet eines Tages im Hitzetod des Universums, wenn alles, was sich verbrennen läßt, verbrannt worden und nichts mehr übrig ist. Und ich arbeite an einem Apparat, der die Entropie verringert. Den Prozeß umkehrt. Es ist wegen der Teilchen, wie schon gesagt. Mein ganzer Laden ist voller alter Teilchen und Bonbons, die man nicht mehr essen kann, aber ich bringe es nicht über mich, sie wegzuwerfen. Alte Leute kommen rein und starren sehnsüchtig darauf und erinnern sich an die guten alten Zeiten.«

Der Alte Pete machte ein sehnsüchtiges Gesicht, das überhaupt nicht zu ihm passen wollte. Dann sagte er, im Einklang mit den Gesetzen der Entropie: »Blödsinn.«

»Meine Erfindung«, sagte Norman, »soll meine Teilchen und Süßigkeiten de-entropisieren. Sie wieder neu und frisch machen. Sie in ihre atomare Substruktur zerlegen und vom Atomkern aus neu aufbauen. Ich hoffe, daß ich bis Ende der Woche mit meiner Arbeit fertig bin. Und dann werde ich Süßigkeiten produzieren, die wieder so schmecken wie früher – weil es nämlich exakt die Süßigkeiten von früher sind.«

John Omally grinste. »Perfekt«, sagte er. »Ideal für

das Millennium. Süßigkeiten, die so schmecken, wie Süßigkeiten früher geschmeckt haben.«

»Besteht die Chance, das auch mit Bier zu machen?« erkundigte sich Jim.

»Das habe ich gehört«, sagte Neville von einer Stelle außerhalb der Seite.

»Sollte keine Beleidigung sein«, entgegnete Jim.

»Sobald der Prozeß perfektioniert ist, funktioniert er wahrscheinlich mit allem.« Norman trank noch einen Schluck von seinem Bier. »Bier, Wein, Whisky, alles.«

John Omally nahm ein kleines Notizbuch aus der Tasche und notierte die Worte *John Omally Millennium Brauerei* auf einer leeren Seite.

In diesem Augenblick betrat ›Knüller‹ Molloy, Nachwuchsreporter beim *Brentforder Merkur*, den *Fliegenden Schwan*. Sein Kopf war bandagiert, und sein linker Arm steckte in einer Schlinge. John und Jim wandten sich ab. Da bisher niemand ein Wort über die Unruhen und das Chaos verloren hatte, insbesondere auch der Alte Pete nicht, in dessen Garten nun die Bank von der Memorialbücherei stand, waren Unauffälligkeit und ein niedriges Profil das Motto des Tages.

Knüller humpelte zur Theke und bestellte ein kleines Bier mit Limonade.

Neville, dem derartige Abscheulichkeiten zuwider waren und der sich außerdem um nichts weniger scherte als die Vertreter der Presse, füllte ein Glas zur Hälfte mit Limonade und ergänzte den Rest aus dem Tropfenfänger unter den Zapfhähnen. Knüller leerte es in einem Zug. »Ah«, sagte er. »Das gleiche noch mal, bitte.«

»Hattest wohl 'nen Unfall, Knüller, wie?« erkundigte sich der Alte Pete, sichtlich bemüht, keine Miene zu verziehen.

»Ja, so kann man es nennen.«

»Du hast jedenfalls einen aufregenden Job. Leute wie wir erleben nie etwas.«

»Es gab einen Aufstand«, berichtete Knüller. »Ein steinewerfender Mob, ganze Hundertschaften Polizei mit elektrischen Schlagstöcken, Helikopter mit Anti-Terror-Einheiten.«

»Wirklich?« Der Alte Pete strich sich über das stoppelige Kinn. »Ich werde alt. Ich hab' überhaupt nichts davon mitgekriegt.«

»Ich auch nicht«, meinte Knüller.

»Aber was ist dann mit dir passiert?«

»Dieser verdammte verrückte Arzt.« Knüller leerte sein zweites Glas aus dem Tropfenfänger, während Neville ihn offenen Mundes anstarrte. »Ich hatte erfahren, daß sich in der vergangenen Nacht etwas Eigenartiges im Cottage Hospital ereignet hat. Also fahre ich hin, um mit dem diensthabenden Arzt zu reden, einem Dr. Stefan Malone. Ich sage also: ›Hallo, mein Name ist Knüller Molloy vom *Brentforder Merkur*‹, und da nimmt er mich auch schon in den Schwitzkasten, schleift mich zur Eingangstreppe und stößt mich runter.«

»Berufsrisiko«, sagte der Alte Pete.

»Ja, sicher, damit muß ich leben. Aber ich hab' den verdammten Aufruhr verpaßt, und jetzt hab' ich keine Story für die morgige Ausgabe.«

Omally wandte sich zu ihm um.

Und Jim auch.

»O doch, die hast du«, sagten alle beide.

14

Wer von uns hat noch nicht von den *Korridoren der Macht* gehört? Und doch ist nicht festzustellen, wo genau sie sich befinden. In Westminster oder in Whitehall? Oder sind es vielleicht unterirdische Korridore, wo die wirklichen Herren unseres Landes, diese Lieblinge aller Konspirationstheoretiker, in düsterer Beleuchtung umherschleichen? Und warum heißt es überhaupt *Korridore der Macht*? Was zur Hölle geht in diesen Korridoren vor? Haben diese Leute, wer auch immer sie sein mögen und was auch immer sie in diesen Korridoren anstellen, keine vernünftigen Arbeitszimmer, in denen sie das tun könnten? Zimmer der Macht, das sollten sie haben.

Aber vielleicht haben sie die ja. Vielleicht dient all dieses Gerede von den *Korridoren der Macht* nur dazu, uns von der Fährte abzulenken.

Faszinierend, nicht wahr?

Sie meinen nein?

Nun denn, was halten Sie hiervon?

Es war ein breiter, großer, hoher Korridor mit einer mächtigen Decke. Eine Wand war mit Ölgemälden in schweren goldenen Rahmen vollgehängt. Die meisten zeigten biblische Themen. Den Jüngsten Tag.

John Martins *Gefallene Engel auf dem Weg in das Pandämonium* hingen dort, seltsam genug, weil sie eigentlich in der Tate hängen sollten. Und Goyas schreckliches *Saturno*, das im Prado in Madrid hängen sollte. Und *La Chute des Anges* von Frans Floris, das definitiv im Koninklijk Museum in Antwerpen hängen sollte. Und so weiter und so fort.

Wer auch immer für die Ausschmückung der Wände dieses speziellen Korridors verantwortlich war, offensichtlich hatte er BEZIEHUNGEN. Und genügend Verstand, sämtliche Vorhänge vor den Fenstern auf der gegenüberliegenden Wand zugezogen zu halten. Das Licht war gedämpft in diesem Korridor, und es war freundlich und warm. Das mußte ein Korridor der Macht sein!

Und er war es auch.

Zwei Gestalten erschienen in einer Tür am Ende dieses Korridors.

Sie waren ein ziemliches Stück weit entfernt. Es war ein sehr langer Korridor, ja, das war es. Die beiden Gestalten marschierten los.

Im Gleichschritt.

Entschlossen.

Sie trugen identische graue Anzüge, und in Anbetracht der erdrückenden Fülle von Kunst, die hier zur Schau gestellt war, hätte es niemanden sonderlich verwundert, in ihnen Gilbert und George zu erblicken.

Aber sie waren es nicht. Sie waren nichts weiter als zwei nichtssagende Gestalten, die kein Mensch eines zweiten Blickes gewürdigt hätte.

Sie blieben vor einer mächtigen Tür stehen. Glätteten Anzüge, die nicht geglättet werden mußten. Und dann klopfte der eine oder der andere.

KLOPF, KLOPF, KLOPF, machte dieses Klopfen, wie schon andere Klopfer zuvor. Obwohl diese Klopfer hier ein richtiges Echo nach sich zogen. K-L-O-P-F, K-L-O-P-F, K-L-O-P-F, machten sie.

»Herein«, rief jemand von drinnen.

Und die draußen schoben die mächtige Tür auf und traten ein.

Der Raum hinter der Tür mußte ein Zimmer der Macht sein, daran bestand nicht der geringste Zweifel.

Das Mobiliar, die Ausstattung, das ganze Drumherum.
Und noch mehr.

Ein Typ saß da, die Füße hochgelegt, eine Kappe in den Nacken geschoben, und bearbeitete seine Fingernägel mit einer Feile.

Der Typ hieß Fred.

»Fred«, sagten seine beiden Besucher.

»Was gibt's Neues?«

Einer der beiden grauen Anzüge nahm eine Zeitung hervor und zeigte Fred die Titelseite.

BRENTFORD GASTGEBER DER UM ZWEI JAHRE VORGEZOGENEN MILLENNIUMFEIERN

Und das ist offiziell.

»Ich werd' verrückt«, sagte Fred und fiel vom Stuhl.

Die beiden Grauen eilten ihm zu Hilfe.

»Nehmt die Finger weg. Gebt mir einfach nur die verdammte Zeitung!«

Fred riß ihm den *Brentforder Merkur* aus den Fingern und begann auf und ab zu gehen, während er in der Zeitung las. Ein Schwall von Flüchen ergoß sich über seine Lippen, doch sie sollen unaufgezeichnet bleiben.

»Nein!« kreischte er dann. »Nein, nein, nein!«

»Ich fürchte doch«, sagte einer seiner beiden grauen Besucher.

»Wenn ich sage nein, dann meine ich verdammt noch mal nein!« Fred riß die Zeitung in Stücke und warf die Fetzen zu Boden. »Wir haben zu lange und zu hart an dieser Sache gearbeitet!« brüllte er weiter. »Wie konnte das passieren? Sagt mir, wie das passieren konnte!«

»Eins von Compton-Cummings Büchern ist dem Einstampfen entronnen. Es fiel diesem Pooley in die

Finger, und irgendwie ist es ihm zusammen mit einem anderen Typen namens Omally gelungen, mit Hilfe dieses Buches die Brentforder Schriftrollen zu entdecken.«

»Ich hab' dich nicht gefragt.«

»'tschuldige, Fred.«

»Nenn mich nicht Fred, du Bastard. Ich will, daß diese Angelegenheit geregelt wird, und zwar plötzlich. Habt ihr eigentlich begriffen, wie ernst dieser Zwischenfall für uns ist?«

»Nun ja, ich ... Ich meine, ja, Sir. Aber vielleicht wäre es hilfreich, wenn wir alles noch einmal durchgehen könnten, Sir?«

»Um mögliche Konfusionen zu klären, die sich eingeschlichen haben könnten.«

»Wer von euch beiden hat das gesagt?«

»Ich war das, Sir.«

»Bist du sicher, daß es nicht er war?«

»Nein, Sir. Aber ich habe es gedacht.«

»Richtig«, sagte Fred. »Also noch einmal, und versucht diesmal aufzupassen. Wo sind wir jetzt, in diesem exakten Augenblick?«

»Im *Zimmer der Ultimativen Macht*, Sir.«*

»Korrekt. Wir sind im Zimmer der Ultimativen Macht, nicht in irgendeinem gewöhnlichen Zimmer der Macht. Und wer bin ich?«

»Sie sind unser allerschlimmster Alptraum, Sir.«**

»Wieder korrekt. Und warum bin ich das?«

»Weil Sie ein emporgekommener, untalentierter, kleiner, uncharismatischer Niemand sind, dem es, getrieben von rastlosem Ehrgeiz, gelungen ist, sich mit Ellbogen und Krallen einen Weg an die Spitze zu

* Hört sich nach meinem Büro an. (Anm. d. Lektors)

** ~~Hört sich nach meinem Chef an. (Anm. d. Übersetzers)~~

bahnen, und der jetzt eine Position absoluter Macht innehat und im wahrsten Sinne des Wortes unser Leben in seinen schmuddeligen ungepflegten Fingern hält.«*

»Noch einmal korrekt. Und wie habe ich das alles erreicht?«

»Die öffentliche Meinung neigt zu der Annahme, daß Sie Ihre Seele dem Teufel verkauft haben, Sir.«

»Und die öffentliche Meinung liegt in diesem Fall ausnahmsweise einmal nicht weit daneben?«

»Nein, Sir, sicherlich nicht.«

»Und wenn ihr euch das alles vor Augen führt, was glaubt ihr eigentlich, was ich jetzt vorhabe?«

»Die grauenhaften Pläne Ihres unaussprechlichen Meisters weiterführen, Sir.«**

»Die da wären?«

»Die zu zahlreich wären, um sie aufzuzählen, Sir.«

»Nun ja, man tut eben, was man kann. Aber im Rahmen der Parameter unserer gegenwärtigen Unterhaltung, wie würdest du da meine Position charakterisieren?«

»Sie repräsentieren ... nein, Sie verkörpern den Nexus der Macht hinter den Millenniumfeiern. Ihre Aufgabe besteht darin, unter allen Umständen zu verhindern, daß sie am richtigen Tag im richtigen Jahr abgehalten werden, weil der Gehörnte mit den Hufen*** stinksauer wäre, wenn plötzlich auf der ganzen Welt Friede, Freude und Eierkuchen herrschen würden.«

»Allerdings. Sprich weiter.«

»Und deswegen haben Sie – und andere vor Ihnen –

* ~~Wie gesagt ... (Anm. d. Übersetzers)~~

** DAS hört sich jetzt nach MEINEM Chef an. (Anm. d. Lektors)

*** Wie gesagt ... (Anm. d. Lektors)

alles unternommen, um sicherzustellen, daß die Brentforder Schriftrollen nicht wiedergefunden werden und die Tage Gottes dazu benutzt ...«

»Ja, das ist es im Grunde. Das Wesentliche. Aber irgend jemand hat Mist gebaut, wie?«

»Ich denke, darin stimmen wir überein«, sagte der eine der beiden Grauen. Oder vielleicht war es auch der andere. Im Grunde genommen spielt es nicht die geringste Rolle.

»So«, sagte Fred. »Und was gedenkst du dagegen zu unternehmen?«

»Er meint dich«, sagte der Graue.

»Nein, tut er nicht«, sagte der andere Graue. »Er meint dich.«

»Ah, gut. Also mich, ja?« sagte der Graue. »Also ich, ich denke, ich würde gerne in Panik ausbrechen und herumlaufen wie ein kopfloses Huhn.«

»Gut, meinetwegen«, sagte Fred. »Und was würdest du unternehmen?«

»Könnte ich nicht einfach genauso herumlaufen?«

Fred schüttelte den Kopf.

»Dann schätze ich, daß ich bestimmte Räder in Bewegung setzen sollte.«

»Das klingt schon besser. Würde es dir etwas ausmachen, ein wenig deutlicher zu werden?«

»Eigentlich ja.«

»Dann werde ich euch beiden sagen, was ihr tun werdet.« Fred nahm einen schmiedeeisernen Schürhaken aus dem Ständer und versetzte dem Grauen, der wie ein kopfloses Huhn durch das Zimmer rannte, einen mörderischen Schlag auf den Schädel. »Zuerst möchte ich, daß ihr Brentford von der Außenwelt abriegelt. Unter keinen Umständen dürfen die Medien herkommen, und ich will nicht, daß die Schriftrollen nach draußen gelangen. Ich will ein professionelles Team an der Arbeit, das jeden kauft, der käuflich ist, und jeden beseitigt, der sich nicht kaufen lassen will. Wer hat die Schriftrollen jetzt?«

»Professor Slocombe, Sir.«

Fred fuhr mit dem Finger über seine Kehle. »Schafft ihn aus dem Weg«, sagte er. »Was den Rest angeht: Benutzt euren Menschenverstand.«

»Ich hab' keinen Menschenverstand«, sagte der Graue mit dem eingeschlagenen Kopf. »Ich bin nichts weiter als eine gottverdammte irre Mordmaschine, wenn man mich von der Leine läßt.«

»Das ist gut. Dann übernimmst du das Aus-dem-Weg-Schaffen.«

»Danke sehr, Sir.«

»Nenn mich Fred.«

»In Ordnung, Fred.«

»Aber jetzt hört gut zu, und schreibt euch meine Worte hinter die Ohren. Ich möchte, daß diese Sache schnell erledigt wird. Schnell und leise und vor allen Dingen unauffällig.« Fred stand mit dem Rücken zum Kamin, und plötzlich hob er sich von seinen schiefen Absätzen. Er begann am ganzen Leib zu zittern. Ein entsetzter Ausdruck erschien auf seinem Gesicht und blieb dort. Es war ein gequälter Ausdruck, als würde er von innen heraus gefoltert. Muskeln zuckten und bebten, und die Augen drohten aus ihren Höhlen zu quellen. Schweiß trat aus allen Poren.

»Ich will diese Schriften!« kreischte er mit einer Stimme, die nicht länger seine eigene war. »Ich will sie mit meinen eigenen Händen zerreißen und verbrennen.« Die Stimme war ein dumpfes Grollen, ein richtiger Bettnässer von atavistischem Grollen. Freds Lippen verfärbten sich blau, und seine Zunge wurde schwarz. Und die schwarze Zunge schoß zwischen den Lippen hervor und schnellte durch die Luft. »Bringt mir die

Schriftrollen! Nein, ich will noch mehr. Ich will die Köpfe von Pooley und Omally.«

Die beiden anonymen Grauen lagen inzwischen flach auf dem Boden, die Gesichter gegen den kalten Marmor gepreßt. Und der Marmor bebte und schüttelte sich zu dem Grollen dieser grauenhaften Stimme.

Dieser entsetzlichen Stimme.

Dieser *fremdartigen* Stimme.

Dieser Stimme des Bösen persönlich.

»Das ist *meine* Welt!« dröhnte sie, und Echos hallten durch den Raum. »Und sie bleibt es für wenigstens weitere tausend Jahre. Niemand wird mir das verwehren. Nichts und niemand wird mir im Weg stehen. Nichts und niemand, habt ihr das verstanden?«

»O ja, das haben wir. Das haben wir.« Geduckt und am ganzen Leibe zitternd, schlichen die Lakaien Freds rückwärts zu der gewaltigen Tür, zogen sie auf, sich selbst hindurch zurück, warfen sie hinter sich ins Schloß und nahmen die Beine in die Hand.

Sie rannten und rannten durch eben jenen Korridor der Macht.

Und die Stimme kam hinter ihnen her und erhob sich wie ein mächtiger, wilder Wind, der an den Vorhängen zerrte und an den goldgerahmten Leinwänden. Heul und Kreisch und Zeter und Mordio.

Und die beiden Grauen rannte grausend vor ihr davon.

Rannten und rannten.

»Nichts und niemand!« Heul und Kreisch und Zeter und Mordio.

Und Heul und Kreisch und Zeter und Mordio.

In einem anderen Zimmer von einiger Macht, irgendwo in Brentford, schrie und heulte etwas Kleines, Rosiges, Weiches, Feuchtes, wenngleich auch noch ohne Zähne zum Knirschen.

Und Dr. Stefan Malone wickelte es in ein großes Tuch und hielt es an seine Brust.

»Nur zwei sind lebendig«, sagte er. »Aber zwei reichen für meine Zwecke auch vollkommen aus. Nichts und niemand wird mir im Weg stehen. Nichts und niemand.« Und Dr. Stefan Malone lachte ein lautes, irres Lachen.

Und Heul und Kreisch und Zeter und Mordio.

15

Und Heul und Kreisch und Zeter und Mordio.

»Könnten Sie bitte diesen entsetzlichen Lärm abstellen?« fragte Professor Slocombe.

Brentfords Bürgermeister, der ehrenwerte Don Juan Lopez Carlos de Castaneda aus Puerto Rico, schaltete seinen Ghettoblaster ab.

»Das ist kein Lärm«, protestierte er. »Das ist meine Lieblingsgruppe, die Hohlen Schokoladenhasen des Todes.«

»Hochgradige Nachahmer, das sind sie«, sagte der Professor. »Ich erkenne deutliche Einflüsse sowohl von Slayer als auch von DEICIDE.«

»Hmmm«, sagte der Bürgermeister und schob einen Zigarrenstumpen von einem Mundwinkel in den anderen.

Sie saßen an dem großen Tisch in der Ratskammer des Brentforder Rathauses. Schräge Sonnenstrahlen fielen durch hohe Oberlichter herein, und die reichhaltige Eichentäfelung glänzte in warmen Goldtönen. Zigarrenrauch schwängerte die Luft.

John und Jim waren anwesend, zusammen mit mehreren Ratsmitgliedern, die eilig herbeigerufen worden waren, der Sekretärin des (wer weiß woran) verstorbenen Mister Compton-Cummings und selbstverständlich Knüller Molloy mit seinem Notizbuch.

»Das ist alles ein einziger verdammter Scheibenkleister«, sagte der Bürgermeister von Brentford und schlug mit dem Handrücken auf die Schlagzeile, die den *Brentforder Merkur* schmückte. »Ich wurde von einer verdammten Prozession aus dem Schlaf und den Armen meiner Geliebten gerissen. Überall werden die Laternenmasten geschmückt. Irgend jemand hat das

Gerücht in die Welt gesetzt, ich hätte den heutigen Tag zu einem Feiertag erklärt.«

John Omally, seit Einbruch der Morgendämmerung auf den Beinen und angestrengt damit beschäftigt, es zu bleiben, drehte sich eine Zigarette.

»Gestern Aufstände, und heute tanzen die Leute in den Straßen.« Der Bürgermeister warf die Hände in die Höhe und gestikulierte aufgeregt. »Das ist alles zuviel für meine Nerven.« Verzweifelt hämmerte er auf die Tischplatte.

»Mein lieber Don Juan«, beschwichtigte ihn Professor Slocombe. »Ich stimme Ihnen ja zu, daß die Ereignisse sich mit großer Munterkeit zutragen. Mehr Munterkeit, wie ich gestehe, als ich mir selbst gewünscht hätte.« Er vollführte unter der Tischplatte eine rasche Bewegung mit seinen behandschuhten Fingern, und Omallys Selbstgedrehte zerfiel in ihre Einzelteile.* »Aber wir haben uns hier zusammengefunden, um zu besprechen, was getan werden kann und wie es getan werden soll.«

»Beispielsweise so etwas?« Der Bürgermeister nahm ein Blatt Kanzleipapier vom Tisch und fuhr fort, dieses mit der Faust zu bearbeiten. »Was ist das für ein lächerlicher Vorschlag, die ›Hängenden Gärten von Brentford‹ auf der Schrebergartenanlage zu errichten, mit dem Namen John-Omally-Millennium-Tower?

Professor Slocombe schürzte die Lippen. John Omally lächelte gequält.

»Schönheitswettbewerbe und Bierfestivals, ein Rockkonzert auf dem Sportplatz der Gemeinde, und wer zur Hölle soll Devo sein?«

* Guter Trick. Beherrsche ich auch. Hihihi ...
[Anm. d. Lektors, Nichtraucher (und auch sonst vorbildlich lasterlos)].
[Ach, SO macht der das immer! (Anm. des Übersetzers, Raucher)]

»Bitte, so beruhigen Sie sich doch.« Professor Slocombe hob beschwichtigend die Hand.

»Und ich sag' Ihnen noch was.« Der Bürgermeister zerknüllte das Blatt Kanzleipapier* und warf es achtlos beiseite. »Diese Schriftrollen, die das alles möglich machen. Die diese beiden Gringos hier ...« Er schüttelte die Faust in Johns und Jims Richtung. »Die diese beiden Gringos hier glauben machen, sie könnten das alles in Gang setzen. Diese Schriftrollen wurden auf Gemeindebesitz ausgegraben. Ich sollte diese Schriftrollen an mich nehmen. Sie gehören der Gemeinde.«

»Diese Schriftrollen wurden von Mister Jim Pooley gefunden. Nach dem Gesetz über Schatzfunde ...«

»Und das da lautet ...?«

»Es ist eine Tradition, eine alte Bulle oder was weiß ich. Aber nach diesem Gesetz gehören die Schriftrollen Mister Pooley.«

»Er hat sie aber gar nicht gefunden. Eine junge Frau hat sie ausgegraben.«

»Unter seiner Anleitung.«

»Auf Gemeindeland. Und wer zahlt für eine neue Bank vor der Memorialbücherei?«

»Die Kosten dafür sind bereits im Budget für die neue Bücherei enthalten«, sagte John. »Der *John Omally Millennium* ...«

»Halten Sie die Klappe, Kumpel!«

»Mach eine Aktennotiz, Jim«, sagte John. »Unser lieber Bürgermeister hier kriegt eine Woche lang das Gehalt gekürzt.«

»*Was?*«

* Finden Sie das nicht auch lustig, daß das englische Wort für Kanzleipapier wörtlich übersetzt ›Eselsmütze‹ heißt? Hahahaha, hahaha, hahahahaha. Wirklich zu drollig. (Unbedeutende Anmerkung des noch unbedeutenderen Übersetzers)

»Meine Herren!« sagte der Professor. »Mit bissigen Bemerkungen kommen wir nicht weiter. Wir müssen einig sein und handeln, wenn wir Erfolg haben wollen.«

»Ich kürz' ihm das Gehalt für zwei Wochen«, brummte Jim. »Nur um auf der sicheren Seite zu sein.«

»Sie glauben wohl, Sie können sich über mich lustig machen, wie?« Der Bürgermeister schlug sich auf die Brust. »Sie glauben wohl, ich sei irgendein dahergelaufener mexikanischer Illegaler?«

»Das ist eine ziemlich diskriminierende Bemerkung, selbst wenn sie von einem Mexikaner kommt«, sagte Knüller Molloy, während er eifrig in sein Notizbuch kritzelte.

»Fick dich ins Knie«, sagte der Bürgermeister effenbergernd.*

»Meine Herren! Bitte!«

»Ich sag' Ihnen was!« sagte der Bürgermeister was und deutete mit allen Fingern auf alle Anwesenden gleichzeitig. »Niemand wird diesen Mist schlucken! Wer soll diesen Mist denn glauben, eh? Das wirkliche Millennium-Komitee? Oder gar der Premierminister? Die Königin? Die ganze Welt? Wer zum Teufel?«

»Ich zum Beispiel schlucke ihn.«

Gesichter wandten sich verblüfft zu dem neuen Sprecher um.

* effenbergern, den Effenberg zeigen: erste weltweit live ausgestrahlte obszöne Geste beziehungsweise eine Reproduktion derselben in einem öffentlichen Forum oder Medium. Auch: Stinkefinger (vulg.) Nach ihrem Schöpfer benannt, einem ehemals bedeutenden Fußballstar einer ehemals (in den Siebzigern?) bedeutenden Mannschaft.
Aus dem (noch unveröffentlichten) Lexikon Unmöglicher Begriffe (LUB), (noch nicht) herausgegeben von Axel Dumbo Merz, (noch nicht) ~~verhunzt~~ redaktionell überarbeitet von Ste~~ph~~fan Bauer.

»Und wer zur Hölle sind Sie?« tobte der Bürgermeister.

»Celia Penn. Ich war die Sekretärin des verstorbenen Mister Compton-Cummings.«

»Und Sie wollen das schlucken?«

»Ich schlucke gerne.«

Geht das schon wieder los! dachte Jim. *Und vor der gesamten Ratsversammlung.*

»Rufen Sie die Mariacchi-Bands zusammen«, sagte der Bürgermeister. »Der Tag ist gerettet.«

»Wenn Sie mich erst zu Wort kommen lassen würden?«

»Sprechen Sie, Lady. Sprechen Sie.«

»Danke sehr. Ich vertrete gewisse interessierte Gruppierungen, die entschlossen sind dafür zu sorgen, daß die Millenniumfeiern am korrekten Tag im korrekten Jahr abgehalten werden. Professor Slocombe hier weiß, wovon ich rede.«

»Das tue ich in der Tat, aber woher …«

»SCHLUCK«, sagte Celia Penn.

»O mein Gott!« sagte Jim Pooley.

»SCHLUCK«, sagte Professor Slocombe. »Die Geheime Gesellschaft des Kommenden Königs.* Eine okkulte Organisation, die bis in die Zeit vor den Templern zurückreicht. Die Bewahrer des Großen Geheimnisses.«

»Und Protektoren der Brentforder Schriftrollen«, ergänzte Celia Penn. »Ich war diejenige, die das Versteck der Schriftrollen in Mister Compton-Cummings' Buch versteckt hat. Und ich war diejenige, die Mister Pooley das letzte verbliebene Exemplar zukommen ließ. Ich wußte, daß ich den richtigen Mann ausgewählt hatte.«

* Ein Beispiel für ein falsches Akronym. Richtig wäre in diesem Zusammenhang beispielsweise GEGEKOKÖ. Was soll's?

»Hä?« machte Jim. »Aber ich hab' das Buch nie ...«

»Aha!« machte der Bürgermeister. »O ja, jetzt verstehe ich. Noch jemand auf der Suche nach einem Almosen. Was wollen Sie, Lady? Ein neues Auto vielleicht? Wissen Sie was? Sie können mir meinen ...«

Schnipp, machten die Finger des Professors.

Klapp, machte der Kiefer des Bürgermeisters und klappte zu.

Und KLOPF, KLOPF, KLOPF, machte es an der Tür des Ratszimmers. Jim und John warfen sich in Deckung.

»Ihr könnt wieder rauskommen«, sagte der Professor. »Es ist nur der Tee.«

Die Tür öffnete sich, und eine Serviererin brachte einen Wagen mit Tee und Geschirr. Sie trug einen Strohhut, und sie schob den Wagen zum Bürgermeister. »Kaffee, Eure Heiligkeit?« erkundigte sie sich.

»Grmmmmph mmmmmph mmmmph«, machte der Bürgermeister und umklammerte seinen Unterkiefer.

»Nur das, was auf dem Wagen ist, fürchte ich.«

»Entschuldigung«, sagte ein Ratsmitglied mit einem gemeinen, hungrigen Ausdruck im Gesicht. »Aber da es den Anschein hat, als gewärtige unser Bürgermeister überraschende Schwierigkeiten mit dem Sprechen, schlage ich vor, daß ich den Vorsitz übernehme.«

»Selbstverständlich«, sagte Professor Slocombe.

Das Ratsmitglied stand auf, nahm den besagten Sitz und verließ den Raum.

»Die alten Kalauer sind immer noch die besten«, sagte Jim. »Obwohl jetzt wohl kaum die geeignete Zeit dafür zu sein scheint.«

»Entschuldigen Sie«, sagte ein Ratsmitglied, das alt und zäh und schmutzig aussah. »Aber da der Bürgermeister offensichtlich verhindert und Ratsmitglied Cassius mit dem Sitz gegangen ist, dachte ich, daß ich vielleicht meinen Senf dazu geben könnte.«

»Selbstverständlich«, sagte der Professor.

Und das Ratsmitglied nahm eine Tube aus der Tasche und schmierte seinen Senf auf den Tisch.

»Was glauben Sie eigentlich, wohin das alles führen soll?« fragte Jim.

»Oh, ich habe eine geheime Vereinbarung mit dem Lektor meines deutschen Verlags. Wir wollen meinen Übersetzer zur Weißglut bringen«, antwortete der Schreiber Weit Hergeholter Belletristik (der seit fünf Jahren nicht mehr ans Telephon ging).

»Verzeihung«, sagte ein drittes Ratsmitglied, kühl wie ein reißender Gebirgsbach und doch so schmalzig wie Kansas im August. »Aber da der Bürgermeister verhindert und Ratsmitglied Cassius mit dem Sitz verschwunden ist und Ratsmitglied Sternenwacht von der Galaktischen Bruderschaft gerade seinen Senf dazu gegeben hat, dachte ich, daß ich vielleicht eine Frage stellen könnte?«

»Schießen Sie los«, sagte Professor Slocombe.

»Warum geben braune Kühe weiße Milch, wo sie doch nur grünes Gras fressen?«

»Bin ich das?« fragte Jim. »Oder sind die Dinge irgendwie aus dem Ruder geglitten?«

»Möchten Sie vielleicht etwas Tintenfisch in Ihrem Tee?« erkundigte sich die Dame mit dem Strohhut bei Omally. »Ich hab' ein Kamel draußen, das kommt vier Tage ohne Wasser aus, wenn Sie vorher die Backsteine benutzen.«

»Bedeckt eure Gesichter!« kreischte Professor Slocombe.

»Fangen Sie nicht auch noch an«, kreischte Jim.

»Bedeckt eure Gesichter, schnell! Los, wir müssen zur Tür raus!«

»Mein Ehemann war früher einmal hinter den Hühnern her«, berichtete die Dame mit dem Strohhut.

»Aber er war schließlich auch ein Jesuit.« (Eine diskriminierende Bemerkung, oder?)

»Wenn wir schon von Eiern reden«, sagte Celia Penn. »Kennen Sie den von dem Würstchen und dem Ei in der heißen Pfanne? Sagte das Würstchen: ›Meine Güte, das ist vielleicht heiß hier drin‹, und das Ei antwortete: ›Hilfe, ein sprechendes Würstchen!‹«

Celia Penn fing an zu lachen, und die Dame mit dem Strohhut fiel ein, und das Ratsmitglied Sternenwacht gesellte sich zu den beiden. Und dann fingen alle an zu schreien und zu brüllen und aufeinander einzuschlagen.

»Grmmmmph mmmmmph mmmph«, machte der Bürgermeister.

»Raus hier!« kreischte der Professor. »John, Jim, los, schnell!«

»Was geht hier eigentlich vor?« fragte John. »Und wer hat das verdammte Pferd reingebracht?«

»Jim, hilf Mrs. Penn, und beeil dich!« Professor Slocombe zupfte Pooley am Ärmel.

»Ich liebe dich, Suzy«, sagte Jim. »Komm, ich zeig' dir den Trick mit den Eiswürfeln.«

»Beeilung, Jim.« Professor Slocombe zupfte erneut an Jim, und Jim zupfte an Mrs. Penn.

»Komm, wir fliegen auf meine Plantage«, gurrte er. »Vielleicht mag Schnee auf dem Dach liegen, aber im Keller lauert immer noch ein Biber.«

»Beeilung, Jim. Los, mach zu, John.«

»Los, alle zusammen, Conga!« sagte Omally und *Schwang* die Beine.

Mit Schieben und Zerren und in einer *Schwan*kenden, hüpfenden Polonaise folgte Jim John, Mrs. Penn Jim und der Professor Jim, John und Mrs. Penn und schob alle nach draußen durch die Tür. Sozusagen.

Durch einen Korridor, der bar war jeglicher Macht, und hinaus auf den Parkplatz.

»Setzt euch, verhaltet euch ruhig und atmet ganz tief durch.« Professor Slocombe zwang sie hinunter auf den Asphalt, wo sie sitzen blieben und noch immer dümmlich kicherten.

Binding, der skrofulöse Parkplatzwächter, trat aus seinem Parkplatzwächterhäuschen. »Sie können sich nicht einfach dort hinsetzen«, beschwerte er sich. »Sie haben keine offizielle Genehmigung.«

»Bringen Sie uns Wasser, rasch!« befahl der Professor.

»Ich kann doch nicht jedem dahergelaufenen Tom, Dick und Hare Krishna Wasser bringen! Wo kämen wir denn da hin? Außerdem werde ich nicht dafür bezahlt.«

Professor Slocombe fixierte den Parkplatzwächter mit einem gewissen Blick.

»Ich bringe drei Tassen«, sagte Binding und eilte hastig davon. »Und selbstverständlich ein Glas für Sie, Sir.«

Pooley kämpfte sich mühselig auf die Beine. »Ich kämpfe für die Frau, die ich liebe!« brüllte er. »Bringen Sie Ihren besten Gitarrenspieler mit.«

Professor Slocombe blickte sich rasch nach links und rechts um, dann fällte er Jim mit einem exzellenten Aufwärtshaken. »Tut mir wirklich leid, mein Junge«, sagte er. »Aber du wirst mir später dankbar sein.«

»Ich bin Ihnen wirklich dankbar«, sagte Jim eine Weile später. »Aber können Sie mir verraten, was da überhaupt los war?«

»Irgend jemand hat uns Drogen eingeflößt, oder?« Omally hielt sich den Schädel.

Professor Slocombe nickte mit dem seinen. »Ich hab' Binding gebeten, uns mit dem Lowrider des Bürgermeisters herzufahren. Ein wirklich charmanter Bursche, dieser Binding. Wenn man ihn etwas näher kennengelernt hat, heißt das.«

Pooley saß wieder einmal im Kaminsessel des Professors. Celia Penn lag bewußtlos auf der Chaiselongue daneben.

»Wird sie wieder zu sich kommen?« fragte Jim.

»Es ist besser, wenn sie sich ausschläft, glaub mir.« Professor Slocombe legte eine prüfende Hand auf die Stirn der jungen Sekretärin. »Sie hat ein wenig erhöhte Temperatur. Ich werde Gammon bitten, ein paar Eiswürfel zu bringen.« Er kehrte zu seinem Schreibtisch zurück und läutete mit der kleinen Glocke.

»Wer steckt bloß dahinter?« Jim rieb sich das Kinn. »Und wer hat mich niedergeschlagen? Jetzt hab' ich zu den beiden blauen Augen noch ein geschwollenes Kinn!«

Professor Slocombe schenkte Sherry aus und reichte Jim ein Glas. »Ich frage mich, warum ich nicht davon betroffen war. Ich schätze, es hat etwas mit diesen hier zu tun.« Er deutete auf die Lederhandschuhe auf seinem Schreibtisch. »Ich trage immer Handschuhe, wenn ich nach draußen gehe, aber das wißt ihr ja. Meine Handrücken sind so empfindlich gegen das Sonnenlicht.«

»Also haben wir etwas Falsches angefaßt?« Jim schnüffelte an seinen Fingerspitzen.

»Ich hab' euch die Hände gewaschen. Aber ich glaube, das muß es gewesen sein, ja. Ich habe meine Handschuhe unter dem Mikroskop untersucht, und meine Fresse ...!« (Hoppla.)

»Meine Fresse? Was denn?«

»Ein ziemlich gefährlicher Cocktail aus Meskalin, Peyote und Amphetaminen.«

»Und was ist mit den Ratsmitgliedern? Mit der Dame mit dem Strohhut und so weiter?«

»Ich hab' einen Krankenwagen gerufen, und sie sind versorgt. Keine Todesfälle.«

»Aber wie?«

»Wie es gemacht wurde? Bemerkenswert einfach. Die Droge wurde in einer Sprühdose mit Möbelpolitur vermischt, und mit diesem Gemisch wurde der Tisch eingesprüht.«

Omally schüttelte seinen schmerzenden Schädel. »Aber warum?« fragte er.

»Ich hätte gedacht, das wäre offensichtlich. Um Brentfords Pläne zu sabotieren, die Millenniumfeiern zwei Jahre früher zu zelebrieren.«

»Aber wer?« fragte Pooley.

»Wer immer für das Einstampfen von Mister Compton-Cummings' Buch verantwortlich ist. Ich bin zuversichtlich, daß Mrs. Penn uns mehr dazu erzählen wird, sobald sie wieder bei sich ist.«

»Aber wie?« fragte Pooley.

»Diese Frage hatten wir bereits, Jim.«

»Nein, ich meine, wie konnten sie so schnell handeln? Diese Droge vorbereiten und den Tisch damit einsprühen, bevor wir dort waren. Das ist doch ganz und gar unmöglich, daß sie vorher davon gewußt haben, oder?«

»Binding hat mir berichtet, daß eine Stunde vor unserer Ankunft ein unauffälliger Lieferwagen auf dem Parkplatz eingetroffen ist. Zwei ›Reinigungskräfte‹ in grauen Anzügen. Er konnte sie nicht genauer beschreiben. Er meinte nur, die beiden hätten vollkommen nichtssagend ausgesehen.«

»Aber Fisch?« fragte Jim.

»Wie bitte?« fragte der Professor.

»Ach nichts«, sagte Jim. »Ich glaube, die Droge hat ihre Wirkung noch nicht ganz verloren.«

»Halt, einen Augenblick mal«, sagte John. »Die

Dame in dem Strohhut hat den Ratstisch nicht ein einziges Mal berührt!«

»Die Dame mit dem Strohhut ist immer so«, sagte Jim. »Völlig durchgeknallt.«

»O ja, richtig. Aber wenn ich noch eine Frage stellen dürfte, Professor? Wie konnten diese Möchtegernmeuchler wissen, daß wir heute morgen alle zusammen bei der Ratsversammlung sein würden?«

»Ich bezweifle, daß sie das wußten. Sie waren nur gründlich. Es hätte auf jeden Fall früher oder später eine Sitzung gegeben, um die Angelegenheit zu besprechen. Wie es scheint, haben sie einfach die entsprechenden Vorbereitungen getroffen.«

»Nun, jedenfalls haben sie sich mit den Falschen eingelassen«, sagte Omally und straffte die Schultern. »Das hier ist Brentford, und wir haben das Gesetz auf unserer Seite. Sollen sie ruhig noch einmal kommen, dann werden wir schon sehen, was passiert.«

Gammon klopfte und betrat das Arbeitszimmer des Professors mit einem Eisbeutel auf einem Tablett.

»Tut mir leid, wenn ich stören muß, Professor«, sagte er. »Aber ich denke, Sie sollten lieber einen Blick nach draußen werfen. Die militärischen Gentlemen von gestern sind zurückgekehrt, und diesmal errichten sie allem Anschein nach rings um die Gemeinde Barrikaden und Grenzposten.«

16

»Bürger von Brentford!« sagte die Stimme durch das elektrische Megaphon. Es war eine militärische Stimme. Gebildet. Befehlsgewohnt. »Bürger von Brentford, kehren Sie in Ihre Häuser zurück, und kümmern Sie sich um Ihre eigenen Angelegenheiten.«

»Buuuh!« machten die Bürger von Brentford. »Buuuh und Pfeif!«

»Die Barrikaden und Grenzposten wurden zu Ihrer eigenen Sicherheit errichtet, um Sie vor dem Einfluß unerwünschter Elemente zu bewahren.«

Hinter den Barrikaden hatten sich die unerwünschten Elemente in der Gestalt von Reportern und ihren Teams versammelt, bauten ihre Kameras auf, polierten die Linsen und sagten »Eins, zwei« in die Mikrophone.

In Professor Slocombes Arbeitszimmer schob der alte Gelehrte die Riegel vor die großen Verandafenster. »Sie kommen ganz bestimmt, um die Schriftrollen zu holen«, sagte er. »Sie müssen an einen sicheren Ort geschafft werden.«

»Er meint dich, John«, sagte Jim.

»Ich meine euch alle beide«, sagte der Professor.

Jims Hände fingen an zu zittern, wie sie es immer taten, bevor er sich flatternd im Kreis drehte.

»Beruhige dich, Jim«, sagte John. »Wohin sollen wir sie denn bringen, Professor?«

»Vielleicht zum Buckingham Palace. Oder zur Downing Street Nummer zehn …«

»Im *Fliegenden Schwan* gibt es ein Mönchsloch«, sagte Jim. »Wir könnten sie zu Neville bringen.«

»… oder in das Britische Museum«, fuhr Professor Slocombe fort. »… oder vielleicht in die Bank von England.«

»Mönchsloch klingt gut«, sagte John.

»... oder vielleicht sollten wir sie direkt nach Rom bringen und bei meinem guten alten Freund abliefern, dem Papst.«

»Das Mönchsloch hat definitiv etwas für sich«, sagte Jim.

»Mein lieben Freunde«, sagte der Professor. »Ohne die Schriftrollen haben wir nichts. Sie müssen von einem Expertengremium beglaubigt und für authentisch erklärt werden. Einem Gremium, das nicht vorher kompromittiert worden ist. Ich gestehe, daß die Vorstellung, euch beide auf eine Pilgerfahrt nach Rom zu schicken, nicht eines gewissen Charmes entbehrt. Die Möglichkeiten pikaresker* Abenteuer sind endlos. Doch ich bezweifle, daß auch nur einer von euch beiden einen Paß besitzt.«

»Ich hatte mal einen«, sagte Jim. »Ich hab' ihn auf einer meiner zahlreichen Reisen verloren.«

»Du warst nie auf irgendeiner Reise«, lachte John. »Du wirst ja schon luftkrank, wenn du im oberen Deck eines Busses fährst.«

»Niemals.«

»Doch. Und Nasenbluten kriegst du außerdem.«

»Das ist die Höhe, weiter nichts. Und ich war auf Reisen. Ich war sogar schon einmal in Margate.«

»Meine Herren, bitte.« Professor Slocombe hob beschwichtigend die Hände. »Bringt die Schriftrollen zu einem Ort eurer Wahl. Und ich bringe es kaum fertig, euch zu sagen, daß ihr sie mit euren Leben beschützen sollt ...«

* Was kann ich dafür, wenn der Autor in Fremdworten schwelgt? Schließlich soll ich authentisch übersetzen, oder? (Anm. d. Übers.) [Was kann der Lektor dafür, wenn der wahnsinnige Übersetzer die Fremdworte des Autors übernimmt? (Anm. d. Lektors)]

»Dann lassen Sie's«, sagte Jim.

»Aber das werden wir«, sagte John. »Was ist mit Ihnen, Sir, und mit Mrs. Penn? Man wird bestimmt zu Ihnen kommen und nach den Schriftrollen suchen, und man wird Sie gewiß nicht mit Samthandschuhen anfassen.«

»Dessen bin ich mir durchaus bewußt. Ich werde meine eigenen Vorkehrungen treffen, und ich melde mich bei nächster Gelegenheit bei euch.«

»Halt, Augenblick mal«, sagte Jim.

»Was denn, Jim?«

KLOPF, KLOPF, KLOPF, machte es an Professor Slocombes Vordertür.

»*Das* ist, John«, sagte Jim. »Ich kriege allmählich einen sechsten Sinn, was das betrifft.«

»Los, verschwindet durch die Küchentür, weg mit euch.«

»Und Sie sind sicher, daß Sie allein zurechtkommen, Sir?«

Professor Slocombe vollführte eine geheimnisvolle Handbewegung und ver*Schwan*d in einer dichten Rauchwolke.

»Ich schätze, er kommt allein zurecht«, sagte Jim.

Sie trafen gerade rechtzeitig vor dem *Fliegenden Schwan* ein, um zu sehen, wie der Alte Pete auf einer Trage zu einer wartenden Ambulanz geschafft wurde.

John eilte zu dem alten Kerl.

»Was ist passiert?« fragte er.

Der Alte Pete blickte ihn aus benommenen Augen an. »Wie hoch schätzt du die Chance, daß sich eine einbeinige lesbische Kugelstoßerin in der Kneipe aufhält, während ich einen Witz über einbeinige lesbische Kugelstoßerinnen erzähle?« brummte er.

»Zwei Pints Large bitte, Neville«, sagte Jim und kramte in seinen Taschen nach den letzten Resten von Kleingeld. »Und macht es dir etwas aus, diese Schatulle in deinem Mönchsloch zu verwahren?«

»Nicht im geringsten«, antwortete Neville. »Das sind bestimmt die berühmten Brentforder Schriftrollen, von denen im Augenblick alle Welt redet, wie?«

»Kann sein, daß du recht hast«, sagte Jim.

»Verschwinde aus meinem Laden«, sagte Neville. »Du hast Lokalverbot.«

»*Was?*«

»Siehst du, wer dort drüben steht?« fragte Neville und deutete in die Richtung.

»Du meinst die einbeinige kugelstoßende Lesbierin?«

»Nein, neben ihr.«

»O mein Gott.« Jim wich erschrocken zurück. »Der junge Master Robert!«

»Korrekt. Das verdammenswerte Produkt der Brauereibesitzerslenden. Die Geißel meines Lebens. Der Ruin meiner Existenz. Der Raubritter meiner ...«

»Was will er von dir?«

»Was will er immer, wenn er herkommt?«

»Den *Fliegenden Schwan* renovieren?« fragte Jim mit niedergeschlagener Stimme. »Eine Themenbar daraus machen oder irgend etwas gleichermaßen Widerliches?«

»Ganz genau. Und weißt du, wem ich das verdanke? Euch beiden ganz allein.«

»Was ist es denn dieses Mal? Nein, warte, laß mich raten. Das Millennium-Speiserestaurant, Imbisse auf einem Styroporteller des Raumzeitalters.«

»Nichts annähernd so Geschmackvolles. Hier, wirf einen Blick darauf, bevor du aus dem *Fliegenden Schwan* verschwindest.« Neville schob einen vollgekritzelten Plan über den Tresen.

»Hallo, Neville«, sagte Omally, als er die Salonbartür aufstieß. »Jim ist schon wieder vor mir da, wie?«

»Jim wollte gerade gehen«, sagte Neville. »Und du mit ihm.«

»*Was?*«

»Wirf einen Blick auf das da.« Neville deutete auf den Plan, und John warf einen Blick auf das da.

»Bei allen Heiligen!« rief er. »Wo ist der Kerl?«

»Dort drüben.« Neville deutete erneut in die Richtung. »Neben der einbeinigen ...«

»Das dürfen wir unter keinen Umständen dulden.« Omally packte den Plan und stapfte durch die Bar.

»Guten Tag, mein Freund«, sagte er und streckte dem jungen Master Robert die Hand hin.

Der Angesprochene blickte von seiner Fanta Light auf. »Ach, Sie sind's«, sagte er. »Ich erinnere mich an Sie.«

»Und ich mich an Sie.« Omally schob seine ungeschüttelte Hand in die Hosentasche zurück, während er mit der anderen den Plan vor seine Nase hielt. »Ich sehe, Sie waren wieder einmal rührig. Brillante Idee. Ich ziehe meinen Hut vor Ihnen.«

»Sie tragen keinen Hut, und selbst wenn Sie einen hätten, würde ich nicht wollen, daß Sie ihn abnehmen.«

»Macht dieser Kerl dir vielleicht Schwierigkeiten, Liebling?« erkundigte sich die stämmige monopädische Begleitung des Brauereibesitzersohnes.

»Nicht im geringsten, Sandra. Der Herr ist gerade im Gehen begriffen.«

»Sandra?« fragte Omally. »Sandra, bist du's wirklich?«

»Omally, du bist es!« Sandra sprang auf das eine Bein und bedachte Omally mit einer knochenzermalmenden Umarmung. »Nach all den Jahren! Mein Gott, du hast dich kein Stück verändert! Außer natürlich, daß du älter geworden bist, meine ich.«

»Genausowenig wie du«, erwiderte Omally. »Außer natürlich ...«

»Das Bein?« Sandra grinste. »Ich hatte die Nase voll von ihm. Deswegen hab' ich's amputiert. Ich hab' es selbst gemacht, mit einer Kettensäge.«

»Das paßt zu dir«, sagte John.

»Danke. Die Mädels stehen drauf. Du solltest dir auch ein Bein abschneiden.«

»Ich denk' drüber nach.«

Der junge Master Robert fuchtelte aufgeregt mit den Händen. »Ich hasse den Gedanken, dieses fröhliche Wiedersehen zu stören, aber würden Sie jetzt bitte Leine ziehen, Omally?«

»Aber ich wollte doch mit Ihnen über Ihre Pläne zur Renovierung des *Fliegenden Schwans* reden. Die ›Straße der Kavallerie‹, die erste religiöse Themenbar von ganz England. Nun ja, Sie mögen vielleicht denken, es ist die erste, aber da gibt es schon eine ein Stück weiter die Straße hinunter, und dann die beiden in Ealing, und ...«

»Vergessen Sie's, Omally«, unterbrach ihn der junge Master Robert. »Der *Fliegende Schwan* wird zur ›Straße der Kavallerie‹, und damit basta.«

»Wir werden uns noch deswegen unterhalten. Mach's gut, Sandra. War schön, dich wieder einmal zu sehen.«

»Und dich, John. Und wenn du dich je entschließt, dir ein paar Körperteile wegnehmen zu lassen, dann weißt du ja, wen du fragen kannst.«

»Mach' ich, versprochen.« Und John Omally kehrte zum Tresen zurück.

»Nun?« erkundigte sich Neville.

»Alles klar«, sagte John.

»Was?«

»Nun ja, beinahe. Gib mir ein wenig Zeit. Dinge wie diese darf man nicht überstürzen.«

»Dieser kleine verdammte Arsch. Du mußt etwas unternehmen, John. Ich mache dich und Jim direkt für die Geschichte verantwortlich.«

»Vertrau mir«, sagte John. Und Neville servierte die beiden Pints.

»Diese Frau, die der junge Master Robert bei sich hat … sie kommt mir so merkwürdig bekannt vor«, sagte Jim.

»Das ist Sandra.«

»Sandra? Aber hatte Sandra nicht zwei …?«

»Sie hat sich eins abgeschnitten. Muß irgend etwas mit Mode zu tun haben oder so. Sie meint, die Vögel würden darauf abfahren.«

»Die Vögel? Ach du meine Güte.« Jim schüttelte den Kopf. »Ich glaub's nicht.«

»Was nichts an den Tatsachen ändert. Prost.« John hob sein Glas.

»Auf die Zukunft«, sagte Jim.

»Habt ihr wirklich die Brentforder Schriftrollen da drin?« erkundigte sich Neville.

»So wahr wir hier stehen«, antwortete John. »Willst du einen Blick darauf werfen?«

»Ja, gerne.«

John drehte die Schatulle zu Neville und hob den Deckel. Der Teilzeitbarmann spähte hinein.

»Oooooooh«, machte er.

»Ziemlich beeindruckend, wie?«

»Erschütternd«, sagte Neville. »Wirklich zutiefst erschütternd.«

»Jim hat sie gefunden«, erklärte John. »Ich hab' dir gleich gesagt, daß er es schaffen würde.«

»Und ich hab' dir nicht geglaubt.«

»Sei dir verziehen.«

»Und welchem Kaiser, sagtest du noch, haben diese Schriftrollen gehört?«

»Keinem Kaiser. Einem Mönch.«

»Nein, ich bin sicher, es war ein Kaiser.«

»Mönch«, sagte Omally.

»Kaiser«, sagte Neville.

»Mönch.«

»Kaiser.« Neville reichte über die Theke und nahm Omally das Glas aus der Hand. »Der mit den neuen Gewändern. Raus aus meinem Lokal. Ihr habt lebenslanges Lokalverbot.«

»Was?« John wirbelte die Schatulle herum und starrte hinein.

»Aaaaaargh!« machte er.

»Was ist denn plötzlich los, John?« Pooley warf einen Blick in das kleine Kästlein.

»Aaaaaargh!« stimmte er seinem Kumpanen zu.

»Hinaus!« kreischte Neville. »Alle beide. Hinaus mit euch!«

»Nein, Neville, nein!« Pooleys Hände begannen zu flattern.

Omallys Hände taten das gleiche.

»Sie sind weg!« kreischte Jim. »Mein Gott, sie sind verschwunden!«

»Und die diesjährige Nominierung für die beste schauspielerische Leistung geht an James Pooley und John Vincent Omally für das Stück *Lebt wohl, meine Brentforder Schriftrollen*. Raus mit euch!« brüllte Neville. »Wagt es nicht, meine trüben Tage noch einmal zu verdunkeln!«

»Nein, Neville! Das ist kein Scherz. Das ist Ernst. Todernst!«

Neville griff nach dem alten Knüppel, den er für Gelegenheiten wie diese unter dem Tresen aufbewahrte.

»Raus, Jim«, brüllte er. »Oder du bekommst meine ganze Wut zu spüren!«

Jim riß die Schatulle an sich. »Was machen wir jetzt? John, was machen wir nur?«

»Wir gehen zurück«, sagte Omally. »Zum Professor. Es sei denn, du bist der Meinung, sie könnten auf dem Weg hierher aus dem Kästchen gefallen sein.«

»Nein, das glaube ich nicht.«

»Ich auch nicht. Komm schon, laß uns gehen.«

Sie trabten los.

»O du meine Güte!« heulte Jim, während sie trabten. »O Zeter und o Mordio!«

»Sei still, Mann! Bestimmt gibt es eine ganz einfache Erklärung.«

»Sie wurden gestohlen. Während wir im Rathaus gewesen sind.«

»Das wäre zu einfach«, widersprach Omally. »Obwohl nicht ganz und gar unmöglich.«

»Doch. Niemand kann unbemerkt in das Haus des Professors. Der ganze Ort ist voller Magie.«

»Aber vielleicht verfügen diese Typen ebenfalls über Magie?«

»Das klingt gar nicht gut.«

»Komm, wir laufen schneller.«

Als sie endlich beim Haus des Professors angekommen waren, brach Jim vor Seitenstechen fast zusammen. »Laß mich hier sterben«, ächzte er.

»Los, wir gehen rein.« John drückte gegen das Gartentor. Das Tor wollte nicht aufgehen.

»Aber es ist immer offen! Los komm, ich helfe dir über die Mauer.«

»Auf keinen Fall.« Jim schüttelte wild den Kopf. »Oder hast du vergessen, wie dieser fette Kater versucht hat über die Mauer zu klettern und ...«

»Ah. Ja. Es war ein schrecklicher Gestank nach verbranntem Fell und Fleisch. Ich hab' eine ganze Woche lang keinen Hamburger mehr angerührt.«

»Soll ich *dir* vielleicht über die Mauer helfen?«

»Ich denke nicht. Nein.«

»Was sollen wir also tun?« Jim umklammerte seine Seite und schnaufte wie ein Pferd.

»Wir schleichen um das Grundstück herum zur Vorderseite. Aber langsam. Wir werfen einen vorsichtigen Blick auf die Gegend.«

»Ich bin dicht hinter dir.«

»Also gut, dann komm.«

John schlich an der Gartenmauer entlang.

Jim stellte die leere Schatulle ab und folgte seinem Freund.

John kam bei der Ecke an und schob vorsichtig den Kopf vor.

»Alles klar, die Luft ist rein«, flüsterte er. »Zwei Soldaten. Sie stehen auf der anderen Seite des Platzes. Sie rauchen Zigaretten, aber sie sehen nicht in unsere Richtung.«

»Könnte eine Falle sein. Vielleicht sollten wir später wiederkommen.«

»Angsthase«, entgegnete Omally. »Los, wir klopfen an der Vordertür. Mal sehen, was passiert.«

»In Ordnung, John. Ich bleibe so lange hier und halte Wache.«

»Gute Idee.«

»Nun ja, danke.«

»Das war ein Witz. Du wirst gefälligst mitkommen.«

John marschierte zum Vordereingang und klopfte. KLOPF von draußen klingt drinnen immer ganz anders. Vor allen Dingen meistens leiser. KLOPF machte Omally erneut, KLOPF, KLOPF, KLOPF.

»Schon gut!« ertönte Gammons Stimme. »Ich komme ja schon!«

»Es ist Gammon«, sagte John.

»Und er kommt«, sagte Jim.

Gammons Auge erschien im kleinen Türspion. »Seid ihr allein?« fragte er.

»Ich hab' Jim dabei«, sagte John. »Was ist mit dir, Jim?«

»Ich hab' John dabei.«

»Also gut, dann kommt rein, ihr vier.«* Gammon schob zahllose Riegel zurück und drehte mehrere Schlüssel in schweren Schlössern. »Los, beeilt euch. Sie sind wieder da, Professor!« rief er ins Haus.

»Dann schick sie zu mir herein, Gammon.«

Gammon scheuchte die beiden in Richtung des professoralen Arbeitszimmers.

Professor Slocombe saß an seinem Schreibtisch, einen Federkiel in der Hand und über ein altes Pergament gebeugt. »Ich hatte euch eigentlich nicht so früh zurückerwartet«, sagte er.

»Wir sind sofort gekommen«, sagte Omally. »Sobald wir konnten.«

»Sehr schön. Und ihr habt die Schriftrollen an einem sicheren Ort versteckt?«

Jim Pooley stöhnte.

»Warum stöhnst du, Jim Pooley?«

»Die Schatulle war leer, Sir.«

Professor Slocombe kicherte fröhlich. »Eine höchst überzeugende List, wie ihr zugeben werdet.«

»Was?«

»Eine Illusion«, sagte der alte Gelehrte. »Ein kleiner

* Ein wirklich meisterhafter Kalauer. Sozusagen.

magischer Zaubertrick, der euch offensichtlich überzeugt hat. Hoffen wir, daß er auch bei jedem anderen wirkt, der einen Blick in die Schatulle wirft. Und wo habt ihr sie nun versteckt? Im Mönchsloch?«

John sah Jim an.

Und Jim drehte seine leeren Hände nach oben. »Aaaaaargh!« machte er.

Das Gartentörchen ließ sich von innen ohne die geringsten Schwierigkeiten öffnen. Jim stürzte hindurch und nach draußen auf die Straße. Und starrte auf den leeren Fleck, wo er die Schatulle abgestellt hatte.

»Aaaaaargh!« machte er erneut.

17

»Aaaaaargh!« machte der Professor hinter Jim. »Du alter Dummkopf! Du elender Hanswurst!«

»Aber woher hätte ich das denn wissen sollen? Die Schatulle sah leer aus. Sie hätten uns etwas sagen müssen, Sir.«

»Ja, da hast du recht«, sagte Professor Slocombe. »Vermutlich hätte ich das. Meine berufliche Eitelkeit hat mir wieder einmal einen Streich gespielt. Das Schlüsselwort für Magie lautet Heimlichkeit. Der wahre Magier enthüllt niemals sein Können.«

»Wir hätten uns nicht darum geschert, *wie* Sie es getan haben«, sagte John. »Nur *daß* Sie es getan haben.«

Professor Slocombe schüttelte traurig den Kopf. »Nun, jetzt müssen wir jedenfalls sehen, was wir tun können, um wieder in den Besitz der Schriftrollen zu gelangen.«

»Da war niemand in der Nähe«, sagte Jim. »Keine Menschenseele.«

»Trotzdem hätte man euch gefolgt sein können.«

»Ich bin sicher, daß niemand uns gefolgt ist.«

»Ich hätte euch folgen können«, sagte der Professor. »Und niemand hätte mich bemerkt.«

»John meint, daß diese Typen vielleicht auch über magische Fähigkeiten verfügen. Was halten Sie davon, Professor?«

»Ich halte das für mehr als wahrscheinlich. Das sind nicht bloß einfache Geschäftsleute, mit denen wir es hier zu tun haben. Diese Leute töten ohne jedes Erbarmen.«

»Dann ist es die dunkle Seite der Macht, oder wie?« fragte Jim.

Professor Slocombe hob eine Augenbraue.

»'tschuldigung«, sagte Jim. »Aber was sollen wir jetzt tun, Sir?«

Professor Slocombe schüttelte traurig den Kopf. »Ich wünschte, ich wüßte es«, sagte er. »Ich wünschte wirklich, ich wüßte es.«

Dr. Stefan Malone hatte ein Lächeln auf dem Gesicht. Es war ein breites Lächeln, ein richtig breites, selbstzufriedenes Grinsen von einem Lächeln. Kein normaler Mensch wäre zu einem derart selbstzufriedenen Grinsen imstande gewesen. Man muß schon ein wirklich irrer Bastard sein, um so ein Grinsen zustande zu bringen.

Und jetzt fing er auch noch an zu kichern. Wie diese Irren nun einmal kichern. Und dann lachte er laut. (Joe-Bob hätte nicht die leiseste Chance gehabt.) Und dann tippte er mit den Fingern auf den Gegenstand, der vor ihm auf dem Tisch lag.

Und dieser Gegenstand war – für den Fall, daß der Leser es wirklich noch nicht erraten hat – Pooleys vermißte Schatulle.

Was für eine Ironie. Durch reinen Zufall hatte er aus dem Fenster geblickt und diesen irischen Tolpatsch gesehen, der ihn um fünfzig Mäuse geprellt hatte, zusammen mit seinem Kumpanen. Sie waren direkt unter seinem Fenster vorbeigehastet.

Und dann hatte sein Kumpan dieses Kästchen auf den Boden gestellt.

Und Dr. Stefan war nach draußen geschlichen und hatte es stibitzt.

Dr. Stefan untersuchte die kleine Kiste. Hob den Deckel. Leer. Aber offenbar ein Gegenstand von hohem Alter. Eine richtige Antiquität, und in ausgezeichnetem Zustand. Juwelenbesetzt noch dazu. Sie sahen verdammt echt aus.

Dr. Stefan lachte erneut.

Und dann nahm er den Deckel in die Hand, stellte das Knie auf das Kästchen und riß ihn mit brutaler Gewalt einfach ab.

Er lachte erneut.

Und dann verließ er das Zimmer.

Als er zurückkehrte, trug er ein kleines Bündel bei sich, in ein Tuch gewickelt. »Hier, mein Kleiner. In eine Krippe kommst du, wie es sich gehört.« Und er legte das Baby in die Schatulle.

Ein weicher, goldener Schein umgab den Säugling, als er aus dem Schlaf erwachte. Er schlug die Augen auf und starrte auf die hagere, vergilbte Gestalt in Schwarz und Weiß, die über ihn gebeugt stand.

Die Augen leuchteten golden, von innen heraus.

Und dann bewegte das Kind den Mund. Ein Gurgeln. Und ein leises Husten.

»Dada«, sagte das Baby.

»Ja, ganz recht«, sagte Dr. Stefan Malone. »Ich bin dein Dada. Und jetzt schlaf weiter.«

»Gute Nacht, Dada.«

»Gute Nacht, mein kleiner Junge.«

»Guten Tag«, sagte Fred. »Und? Gibt es Fortschritte zu berichten? Die Teestunde steht bevor, und ich vertraue darauf, daß ihr alles unter Kontrolle habt?«

»Haben wir, Fred«, sagte der nichtssagende Graue Nummer eins.

»Haben wir nicht«, sagte sein Kompagnon. »Aber wir machen Fortschritte.«

»Hm«, sagte Fred. »Das klingt gar nicht gut. Wo sind die Schriftrollen?«

»Ja, wo sind sie?« sagte der erste der beiden Nichtssagenden.

»Ich hab' das Feuer bereits angefacht«, sagte Fred. »Ich kann euch beide reinwerfen. Es würde mir wirklich nichts ausmachen.«

»Wir haben die Situation unter Kontrolle, Fred«, sagte Nummer zwei. »Womit ich sagen will, wir sind sicher, daß die Schriftrollen noch in Brentford sind.«

»Aber ihr habt sie nicht.«

»Nicht als solche, nein, Fred.«

»Nenn mich nicht Fred.«

»Jawohl, Sir.«

»Also schön«, sagte Fred. »Erzählt mir alles über diese Geschichte.«

»Nun, Sir«, sagte Nummer zwei. »Derek hier ...«

»Wer ist Derek?« unterbrach ihn Fred.

»Ich bin Derek, Sir«, sagte Derek.

»Oh! Ich wußte gar nicht, daß du einen Namen hast«, sagte Fred. »Ich bin Fred.«

»O ja«, sagte Derek. »Ich hab' einen Namen, seit ich getauft wurde.«

»Sprich hier drin nicht von diesen schrecklichen Dingen, Bursche! Ich vermute, du wirst mir jetzt als nächstes erzählen, daß du ebenfalls einen Namen besitzt?« erkundigte sich Fred.

»Hab' ich doch gerade, Sir«, sagte Derek. »Ich heiße Derek.«

»Nicht du. Er.«

»Clive«, sagte Clive.

»Also Derek und Clive, ja?«

»Anwesend, Sir«, sagte Derek.

»Jawohl, Sir«, sagte Clive.

»Dann mal los«, sagte Fred. »Erzählt mir alles. Und dann werde ich entscheiden, wen von euch beiden ich ins Feuer werfe.«

»Derek hier«, sagte Clive, »hat die Ratsmitglieder unter Drogen gesetzt. Es war ein echter Brüller. Ich hab' alles durchs Fenster beobachtet. Die bekifften Ratsmitglieder haben sich mit einer Dame mit einem Strohhut vergnügt. Einer von ihnen hat seinen ...«

»Was ist mit den Schriftrollen?«

»Wir konnten sie nicht finden, Sir. Wir sind zum Haus des Professors gegangen, haben diesen Mantel der Unsichtbarkeit angezogen, den der alte Knabe auch benutzt, und haben uns ein wenig umgesehen. Die Schatulle war da, aber sie war leer. Später haben die beiden Tolpatsche sie zu ihrer Stammkneipe mitgenommen. Wahrscheinlich, um sie zu verkaufen. Wir haben sie eingesackt und sind damit hierhergekommen.«

»Habt ihr nicht etwas vergessen?«

»Nein, Sir, ich glaube nicht.«

»Ihre Köpfe!« brüllte Fred. »Ihr solltet ihre Köpfe mitbringen! Wo sind diese beschissenen Köpfe?«

»Ah, daran haben wir gedacht, Sir«, sagte Derek. »Und wir haben uns überlegt, daß es vielleicht ein wenig voreilig gewesen wäre. Besser, wenn wir diesen Tolpatschen auf den Fersen bleiben, damit sie uns zu den Schriftrollen führen, dachten wir. Dann können wir ihnen immer noch die beschissenen Köpfe abschneiden.«

»Und was genau macht ihr dann hier bei mir?«

»Keine Ahnung«, gestand Clive. »Was machen wir hier, Derek?«

»Geld«, sagte Derek. »Wir wollen Geld. Jede Menge Geld, Sir.«

»Wofür? Ihr habt bis jetzt noch nicht das geringste erreicht.«

»Für Bestechung und Korruption. Um Freund gegen Freund auszuspielen. Den Gemeinschaftsgeist zu brechen. Sie sind so dick wie Eiter aus einer nässenden Wunde, diese Brentforder. Sie stecken allesamt unter einer Decke. Ein wenig Geld hier, eine Tracht Prügel da, und schon gehen sie sich gegenseitig an die Kehle.«

Professor Slocombe schürte das Feuer. »Ich hätte wirklich einen Rückkehrspruch über den Schriftrollen sprechen sollen«, sprach er, »dann hätte ich sie nur herbeizitieren müssen, ganz gleich, wo sie stecken.«

»Die Dinge erscheinen im Rückblick immer so einfach, nicht wahr?« sagte John.

»Urgh!« machte Jim. »Urgh! Uuuh! Aaargh!«

»Ich könnte es nicht besser ausdrücken«, sagte John. »Eine fortgeschrittene Form von Esperanto ist das, oder irre ich mich?«

»Nein. Ich hab's. Ich hab's!«

»Laß mich mit deinen Kalauern in Frieden.«

»Die alten sind immer noch die besten«, sagte der Professor.

»Nein, nein, ich hab's wirklich!« sagte Jim. »Die Dinge erscheinen immer am einfachsten, wenn man auf sie zurückblickt! John hat völlig recht!«

»Sprich weiter.«

»Auf die Dinge zurückblicken!« sagte Jim. »Ja begreifen Sie denn nicht?«

»Nein«, sagte der Professor. »Ich begreife nicht.«

Jim seufzte. »Es ist schrecklich einfach. Ich hätte eigentlich direkt darauf kommen müssen. Zurückblicken. In der Zeit. Ich kann das. Ich kehre in der Zeit zurück und sehe nach, wer die Schatulle gestohlen hat.«

»Geben Sie diesem Mann eine dicke Zigarre«, sagte John Omally.

Dr. Stefan Malone paffte eine dicke Zigarre, auf die Weise, wie stolze Väter das zu tun pflegen.

Auf seinem Eßtisch lag die Schatulle, und in der Schatulle lag das goldene Kind.

Auf dem Fußboden lag der Deckel, und im Deckel lag das andere Kind.

Dr. Stefan bückte sich und betrachtete es. An dem anderen stimmte irgend etwas nicht. Nur zwei hatten die schrecklichen Zinkbadewannen überlebt, und sie waren beide aus dem getrockneten Blut auf dem Turiner Leichentuch geklont. Aber sie waren alles andere als identisch.

Das goldene Kind strahlte Wärme und Freude aus.

Aber dieses.

Dr. Stefan blies ihm den Zigarrenrauch ins Gesicht.

Die Gesichtszüge verzerrten sich. Es war dunkelhäutig. Schwärzlich. Das Haar war schwarz, die Augenbrauen, die Wimpern. Aber über all das hinaus war noch eine besondere Schwärze an diesem Kind. Eine Aura aus Dunkelheit, die es ganz und gar zu umgeben schien. Eine spürbare Aura. Wann immer Dr. Stefan es mit der Flasche fütterte, spürte er, wie seine Finger kalt wurden. An diesem Baby war etwas ganz und gar grundsätzlich *falsch*.

Die Tatsache, daß ganz und gar alles an dieser Szene grundsätzlich falsch war, entging dem armen Dr. Stefan Malone völlig.

»Was *bist* du?« fragte der Gentechniker das finstere Kind.

Die dunklen Augen öffneten sich und richteten sich auf Dr. Stefan.

»Dada«, sagte es mit einer tiefen, dunkel vibrierenden Stimme.

»Muß es dunkel sein dazu?« erkundigte sich Professor Slocombe. »Sollte ich vielleicht die Beleuchtung ausschalten?«

»Kein Problem, Sir.« Jim machte es sich in der Chaiselongue bequem. »Wohin ist eigentlich diese Celia Penn verschwunden?« erkundigte er sich.

»Nach Hause«, antwortete Professor Slocombe. »Wir haben uns ein wenig unterhalten. Ich möchte dich nicht mit den Einzelheiten langweilen.«

»Schon wieder Geheimnisse, wie?«

»In der Tat, ja.«

»Und wer hat an Ihre Tür geklopft? Hat es Schwierigkeiten gegeben?«

Professor Slocombe zwinkerte.

»Das waren Sie selbst! Sie wollten uns aus dem Weg haben!« Jim verdrehte die Augen.

»Ja, und ich würde dich jetzt gerne *auf* dem Weg haben, wenn es dir nichts ausmacht.«

»Kein Problem, Professor.« Jim schloß die Augen. »John, fang mit dem Preßluftbohrer an.«

»Muß ich?«

»Du mußt.«

»*Ratatatatata*«, machte John.

»A-Moll bitte.«

»Das *war* a-Moll!«

»Das war B-Dur«, sagte der Professor. »Wie beim Blues. Der Blues ist immer in B-Dur.«

»Mach es einfach wie sonst auch, John.« Und Jim driftete davon.

»Ommm«, machte er, während er durch die Zeit zurückglitt.

»Was ist dieses Ommm?« fragte Omally.

»Die Universale Note«, sagte der Professor. »Bei den Hindus ist es die heilige Silbe. Sie typisiert die drei Gottheiten Brahma, Vishnu und Shiva, die sich selbst mit den dreifaltigen Operationen von Integration, Erhaltung und Desintegration befassen. Geburt, Leben und Tod. Om als Symbol ist weit machtvoller als das Pentagramm oder das Kreuz. Es repräsentiert die Liebe und das Leben, ohne Furcht vor dem Tod. Dieses Symbol zu vergeben und zu empfangen ist für sich selbst ein Akt der Liebe.«

»Und warum macht Jim dann dieses Ommm?« fragte Omally zweifelnd.

»Ich hab' nicht die leiseste Ahnung, John«, sagte Professor Slocombe.

»Ich fahr ommm Mississippi mi'm Banjo auf'm Knie«, summte Jim Pooley in diesem Augenblick.

Eine lange schwarze Limousine mit geschwärzten Fenstern hielt draußen vor dem Haus von Professor Slocombe. Am Lenkrad saß ein Chauffeur und pfiff vor sich hin.

»Hören Sie mit dem verdammten Gepfeife auf«, sagte Clive.

»Ich kann pfeifen, so lange ich will.«

»Ich kann Ihnen das dämliche Herz herausreißen«, sagte Derek (die irre Ein-Mann-Killermaschine des wahnsinnigen Duos).

Der Chauffeur hörte auf zu pfeifen.

»Und was kommt als nächstes?« fragte Clive.

»Wir warten, bis sie rauskommen«, entschied Derek. »Dann folgen wir ihnen und reißen uns die Schriftrollen unter den Nagel.«

»Meinetwegen«, sagte Clive.

»Weißt du, was ich jetzt gebrauchen könnte? So richtig gut? Eine Zigger-Zigarre.«

»Und was ist eine Zigger-Zigarre?«

»Ich hab' nicht die leiseste Ahnung. Aber ich könnte eine gebrauchen.«

»Ich hatte mal eine Zigger, offen gestanden«, gestand Clive offen. »Aber ich fand sie nicht so umwerfend, wenn du weißt, was ich meine. Hey, warte mal. Kommen sie etwa schon raus?«

»Nein«, sagte Derek. »Nein, das tun sie definitiv nicht.«

»Du gibst dir keine richtige Mühe, Jim!«

»Tut mir wirklich leid, John, aber ich komme scheinbar nicht in die richtige Stimmung.«

»Soll ich noch ein wenig Preßluftbohrer spielen?«

»Ich glaub' nicht, daß das hilft.«

»Ich könnte dich vielleicht hypnotisieren?« schlug Professor Slocombe vor.

»Nein danke«, sagte Jim. »Ich komm' auch so ganz gut klar.«

»Tut mir leid. Dann mach mal weiter.«

Jim schloß die Augen und trieb zurück. Und dann öffnete er die Augen wieder und kreischte laut.

»Jim, alles in Ordnung mit dir?« Omally hastete herbei, um zu helfen.

»John, es war schrecklich. Ganz und gar schrecklich!«

»Was denn, doch nicht wieder die Ermordung dieses Mönchs?«

»Viel schlimmer. Körper, in Stücke geschnittene Körper in Zinkbadewannen. Frauenkörper.«

»Heiliger Herr im Himmel«, sagte John.

»Berichte mir ganz genau, was du gesehen hast«, verlangte Professor Slocombe und blickte Jim tief in die Augen.

»In einem Keller«, sagte Jim. »Der Typ, der die Schatulle mitgenommen hat. Er hat den ganzen Keller voller verstümmelter Körper. Sie schwimmen in Wannen.

*Schwan*gere Leiber ohne Arme, Beine und Köpfe. Das bei weitem Widerlichste, was ich in meinem ganzen Leben zu Gesicht bekommen habe, Sir.«

Jim mühte sich auf die Beine, stolperte zu den großen Verandafenstern des Professors und übergab sich draußen in dem wunderschönen Garten.

»Das wird meine Rosen aber gar nicht freuen«, sagte der Professor.

Nach einer ganzen Weile kehrte Jim mit bleichem Gesicht in das professorale Arbeitszimmer zurück.

»Dieser Typ«, sagte er. »Dieser … dieser Mörder. Er war wirklich seltsam. Farblos, vergilbt und ganz in Schwarz und Weiß.«

»Ah«, sagte John Omally. »Dann haben wir den verdammten Bastard ja schon.«

18

Tatü, Tatü, Tata machten die Polizeiautos.

Und QUUUUUUUUUIIIIIIIIIIIEEEEEEEEETSCH.

Und dann stand Chefinspektor Westlake im Arbeitszimmer des Professors. »Sie sind absolut sicher?« fragte er. »Kein Irrtum möglich?«

»Jim?« fragte Professor Slocombe.

»Ich hab's mit eigenen Augen gesehen«, sagte Jim. »Es war real.«

»Kein Irrtum möglich«, sagte Professor Slocombe.

»Wenn das stimmt«, sagte der Chefinspektor, »dann löst das eine Menge ungelöster Fälle. Keine Morde, aber Leichen, die aus dem Leichenschauhaus verschwunden sind. Acht Stück in den letzten acht Wochen.«

»Der Typ ist Chefarzt im Cottage Hospital«, sagte John Omally.

»Dr. Malone?« Der Chefinspektor schüttelte ungläubig den Kopf.

»Der Gentechniker«, sagte Professor Slocombe. »Ich bin dem Burschen nie persönlich begegnet, aber ich kenne seine Arbeiten.«

»Ich auch«, sagte Jim. »Gehen Sie, und verhaften Sie ihn!«

»Alles zu seiner Zeit, Sir. Das Haus ist umstellt. Hier in Brentford erledigen wie die Dinge auf die ganz weiche Tour.«

»Und was machen sie jetzt?« fragte Clive.

»Sie haben einen von diesen schweren Rammböcken dabei«, sagte Derek. »Ich schätze, sie wollen die Tür aufbrechen.«

»Oh, prima. Meinst du, es geht in Ordnung, wenn wir hierbleiben? Sollten wir den Chauffeur nicht lieber fragen, ob er uns woanders hinbringen kann?«

»Ich hab' den Chauffeur gerade erledigt«, entgegnete Derek. »Der Bastard hat schon wieder gepfiffen.«

»Die Dinge arbeiten für uns, wie es scheint. Aber was glaubst du, hat all diese Polizei zu bedeuten?«

»Ich hab' nicht den leisesten Dunst. Ah, jetzt kommen unsere beiden Trottel.«

»Sie überlassen einfach alles uns Profis«, sagte Chefinspektor Westlake.

»Mit dem größten Vergnügen«, erwiderte Professor Slocombe. »Ich möchte lediglich die Schatulle wiederfinden, von der ich glaube, daß sie sich im Haus von Dr. Malone befindet.«

»Sie gehört also Ihnen, schätze ich?«

»Ein Familienerbstück.«

»Oh. So etwas wollte ich schon immer einmal sehen.«

»Ich auch«, sagte John. »Macht einen stolz, ein Engländer zu sein, wie?«

»Aber du bist doch …« Der Professor hielt inne. »Ja. Ich weiß genau, was du meinst.«

»Ich nicht«, sagte Jim.

Der Rammbock machte nicht KLOPF, KLOPF, KLOPF. Er machte RUMS. Und das nur ein einziges Mal, dann war die Tür dahin. Uniformierte Konstabler stürmten in das Kether House, die elektrischen Schlagstöcke gezückt, wilde Hoffnungen auf ihren neuerlichen Einsatz im Herzen.

Konstabler rannten durch die Halle, Konstabler stürzten in die Zimmer des Erdgeschosses, Konstabler hasteten die Treppen hinauf. Diese Konstabler sahen Dinge, die sie noch lange Zeit später schreiend aus dem Schlaf reißen sollten. Und viele dieser Konstabler taten Jim nach, was dieser im Garten des Professors getan hatte.*

Chefinspektor Westlake wischte sich mit einem Taschentuch den Mund sauber und tat auf die Hölle starren, die er im Keller entdeckt hatte.**

»Dieser Bastard«, sagte er. »Dieser irre Bastard. Wo tut der Kerl stecken?«***

»Verschwunden«, sagte ein kreidegesichtiger Konstabler. »Spurlos verschwunden, Chef. Werfen Sie mal einen Blick hier rüber, das ist noch viel schlimmer, Sir. Viel, viel schlimmer.«

»Was denn, Konstabler?« Der Chefinspektor warf einen Blick.

Der Konstabler schlug eine Plane zurück und enthüllte vier winzige, mißgebildete tote Dinger.

Der Chefinspektor wandte sich ab. »Heilige Mutter Gottes!« ächzte er.

Im Eßzimmer klopfte Professor Slocombe Jim auf die Schulter. »Gut gemacht, mein Junge«, sagte er.

Jim starrte auf die leere Schatulle ohne Deckel. »Sind sie drin?« fragte er. »Ich kann immer noch nichts sehen, Sir.«

»Sie sind, Jim, sie sind. Gut gemacht.«

»Ich würde jetzt gerne gehen, wenn es Ihnen nichts

* Sie wundern sich wahrscheinlich, warum der Übersetzer die Hilfsverben ›tun‹ und ›machen‹ so gehäuft als Vollverben verwenden tut? Scheint an der Rechtschreibreform zu liegen. Oder vielleicht tut auch sein neues Idol abfärben. Der Autokanzler. Wer immer das sein mag. (Anm. d. Lektors)

** Okay, das reicht jetzt.

*** Das reicht!

ausmacht, Sir. Dieser Ort … mir dreht sich der Magen um. Es ist entsetzlich hier.«*

»Ja, das ist es.« Der Professor streichelte das Om, das er an einem Band um den Hals trug. »So viel Böses, so nah bei meinem eigenen Heim, und ich hatte nicht die leiseste Ahnung.«

»Wie ist er nur entkommen?« fragte Jim. »Ich dachte, dieses Haus sei komplett umstellt?«

»Wahrscheinlich durch unterirdische Gänge. Diese Häuser sind sehr, sehr alt.«

»Ich muß Sie jetzt bitten, das Haus zu verlassen, Professor«, sagte der Chefinspektor, der weiß wie der Tod persönlich aussah. »Wir brauchen die Jungs von der forensischen Abteilung. Das ist eine ganz schlimme Geschichte, Professor, wirklich eine ganz schlimme Geschichte.«

»Ich könnte Ihnen bei den forensischen Untersuchungen behilflich sein, wenn Sie wollen.«

»Sie sind eminent qualifiziert. Ich wäre Ihnen sehr dankbar.«

Professor Slocombe reichte dem Chefinspektor auf eine gewisse eigenartige Weise die Hand. »Über dem Quadrat und unter dem Bogen«, sagte er.

»Sollen wir die hier zu Ihnen nach Hause bringen, Sir?« fragte Omally und deutete auf die Schatulle.

»Das wird wohl am besten sein. Ich bin bald wieder da.« Professor Slocombe vollführte ein paar mystische

* ~~Auch wenn sich die Fußnoten im Augenblick häufen: Der Leser sollte einmal einen Blick in das Büro eines gewissen Lektors werfen. Entsetzlich ist gar kein Ausdruck. Es riecht nicht nach kaltem Zigarrenrauch und eingekokeltem Kaffee, wie vergeblich beim Übersetzer und Verfasser dieser Fußnote. Sondern nach Pech und Schwefel und toten Dingen, wie beispielsweise mit kochendem Wasser übergossenem Tee. Wirklich widerlich (Anm. d. Übers.)~~

Handbewegungen über der Schatulle und murmelte ein paar geheimnisvolle Worte.

»Dann bis später, Sir.«

»Sie kommen raus«, sagte Derek. »Und sie haben die Schatulle bei sich. Moment, halt. Die Schatulle hat keinen Deckel mehr.«

»Und das verdammte Ding ist leer!«

»Sind wir da absolut sicher?«

»Nun ja, es tut bestimmt nicht weh, wenn wir einen Blick hineinwerfen.«

»Nein, das tut es nicht.«

Jim blieb stehen und atmete tief durch. »Ich kann einfach nicht glauben, was wir da drin gesehen haben«, sagte er. »Was hat das zu bedeuten?«

»Irrsinn«, sagte John. »Schlicht und ergreifend Irrsinn.«

»Schlicht und ergreifend Irrsinn? Das kann ich nicht glauben.«

»Jim, nun komm wieder zu dir. Kopf hoch! Du hast die Schriftrollen zurückgeholt. Du bist ein echtes Genie, mein Freund.«

»Ich schätze, der Professor hätte bestimmt nichts dagegen, wenn wir den einen oder anderen Drink auf seine Kosten nehmen, während wir warten. Um unseren Erfolg zu feiern, meine ich.«

»Bestimmt nicht.«

»Gut. Weil ich nämlich ganz dringend einen Drink brauche.«

Die Limousine kam wirklich schnell heran. Ein elektrisches Fenster glitt nach unten, und eine Hand wurde hinausgestreckt, um die Schatulle zu schnappen.

»Die übernehmen wir jetzt«, sagte eine Stimme hinter der Hand.

»Nein, das tun Sie verdammt noch mal nicht.« Jim wich zurück.

»Lauf!« lautete Omallys kluger Rat.

Und Jim nahm ihn an.

»Hinterher!« brüllte Derek.

»Warum brüllst du so?« brüllte Clive. »In welche Richtung laufen sie eigentlich? Wie konnte der Chauffeur bloß etwas durch diese verdammten getönten Scheiben sehen?«

»Ich glaube, er trug eine dunkle Brille.«

»Ah, das ist es also.«

»Lauf, Jim.«

»Ich lauf' ja schon. Ich lauf' ja schon.«

»Nimm die Schriftrollen aus der Schatulle. Dann mußt du weniger schleppen.«

»Ich kann sie aber nicht sehen.«

»Aber du kannst sie fühlen, oder?«

»Richtig.« Jims Hand fischte in der Schatulle nach den Schriftrollen. Zog sie heraus, und sie wurden wieder sichtbar. »Schlau«, sagte Jim. »Wirklich sehr schlau.«

»Lauf«, sagte John.

»Ich bin ein ganzes Stück vor dir.«

»Hier entlang.«

»Ich kann sie sehen. Ich hab' die Sonnenbrille des Chauffeurs gefunden.«

Derek hatte eine große Pistole auf dem Schoß. Er machte sich daran, große schwere Patronen in das

Magazin zu schieben. »Kaliber neun, Automatik«, sagte er.

»Phasenplasmawerfer im Vierzig-Watt-Bereich?«

»Nur was Sie auf den Regalen sehen, mein Freund.«

»Gott, ich liebe diese Filme.«

»Sie laufen in diese Richtung. Los, hinterher!«

»Schon dabei.«

»Rennen wir wieder zum Kanal?« ächzte Pooley.

»Nein, ein Trick wie dieser funktioniert nur einmal. Hier hinunter.« Omally bog in eine schmale Seitengasse.

Jim rannte hinterher. Inzwischen hatte sich ein mächtiges Schnaufen zu dem Ächzen gesellt. »Gut. Hier können sie nicht durchfahren.«

»Du kannst da nicht durchfahren!« brüllte Derek. »Halt an, wir jagen sie zu Fuß weiter.«

»Im Film legen sie den Wagen immer auf die Seite und fahren auf zwei Rädern durch die schmalen Gassen.«

»Ja«, sagte Derek. »Das tun sie, was?«

»Aaaaaaaaargh!« machte Jim, als die schwarze Limousine, helle Funken versprühend, auf zwei Rädern durch die Gasse geschossen kam.

»Lauf schneller!«

»Ich lauf' ja schon. Ich lauf' ja schon.«

»Weißt du was?« sagte Clive, während er sich an das Lenkrad klammerte. »Diese Art von Arbeit gefällt mir viel besser, als immer nur in den blöden Korridoren der Macht herumzufurzen.«

»O ja.« Derek schob eine weitere Patrone in das Magazin seiner Automatik. »Das hier ist definitiv besser als jeder Buchhalterjob.«

»Wir nähern uns jetzt dem Ende der schmalen Gasse. Was hältst du davon, das Fenster aufzumachen und ein paar Schüsse abzugeben, sobald ich die Limousine wieder auf alle vier Räder gestellt habe?«

»Einverstanden.«

John und Jim rannten auf die Moby Dick Terrace hinaus.

»John!« schnaufte und ächzte und hechelte Jim. »Entschuldige bitte, wenn ich dir eine wirklich dumme Frage stelle, aber warum sind wir nicht einfach in Dr. Malones Haus zurückgelaufen, wo wir von Polizisten umgeben gewesen wären?«

John sagte nichts, und die beiden rannten weiter.

Die Limousine krachte auf die Terrace, und Derek schlug mit dem Kolben seiner Pistole ein schwarzes Fenster aus.

»Du hättest nur auf diesen Knopf drücken müssen, Derek.«

»Ja, ich weiß. Aber so ist es viel aufregender.«

Man hätte wirklich meinen sollen, daß irgend jemand in der Nähe gewesen wäre. Irgend jemand oder eine Menge von Jemands: die Armee mit ihren Straßensperren und weiß der Geier was. Aber das war nicht der Fall. Die Armee hatte, wie üblich, gründlich Mist gebaut. Sie *hatte* hier und da eine Straße abgeriegelt, und sie *hatte* hier und da einen Posten aufgestellt, doch die tapferen Brentforder, anstatt einen weiteren Aufruhr zu veranstalten, hatten einfach beschlossen, sie zu ignorieren. Sie umgingen die Straßensperren, indem sie Seitenstraßen und Gassen benutzten oder durch die Häuser ihrer Freunde und Bekannten liefen und durch Hintertüren. Und weil nur wenige Brentforder überhaupt ein Auto besaßen, gab es auch keinerlei größere Verkehrsstaus.

Damit wäre das also erklärt. Für den Fall, daß sich der Leser wundern sollte.

Sie kamen nicht besonders gut voran auf der Moby Dick Terrace. Dustin Hoffman mag sich im Marathon Man ja ganz wacker geschlagen haben, aber das hier ist nicht Dustin Hoffman. Das hier sind Jim und John. Pooley und Omally. Die Limousine holte unerbittlich auf und hielt schließlich Schritt mit den Pflasterläufern. Derek streckte den Kopf aus dem eingeschlagenen Fenster. Und seine Neunmillimeterautomatik auch.

»Wirst du jetzt endlich stehenbleiben?« brüllte er Jim an. »Oder muß ich dir das Gesicht wegschießen?«

Jim drückte die Schriftrollen an seine Brust. »Schon gut, schon gut«, ächzte und schnaufte und hechelte er. »Ich geb' auf. Nicht schießen.«

»Du auch, Arschloch.«

»Ich auch«, ächzte und schnaufte und hechelte John.

»In Ordnung. Und jetzt steigt ein.«

Derek rutschte auf den Rücksitz, als John und Jim neben ihm einstiegen. »Macht die Tür zu«, befahl er.

John schloß die Tür.

Clive strich ein Streichholz auf dem Schädel des Chauffeurs an und hielt es unter eine dicke Zigarre.

»Wohin jetzt?« fragte er, nachdem er ein paar dicke Rauchwolken in die Luft gepafft hatte.

»Zu Fred, denke ich«, antwortete Derek. »Und gib ein wenig Gummi, ja?«

19

Von einem Schlafzimmerfenster auf der Moby Dick Terrace aus beobachtete Dr. Stefan Malone, wie die schwarze Limousine in einer qualmenden Wolke von Gummi davonschoß. »Endlich sind sie weg«, sagte er.

Dr. Stefan hatte nur sehr wenig dem Zufall überlassen. Er hatte von dem geheimen Tunnel gewußt, als er Kether House erworben und später dieses hier dazugekauft hatte, wo der Tunnel in der Gartenlaube auf der Rückseite herauskam. Die Bewohner dieses Hauses, ein altes Ehepaar ohne lebende Erben, hatten nicht verkaufen wollen. Auf ihren Totenscheinen stand ›Altersschwäche‹ vermerkt. Dr. Stefan hatte sie persönlich unterzeichnet.

Der irre monochrome Forscher wandte sich vom Fenster ab und lächelte ein irres monochromes Lächeln auf eine Stelle außerhalb der Seite.

Dort lagen die beiden Babys.

»Alles in Ordnung, meine Jungs?« fragte er.

»Alles in Ordnung, Dada«, sagte das goldene.

Das dunkle knurrte nur.

»Alles in Ordnung, Jungs«, sagte Fred. »Bringt die beiden rein.«

Derek und Clive schoben und stießen Jim und John aus dem Korridor der Macht in die Kammer gleicher Persuasion.

»Exzellent«, sagte Fred und meinte damit sicher nicht Herrn Merzens zweifelhaften Gebrauch von Fremdwörtern. Er blickte zu den Neuankömmlingen auf. »Und sehe ich dort etwa die Brentforder Schriftrollen?«

»Ganz sicher sogar«, sagte Derek.

»Und sehe ich dort etwa eine Neunmillimeterautomatik?«

»Ganz sicher sogar, jawohl, Sir.«

»Und mit diesem Ding seid ihr durch das ganze Gebäude gelaufen?«

»Äh«, sagte Derek.

»Idiot«, sagte Fred. »Aber trotzdem, sehr gut gemacht.«

»Ich hab' unterwegs diese Machete aufgelesen«, sagte Clive und fuchtelte mit der rostigen Klinge vor Freds Gesicht herum. »Sollen Derek und ich jetzt ihre dämlichen Köpfe abschlagen?«

»O ja, bitte, bitte!« bettelte Derek.

»Alles zu seiner Zeit. Was macht dieser Trottel da eigentlich?«

»Er flattert mit den Händen und dreht sich in kleinen Kreisen, Sir.«

»Mach, daß er damit aufhört.«

Derek schlug Pooley aufs Ohr.

Jim beendete seine törichten Kreisel und brach wie vom Blitz gefällt zusammen. John ballte die Fäuste, doch er konnte nichts dagegen tun.

Fred hatte die Füße wieder einmal auf dem Schemel. »Bringt ihn her zu mir«, befahl er. »Und bringt diese Schriftrollen gleich mit. Wertvolle Dinger sind das. Wir wollen doch nicht, daß ihnen etwas geschieht, oder?«

»Nein, bestimmt nicht, Sir.«

»Selbstverständlich doch, Trottel. Ich war nur ironisch.«

Derek nahm die Schriftrollen und reichte sie Fred.

»In Ordnung«, sagte Fred. »So, da wären sie also. Die berühmten Brentforder Schriftrollen.« Er hielt sie ins Licht und betrachtete sie gründlich. »Ziemlich phantasievoll, was? Ein sehr hochwertiges Pergament. Ich schätze, ich sollte diesen Augenblick genießen, aber ich glaube nicht, daß ich Lust dazu habe. Ich werfe sie einfach ins Feuer.«

»Nein!« sagte John und trat einen Schritt vor. Derek versperrte ihm den Weg.

»Was soll das heißen, nein?« fragte Fred.

»Sie können die Schriftrollen nicht verbrennen! Sie können das nicht!«

»Das ist eine recht törichte Bemerkung, meinst du nicht auch?«

»Also schön. Sie können die Schriftrollen verbrennen. Aber warum? Warum wollen Sie die Rollen vernichten? Und überhaupt, wer sind Sie eigentlich?«

»Er ist dein schlimmster Alptraum«, sagte Clive.

»Das glaube ich nicht«, widersprach John. »Nach allem, was ich in den letzten paar Tagen gesehen habe, kommt er nicht mal in die Nähe davon.«

»Aber er ist es!« beharrte Clive. »Er ist ein emporgekommener, untalentierter, kleiner, uncharismatischer Niemand, der sich mit Ellbogen und Klauen an die Spitze gearbeitet hat und ...«

»Clive«, sagte Fred.

»Fred?« sagte Clive.

»Halt die Klappe, Fred.«

»Wenn Sie die Schriftrollen verbrennen und uns beide töten«, sagte John, »dann könnten Sie wenigstens soviel Anstand zeigen und uns verraten warum.«

»Könnte ich«, sagte Fred. »Will ich aber nicht. Ich weiß, daß es eine lange kinematische und literarische Tradition gibt, nach der jeder Schurke vor den Helden seine große erklärende Rede abgibt, bevor er sie tötet. Und dann, in allerletzter Sekunde, wenn die Helden bereits rettungslos verloren scheinen, kommt die schlaue unerwartete Wendung, und ...«

»Wenn Sie die Schriftrollen verbrennen und uns töten«, sagte John, »dann werden Sie niemals von dem GANZ GROSSEN GEHEIMNIS erfahren.«

Fred schüttelte den Kopf. »Netter Versuch«, sagte er. »Aber das ist auch nichts weiter als ein dummes Klischee, oder nicht?«

»Achtung, hinter Ihnen!« rief Jim.

Niemand rührte sich. Niemand zuckte auch nur mit einer Wimper (was auch immer das bedeutet).

»'tschuldigung«, sagte Jim. »Ich dachte, ich versuch's einfach.«

»Also schön«, sagte Fred. »Also ab ins Feuer mit den Brentforder Schriftrollen und die beiden Köpfe auf den Boden. Und los geht's.«

Fred nahm die Schriftrollen mit beiden Händen und machte Anstalten, sie in das knisternde Feuer zu werfen. John wandte das Gesicht ab, und Jim schloß die Augen.

Fred kämpfte mit den Schriftrollen. Wenn der Leser je gesehen hat, wie sich Pantomimen mit einem Ballon abmühen, der unverrückbar in der Luft schwebt, wie sie sich anstrengen, um ihn zu bewegen, dann weiß er, was Fred jetzt gerade tat. Wenn nicht – dann nicht.

Da Clive beide Hände frei hatte, fing er bald an, Beifall zu klatschen. »Sehr gut«, quiekte er vergnügt. »Wirklich sehr gut, Fred.«

Fred bemühte sich nach Leibeskräften, die Schriftrollen in das Feuer zu bugsieren, doch sie bewegten sich nicht einen Millimeter. Er ließ sie los, doch statt zu Boden zu fallen, blieben sie mitten in der Luft hängen (nun ja, nicht genau mitten in der Luft – sie waren entschieden näher am Boden als an der Decke – doch in der Luft hängen taten sie nichtsdestotrotz).

Fred gab ein höchst unerfreuliches tiefes Knurren von sich und packte die Rollen einmal mehr. Doch sie ließen sich einfach nicht bewegen, nicht einen Deut, nicht eine winzige Spur, nicht ein einziges Jota.

»Brillant!« rief Clive und klatschte frenetisch. »Sehr beeindruckend.«

»Hör mit diesem verdammten Klatschen auf, du dämlicher Trottel, hilf mir lieber mit diesen Dingern.«

»Oh«, sagte Clive. »Oh.« Und: »Na schön.«

Dann fing Clive an, sich aus Leibeskräften abzumühen – und plötzlich wurden die Dinge kompliziert für ihn. Er zerrte gerade mit beiden Händen an den Schriftrollen, als diese einen unvermittelten Satz in die Höhe machten und Clive den Boden unter den Füßen entrissen.

»Was geht da vor, John?« flüsterte Jim.

»Der Professor«, flüsterte John. »Erinnerst du dich, daß er ein paar magische Worte über den Schriftrollen ausgesprochen hat, bevor wir Malones Haus verlassen haben? Wahrscheinlich ist das dieser Spruch der Wiederkehr, von dem er uns erzählt hat.«

»Holt mich runter!« heulte Clive von irgendwo in der Nähe der Decke.

»Schieß die verdammten Dinger aus dem Himmel!« kreischte Fred.

»Aber ich könnte Clive treffen, Sir!«

»Als würde mich das einen Dreck scheren!«

»Richtig. Jawohl, Sir.« Derek richtete seine Neunmillimeterautomatik auf die Schriften und feuerte ein paar Schüsse ab, die man bestenfalls als ungezielt bezeichnen konnte.

Herunter fiel eine große Menge wunderschönen Deckenstucks.

Sehr laut und sehr wuchtig.

John und Jim sprangen beiseite, als Lattung und Gips herunterkrachten.

»Gib mir die verdammte Pistole, du Trottel!« Fred

entriß Derek die Automatik und feuerte seinerseits in Richtung Decke.

Herunter fielen noch mehr Gips und noch mehr Lattung. Und der Kronleuchter.

»Aaaaaaaaargh!« machte Derek, als der Kronleuchter ihn traf.

»Aaaaaaaaargh!« machte Fred, als Clive ihn traf.

Lattung, Gips und Staub und totales Chaos.

Und jede Menge wirklich übelster Sprache.

Fred mühte sich auf die Beine, schleuderte Clive zur Seite und klopfte Staub und Schmutz aus seiner Kleidung. Die Schriftrollen rasten unterdessen im Zickzack unter der Decke entlang. Fred rannte hinter ihnen her und feuerte wahllos nach oben, immer und immer wieder.

Wolken aus Staub und Mündungsqualm erfüllten die Luft und behinderten jede Sicht. Das Feuer der Waffe fetzte durch das Chaos wie ein Gewittersturm, und auf das Donnern folgte das Krachen und Scheppern herabfallender Deckentrümmer, die unterschiedslos Mobiliar zertrümmerten, Vitrinen unter sich begruben und kostbares Porzellan vernichteten. All die Schreie und Flüche, das Husten und Krächzen und die wirklich schlimmen, schlimmen Kraftworte erzeugten eine Atmosphäre ganz ähnlich der Stätte, in der Freds Arbeitgeber hauste.

Und dann, mit einem allerletzten Schuß, ging Fred die Munition aus.

Und eine sehr gespannte Stille senkte sich herab.

Gleichermaßen weiß vor Staub und Entsetzen, hielten Derek und Clive den Atem an, während sich die Luft langsam klärte und die Ausmaße der Zerstörung überschaubar wurden. Irgendwie sah diese Kammer der Macht nicht mehr ganz so machtvoll aus wie noch kurze Zeit zuvor. Im Gegenteil, sie befand sich in einem ziemlich jämmerlichen Zustand. Ein von Artilleriefeuer aufgewühltes Kampfgebiet. Ein Niemandsland mitten in einem Gebäude.

Fred stand auf dem, was einmal sein Schreibtisch gewesen war. Er blutete am Kopf, und seine Augen blickten wild. Die meisten Fenster waren zerschossen, aus der Ferne war das unverkennbare Heulen von herankommenden Martinshörnern zu hören.

Fred drehte seinen mitgenommenen Schädel von einer Seite auf die andere.

Die Brentforder Schriftrollen waren verschwunden.

Und mit ihnen Jim und John.

Nachdem er mehrere Stunden betäubenden Entsetzens im Haus von Dr. Stefan Malone ertragen hatte, lehnte sich Professor Slocombe endlich in seinem Stuhl zurück und gestattete sich den Luxus eines breiten selbstgefälligen Grinsens.

Vor ihm, auf der Tischplatte, lagen die Brentforder Schriftrollen, ursprünglich und unbeschädigt. In seinen großen Verandafenstern standen zwei Burschen, auf die alles andere zutraf.

»Würde es Ihnen etwas ausmachen, Ihre kleine messingne Tempelglocke zu läuten?« bat Jim.

Professor Slocombe läutete seine kleine messingne Tempelglocke.

»Kommt schon herein«, sagte er zu den beiden und unterdrückte ein Kichern. »Setzt euch erst einmal, und entspannt euch ein wenig.«

Die beiden Männer sanken schwer in die Sessel vor dem Kamin. Und dann starrten sie in das Feuer, schüttelten die Köpfe und setzten sich woanders hin. Entspannen taten sie sich jedenfalls nicht.

»Und wo genau kommt ihr jetzt her?« erkundigte sich der Professor.

»Aus Penge«, sagte Jim.

»Penge?« fragte der Professor. »Ich habe gehört, dort soll es sehr schön sein, obwohl ich selbst noch nie die Gelegenheit eines Besuchs hatte.«*

»Wunderschön«, sagte Jim. »Ganz besonders die Büros des Millennium-Komitees.«

»Ah.« Professor Slocombe nickte. »Natürlich. Die Puzzlesteine fallen wunderbar ineinander.«

»Die Decke ist jedenfalls nicht wunderbar ineinandergefallen. Sie ist eingestürzt«, sagte Jim und rieb sich eine Beule auf der Stirn.

»Dann gehe ich also recht in der Annahme, daß ihr Fred begegnet seid?«

»Sie gehen.« Omally wischte sich Staub aus den Augenbrauen. »Und Fred ist ganz und gar kein netter Mensch, Sir.«

»Fred ist euer schlimmster Alptraum.«

»Er steigt jedenfalls rapide die Skala hinauf, ja.«

Gammon betrat den Raum, ohne vorher anzuklopfen.

»Danke«, sagte Jim. »Sehr aufmerksam.«

Auf Gammons silbernem Tablett standen drei Pints Large. Gammon reichte sie herum.

»Gute Arbeit, Gammon«, sagte Jim und nahm sein Glas begierig entgegen.

»Prosit«, sagte John und hob sein Glas an die Lippen.

Gammon stellte das letzte Pint vor den Professor und trat schweigend aus dem Weg.

Jim nahm einen mächtigen Schluck und sagte: »Ah. Mein Gott.«

* Das Gerücht hält sich hartnäckig seit DER ANTIPAPST (Bastei-Lübbe Band 24 246).

»Mein Gott«, sagte John und spähte in sein Glas. »Was für ein wunderbarer Stoff.«

Professor Slocombe nahm ein oder zwei Schlucke. »Ich bin kein ausgesprochener Bierkenner«, sagte er. »Doch auch ich denke, dieses Large hier ist von exzellenter Qualität.«

»Besser, Sir.« Jim schluckte und schluckte. »Ich bin sicher, genau so sollte Bier immer schmecken. Das Bier im *Fliegenden Schwan* ist weit weniger als vollkommen.«

»Woher haben Sie das hier?« fragte John. »Haben Sie das selbst gebraut?«

»Im Gegenteil. Es ist ein Geschenk von Norman Hartnell, dem Eckladenbesitzer. Er hatte heute nachmittag einen Durchbruch mit seinen neuesten Experimenten, und er brachte ein Faß vorbei, um meine Meinung einzuholen.«

»Hoch soll er leben, unser forschender Eckladenbesitzer.« Jim hob sein inzwischen leeres Glas zum Salut. »Sagten Sie gerade ein ganzes Faß, Sir?«

»Ein ganzes Faß, Jim.« Professor Slocombe lächelte. »Gammon?« sagte er.

»Sir?«

»Am besten, Sie rollen das Faß herein.«

»Erzählen Sie weiter.« John Omally füllte sein Glas aus dem Faß nach, das inzwischen auf dem Schreibtisch des Professors Platz gefunden hatte. »Berichten Sie uns, was Sie über diesen Fred wissen, Sir. Als wir ihn das letzte Mal gesehen haben, wurden er und seine beiden Spießgesellen in Handschellen von der Polizei abgeführt. Fred sah alles andere als jovial aus.«

»Nun ja, ich bezweifle, daß er sehr lange in polizeilichem Gewahrsam bleiben wird. Fred hat eine Menge

Freunde in den höchsten Kreisen. Und in den *niedrigsten* außerdem.«

»Ihre Worte haben so etwas Unheilverkündendes, Sir«, sagte John.

»So unheilverkündend, wie du dir nur vorstellen kannst. Fred ist tatsächlich euer schlimmster Alptraum. Fred steckt mit dem Teufel im Bunde.«

Pooley stöhnte.

»Was hattet ihr denn sonst erwartet?«

»Nich viel, schätze ich. Und was schlagen Sie vor, was wir wegen diesem Burschen unternehmen?«

»Ich? Gar nichts.«

»Sehen Sie uns nicht so an!«

»Nein, nein.« Professor Slocombe nahm ein paar weitere Schlucke von seinem Large und nickte dem Inhalt des Glases anerkennend zu. »Ich war nicht untätig seit unserer letzten Begegnung, meine Freunde. Ich habe mehrere Anrufe zu mehreren bedeutenden Persönlichkeiten von untadeligem Ruf getätigt, allesamt Kapazitäten auf ihrem jeweiligen Gebiet. Morgen früh um zehn Uhr wird hier ein Treffen stattfinden, um die Echtheit der Brentforder Schriftrollen zu authentifizieren. Außerdem habe ich sorgfältig ausgesuchte Vertreter der Medien eingeladen. Sobald die Echtheit der Schriftrollen außer Frage steht, werden wir die Weltpresse informieren. Danach kann Fred meinetwegen schäumen und toben, soviel er will, aber er wird die Feierlichkeiten und Zeremonien nicht mehr verhindern können, die am letzten Tag dieses Jahres stattfinden. Allerdings ist es absolut lebensnotwendig, daß kein Wort von diesem Treffen nach außen dringt. Das ist alles MEHR ALS STRENG GEHEIM.«

»Sie können uns vertrauen, Sir«, sagte Jim und hob in Pfadfindermanier zwei Finger.

»Oh, daran habe ich nicht den geringsten Zweifel.

Aber ich hoffe, ihr werdet mir verzeihen, wenn ich euch bitte, dieses Haus heute nacht nicht zu verlassen. Bitte seid meine Gäste. Trinkt das Faß leer, es gibt zu essen, guten Brandy und edle Zigarren. Aber setzt nicht einen einzigen Fuß über die Schwelle, bevor das Treffen in der Frühe um zehn nicht vorbei und alles unter Dach und Fach ist. Na, wie klingt das in euren Ohren?«

»Verdammt gut, wenn Sie mich fragen, Sir«, sagte Jim. »Ich danke Ihnen.«

»Ja, ich danke Ihnen ebenfalls, Professor.« John hob sein Glas. »Aber sehen Sie es mal von dieser Seite, Sir: Nach allem, was wir heute durchgestanden haben – was kann da schon noch passieren?«

20

KLOPF, KLOPF, KLOPF, machte es an der Tür von Professor Slocombe.

Nun ja, eigentlich nicht.

Ich meine, hassen Sie nicht auch all diese ›Was-soll-denn-sonst-passieren‹-Sachen? Sie sind wie jene schrecklichen Sitcoms im Fernsehen, wo der Hauptcharakter sagt: »Auf gar keinen Fall! Niemals mache ich *das*!« und die Szene blendet aus und blendet wieder ein, und man sieht ihn genau *das* machen! Und die Bandmaschine mit dem synthetischen Lachen geht in den Overdrive. Oh, hahaha, sehr lustig. Wirklich sehr lustig.* Also machte es nicht KLOPF, KLOPF, KLOPF, und kein schreckliches Was-auch-immer störte Jims und Johns seligen Schlaf.

Nun gut, könnte man argumentieren, es wäre bestimmt lustiger gewesen, wenn doch etwas passiert wäre. Aber diese beiden Jungs sind auch nur Menschen, wissen Sie? Und sie hatten bereits einen verdammt harten Tag. Wieviel mehr hätten sie noch ertragen?

Kurz nach zehn am nächsten Morgen standen, saßen oder lungerten nahezu fünfzig Leute im Arbeitszimmer von Professor Slocombe herum.

Gammon bewegte sich unter ihnen, verteilte Drinks und Häppchen und jene in goldenes Stanniol ein-

* Genau wie die Fußnoten des Lektors. Im Gegensatz selbstverständlich zu den Fußnoten des Übersetzers. Der sich schließlich nur gegen den Autor wehrt. Welcher sich seinerseits gegen eine Übersetzung wehrt. Sozusagen. Und wahrscheinlich wird diese Fußnote auch wieder gestrichen – falls der Lektor sie nicht zufällig übersieht. Ich sitze eben am kürzeren Hebel. (Anm. d. Übers.)

gewickelten Dinger, die Barone nehmen, wenn sie sich die Kugel geben, und die so schrecklich vornehm sind.

Unter den Erschienenen waren Professoren im Übermaß. Professoren der Linguistik, Professoren der Theologie, Professoren der Geschichte, Professoren von diesem und Professoren von jenem. Studierte Männer allesamt, allesamt mit Stühlen. Lehrstühlen dieser und jener Fachrichtung.

Medienvertreter waren ebenfalls anwesend, und Knüller Molloy biederte sich fleißigst an. Und der Bürgermeister von Brentford war eingeladen. Er wurde von mehreren Mitgliedern seiner Bande begleitet, zweifelhaften Latinos mit Namen wie Emilio und Pedro, ausnahmslos in ärmellosen Baumwollwesten, mit hellen Stirnbändern und beeindruckenden Tätowierungen auf den massiven Armen.

Und der größte Teil des Stadtrates hatte sich eingefunden. Celia Penn war da, eine Dame mit einem Strohhut war zufällig vorbeigekommen, mitsamt ihrer Freundin Doris, mit der sie zufällig vorbeigekommen war. Sie unterhielten sich mit zwei Ministern des Kabinetts, von denen einer früher mit John Coltrane den Blues gespielt hatte. Und natürlich waren Pooley und Omally da. Genau wie Norman der Eckladenbesitzer.

Fred war nicht unter den Anwesenden, genausowenig wie Derek und Clive.

Professor Slocombe rief die Versammlung zur Tagesordnung, hielt eine kurze Rede über die Geschichte der Brentforder Schriftrollen und lud dann jeden einzelnen Professor dazu ein, die Dokumente zu begutachten und seine fundierte Meinung bezüglich ihrer Authentizität und Echtheit kundzutun.

Einer nach dem anderen beugten sich die gelehrten Burschen über die Brentforder Schriftrollen, neigten die

Köpfe von einer Seite zur anderen, schnalzten mit den Zungen und kratzten sich an den Nasen. Dann zogen sie sich in eine kleine Kabale in einer Ecke des Zimmers zurück, flüsterten eine ganze Zeitlang aufgeregt und drehten sich dann wie ein Mann zu Professor Slocombe um, um die Daumen in die Luft zu recken.

»Gammon, den Champagner«, sagte der Professor.

Gegen zwei Uhr nachmittags waren die Champagnerflaschen nur noch leere Hüllen aus Glas, all die todschicken Schokoladenkugeln aufgegessen, die Abschiedsworte gesprochen und die Hände geschüttelt. Professor Slocombe setzte sich an seinen Schreibtisch. Jim und John standen mit in den Hosentaschen vergrabenen Händen und dümmlichen Gesichtern vor ihm.

»Sie haben es geschafft, Professor«, sagte Jim. »Sie haben es wirklich geschafft.«

»*Du* hast es geschafft, Jim. Du hast es geschafft«, entgegnete der alte Gelehrte.

»Nun, *wir alle* haben es geschafft«, sagte John. »Aber jetzt ist es vorbei. Wir haben es geschafft. Brentford wird die Millenniumfeiern zwei Jahre vor dem Rest der Welt abhalten, und jetzt ist es offiziell.«

»Ja.« Professor Slocombe rollte die Rollen zusammen. »Diese Schriften werden nun unter den allerstrengsten Sicherheitsvorkehrungen zur Bank von England geschafft. Ich werde selbst die Vorbereitungen treffen, um die Zeremonien abzuhalten. Wir werden triumphieren, Gentlemen. Wir werden triumphieren.«

»Ganz bestimmt werden wir das«, sagte John und zog sein kleines Notizbuch hervor. »Ich frage mich nur, wo genau wir anfangen sollen?«

»Mit dem Jim Pooley«, sagte Jim. »Definitiv mit dem Jim Pooley.«

Omally nickte nachdenklich. »Oder vielleicht doch mit dem John-Omally-Millennium-Massagesalon?«

»Was meinst du, sollen wir die Mietskasernen abreißen für den Pooley Plaza?«

»Darüber sollten wir genauestens nachdenken. Ich bin absolut nicht sicher, wo der beste Platz für das *Omally's* liegt.«

»Das *Omally's*?« fragte Jim. »Ich glaube nicht, daß du dieses *Omally's* vorher schon einmal erwähnt hast, John.«

»Es wird ein Kasino. Sehr exklusiv, Jim.«

»Ich wette, nicht so exklusiv wie das, das ich bauen werde.«

»Und wieviel willst du wetten?«

»Meine Herren?« Professor Slocombe hob eine bleiche, dünne Hand. »Meine Herren, was genau glaubt ihr eigentlich, worüber ihr da redet?«

»Wie wir am besten all die Millionen aus dem Millennium-Fonds ausgeben«, erklärte John. »Wir wollen schließlich sorgfältig zu Werke gehen, um unsere Arbeit richtig zu machen. Vertrauen Sie uns.«

»Ich bin sicher, daß ich das kann. Doch so ungern ich euch in die Parade fahre – wie kommt ihr bloß auf den Gedanken, der Millennium-Fonds wird euch auch nur einen einzigen Penny für eure Pläne zur Verfügung stellen?«

»Nun, diesen Burschen bleibt doch gar nichts anderes übrig, jetzt, nachdem die Schriftrollen als echt feststehen, oder?«

»Und das glaubt ihr tatsächlich, wie?«

»Ja, das glaube ich«, sagte John.

»Und deswegen geht ihr hin und fragt Fred höchstpersönlich, wie?«

»Fred? Hat man ihn denn nicht rausgeworfen?« Auf Jims Gesicht erschien ein alarmierter Ausdruck. »Hat man ihn nicht gezwungen, den Hut zu nehmen?«

Professor Slocombe schüttelte den Kopf. »Daran glaube ich nicht einen Augenblick. Er wird sicherlich keine Aufmerksamkeit auf sich lenken, indem er euer Ansinnen offen ablehnt. Ganz im Gegenteil; ich bin fest davon überzeugt, daß er vor den Medien großzügig lächeln wird. Aber, und ich betone: *aber*, sollte es tatsächlich so weit kommen, daß er euch das Geld überreichen muß, so wird er Ausflüchte erfinden und euch mit mehr Papierkram überhäufen als ein *Blue-Peter*-Moderator mit einem Hosenlatz aus Klarsichtfolie.«

»Sie meinen …« Johns Unterkiefer klappte herunter.

»Nicht einen Penny«, sagte der Professor. »Nicht eine Bohne, nicht einen Furz, nicht einen alten verbogenen Nickel. Zero. Zilch. Nada. Es tut mir leid, Jungs.«

»Aber …« Johns Unterkiefer verharrte in der heruntergeklappten Stellung.

Ein leiser Seufzer entwich den Lippen Jim Pooleys. Es mochte zwar ein leiser Seufzer gewesen sein, doch er war zugleich so voller Leid und von solch evokativem, herzzerreißendem Pathos, daß selbst eine King-Edward-Kartoffel eine Träne aus dem einzelnen Auge gequetscht hätte, wäre sie Zeuge dieses Seufzers geworden.

»Mach das nicht!« sagte John. »Mir stehen ja alle Haare zu Berge!«

»Aber … aber, John … Oje … oje! Ojemine!«

»Sieh nur, was du angerichtet hast«, tadelte der Professor. »Er hat angefangen zu weinen.«

»Ich weine nicht! Es ist nur … Oje! Ojemine!«

»Jim«, sagte der Professor. »Laß den Kopf nicht hängen. Was du vollbracht hast, indem du die Brentforder Schriftrollen wiedergefunden hast, das ist etwas so Wunderbares, das kein Geld der Welt aufwiegen könnte. Du wirst in die Annalen der Geschichte eingehen als der Mann, der die Welt verändert hat.«

»Kriege ich wenigstens eine Pension?« fragte Jim.

»Wahrscheinlich nicht. Aber ganz bestimmt sehr anhaltenden Applaus. Möchtest du vielleicht jetzt schon den meinen?«

»Nicht wirklich.«

»Nun, das wäre dann das. Dann bleibt mir nur noch, dir im Namen der gesamten Menschheit zu danken. Ich wünsche dir alles nur denkbar Gute, gleich welche Bestrebungen du als nächstes in Angriff nimmst. Und ein freundliches Lebewohl. Ich würde dich ja zu einem späten Mittagessen einladen, doch ich habe viel zu tun, und du bist bestimmt vollgestopft mit der ganzen Schokolade, die du gegessen hast.«

»Nicht besonders«, sagte Jim in unleidlichem Tonfall.

»Nun, dann iß eben die restlichen Kugeln, die du dir in die Taschen gestopft hast, wie ich beobachten konnte.«

»Und das soll's gewesen sein?« John ließ entmutigt die Schultern hängen.

»Das war's gewesen. Ich muß meine Vorbereitungen für die Zeremonien treffen. Ich habe in den nächsten Monaten jede Menge Arbeit.«

»Dann sagen wir jetzt besser auf Wiedersehen, nicht wahr?«

»Ja. Auf Wiedersehen, John.«

»Auf Wiedersehen, Professor.«

»Und auch dir auf Wiedersehen Jim, und noch einmal meinen allerherzlichsten Dank.«

»Keine Ursache.«

»Oh, Jim, noch eine Sache, bevor du gehst.«

»Und die wäre?« fragte eine bekümmerte Stimme.

»Nur das hier.« Professor Slocombe erhob sich hinter seinem Schreibtisch und stapfte zu Pooley. Er blickte ihm tief in die Augen und nickte dann sorgenvoll. »Ein dickes Ohr, zwei geschwollene Augen, eine blutige Nase, ein dickes Kinn und eine Beule auf der Stirn.«

»Und ein paar gebrochene Rippen«, fügte Jim hinzu. »Nicht, daß ich mich beschweren wollte.«

»Du hast jedenfalls etwas Besseres verdient.«

»Darin stimme ich Ihnen vorbehaltlos zu.«

»Sei so nett und schließ die Augen.«

Jim schloß die Augen.

Der Professor flüsterte geheimnisvolle Worte und fuhr mit den Händen über Jims Gesicht. »Jetzt kannst du sie wieder aufmachen«, sagte er.

Jim öffnete die Augen. Professor Slocombe hielt ihm einen kleinen Spiegel hin. Jim starrte hinein.

»Ich bin geheilt!« flüsterte Jim. »All meine Prellungen und Schwellungen sind verschwunden!«

»Das war das wenigste, was ich für dich tun konnte, mein Freund. Und jetzt: Auf Wiedersehen, Jim. Möge Gott mit dir sein.«

»Komm schon, gib mir noch so eine Schokoladenkugel«, sagte John.

Jim wühlte in seinen Taschen.

»Hier hast du«, sagte er. »Aber das war wirklich die letzte.«

»Nein, war es nicht.«

»Es war die letzte, die du gekriegt hast.«

»Oh. Ich verstehe.«

Da die Parkbank vor der Memorialbücherei nun hinter dem Haus des Alten Pete stand, setzten sich Jim und John an den Rand des Lochs und ließen die Füße baumeln.

»Jetzt hab' ich nicht mal mehr meine Bank, wo ich mich hinsetzen kann«, seufzte Jim.

»Du hast die Schriftrollen«, sagte John. »Nach dem

Gesetz über Fundsachen oder wie auch immer das heißt. Du könntest sie verkaufen. Sie sind bestimmt ein paar Mäuse wert.«

»Ich glaube nicht, daß der Professor darüber erfreut wäre.«

»Es ist skandalös!« John ballte die Fäuste und schüttelte sie gen Himmel. »Nach allem, was wir durchgemacht haben, stehen wir mit nichts als leeren Händen da!«

»Also nichts Neues in dieser Hinsicht.«

»Noch sind wir nicht geschlagen.«

»Ich denke, ich bin geschlagen.«

»Nein, bist du nicht.«

»Doch, bin ich wohl.«

»Bist du nicht«, sagte John. »Und ich auch nicht. Es muß doch einen Weg geben, wie wir unsere Hände auf all das viele Geld legen können! Wenn dieser Fred nicht wäre ...«

»Wir könnten ihn umbringen«, schlug Jim vor.

»Fred umbringen?« Omally schüttelte den Kopf.

»Nun ja, es ist schließlich nicht so, als würden wir der Welt damit keinen Gefallen tun, oder? Er steckt mit dem Teufel unter einer Decke.«

»Und du meinst wirklich, wir sollten ihn umbringen?«

Jim schüttelte den Kopf, dann ließ er ihn entmutigt hängen. »Nein. Natürlich nicht. Aber wenn er nicht für all dieses Millennium-Geld verantwortlich wäre, würden wir bestimmt einen Teil abbekommen.«

»In deinen Worten liegt Weisheit, Jim Pooley. Vielleicht finden wir ja einen Weg, diesen Fred loszuwerden und jemanden auf seine Position zu hieven, der unserer Sache wohlwollend gegenübersteht. Mich zum Beispiel.«

»Oder vielleicht sollten wir die ganze verdammte Geschichte schleunigst vergessen. Schreiben wir es als Erfahrung ab und gehen wieder unseren alten Geschäften nach.«

»Und was für alte Geschäfte wären das?«

Jim brummelte undeutlich vor sich hin. »Ich fahre mit meinen Zeitreisen fort. Irgendwann schaff' ich es, in die Zukunft zu reisen. Und wenn es soweit ist ...«

Jetzt seufzte Omally, etwas, das er nur höchst selten tat. »Man kann ein Vermögen verdienen bei diesen Millenniumfeiern, und wir sollten diejenigen sein, die es verdienen.«

»Nein.« Jim schüttelte einmal mehr den Kopf. »Ich hab' genug, John. Gestern wurden wir fast umgebracht. Und vorgestern wurden wir fast umgebracht. Und vorvorgestern wurden wir fast umgebracht. Heute hat noch niemand versucht uns umzubringen. Und morgen wird möglicherweise sogar noch besser. Ich hab' genug, John. Ich hab' wirklich genug. Ehrlich.«

»Komm schon, Mann!«

»Nein, John, ich bin draußen. Keine verrückten Pläne mehr. Kein Risiko mehr für Leib und Glieder und Seele und geistige Gesundheit. Ich geh' nach Hause und leg' mich ins Bett. Und da bleibe ich wahrscheinlich für die nächsten paar Tage. Vielleicht auch für immer.«

»Jim, das ist nur ein vorübergehender Rückschlag, weiter nichts!«

»Tut mir leid, John.« Jim rappelte sich müde auf die Beine. »Genug ist genug. Mach's gut.«

»Nein, Jim! Du kannst nicht einfach so gehen! Du kannst nicht!«

»Sieh mal, John, wenn ich jetzt aufhöre, dann überstehe ich vielleicht diesen Tag, ohne daß ich neue Blessuren davontrage. Ich meine, was soll schon noch groß passieren?«

Und während er dies sagte, wandte Jim sich kläglich ab, rutschte auf der nassen Erde aus und fiel schwer in das tiefe Loch.

21

Der Sommer näherte sich dem Ende, und mit ihm Jims Aufenthalt im Cottage Hospital. Er war nicht mehr im Streckverband, und die Gipsbinden waren abgenommen. Er war noch immer ziemlich steif, doch er konnte bereits wieder ganz gut laufen, mit Hilfe eines Stocks.

Jim hatte seine Zeit jedoch nicht mit Müßiggang verbracht. Er hatte ein Buch geschrieben:

Die Brentforder Schriftrollen:
Mein Anteil an ihrer Entdeckung

Nun ja, zumindest hatte er mit diesem Titel angefangen zu schreiben. Später hatte er sich dann zu Titeln hingezogen gefühlt, die reißerischer geklungen hatten, wie: *Jäger der verlorenen Schriftrollen*, *Schriftrollenjäger*, und schließlich, ohne einen nach außen hin offensichtlichen Grund, außer daß ihm der Klang gefiel:

Das Brentforder Kettenlädenmassaker.

Obwohl vorgeblich eine rein faktische, autobiographische Erzählung, hätten nur wenige, die Jim persönlich kannten, dieses eisenharte, dynamische, Dimacbeherrschende Sexsymbol von Held wiedererkannt mit seiner schier unglaublichen Geistesgegenwart und seinem Hang zu edlen Weinen und Miezen anziehenden Porsches.

Jim hatte sein Manuskript an mehrere größere Verlage geschickt, doch bis jetzt war noch keine Antwort eingegangen. Bastard-Lubber hatte er erst gar nicht angeschrieben.* Seine Zeitreisen hatte er nahezu ganz aufgegeben, nicht ohne vorher reichlich Mühen auf ihre Perfektion zu verwenden. Doch so sehr er sich auch anstrengte, er kam immer nur in die Vergangenheit. Und die Vergangenheit erschien ihm alles andere als ein fröhlicher Ort.

Im Verlauf seines monatelangen Krankenhausaufenthalts hatte er zahlreiche Besuche von John erhalten und war gezwungen gewesen, den lebhaften Schilderungen von großen, lukrativen Unternehmungen zu lauschen. Von Kartenspielen, Tombolas und öffentlichen Quizveranstaltungen, von Wet-T-Shirt-Wettbewerben (von denen es allem Anschein nach eine endlose Menge gegeben hatte) und von geführten Besichtigungstouren und Sponsorenverträgen. Doch die Millionen waren so weit entfernt wie eh und je, genauso wie die Tausender und die Hunderter.

»Ich habe so verdammt viele Ausgaben«, beschwerte sich John.

Jim humpelte an seinen Krücken nach Hause. Die Bäume im Memorial-Park trugen bereits ihre herbstlichen Farben, und Autumn Hughes, der Gärtner, fegte herabgefallene Blätter zusammen. Die Sonne stand inzwischen tief, und die Luft war frisch. Der Gedanke an etwas Frisches lenkte Jims Schritte in Richtung des *Fliegenden Schwans*. Und der unverbesserliche Optimist in ihm verschaffte seinem Humpeln soviel Elan, wie unter den gegebenen Umständen nur möglich war.

Als Jim jedoch den *Fliegenden Schwan* erreichte, legte sich der Optimist in ihm wieder schlafen.

Ein großes Neonkreuz blinkte an der Stelle, wo frü-

* Ein Fehler. Eindeutig. (Anm. d. Lektors)

her das Schild des *Fliegenden Schwans* im Wind gebaumelt hatte. Die ›*Straße nach Golgatha*‹, in bunten Buchstaben, blinkte rot, dann grün, dann gelb, dann grün und wieder rot.

Jim sandte ein Stoßgebet zum Himmel, ließ den Kopf hängen und humpelte weiter.

Er ließ sich auf der neuen Bank vor der Memorialbücherei nieder. Doch die neue Bank, ganz aus Beton, war schrecklich unbequem. Jim sandte ein weiteres Gebet zum Himmel, ließ den Kopf noch tiefer hängen und humpelte nach Hause.

Er drehte den vertrauten Schlüssel in dem vertrauten Schloß und suchte Zuflucht in seinem Heim. Keine Vertragsangebote von irgendeinem Herausgeber lagen auf der Fußmatte und begrüßten ihn, und das ganze Haus roch feucht und tot. Jim seufzte. Der Optimist in ihm war längst ins Koma gefallen.

Jim schloß hinter sich die Tür und legte die Sicherheitskette vor. Ein schwächerer Mann als er hätte zu einem Zeitpunkt wie diesem wahrscheinlich die Ritzen abgedichtet und die Gashähne aufgedreht, aber nicht Jim. Jim hatte kein Geld für die Gasrechnung.

Er wollte sich gerade von seiner Haustür abwenden, als er das erste KLICK hörte. Es war nicht besonders laut, aber weil ringsum Totenstille herrschte, war es laut genug für Jim.

Das zweite KLICK war noch lauter. Es war ein sehr deutliches KLICK. Die Sorte KLICK, die, hätte sie nur reden können, wahrscheinlich gesagt hätte: »Ich bin das KLICK vom Abzug einer Waffe, die gespannt wird.«

Und dann folgte ein drittes KLICK. Ein sehr lautes KLICK war das.

Und dann helles, helles Licht.

Jim wich gegen die Tür zurück.

»O du lieber Gott!« kreischte er.

Dann kam der Krach. Eine laute, brüllende, schrille Stimme.

»Überraschung!« kreischte Celia Penn.

»Willkommen zu Hause!« brüllte John Omally.

»Fröhliche Heimkehr!« rief Norman Hartnell.

Jim stand da wie vom Schlag gerührt und starrte um sich, während sich seine Diele ringsum füllte. Professor Slocombe war da, der Alte Pete, der Kleine Dave und drei junge Frauen aus den Scheibenwischergummiwerken (von denen Jim eine immer besonders nett gefunden hatte) und Sandra, die kugelstoßende lesbische Monopode. Und die Dame mit dem Strohhut mit ihrer Freundin war da, und der bärtige Student namens Paul, der alles über den Blues wußte. Und noch mehr und noch mehr und noch jemand, aber diese Leute waren alle noch in der Küche, weil einfach nicht so viele Leute in Jims Diele paßten. Wo wir gerade davon reden – nie im Leben hätten fünfzig Leute in Professor Slocombes Arbeitszimmer gepaßt, aber da dem Leser diese Tatsache bisher entgangen ist, sprechen wir auch jetzt nicht weiter darüber.

»Hipp, hipp, hurra!« riefen die in der Diele. Und die in der Küche. Und die im Wohnzimmer. Das Pärchen, das sich gerade in Jims Bett liebte, würde sich wahrscheinlich später anschließen.

»Willkommen zu Hause, alter Freund«, sagte John Omally und wrang Jims Hand in den seinen.

Jim wollte etwas sagen, doch er brachte nichts über die Lippen. In seinem Hals saß ein dicker Klumpen, und in jedem seiner Augen stand eine Träne.

»*For he's a jolly good fellow*«, sang die versammelte Schar, während John seinen Freund Jim in die Küche und zu einem Drink führte.

Nun, wie wir alle wissen, gibt es Partys, und es gibt PARTYS!

Auf Partys steht man herum, trinkt Sherry und macht höfliche Konversation mit Doktoren, Zahnärzten, Architekten und Frauen mit strengen Haarschnitten und Halitose. Aber auf PARTYS! – auf PARTYS! sieht das alles ganz anders aus.

Auf PARTYS! gibt es Krach im Vorgarten, irgend jemand kotzt in den Kleiderschrank, und ein Pärchen liebt sich im Bett des Gastgebers (Sehen Sie? Jim hat einen ziemlich guten Start hingelegt.) Auf PARTYS! gibt es diesen Typen, der auf das Dach klettert und den Mond anheult, ein anderer ist so von der Rolle, daß er versucht, sich unter dem Gartenzaun hindurch in die Freiheit zu graben, in der festen Überzeugung, daß er in einem Gefängnis sitzt. Auf PARTYS! finden Diskussionen statt über anscheinend ganz gewöhnliche Dinge, die sich ruck, zuck in große sinnenverwirrende Zen-Veranstaltungen mit Einsichten in wahrhaft kosmische Unendlichkeiten verwandeln, an die sich traurigerweise bereits am nächsten Morgen keine Sau mehr erinnert. Auf PARTYS! gibt es häßliche Frauen, die auf rätselhafte Weise schöner und schöner werden, je weiter der Abend fortschreitet. Und häßliche Männer, auf die das Gegenteil zutrifft. Auf PARTYS! gibt es Gelächter und Frohsinn. Auf PARTYS! gibt es mehrere Besuche seitens der örtlichen Polizei, die sich bemüht, den Lärm zu dämpfen. Und wenn man wirklich, wirklich großes Glück hat, dann gibt es auf PARTYS! auch eine Frau, die all ihre Kleider auszieht und splitterfasernackt auf dem Küchentisch tanzt. Und wenn man wirklich, wirklich, wirklich großes Glück hat, dann trifft man vielleicht diese blonde Balletttänzerin mit den bernsteinfarbenen Augen und dem faszinierenden Mund.

»Nette PARTY!, Jim«, sagte die blonde Balletttänzerin* mit den bernsteinfarbenen Augen und dem faszinierenden Mund.

»Wer *ist* das?« flüsterte Jim, als die Schönheit in der Menge verschwunden war.

»Ach die. Vergiß sie«, sagte John. »Sie ist mit ihrem Onkel Rob gekommen.«

»Trotzdem, das ist eine affengeile PARTY!, John. Ich danke dir vielmals.«

»Nun ja, ich konnte dich schließlich nicht in ein leeres Haus heimkommen lassen, oder? Prost.«

»Prost.«

Die Dame mit dem Strohhut sagte ebenfalls: »Prost«, und dann sagte sie noch: »Dieser Typ, dieser Alte Pete, ist auf das Dach geklettert und heult den Mond an.«

»Magie!« sagte John. »Nachdem er nahezu jeden auf Erden lebenden Menschen beleidigt hat, wendet er sich nun dem Kosmos zu.«

»Prost«, sagte Jim.

»Draußen stehen ein paar Konstabler«, sagte der Kleine Dave. »Sie sind wegen der Musik gekommen.«

»Aber es läuft doch gar keine Musik!« sagte Jim.

»Genau das haben sie auch gesagt. Und dann haben sie uns diesen Ghettoblaster ausgeliehen.«

»Magie«, sagte John, pflanzte die Maschine auf die unbeschreibliche Arbeitsfläche in der Küche und steckte den Stecker ein.

Heul, Kreisch und Schrei.

»Das sind die Hohlen Schokoladenhasen des Todes«, brüllte Jim über die Kakophonie hinweg. »Ich muß schon sagen, sie gefallen mir von Mal zu Mal besser.«

* Haben Sie's gemerkt? Vorsichtig nähern wir uns der neuen deutschen Rechtschreibung an. Vergessen's aber für den Rest des Romans schnell wieder. Uns ist jetzt schon ganz blümerant. (Anm. des Lektors und des Übersetzers).

Professor Slocombe streckte den Kopf in die Küchentür. »Draußen stehen ein paar Konstabler«, brüllte er. »Sie sagen, ihr sollt die Musik leiser machen.«

»Magie!« sagte John Omally und drehte die Musik kaum merklich leiser.

Im Garten hinter Jims Haus hatte ein wirklich und vollkommen abgedrehter Typ angefangen, den Gartenzaun zu untertunneln. Und im Obergeschoß kotzte jemand anderes in Jims Kleiderschrank.

»Könntest du das nicht irgendwo anders machen?« fragte das Pärchen, das sich gerade in Jims Bett liebte. Es war nicht mehr das gleiche wie vorhin.

»Weißt du, John«, sagte Jim, während er sein Glas aus der gefährlichen blauen Wodkaflasche nachfüllte, »du bist wirklich ein wahrer Freund.«

John warf einen Blick auf sein armbanduhrenloses Handgelenk. »Meinst du nicht, daß es noch ein wenig früh am Abend ist für derartige Gespräche?«

»Ja, sicher, du hast recht. Darf ich fragen, wie es mit deinen Bemühungen um Finanzierung bestellt ist?«

»Soso«, sagte John und machte die entsprechende Handbewegung.

»Hm«, sagte Jim. »Na ja, trotzdem prost.«

Und John leerte sein Glas in einem Zug. »Ich denke, ich gehe und suche diese blonde Ballettänzerin«, sagte er und drehte den Ghettoblaster voll auf.

»Geh mit Gott, mein Freund«, rief Jim ihm hinterher. Dann brachten die Hohlen Schokoladenhasen des Todes sein Innenohr vollkommen durcheinander, und er taumelte mitsamt dem Glas Wodka zurück gegen seine unbeschreibliche Arbeitsplatte. Im Vorgarten kämpften aus irgendeinem Grund zwei Männer, und endlich einmal schien die Welt von Jim wieder in Ordnung zu sein.

»Also, der liebe Gott und der heilige Petrus spielen zusammen Golf«, erzählte der Alte Pete, der inzwischen wieder vom Dach heruntergekommen war und sich im Wohnzimmer aufgebaut hatte. »Und der heilige Petrus ist am Gewinnen. Und der liebe Gott holt aus und schlägt den Ball in das Rough, und ein Kaninchen kommt vorbei und nimmt ihn in den Mund und rennt damit über das Fairway, und dann stürzt sich von hoch oben aus der Luft dieser Adler herab und packt das Kaninchen mit seinen Fängen und rast mit ihm in das Blaue davon, und als nächstes schießt dieser Jäger den Adler ab, und der Adler taumelt nach unten und läßt das Kaninchen fallen, und der Ball löst sich aus dem Mund des Kaninchens und rollt direkt in das Loch. Und der heilige Petrus sieht den lieben Gott an und sagt …

›Willst du jetzt Golf spielen, oder willst du einfach nur schummeln?‹« Zwei West-Londoner Wanderbischöfe, die zufällig vorbeigekommen waren, krümmten sich vor Lachen. Eine Frau mit einem strengen Haarschnitt und Halitose, die sich auf die falsche Party verlaufen hatte, meinte nur: »Was für ein geschmackloser Witz.«

»Soll ich es ihr besorgen, oder machen Sie das?« fragte der Alte Pete die beiden Bischöfe.

»Was Kornkreise angeht,«, sagte Paul der Medizinstudent, während er an einem Joint sog, der Cheech-und-Chong-Proportionen aufwies, »also Kornkreise sind die Stigmata des Korngottes, ohne Zweifel. Ein visueller Ausdruck der Leiden des Landes, die der moderne Mensch mit seinen Maschinen über die Welt bringt. Agrochemikalien, intensive Landwirtschaft … das Land schreit auf vor Schmerz und Leid. Aber hört jemand darauf? Hört irgend jemand auf seine Schreie?«

»Sie müssen diesen Joint jedenfalls nicht wie Bogart

rauchen!« sagte die Dame mit dem Strohhut und riß Besagten geschickt aus den Fingern des bekifften Studenten (den Joint, nicht den Strohhut. Den trägt sie nach wie vor auf dem Kopf).

»Hat eigentlich jemand eine akustische Gitarre dabei?« fragte der bekiffte Student.

»Nein!« brüllten alle erschrocken, die in Hörweite waren, und die außer Hörweite gleich mit. Und Paul wurde gepackt und unsanft nach draußen auf die Straße geworfen. Eine akustische Gitarre, also wirklich!

»Huh«, sagte Paul. »Und dabei kann ich ›Blowing in the Wind‹ spielen, ohne auch nur ein einziges Mal auf meine Finger zu sehen.«

»Und komm nur nicht wieder rein!«

Ein ganz und gar durchgeknallter Typ mit schmutzüberkrusteten Klamotten rannte vorbei und brüllte: »Frei! Ich bin endlich frei!«

»Möchtest du vielleicht tanzen, Jim?« fragte die blonde Ballettänzerin mit den bernsteinfarbenen Augen und dem faszinierenden Mund.

»Ja, sehr gerne sogar«, sagte Jim. »Du bist die Suzy, oder?«

»Stimmt, aber woher weißt du meinen Namen?«

Jim nahm Suzy höchst vorsichtig und höflich in die Arme, und als die Hohlen Schokoladenhasen des Todes (wie auf ein geheimes Zeichen hin) eine sanfte und schmusige Nummer spielten, fing er mit diesem verträumten Bluestanz an, den Menschen wie Jim, die normalerweise überhaupt nicht tanzen können, immer ganz besonders perfekt zu beherrschen scheinen, wenn sie eine wirklich wunderschöne Frau in den Armen halten.

»Was hast du gesagt?« erkundigte sich Jim, der selbst

durch die vor Zigarettenrauch stehende Luft das duftende Haar der Schönen riechen konnte.

»Ich hatte dich gefragt, woher du meinen Namen kennst.«

»Ah. Ja. Nun ja, das ist eine ziemlich seltsame Angelegenheit. Irgend jemand hat so eine halluzinogene Droge auf den Tisch des Stadtrats geschmiert, und ich hab' was davon an die Finger gekriegt und bin davon high geworden. Und mitten im schönsten Trip hab' ich von dir geträumt.«

»War das ein guter oder ein schlechter Trip?«

»Oh, das war ein guter Trip«, sagte Jim. »Sogar ein sehr guter.«

»Du kannst mich ruhig ein wenig enger halten, wenn du möchtest.«

»Oh. Und ob ich möchte.«

»Du bist wirklich eine wunderschöne Frau«, sagte John Vincent Omally.

Die wirklich außerordentlich häßliche Frau lachte auf eine Art und Weise, von der Sid James ein Lied hätte singen können.

»... und so ein ganz gewöhnlicher Antrieb«, erzählte Paul, der durch ein Loch in Jims Gartenzaun zurück auf Jims PARTY! gekrochen war, »so ein ganz gewöhnlicher Standard-Warp-Antrieb funktioniert durch die Ionisierung von Beta-Teilchen, wodurch ein positronischer Katalysator entsteht, der die Isotopen mit Gammastrahlung bombardiert, was galvanische Variationen entstehen läßt, die ihrerseits wiederum zur Transperambulation pseudokosmischer Antimaterie führen.«

»Ich wollte doch nur wissen, wie spät es ist«, sagte eine junge Frau aus den Scheibenwischergummiwerken. »Und du fängst an, mich mit all diesem sinnenverwirrenden Zen-Scheiß mit Einsichten in wahrhaft kosmische Unendlichkeiten zuzulabern.«

»Das geht schon in Ordnung«, sagte Paul. »Morgen früh haben wir eh alles wieder vergessen.«

»Und dann bin ich in das Loch gefallen und hab' mir beide Beine gebrochen«, erzählte Jim.

»Unglaublich!« sagte Suzy. »Und hast du immer noch deinen Porsche?«

Die Hohlen Schokoladenhasen kehrten zu ihrem Death metal zurück, und fast im gleichen Augenblick hämmerten zwei Konstabler der Brentforder Polizeiwache wütend gegen die Tür. »Drehen Sie diese verdammte Musik runter!« sagten sie.

Oben kotzte irgend jemand in Jims Kleiderschrank, und ein drittes Paar, das sich auf Jims Bett liebte, beschwerte sich aufgebracht darüber.

»Du bist wirklich eine wunderschöne Frau«, sagte John Vincent Omally.

»Hör auf mit dem Scheiß«, antwortete der Alte Pete.

22

Gegen drei Uhr in der Frühe wurde die PARTY! allmählich ruhiger. Doch da es drei Uhr in der Frühe des zweiten Tages der PARTY! war, verspürte niemand allzu großes Bedauern darüber.

Paul schrammte auf einer akustischen Gitarre, doch weil es nach drei Uhr morgens (des zweiten Tages) war und weil er den Blues schrammte, war das verzeihlich.

Professor Slocombe hatte sich längst verabschiedet und war zusammen mit zwei der jungen Frauen aus den Scheibenwischergummiwerken gegangen. Die beiden sollten derart exquisite Freuden erfahren, daß sie noch eine ganze Woche danach ununterbrochen lächelten.

Der Alte Pete hatte sich im Schuppen schlafen gelegt. Und die Dame mit dem Strohhut lag auf dem Sofa, zusammen mit Suzys Onkel Rob.

Suzy und Jim waren nirgendwo zu sehen.

John Omally erwachte in Jims Bett und fand sich einem Gesicht gegenüber, das aussah wie ein großer Sack voller Wäscheklammern.

»O mein Gott«, stöhnte Omally. »O mein Gott, o mein Gott.«

Suzy und Jim saßen auf der Kanalbrücke und starrten verträumt in das dunkle Wasser hinunter, in dem sich das Mondlicht spiegelte.

»Du hättest mit mir schlafen können, weißt du?« sagte Suzy.

»Ich weiß«, erwiderte Jim. »Aber ich hätte nicht gekonnt. Ich kann nie beim ersten Mal, und oft auch beim zweiten oder dritten Mal noch nicht. Es schreckt eine ganze Menge Frauen ab. Aber so bin ich eben. Zu emotional, schätze ich.«

»Du bist ein guter Kerl, Jim. Ich mag dich sehr.«

»Und du bist eine wunderschöne Frau.«

Suzy warf einen Kieselstein in das Wasser. »Was willst du in deinem Leben erreichen, Jim?« fragte sie.

»Ich schätze, ich will nur Erfahrungen sammeln«, sagte er. »Als ich jung war, hab' ich mir selbst das Versprechen gegeben, soviel Erfahrungen zu sammeln, wie nur irgend möglich. Die Welt bereisen, exotische Orte besuchen, alles in mir aufnehmen. Soviel nur irgend möglich, bevor meine Zeit zu Ende ist.«

»Und was hat dich daran gehindert?«

»Was hindert uns alle? Gewohnheit vermutlich. Man fällt in Gewohnheiten, und es ist schwer, sie wieder abzulegen. Aber was ist mit dir? Was willst du mit deinem Leben anfangen?«

»Etwas ganz Wunderbares«, antwortete Suzy. »Ich glaube, etwas ganz Wunderbares geschieht. Ich kann es spüren, es liegt in der Luft. Spürst du es auch?«

Jim legte den Arm um die Schultern der wunderschönen Frau und blickte tief in die bernsteinfarbenen Augen.

»Ja«, sagte er. »O ja, ich kann es spüren.«

Die Sonne erhob sich langsam hinter den Scheibenwischergummiwerken, und zwei junge Frauen überquerten die Kanalbrücke. Beide trugen ein breites Grinsen im Gesicht.

Jim nahm Suzy in die Arme und küßte ihren faszinierenden Mund.

»Ich hoffe, wir sehen uns wieder«, sagte er.

»Das werden wir«, sagte Suzy.

John und Jim saßen bei einem Frühstück aus Ei und Schinken im *Plume Café*.

»Ich dachte mir schon, daß ich dich hier finden kann«, sagte John und schob sich einen gebutterten Toast in den Mund. »Bei dir zu Hause gibt es absolut nichts Eßbares mehr.«

»Du siehst ein wenig ... wie soll ich es ausdrücken ... du siehst fix und fertig aus.«

»Ich bin mit knapper Not mit dem Leben davongekommen, Jim. Wenn dieses Weib nicht über den Typen gestolpert wäre, der in deinen Kleiderschrank gekotzt hat, dann hätte ich es, glaube ich, nicht geschafft.«

»Ein Kleiderschrank voller Kotze ist, glaube ich, kein zu hoher Preis.«

»Irgend jemand hat deine Hütte in Brand gesteckt. Ich glaube, es war der Alte Pete.«

»Es war nur eine alte Hütte.«

»Tut mir leid wegen deinem Wohnzimmerfenster. Die Dame mit dem Strohhut ist wach geworden und hat Paul durch das Fenster geworfen. Ich glaube, weil er den Notenschlüssel gewechselt hat oder so.«

»Fenster lassen sich ersetzen.«

»Und dann war da noch die Cruise-Missile. Sie hat das ganze Haus demoliert.«

»So ist eben das Leben«, sagte Jim.

»Jim, du hörst mir überhaupt nicht zu!«

»Doch, tu' ich.«

»Nein, tust du nicht. Du bist mit deinen Gedanken ganz woanders.«

»Nein, bin ich nicht.«

»Und warum rührst du dann mit deinem Toast den Tee um? Außerdem strahlst du, Jim. Du strahlst ganz definitiv. Du bist doch nicht etwa ...?«

»Doch, bin ich«, sagte Jim. »Ich bin sogar ganz definitiv verliebt.«

»Nein, nein, nein!« John schüttelte heftig den Kopf. »Du willst dich nicht verlieben. Du willst dich ganz bestimmt nicht verlieben! Wirklich nicht.«

»Doch, John. Doch, das will ich.«

»Nein. Vertrau mir, Jim, das willst du nicht. Liebe ist … nun ja, Liebe ist … Liebe bedeutet Heiraten, Jim, eine Ehe und Babys und eine Hypothek und nicht mehr mit Freunden ausgehen und sonntags morgens zu Hause frühstücken anstatt im *Fliegenden Schwan* und Rasenmähen und Autowaschen und respektable Bekanntschaften pflegen und zu Dinnerpartys gehen und …«

»Hör schon auf damit, Kumpel«, sagte ein verheirateter Mann am Nachbartisch. »Wir wissen alle selbst, wie das ist. Du mußt es uns nicht unter die Nase reiben.«

»Aber eine Ehe muß nicht so sein«, widersprach Jim. »Nicht, wenn man den besten nur denkbaren Freund zur Frau hat.«

»Aber ich werde dich nicht heiraten, Jim.«

»Nein«, sagte Jim. »Ganz bestimmt nicht.«

»Aber ich bin dein bester nur denkbarer Freund.«

»Ich hatte einmal einen besten nur denkbaren Freund«, sagte der verheiratete Mann am Nachbartisch reumütig. »Meine Frau hat dem ein rasches Ende bereitet.«

»Hör auf ihn, Jim! Der Mann weiß, worüber er redet.«

»John, ich bin verliebt. Ich kann nichts dafür. Ich hab' keine Kontrolle darüber. Ich habe mich verliebt.«

»Nein.« John schüttelte einmal mehr den Kopf. »Nein, nein, nein, Jim. Nein.«

»Es tut mir leid, John, aber so ist es nun einmal.«

»Noch ein denkbar bester Freund verloren«, sagte der verheiratete Mann vom Nachbartisch. »Was für eine schlimme Tragödie!«

»Ganz genau«, sagte John. »Hör auf die Worte von diesem armen Schlucker, Jim. Du willst doch wohl nicht so enden wie er?«

»Heh, langsam«, sagte der verheiratete arme Schlucker vom Nachbartisch.

»Unter dem Pantoffel, unter der Fuchtel einer Ehefrau, am Boden.«

»Ich sagte: langsam!«

»Ein Schatten deines einstigen Selbst, zum Staubsaugen und Babysitten verdammt, während deine Frau zum Kaffeekränzchen geht und ...«

»Ich sagte: langsam, und ich meine es auch so!«

»Siehst du das? Er ist mit den Nerven am Ende. Zu viele Nächte aus dem Schlaf gerissen, während er mit dem Baby auf und ab gehen mußte und seine Frau in ihrem Haarnetz vor sich hin geschnarcht hat.«

»Das reicht jetzt.« Der verheiratete Mann vom Nachbartisch war in seiner Jugendzeit möglicherweise ein ziemlich guter Kämpfer gewesen, bevor er unter den Pantoffel und die Fuchtel seiner Frau geraten war. Er holte zu einem mächtigen Schwinger gegen John aus.

Und traf Jim mitten auf die Nase.

Jim ging mitsamt der Tischdecke, dem Geschirr, zwei Eiern, Schinken, Würstchen, eineinhalb getoasteten Scheiben Weißbrot und einer Tasse Tee mitsamt einem Stückchen Toast darin zu Boden.

»Und box!« rief die Dame mit dem Strohhut, die in diesem Augenblick das *Plume Café* betreten hatte.

John stürzte sich auf den verheirateten Mann sowie auf zwei seiner Kollegen. Unglücklicherweise waren die beiden Kollegen unverheiratete Männer und noch immer imstande, ihre Fäuste zu gebrauchen. Sie warfen sich mit einem Schwung und einer Energie auf John, die für diese Zeit des Tages vollkommen unerwartet war.

Jim kämpfte sich auf die Beine und sprang in das

Getümmel, um dem Mann zu helfen, der noch immer sein denkbar bester Freund war. Weitere Tische wurden umgeworfen, und weitere Männer, verheiratete und unverheiratete, stürzten sich in die Prügelei.

Lily Marlene, die Inhaberin des *Plume,* kam im Gefolge ihrer mächtigen Brüste aus der Küche. Als verheiratete Frau wußte sie ganz genau, wie sie mit Männer umzugehen hatte. Sie schlug mit einem gewaltigen Woklöffel um sich.

»So mag ich das«, sagte die Dame mit dem Strohhut, die in respektabler Entfernung von dem Kampfgetümmel Platz genommen hatte. »Ich komme gerade von dieser PARTY! Ziemlich langweilige Angelegenheit, bis der Gasherd in die Luft geflogen ist.«

»Mein Gasherd ist in die Luft geflogen?« Jim hob den Kopf und starrte die Dame mit dem Strohhut ungläubig an.

»Dein Kumpel hier war schuld. Er meinte, er müßte uns unbedingt diesen Trick mit der ungeöffneten Dose Bohnen zeigen.«

»Was?« Doch in diesem Augenblick wurde Jim von der Faust eines unverheirateten Mannes getroffen und ging erneut zu Boden.

»Um was kämpfen diese Kerle eigentlich so verbissen?« erkundigte sich die Dame mit dem Strohhut bei Lily Marlene.

»Um die Ehe.«

»Diese Bastarde!« schimpfte die Dame mit dem Strohhut, setzte den Strohhut ab und stürzte sich mit wild schwingender Handtasche ins Gewühl.

Die Polizei traf nach bemerkenswert kurzer Zeit am Ort des Geschehens ein. Sie war rein zufällig vorbeigefahren, wie es das Geschick so will, um einem Bericht nachzugehen, demzufolge in einem Haus eine Küchenwand weggesprengt worden war. Sie zückten ihre elektrischen Schlagstöcke und taten, was getan werden mußte.

»Das war zuviel«, sagte Jim. »Das war absolut und vollkommen zuviel.«

»Was denn?« fragte John.

Jim schnitt eine sehr, sehr bittere Grimasse. »Sag mir einfach, wo wir sind.«

»In einer Zelle«, antwortete John. »Aber sieh es einmal von der guten Seite.«

»Es gibt keine gute Seite. Sieh mich an. Sieh mich doch nur an!«

»Das heilt schon wieder, keine Sorge. So schlimm ist es gar nicht.«

»Ich hab' ein blaues Auge, eine geschwollene Lippe und ...«

»Hör schon auf. Ich bin auch nicht ungeschoren davongekommen.«

»Du hast nicht einen Kratzer!«

»Mir tut innerlich alles weh.«

»Du verlogener Bastard.«

»Paß bitte auf, was du sagst«, mahnte John.

»Hör auf, mir zu sagen, was ich sagen darf! Das ist alles ganz allein deine Schuld!«

»Das ist überhaupt nicht meine Schuld! Du hast ganz allein angefangen mit deinem dummen Gerede von wegen Verliebtsein!«

»Nie im Leben. Du hast diesen verheirateten Mann beleidigt.«

»Und genau so hättest du auch geendet! Laß dir das eine verdammte Lehre sein, Jim! Du solltest mir dankbar sein für das, was ich getan habe.«

»Was? *Was?*«

»Liebe und Heiraten und Ehe, das mag für manche Leute ja schön und gut sein. Für normale Leute. Aber nicht für Leute wie uns.«

»Aber wir sind ganz gewöhnliche Leute, John!«

»Sind wir nicht. Wir sind John und Jim. Wir sind Individualisten.«

»Ich habe genug davon«, sagte Jim. »Hätte ich nicht vorher schon genug gehabt, dann hätte ich jetzt ganz bestimmt genug. Das ist das Ende, John. Unsere Partnerschaft ist hiermit aufgekündigt. Unsere Freundschaft ist vorbei. Wenn wir hier raus sind, will ich dich nie, nie wiedersehen.«

»Komm schon, Jim. Sag nicht so etwas!«

»Du hast meine Küche in die Luft gejagt.«

»Ich wollte bloß Frühstück machen. Du hast keinen Dosenöffner.«

»Das ist doch absurd.«

»Ja, ich weiß. Tut mir leid. Es war ein ziemlicher Lacher.«

»Für dich ist alles nur ein großer Lacher, John. Einfach alles. Dein ganzes Leben immer nur auf der Suche nach einem guten Lacher. Nun, ich habe genug davon. Ich bin draußen, John.«

»Du bist ein wenig überdreht, das ist alles.«

Jim ballte die Faust und schüttelte sie. »John, ich bin verliebt, und ich brauche dich nicht mehr.«

Ein entsetzliches Schweigen breitete sich aus.

»Das ist nicht dein Ernst«, sagte John. »Das kann nicht dein Ernst sein.«

»Doch, kann es. Es ist mein verdammter blutiger Ernst.«

»Aber sie ist verheiratet«, sagte John.

»Was? *Wer?*«

»Suzy. Suzy ist verheiratet, Jim.«

»Nie im Leben. Du lügst.«

»Ich lüge nicht, Jim. Dieser Onkel Rob ist nicht ihr richtiger Onkel. Er ist ihr Ehemann.«

»Aber sie sagt Onkel Rob zu ihm!«

»Es ist eine Art Kosename. Verheiratete Leute geben sich solche Namen.«

»Verliebte Leute auch«, sagte Jim und ließ sich schwer auf die Bank neben John fallen.

»Es tut mir leid, Jim«, sagte dieser. »Aber es ist nun einmal so.«

»Ist es *nicht!*« Jim sprang auf. »Du lügst, John! Ich kann es an deiner Stimme hören.«

»Also gut, Jim, ich lüge, ja. Aber ich tue es nur, um unsere Freundschaft zu retten.«

»Das war ein ganz verdammt gemeiner dreckiger Trick!«

»Verzweifelte Männer greifen eben manchmal zu verdammt gemeinen dreckigen Tricks.«

Jim setzte sich einmal mehr auf die Pritsche. »Ich bin so verdammt verliebt«, sagte er.

»Ich weiß. Und ich will deinem Glück nicht im Weg stehen. Aber wir bleiben trotzdem Freunde, Jim, ja? Die besten Freunde?«

»Ja«, sagte Jim und streckte John die Hand entgegen. »Schlag ein.«

John schlug ein.

Und mit der freien Hand schlug Jim ihm voll auf den Mund.

»Das ist dafür, daß du mich belogen hast. Und weil du meine Küche in die Luft gejagt hast«, sagte er.

23

»Einhundert Stunden sozialer Dienst!« schimpfte Jim und warf die Arme hoch. »*Einhundert Stunden!* Und was ist *sozialer Dienst* überhaupt?«

»Genau das, was der Name sagt. Du verrichtest soziale Arbeiten in der Gemeinde.«

»Und wie kommt es, daß du nur fünfzig Stunden bekommen hast?«

»Ich hab' mich einfach als Kronzeuge zur Verfügung gestellt.«

»Was ist denn *das*?«

»Ich hab' nicht die leiseste Ahnung, aber es hat scheinbar funktioniert.«

»Arbeit!« Jim machte ein düsteres Gesicht. »Arbeit!«

»Keine richtige Arbeit, Jim.« John entfaltete ein Stück Papier und breitete es über den Knien aus. Sie saßen auf der Betonbank vor der Memorialbücherei. Sie war genauso ungemütlich wie eh und je. Es war Herbst, es war kalt, und die Nacht nahte heran.

»Hier ist der Dienstplan«, sagte John. »Ah, sieh nur. Ein bißchen Graben und Streichen, weiter nichts.«

»Graben und Streichen?«

»Ja. Du mußt den Schrebergarten vom Alten Pete umgraben und dann sein Haus streichen.«

»Was?«

»Das reinste Zuckerschlecken. Außerdem, sieh es einmal von der guten Seite. Es bringt dich in Schwung und zur alten Lebhaftigkeit zurück.«

»Ich bin aber immer noch rekonvaleszent! Und was steht für dich auf diesem Dienstplan?«

»Richtige Knochenarbeit, fürchte ich.«

»Laß mich selbst einen Blick auf dieses Papier werfen!« Jim riß es John aus der Hand. »Hund ausführen!«

schrie er. »Du mußt einen verdammten Hund ausführen!«

»Es ist der Hund vom Alten Pete. Ein richtiger Hund von Baskerville.«

»Der Hund vom Alten Pete ist ein halber Terrier, sonst gar nichts.«

»Und ob. Die andere Hälfte ist ein Wolf.«

»Das ist alles zuviel. Das ist alles viel zuviel.«

»Das ist alles ganz allein deine Schuld«, sagte John. »Du hast den Ball aus den Augen verloren.«

»Ach ja? Und wessen Ball war das?«

»Der Ball, der das entscheidende Tor erzielt hätte. Das Geld des Millennium-Fonds. Erinnerst du dich?«

»Das ist längst Geschichte. Sieh dich doch um, John. Was siehst du?«

»Die edle Stadt Brentford.«

»Eine verschlafene Vorstadt. Siehst du irgendwelche Fahnen und Wimpel? Siehst du bunte Luftballons? Siehst du irgendwo Plakate an den Laternen, auf denen etwas von den bevorstehenden Jahrtausendfeiern steht? Sieht das nach einer Stadt aus, die vor Aufregung und Geschäftigkeit aus den Nähten platzt angesichts der Aussicht, daß die Millenniumfeiern zwei Jahre früher gefeiert werden als im Rest der Welt?«

»Nein«, gestand John. »Aber damit habe ich auch gar nicht gerechnet. Alles ist ganz genau so, wie es der Professor vorhergesagt hat. Fred hat uns großartig zu unserem Fund gratuliert, und dann hat er den Bürgermeister mit derart viel Papierkram überhäuft, daß er sein eigenes Büro nicht mehr betreten konnte. Die ganze Geschichte wurde in der Presse stillschweigend übergangen, und im Fernsehen haben sie eine von diesen komischen Nachrichten daraus gemacht, die uns alle wie ein Rudel von verrückten Trotteln hat dastehen lassen.«

»So ist das Leben nun einmal«, sagte Jim.

»Hör zu«, sagte John. »Ich habe einen kleinen Geldbetrag aufgetrieben. Ich bin eine Partnerschaft mit Norman eingegangen, und wir haben ein Gebäude unten bei den alten Docks gemietet. Die Millennium-Brauerei läuft bestens.«

»Du meinst die *John-Omally-Millennium-Brauerei.*«

»Genaugenommen ist es die *Norman-Hartnell-Millennium-Brauerei.* Aber wenn du willst, kannst du bei uns einsteigen. Wir könnten eine Menge Geld verdienen. Mit Bier läßt sich immer noch jede Menge Geld machen.«

Jim zuckte die Schultern. »Ich schätze, als Direktor einer Brauerei würde ich einiges an Ansehen genießen.«

»Ah«, sagte John. »Nun, äh, genaugenommen haben wir gerade keine freie Stelle für einen Direktor anzubieten.«

»Was dann?«

»Wir brauchen einen Pförtner. Aber du könntest dich nach oben arbeiten.«

»Ich geh' nach Hause.« Jim erhob sich, um seinen Worten die Tat folgen zu lassen. Dann setzte er sich wieder.

»Alles in Ordnung?« fragte John.

»Ich denke schon. Mir ist nur gerade so ein merkwürdiger Schauer über den Rücken gelaufen.«

»Du bist wahrscheinlich noch immer nicht wieder ganz auf dem Damm.«

»Nein, das waren *die dort.*« Jim streckte die Hand aus und zeigte in die Richtung.

Auf der anderen Straßenseite standen zwei Knaben. Sie sahen aus, als wären sie um die zehn Jahre alt. Der eine strahlte golden, während der andere einen dunklen, finsteren Eindruck erweckte. Sie standen mucksmäuschenstill und starrten auf John und Jim.

»Ach die«, sagte John. »Damien und der Midwicher Kuckuck.«

»*Wer?*«

»Keiner scheint die beiden zu kennen. Sie wandern durch die Gemeinde und starren die Leute an. Es jagt einem einen ziemlichen Schauer über den Rücken, findest du nicht?«

»Gehen sie denn nicht zur Schule?«

»Warum gehst du nicht rüber und fragst sie?«

»In Ordnung.« Jim stand ein weiteres Mal auf. »Oh, sie sind verschwunden. Ich hab' gar nicht gesehen, wie sie gegangen sind.«

»Niemand sieht sie je gehen.«

»Na ja, du kannst mich jetzt jedenfalls gehen sehen. Weil ich genau das tun werde.«

»Was hältst du davon, statt dessen auf ein Bier mitzukommen?«

»Was denn, in die *Straße nach Golgatha*? Ich denke eher nicht.«

John kratzte sich am Kopf. »Darum muß ich mich auch noch kümmern. Neville ist alles andere als glücklich über diese Sache.«

»Jede Wette.«

»Er muß ein Kostüm tragen, weißt du? Eine Robe und einen falschen Bart.«

»Das würde ich gerne sehen.«

»Würdest du nicht, glaub mir.«

»Ich sag' dir was«, sagte Jim. »Wir gehen jetzt in die *Straße nach Golgatha*. Ich treff' mich um acht mit Suzy, wir wollen zum Inder. Warum widmen wir uns beide nicht bis dahin einer wirklich guten Sache? Wir geben dem *Fliegenden Schwan* seinen früheren Glanz zurück und re-etablieren uns auf der Gästen vorbehaltenen Seite des Tresens.«

»Schlag ein«, sagte John und streckte die Hand hin.

Und Jim schlug ein.

»So«, sagte der Alte Pete, »da schwammen also diese beiden Spermien, und das eine sagte zum anderen: ›Meinst du, wir sind schon in den Eileitern angelangt?‹, und das andere antwortete: ›Kaum, wir sind gerade erst an den Mandeln vorbei.‹« Der Alte Pete hob beifallheischend sein Glas, doch niemand lachte.

»Also gut, meinetwegen«, sagte der Alte Pete. »Wer will es sagen?«

»Was denn sagen?« fragte Celia Penn.

»Daß das eine diskriminierende Bemerkung war oder was weiß ich.«

»Ich nicht«, erwiderte Celia Penn. »Es ist nur, daß ich den Witz schon kannte.«

»Oh«, sagte der Alte Pete.

»Ja. Ich hab' ihn letzte Woche von einer einbeinigen kugelstoßenden Lesbierin gehört.«

»Oh.«

»Und ich hab' ihn von einem Iren gehört«, berichtete Norman.

»Ich hab' ihn von einem Eskimo«, sagte eine Dame mit einem Strohhut.

»Von einem Rabbi«, sagte Paul der bärtige Medizinstudent.

»Ich hab' ihn aufgeschnappt«, sagte Marvin Gaye.

»Und ich hab' ihn von Gott«, sagte David Icke.

John und Jim betraten die *Straße nach Golgatha.*

»Aaaaaaaaargh!« kreischte die versammelte Gästeschar, als sie die Neuankömmlinge erblickte. »Dämonen! Raus mit euch, Dämonen!«

Neville erhob sich hinter dem Tresen. Und tatsächlich, er trug eine Verkleidung und einen falschen Bart. Und tatsächlich, er sah aus wie Moses. Und tatsächlich, er schien eine Stinkwut im Bauch zu haben.

»Judasse!« brüllte Neville. »Die Judas-Zwillinge, niemand sonst! Erschlagt die Bösewichter, die Schande über mein Haus gebracht haben!«

»Halt, halt.« John hob abwehrend die Hände. »Wir sind gekommen, um zu helfen. Jim und ich sind gekommen, um die Situation zu retten. Wir wollen den *Fliegenden Schwan* wieder zu altem ...«

»Und es wird sich ein Heulen und ein Zähneknirschen erheben!« Neville griff nach seinem alten Knüppel. »Und Feuer wird aus dem Himmel regnen und die Stämme Pooleys und Omallys zerschmettern und ihre Kinder und Kindeskinder. Denn wer sich mit dem Haus von Neville einläßt, der soll den Knüppel rot und heiß auf dem Hintern spüren.«

»Schon gut, ich weiß ja, daß du aufgebracht bist«, sagte John.

»Teufelsbrut!« Neville hob den Knüppel. »Faule Nachkommen des Antichristen!«

»Sehr aufgebracht«, sagte Jim.

»Verbrennt die Ketzer!« kreischte der Alte Pete.

»Diesmal hältst du dich aus der Sache raus«, sagte John warnend.

Neville kletterte auf den Tresen. Mit seiner langen Robe, dem falschen Bart und dem Knüppel in der Hand sah er mächtig imposant aus.

»Dieser Tag wird in die Geschichte eingehen als der Tag der Vergeltung«, brüllte er.

»Jetzt beruhige dich doch endlich!« John machte beschwichtigende Gesten. »Die Dinge sind nie so schlimm, wie es im ersten Augenblick scheint.«

»*Nie so schlimm?*« Neville breitete die Arme aus. »Seht euch mein Lokal an. Seht euch doch nur an, was aus dem *Fliegenden Schwan* geworden ist!«

Johns Blick schweifte mißtrauisch durch das Lokal. Der *Fliegende Schwan* war nicht mehr wiederzuerkennen. Wo einst die Britannia-Kneipentische und die bequemen Stühle gestanden hatten, befand sich jetzt eine Reihe von Kirchenbänken.

Auch der Dominotisch war verschwunden, ersetzt von einem Weihwasserbecken mit einem kleinen Springbrunnen darin. Die Wände, so viele Jahrzehnte Heimat vergilbter Sportplakate, waren übersät von Heiligenporträts, schrillen Marienfiguren aus Plastik, die von innen heraus leuchteten, falschen Ikonen mit holographischen Bildern und buntblinkenden Neonkreuzen.

Von der Decke herab hingen Cherubim und Seraphim aus Gips, mit fetten Hintern und einem Grinsen im Gesicht, mit kleinen Bögen und Pfeilen in den Händen und winzigen Flügeln auf den Rücken.

Überall standen Statuen, grellbemalte theatralische Requisiten von Tobias und dem Engel, vom heiligen Franz von Assisi, von Matthäus, Markus und Erik Cantona. *Von Erik Cantona?*

Omally bekreuzigte sich.

»Du dummschwätzender Bastard!« Neville machte Anstalten, vom Tresen herabzuspringen.

»Nein«, sagte John. »Nein wirklich, das ist ja schrecklich. Wir bringen das in Ordnung, Neville. Ehrlich, wir bringen das in Ordnung.«

»Lügner! Hypokrit!«

»Ich meine es ehrlich! Glaub mir!«

»Ach ja?« Nevilles Stimme hob sich um eine Oktave. »*Ach ja?* Glaub nur ja nicht, ich hätte nicht von deinen üblen Plänen gehört, meinen weiteren Ruin zu betreiben! Die *John-Omally-Millennium-Brauerei* und die von Jim Pooley.«

»Ah«, sagte John.

»Ich denke, wir sollten jetzt gehen«, sagte Jim. »Bevor das Geißeln und das Kreuzigen anfängt.«

»Und das Verbrennen auf dem Scheiterhaufen«, sagte der Alte Pete.

»Wieso bist du eigentlich wie ein Mönch angezogen?« erkundigte sich Omally. »Und warum trägst du eine Mitra?«

»Man versucht sich anzupassen, warum?«

»Bei Baal!« kreischte Neville. »Beim Belial und bei allen ...«

»Ich schätze, das macht alles noch schlimmer. Schließlich ist er ein Heide und alles«, flüsterte Jim. Niemand hörte auf ihn.

»Ihr Großen Alten Götter! Ihr Unsterblichen Schlafenden!«

Omally schob sich durch die Versammlung und baute sich unter dem randalierenden Neville auf.

»Hör auf«, brüllte er. »Hör augenblicklich damit auf! Ich bring' das für dich in Ordnung! Ich verspreche es! Bei meinem Herzen und ... nein, vergiß das. Ich geb' dir mein Wort.«

»Schwüre sind nichts als leere Worte, und leere Worte sind wie der Wind«, sagte die Dame mit dem Strohhut. »Das hat schon Claude Butler gesagt.«

»Sie meinen wohl *Samuel* Butler«, verbesserte Paul sie. »Ein englischer Satiriker, der von 1612 bis 1680 gelebt hat. Er wurde ...«

»Hör endlich damit auf!« Omally hob die Fäuste.

»John!« rief Jim von der Tür her. »John, ich gehe jetzt. Ich mag vielleicht nicht imstande sein, die Zukunft vorherzusehen, aber ich weiß verdammt genau, was als nächstes geschieht, und ich verspüre nicht den Wunsch, mich ein weiteres Mal verhauen zu lassen.«

»Niemand wird hier verhauen, Jim.«

»Das ist aber ausgesprochen schade!« rief die Dame mit dem Strohhut.

Neville öffnete den Mund, um weitere Verwünschungen auszustoßen.

»Halt!« John riß die Hände hoch. »Hör sofort auf damit, Neville! Ich verspreche dir, daß ich das regeln werde. Ich verspreche, daß ich dafür sorgen werde, daß der *Fliegende Schwan* bald wieder in seinem früheren Glanz erstrahlt. Ich schwöre auf alles, was du willst, Neville. Ich verspreche es. Ich verspreche es.«

»Habt ihr das alle gehört?« fragte Neville und blickte sich in seinem Lokal um.

»Haben wir. Haben wir.« Die Köpfe der Gäste tanzten auf und ab. Dem Alten Pete fiel die Mitra vom Kopf, und sein Hund Chips nutzte die Gelegenheit, um darauf sein Hoppla zu verrichten.

»Also schön«, sagte Neville. »Ich geb' dir Zeit bis Ende der Woche, Omally.«

»Bis Ende der Woche? Aber das ist vollkommen unmöglich!« sagte John.

»Bringt die Weidenrute!«

»Nein! Schon gut. Bis Ende der Woche. Was immer du sagst.«

»Schwör es, Omally. Schwör es laut, damit alle es hören können!«

»Ich bringe alles bis zum Ende der Woche wieder in Ordnung!« rief John Omally. »Ich schwöre es bei allem, was mir heilig ist.«

»Sehr schön«, sagte Neville und kletterte von seinem Tresen. »Ein Pint vom Üblichen, ja?«

»Du hast eine blutige Nase«, sagte Suzy. »Hat dich schon wieder jemand verhauen?«

»Nein.« Jim schniefte umständlich. »Ich wollte nur kurz in die Kneipe, um ein Bier zu trinken, und dann bin ich auf dieser Bischofsmitra ausgerutscht, weil ein Hund sein Geschäft darauf erledigt hat.«

Suzy legte den Finger auf seine Lippen.

»Du armer, armer Kerl«, sagte sie.

Pooley küßte ihre Finger. »Ich würde so gerne glauben, daß ein Sinn hinter all diesen Schicksalsschlägen steckt, aber ich bin ziemlich sicher, daß dem nicht so ist.«

Sie saßen in Archie Karachis *Star-of-Bombay*-Currygarten (-und-Kartoffelpatio), tranken Kingfisher-Lager und aßen Kashmari Rogan Josh, Rasedar Shaljum, Kutchi Bhindi und dazu Pommes frites.

»Und du willst jetzt in das Brauereigeschäft einsteigen?«

»Nein, will ich nicht. Ich helfe Omally, den *Fliegenden Schwan* für Neville wiederherzurichten, weiter nichts. Und dann erledige ich meinen sozialen Dienst. Wenn ich das hinter mir habe, suche ich mir eine richtige Arbeit, und dann … dann hoffe ich, dir eine Frage zu stellen.«

»Was für eine Frage denn?«

»Eine Frage, die ich jetzt noch nicht stellen kann. Nicht, bevor ich nicht all meine Angelegenheiten ins reine gebracht habe.«

»Aber nicht für mich, Jim. Ich mag dich so, wie du bist.«

»Aber ich bin ein Verlierer, und ich habe wirklich genug davon.«

»Du bist ein Individualist.«

»Dieses Wort geht mir allmählich auf die Nerven.«

»Oh, das tut mir leid.«

»Nein, ich meinte nicht dich damit. Hier, nimm noch ein paar Pommes.« Jim wackelte mit der Schüssel. »Ich kann nicht einmal richtig essen, wenn du in der Nähe bist.«

»Ich auch nicht. Das ist gut, nicht wahr?«

»Ja, sehr gut sogar.«

»Ihr seid böse«, sagte Doktor Stefan Malone. »Böse, böse Jungs.«

Die beiden bösen Jungs blickten zu ihm auf, der eine golden, der andere dunkel, aber sonst sehr ähnlich. Sie standen in einem Raum im Erdgeschoß des bewußten Hauses in der Moby Dick Terrace. Des Hauses, wo das alte Ehepaar ohne Angehörige eines natürlichen Todes gestorben war.

»Ihr sollt nicht immer durch die Straßen laufen«, sagte der böse Doktor Stefan zu ihnen. »Ihr könntet euch verlaufen.«

»Wir können uns nicht verlaufen, Vater«, sagte das goldene Kind und blickte Doktor Stefan aus seinen glänzenden Augen an. »Wir erinnern uns an alles, jeden Augenblick, jeden Ort.«

Dr. Stefan lächelte ein schiefes Lächeln. »Ein photographisches Gedächtnis, wie?« sagte er. »Absolute Erinnerung mit absoluter Präzision. Und wie steht es mit dir?« wandte er sich an den dunklen Knaben.

»Ich vergesse nichts«, sagte der Dunkle.

»Das ist gut.«

»Vater«, begann das goldene Kind, »du hast gesagt, du würdest uns heute richtige Namen geben.«

»Und wann genau habe ich das gesagt?«

»Präzise vor einhundertunddreiundzwanzig Minuten, Vater.«

»Sehr gut. Und ich habe Namen für euch ausgesucht. Du«, er deutete auf das goldene Kind, »wirst fürderhin unter dem Namen Kain bekannt sein. Und du«, er deutete auf das andere, »wirst Abel heißen.«

»Wie in der Bibel«, sagte Kain. »Die Genesis. Kapitel vier, Vers eins.«

»Die Bibel?« Dr. Stefans Gesicht, das auch so schon sehr bleich war, wurde noch aschfarbener. »Was wißt ihr über die Bibel?«

»Alles«, sagte Abel. »Wir gehen in die Memorialbücherei und lesen die Bücher.«

»Wir sind begierig zu lernen, Vater. Alles, was es zu lernen gibt.«

»Ich werde euch alles lehren, was ihr wissen müßt. Bleibt von der Bücherei weg. Geht nicht wieder dorthin, sonst …«

»Sonst wirst du uns bestrafen«, sagte Kain. »Uns wieder in das dunkle Zimmer sperren.«

»Ich mag das dunkle Zimmer«, sagte Abel.

»Wagt es nicht, mich herauszufordern«, sagte Dr. Stefan und schaukelte auf den Absätzen. »Ihr seid zu wertvoll für meine Zwecke.«

»Und was sind deine Zwecke?«

»Meine Zwecke sind meine eigene Angelegenheit, Kain. Aber zum Ende des Jahres wird jeder erfahren, was ich beabsichtige.«

»Wenn man unser unnatürlich schnelles Wachstum bedenkt«, sagte Abel, »haben wir gegen Ende des Jahres mit einem dreiunddreißigjährigen Mann gleichgezogen.«

»Präzise. Ganz genau. Und dann werde ich tun, was getan werden muß. Und dann werde ich alles wissen.«

»Kein Mensch kann alles wissen«, sagte Kain. »Nur Gott weiß alles.«

»Geht in Eure Zimmer.« Dr. Stefan drehte sich um, bis er im Profil zu sehen war (was in letzter Zeit nur selten vorgekommen war), und deutete auf eine Stelle außerhalb der Seite. »Nein, wartet. Du, Abel, gehst in dein Zimmer und schaltest sämtliche Lichter ein. Und du, Kain, gehst in das dunkle Zimmer.«

Dieser Bastard!

24

»Da wären zwei Herren, die Sie zu sprechen wünschen, Sir«, sagte die Sekretärin des jungen Master Robert. »Ein Mister Pooley und ein Mister Omally.«

Der junge Master Robert fiel in seinen dick gepolsterten Sessel zurück. »Nicht diese Bastarde! Lassen Sie die beiden auf keinen Fall herein!«

»Guten Morgen, Bobby Boy«, sagte John Omally und schneite herein.

»Morgen, Kumpel«, sagte Jim Pooley und schneite hinterher. »Schickes Büro.«

John Omally blickte sich um. »Eine richtige Kunstgalerie«, sagte er.

»Oder ein Schrein«, entgegnete Jim. »Alles einer einzigen jungen Frau gewidmet.«

»Verschwindet augenblicklich aus meinem Büro, oder ich rufe die Sicherheitsleute!«

»Das hier ist sogar signiert!« sagte Jim und deutete auf ein Poster. »Meinem *allergrößten* Fan gewidmet. In Liebe Pammy.«

»Und sieh dir dieses Bücherregal an!« sagte John. »Er hat die komplette Videosammlung von Bay Watch!«

»Wozu sind all diese Kleenexschachteln?« erkundigte sich Jim.

»*Raus!*«

»Nun entspannen Sie sich mal, Mann.« John machte die Handbewegung, die Entspannen bedeutet. Es ist nicht ganz die gleiche Handbewegung wie die beruhigende, aber der Unterschied fällt nur dem Fachmann auf. »Entspannen Sie sich, bleiben Sie gelassen. Wir sind gekommen, weil wir Sie reich machen wollen.«

»Ich bin bereits reich.«

»Noch reicher als reich.«

»Was guckt denn da unter Ihrem Schreibtisch raus?« fragte Jim. »Sieht aus wie ein Plastikfuß.«

John nahm den Fuß in Augenschein. »Eine aufblasbare Plastik-Pammy!« sagte er.

»Rufen Sie die Sicherheit!« kreischte der junge Master Robert. »Rufen Sie diesen neuen Typ, diesen Joe-Bob. Und sagen Sie ihm, er soll seinen elektrischen Schlagstock mitbringen.«

»Beruhigen Sie sich«, sagte John, und diesmal machte er die beruhigende Handbewegung. »Wir sind wirklich gekommen, um Sie reicher zu machen.«

»Als könnten Sie das.«

»Wir möchten lediglich, daß Sie etwas kosten.«

»Kosten?«

»Jim, die Flasche und das Glas.«

»Kommt direkt.« Jim zog eine Flasche und ein Glas aus seinen großen Taschen, stellte das Glas auf den Schreibtisch des jungen Master Robert, öffnete die Flasche und schenkte ein.

»Kosten Sie«, sagte John.

»Ja, sicher. Wahrscheinlich ist das Ihre Pisse, wie? Jede Wette.«

»Na, na. Es ist Bier. Nehmen Sie einfach einen Schluck. Spucken Sie's aus, wenn Sie wollen. Meinetwegen spucken Sie mich damit an.«

»Sie?«

»Damit Sie sehen, wie zuversichtlich ich bin.«

»Nein. Das ist alles nur ein Trick. Mrs. Anderson, rufen Sie die Sicherheit.«

»Mrs. Anderson?«

»Er hat mich gezwungen, meinen Namen zu wechseln«, sagte die Sekretärin. »Und ich muß diesen gepolsterten Büstenhalter tragen.«

»Steht Ihnen ganz ausgezeichnet«, sagte Jim. »Aber die Perücke … ich weiß nicht so recht.«

»Probieren Sie einfach dieses Bier, Master Robert«, sagte John. »Hier, sehen Sie, ich trinke zuerst, als Beweis, daß kein Gift darin ist.«

John nahm einen Schluck. Dann nahm er noch einen Schluck, und noch einen und noch einen.

»Reinste Magie«, sagte John.

»Sie haben alles ausgetrunken«, sagte der junge Master Robert.

»Jim, die zweite Flasche.«

Jim zog die zweite Flasche hervor, öffnete sie und füllte das Glas nach.

»Ein billiger Trick!« sagte der junge Master Robert. »Die zweite Flasche ist vergiftet!«

»Ach du meine Güte!« Jim nahm das Glas ein weiteres Mal in die Hand.

»Nein, schon gut. Ich glaube Ihnen.«

Der junge Master Robert nahm das Glas, schnüffelte mißtrauisch daran, dann nahm er einen Schluck. Dann noch einen und noch einen und noch einen.

»Und?« fragte John.

»Nun ja, ganz in Ordnung. Ich meine, es ist okay. Nicht schlecht.«

John Omally schüttelte den Kopf. »Es ist Magie!« sagte er. »Das ist es, was es ist. Das beste Bier, das Sie in Ihrem ganzen Leben gekostet haben.«

»Es ist durchschnittlich bis mittelmäßig.«

John Omally zuckte die Schultern. »Also gut, Jim«, sagte er. »Ich schätze, ich hab' die Wette verloren.«

»Was für eine Wette?« fragte der junge Master Robert.

»Jim hat mit mir gewettet, daß der Braumeister in Chiswick dieses Bier besser beurteilen könnte als Sie. Ich habe selbstverständlich Ihre Ehre verteidigt. Sieht ganz danach aus, als hätte mich das einen Heiermann gekostet.«

»Sie haben dieses Bier zu einer Konkurrenzbrauerei getragen?«

»Zu einem Burschen namens Doveston. Er hat eine Reihe von Preisen gewonnen. Er kennt sich jedenfalls ziemlich gut mit Bier aus.«

»Dieser Mann ist ein Trottel. Ein *Schaumgetränkpanscher*.« Der junge Master Robert kostete den Rest des Inhalts.

»Na ja, es ist ziemlich gut«, sagte er schließlich.

»*Ziemlich* gut?« John lachte. »Mister Doveston war außer sich, als er dieses Bier gekostet hat. Er wollte gar nicht mehr aufhören, dieses Getränk zu loben. Wie hieß noch einmal das Lied, das er für uns singen wollte, Jim?«

»War das nicht *Money Makes the World Go Round*?«

»Ja, genau das war's.«

»Es ist in der Tat sehr gut«, gestand der junge Master Robert. »Haben Sie noch mehr davon?«

»Kistenweise«, sagte John.

»Und Sie haben es gebraut?«

»Ein Kollege und ich.«

»Dieser da?«

»Ein anderer Kollege«, sagte John.

»Nun, ich werde dieses Bier analysieren lassen. Sicherstellen, daß es dem Reinheitsgebot genügt.«

John riß Glas und Flasche an sich. »O nein, das werden Sie nicht. Sie können sich meinetwegen den Magen auspumpen lassen, wenn Sie eine Analyse wollen, aber das ist auch schon alles.«

»Oh, das könnte ich übernehmen«, sagte Mrs. Anderson. »Ich meine, das Anal-ysieren.«

»Sie haben nicht rein zufällig eine Schwester namens Celia?« erkundigte sich Jim.

»Nun, wir müssen weiter«, sagte John. »Tut mir leid, daß wir nicht ins Geschäft kommen konnten.«

»Halt, halt«, sagte der junge Master Robert. »Nicht so schnell.«

»Du bist jedenfalls ein echter Schnelldenker!« staunte Jim, als sie einmal mehr auf der Betonbank vor der Memorialbücherei saßen. »Ein Vorschuß über zehntausend Pfund! Unglaublich!«

»Nicht schlecht, wie?« John wedelte mit dem Scheck in der Luft. »Ich schätze, ich muß jetzt ein Konto bei einer Bank eröffnen.«

»Und unter der Bedingung, daß er den *Fliegenden Schwan* bis zum Ende der Woche in seinen früheren glorreichen Zustand zurückversetzt. Du bist ein Genius.«

»Wir funktionieren am besten, wenn wir unter Druck stehen, Jim. Das ist mir schon vor langer Zeit klar geworden.«

»Aber diese Geschichte mit der verlorenen Wette war ein wenig übertrieben.«

»Trotzdem. Er hat sie geschluckt, oder?«

»Also gib mir den Heiermann.«

»Was?«

»Den Fünfer. Ich hab' ihn fair und ehrlich gewonnen, oder?«

»Nie im Leben. Wir waren doch gar nicht bei der Konkurrenzbrauerei.«

»Aber das *weiß* der junge Master Robert schließlich nicht.«

John rückte die Fünfpfundnote heraus. »Kleinigkeit«, sagte er.

Jim steckte das Geld ein. »Ich hoffe, Norman freut sich über diesen Fortschritt. Hast du die Mengen mit ihm abgesprochen?«

»Ah«, sagte John.

»Dieses ›Ah‹ gefällt mir nicht«, sagte Jim. »Was bedeutet dieses ›Ah‹?«

»Es bedeutet, daß ich ehrlich gestanden noch überhaupt nicht mit Norman über diese Geschichte gesprochen habe.«

»Was?«

»Es war einfach keine Zeit. Die Idee ist mir beim Frühstück gekommen. Also bin ich einfach losgezogen.«

»Immer die gleiche alte Geschichte.« Jim schüttelte den Kopf. »Omally stürzt herein, wo selbst Engel lieber auf leisen Sohlen schleichen.«

»Überlaß das mit Norman nur mir«, sagte John. »Überhaupt kein Problem.«

Norman sah ganz und gar nicht glücklich aus. Er hatte im Gegenteil einen höchst besorgten Ausdruck auf dem Gesicht. Als Omally in seinen Eckladen geschneit kam, begrüßte er ihn mit einem kurzen Grunzer.

»Danke«, sagte John. »Ich rauch' ihn später.«

»Sieh dir nur meine Süßigkeiten an!« sagte Norman.

Omally sah sich die Süßigkeiten an. Die Gläser waren voll damit. All die leckeren Sachen aus den Fünfzigern. Humbugs und Jujubas, Likörpralinen und Brauselimonen, Gummiteufel und Waverleys Fruchtmischung. Space Rockets. Googles Gob Gummis.

Omally tippte gegen das am nächsten stehende Glas. »Sie scheinen ein wenig ... nun ja, zerlaufen zu sein.«

»Sehr zerlaufen«, gestand Norman. Er nahm das Glas hoch und drehte es auf den Kopf. Eine schleimige, klebrige Masse troff zähflüssig in Richtung Deckel.

»Entropie«, sagte Norman.

»Was ist das?«

»Sie halten sich nicht«, sagte Norman. »So geht das jetzt schon seit Monaten, aber ich hab's dir bis jetzt nicht sagen wollen. Ich dachte, ich krieg' das Problem schon in den Griff, früher oder später.«

»Die Süßigkeiten halten sich nicht?«

»Ein, zwei Wochen«, sagte Norman. »Und dann muß

ich sie wegwerfen, die Gläser saubermachen und eine weitere Ladung produzieren.«

»So ein verdammtes Pech«, sagte John. »Gut, daß es wenigstens mit dem Bier nicht so ist.«

Norman blickte von dem Süßigkeitenglas auf. »Mit dem Bier?« sagte er. »Mit dem Bier ist es noch viel schlimmer, John.«

»Was?« Jim blickte erschrocken von seinem Pint Large auf. »*Was* hat er gesagt?«

»Hoch brisant«, antwortete John. »Wie Nitroglyzerin. Die kleinste Erschütterung, und es explodiert.«

»*Was?*« Jim verschluckte sich fast. »Ich hatte in jeder Jackentasche eine Flasche! Ich hätte uns beide in die Luft sprengen ...«

»Es war eine frische Ladung. Du warst nicht in Gefahr. Es geschieht erst nach zwei Wochen ...«

»*Nitro-scheiß-glycerin!*«

»Pssst! Nicht so laut!« sagte Omally erschrocken. »Wir wollen schließlich nicht, daß Neville etwas davon mitbekommt!«

»Nein, das wollen wir nicht«, sagte Jim. »Ich kann's nicht glauben, John! Alles schien sich so wunderbar zu fügen! Und so schnell.«

»Ja. Darüber hab' ich auch nachgedacht. Und ich bin zu dem Schluß gekommen, daß wir jedesmal, wenn wir etwas auf die schnelle regeln wollen, mit Katastrophen wie dieser auf die Nase fallen.«

»Möglicherweise ein kosmisches Gesetz oder so«, sagte Jim. »Aber sieh's mal von der positiven Seite, John.«

»Was denn für eine positive Seite?«

»Nun ja, wenigstens bist du nicht hier reingeschneit und hast Neville erzählt, alles wäre geklärt, bevor du bei Norman warst und herausgefunden hast, daß dem ganz und gar nicht so ist.«

Eine neue blonde Kellnerin erschien mit ihrem Tablett am Tisch. Auf dem Tablett standen zwei Pints Large.

»Die gehen aufs Haus, mit freundlichen Grüßen«, sagte sie.

John Omally blickte zu Jim.

Und Jim blickte zu John.

»Du dämlicher Hornochse«, sagte Jim.

»Aber es muß doch eine Lösung geben!« John trommelte mit den Fingern auf der Kirchenbank. »Es muß einfach!«

Sie waren mittlerweile mehrere Pints schuldig, und Neville lächelte, grinste und nickte ihnen immer noch dankbar zu.

»Die Lösung ist so einfach und gerade wie ein Entenbürzel«, sagte er. »Du gibst den Scheck zurück, erzählst Neville die Wahrheit und emigrierst anschließend nach *Terra del Fuego.*«

»Das nenne ich aber nicht gerade eine Lösung.«

»Es ist zumindest die einzige, die mir einfallen will, John.«

»Sieh mal«, sagte Omally. »Ich hab' einen Scheck über zehntausend Pfund in der Tasche. *Zehntausend Pfund,* Jim! Damit müßten wir doch etwas unternehmen können!«

»Du hast das Geld unter falschen Voraussetzungen angenommen, John. Möchtest du lieber ins Gefängnis als nach Feuerland?«

»Du würdest *Terra del Fuego* hassen, Jim.«

»Ich? Ich komme nicht mit dir.«

»Wir stecken zusammen in dieser Geschichte. Wir haben uns die Hand darauf gegeben.«

»Es muß doch eine Lösung geben!« Jim trommelte mit den Fingern auf das andere Ende der Kirchenbank. »Es muß einfach!«

»Lagebericht«, sagte Fred und trommelte mit den Fingern auf Clives Kopf. »Gibt es Fortschritte zu vermelden, oder was habt ihr zu berichten?«

»Glücklicherweise nichts, Sir«, sagte Clive und entfernte sich vorsichtig außer Trommelreichweite. »Wir haben so ziemlich ganze Arbeit bei den Medien geleistet. Niemand nimmt Brentfords Behauptungen für bare Münze. Sie haben den Bürgermeister effektiv mit Papierkram überhäuft, und die Trottel tappen völlig im dunkeln.«

»Was gibt es Neues von dem Trottel, der die Schriftrollen gefunden hat?«

»Er hat fast zwei Monate im Cottage Hospital gelegen, und während er dort lag, haben wir ein Implantat in seinen Schädel gepflanzt. Damit wir ihm auf der Spur bleiben können. Er bedeutet keine Gefahr. Er will nichts mehr mit dieser Geschichte zu tun haben.«

»Und der irische Trottel?«

»Keine Gefahr, Sir. Ein Blödmann, weiter nichts.«

»Und was ist mit diesem Professor Slocombe?«

»Der bereitet sich auf die Zeremonien vor. Er hat sich auf magische Weise zurückgezogen und sich Einsamkeit auferlegt. Aber er verschwendet seine Zeit. Solange nicht Tausende von Menschen an seinen Zeremonien teilnehmen, besitzt er einfach nicht genügend Macht, um Erfolg zu haben.«

»Sieht ganz danach aus, als steckten alle in der Scheiße, wie?«

»Sieht ganz danach aus, Sir.«

Fred lehnte sich in seinem Stuhl zurück. Auf seinem

Schreibtisch lag eine Staubschutzplane, und ringsum waren Gerüste aufgebaut. Auf den Gerüsten arbeiteten Männer an der Restauration der Decke. Diese Dinge benötigen sehr viel Zeit.

»Nun, Ihr beiden haltet mich auf dem laufenden«, sagte Fred. »Für den Fall, daß etwas Unerwartetes dazwischenkommt.«

»Unerwartet?« fragte Clive. »Was könnte an Unerwartetem noch dazwischenkommen?«

»Ein Gentleman hat mich beauftragt, Ihnen dies hier zu übergeben«, sagte die blonde Kellnerin und reichte Jim einen Umschlag.

»Ein Gentleman?« fragte Jim.

»Ein dicker, großer Bursche«, antwortete die Kellnerin. »Hat mit einem stinkvornehmen Akzent geredet.«

»Danke sehr.« Jim nahm den Umschlag entgegen, riß ihn auf und zog eine kleine weiße Karte hervor.

Darauf stand geschrieben:

Bitte kommen Sie um Mitternacht in mein Büro.
Bringen Sie ihren Freund mit.
Es ist sehr wichtig.

Jim drehte die Visitenkarte um. Auf der Vorderseite stand in eleganten Buchstaben ein Name und eine Adresse.

Jim erkannte die Adresse.

Und den Namen.

Es war Mister Compton-Cummings.

25

»Oh«, sagte Jim. »Das ist ein wirklich höchst unerwartetes Ereignis.«

»Meine Überraschung übertrifft deine eigene«, sagte John. »Wenn es um unerwartete Ereignisse geht, dann gehört dieses hier wirklich und wahrhaftig in eine eigene Klasse, weißt du?«

»Redest du wieder Unsinn?« fragte Jim.

»Ja. Du vielleicht nicht?«

Jim nickte, zerriß die Visitenkarte und warf die Stücke achtlos in den Aschenbecher. »Compton-Cummings, also wirklich!« sagte er. Und: »Kommen Sie um Mitternacht! So ein Schwachsinn. Als würde ich auf einen solchen Mist hereinfallen!«

»Wie spät ist es?« fragte Jim.

Omally schob den Hemdsärmel zurück und konsultierte seinen eigenen Running Gag.

»Genau Mitternacht«, sagte er.

Jim blickte auf das Gebäude, das still und dunkel im Mondlicht lag. »In seinem Büro brennt Licht«, sagte er. »Was sollen wir tun? Einfach anklopfen?«

»Das wäre die offensichtliche Methode, ja. Aber bist du dir absolut sicher, daß du wirklich mit den Händen flattern und in kleinen Kreisen herumrotieren möchtest? Oder willst du nicht doch lieber nach Hause in dein behagliches und warmes Bett?«

»Was willst du damit andeuten, John?«

»Oh, absolut gar nichts. Aber würdest du mir bitte genau sagen, was wir hier tun?«

»Wir sind hergekommen, um mit Mister Compton-Cummings zu reden.«

»Aber Mister Compton-Cummings ist tot, Jim!«
»Das weiß ich, John. So dumm bin ich nun auch wieder nicht.«
»Dann hast du nicht das Gefühl, daß sich die Konversation mit diesem Toten zu einer außergewöhnlich einseitigen Angelegenheit entwickeln könnte?«
»Ich werde jedenfalls an seine Tür klopfen«, sagte Jim. »Ich will herausfinden, was da vor sich geht.«
John Omally schüttelte benommen den Kopf.
»Ich glaub' das einfach nicht«, sagte er. »Ich glaub' das alles einfach nicht!«

KLOPF, KLOPF, KLOPF, machte Jim. Und um Mitternacht hörte sich sein Klopfen wirklich so an. In der Diele wurde ein Licht eingeschaltet. Riegel wurden zurückgeschoben, und die Tür öffnete sich einen Spaltbreit. Das Gesicht von Celia Penn tauchte darin auf.
»Ich wußte, daß ihr kommen würdet«, sagte sie.
»Da hast du es.« John grinste Jim an. »Eine ganz einfache logische Erklärung. *Sie* hat uns die Karte geschickt.«
»Das hab' ich«, gestand Celia, ließ die beiden eintreten und schloß hinter ihnen die Tür.
»Und?« erkundigte sich John. »Warum das alles?«
»Mister Compton-Cummings möchte unbedingt mit euch reden.«
»Ah.«
Durch das Vorzimmer und in das Büro.
Und dort saß er.
In voller Leibesfülle.
Hinter dem Schreibtisch.
Mister Compton-Cummings, in Farbe und dreidimensional. Und noch mehr. Professor Slocombe war ebenfalls da.

»Ah«, sagte John einmal mehr. Sonst nichts.

»Ich will zur Salzsäule erstarren«, sagte Jim.

»Meine Herren«, sagte der farbige und dreidimensionale Genealoge. »Willkommen. Bitte nehmen Sie doch Platz.«

Jim nickte dem Professor zu. »Hallo«, sagte er.

»Schön dich zu sehen, Jim«, antwortete Professor Slocombe. »Sind alle deine gebrochenen Knochen wieder verheilt?«

»Vorübergehend, Sir.«

»Dann setz dich.

Pooley und Omally setzten sich in der Nähe der Tür. Das hätten Sie an Stelle der beiden auch getan, oder vielleicht nicht?

»Sie sind nicht tot«, beobachtete Jim. »Wie erklären Sie das?«

Mister Compton-Cummings hatte eine Flasche Brandy auf dem Schreibtisch stehen. Und fünf Gläser. Diese füllte er jetzt und reichte sie herum. »Eine List«, sagte er. »Eine notwendige List.«

»Eine ziemlich überzeugende List. Ich bin darauf hereingefallen.«

»Und hoffentlich andere auch.«

John kostete von seinem Brandy. »Reinste Magie«, sagte er.

Jim nippte an seinem. »Ich hoffe nur, er verträgt sich mit dem Champagner, den Neville dir ausgegeben hat.«

»Du hast überhaupt nichts davon getrunken, Jim.«

»Ich hatte eigenartigerweise nicht das Gefühl, als hätte ich ihn verdient.«

»Meine Herren!« sagte der Professor. »Mister Compton-Cummings hat Ihnen einiges zu erzählen. Fühlen Sie sich imstande, ihm zuzuhören?«

»Absolut, Sir«, antwortete John.

Jim gab ein Geräusch von sich, das möglicherweise Ja bedeuten konnte.

»Gut. Mister Compton-Cummings, wenn Sie dann anfangen würden?«

»Danke sehr, Professor Slocombe.« Der dicke Mann stellte sein Glas ab und verschränkte die Finger vor der gewaltigen Leibesfülle.

»Mister Pooley«, sagte er. »Mister Pooley, wie Sie sicher inzwischen gewärtig sind, spielen Sie eine höchst bedeutsame Rolle in Angelegenheiten, die nicht nur Brentford, sondern tatsächlich den gesamten Rest der Welt betreffen.«

»Hä?« machte Jim.

»Als ich Ihre Ahnenlinie zurückverfolgte und auf diese Passage mit dem ›großen Wind aus dem Osten‹ gestoßen bin, fand ich auch heraus, was sie genau zu bedeuten hatte: daß nämlich einer Ihrer Vorfahren den Mönch ermordet und auf diese Weise die Brentforder Schriftrollen in seinen Besitz gebracht hat.«

»Traurigerweise haben Sie recht, ja«, sagte Jim.

»Und wie Sie ebenfalls wissen dürften, hat die gute Miß Penn hier das Versteck der Schriftrollen in meinem Buch verschlüsselt. Und man hat Ihnen das einzige nicht eingestampfte Exemplar zugesandt.«

»Ja. Aber so hab' ich sie nicht gefunden.«

»Nein. Der Professor hat mir bereits alles über Ihre sogenannten Zeitreisen berichtet.«

»Er ist wirklich unglaublich gut darin«, sagte John. »Nun ja, zumindest, was die Vergangenheit betrifft.«

»Zugegeben. Wie auch immer, *Sie* mußten die Brentforder Schriftrollen finden. Und das haben Sie getan.«

»Warum mußte *ich* sie finden?«

»Sie sind der letzte Ihrer Linie.«

»Und was spielt das für eine Rolle?«

»Es spielt eine Rolle«, entgegnete Mister Compton-

Cummings. »Glauben Sie mir, Mister Pooley, diese Dinge spielen eine Rolle.«

»Ich hatte jetzt eigentlich mit einer sehr schlauen Erklärung gerechnet«, sagte John.

»Ich schätze, die spart sich unser Autor für später auf«, sagte Jim.

»Haben die beiden so was häufiger?« wandte sich Compton-Cummings an Professor Slocombe.

»Sie sind Individualisten«, antwortete der alte Gelehrte.

»Fangen Sie jetzt bloß nicht damit an.«

»'tschuldige, Jim.«

»Es war notwendig, daß ich meinen eigenen Tod vortäuschte«, sagte Mister Compton-Cummings und spielte mit einer Freimaureruhr, die vorheriger Erwähnung entgangen ist. »Gewisse Dunkle Mächte, die verhindern möchten, daß die Millenniumfeiern am korrekten Datum stattfinden, hätten mich andernfalls ausgelöscht.«

»Fred und seine Typen.«

»Exakt, Sir. Ich hatte gehofft, daß Sie beide imstande wären, die Dinge ins Rollen zu bringen.«

»Ich bin in ein Loch gefallen«, sagte Jim.

»Und dann hat er sich verliebt«, petzte John.

»Nun, was auch immer, die Dinge haben sich jedenfalls nicht wie gewünscht entwickelt.«

Jim streckte sein Glas für einen Nachschlag aus. Mister Compton-Cummings schenkte ihm nach.

»Ich habe die Nase voll«, sagte Jim. »Ich bin es leid, immer wieder zusammengeschlagen und eingesperrt und ganz allgemein mißbraucht zu werden. Ich will nichts weiter als ein ganz normales Leben führen. Ein ganz normales Leben als *verheirateter* Mann.«

John stöhnte auf. »Das hatten wir doch alles schon«, sagte er.

»Nein, John. Das hattest *du* schon. Und ich wurde wieder zusammengeschlagen.«

»Gentlemen! Bitte!« Professor Slocombe hob beschwichtigend die Hände. »Diese Angelegenheit ist von äußerster Bedeutung.«

»Ich war schon nicht mehr dabei, als ich hergekommen bin«, sagte Jim. »Und daran hat sich absolut nicht das geringste geändert.«

»Eines meiner Lieblingszitate«, sagte John.* »Wußtet ihr eigentlich, daß Ridley Scott früher Reklamespots für Hovis gedreht hat?« fragte Professor Slocombe.

»Ja«, sagte John.

»Nein«, sagte Jim. »Wußte ich nicht. Hätte ich aber wissen müssen.«

»Nun ja, nichtsdestotrotz«, sagte Mister Compton-Cummings. »Wir müssen die Dinge in Bewegung bringen. Und Sie beide sind die Männer, die das tun sollten.«

»Aber wir können nicht«, sagte Jim. »Dieser Fred hat alles unter Kontrolle. Und er ist der Anführer der Bösen.«

Mister Compton-Cummings lehnte sich in seinem Stuhl zurück, doch da er ihn sowieso zur Gänze ausfüllte, war der Effekt kaum zu sehen.

»Wir können mit diesem Fred fertig werden«, sagte er.

»Ach ja?«

»Gewiß. Fred wird uns freiwillig keine Gelder zur Verfügung stellen. Also müssen wir dafür sorgen, daß er es wider Willen tut.«

»Und wie sollen wir das *Ihrer* Meinung nach bewerkstelligen?«

* Na? Der Leser ist gefragt: Aus welchem Film (oder Spot?) stammt der Satz?

»Ich bin der Meinung, *Sie beide* sollten das bewerkstelligen.«

»Könntest du noch mal deine Worte von wegen du bist nicht mehr dabei wiederholen, Jim?« bat John. »Ich glaube, ich schließe mich an.«

»Nein, nein, nein.« Der dicke Mann wackelte mit dem erhobenen Zeigefinger. »Ich erwarte ja gar nicht, daß Sie diesem Mann Auge in Auge in einer offenen Konfrontation gegenübertreten. Es gibt mehr als nur eine Methode, um einem Joint das Fell über die Ohren zu ziehen.«

»Sollte das nicht eigentlich ›Katze‹ heißen?« erkundigte sich Jim.

»Ich glaube, es heißt *khatse*«, sagte Professor Slocombe.

»Hab' ich das nicht gerade gesagt?«

»Ich habe jedenfalls das hier.« Mister Compton-Cummings hielt es hoch, damit alle es sehen konnten.

»Ist das nicht eine von diesen neuartigen Mini-Langspielplatten?« fragte Jim. »Diese Dinger, über die man Marmelade schütten kann und sie laufen immer noch?«

»Das ist eine Computer-CD«, erklärte Mister Compton-Cummings. »Mit einem Virus darauf.«

»Sag's nicht!« sagte John.

»Wollte ich auch gar nicht!« protestierte Jim. »Er meint einen Computervirus, soweit kann ich noch folgen.«

»Nun ja, es ist nicht so sehr ein Virus«, fuhr Compton-Cummings fort, während er das silberne Ding mit seinen dicken Stummelfingern im Licht drehte. »Es ist eigentlich mehr ein Programm. Wenn man dieses Ding in einen Computer in den Büroräumen des Millennium-Komitees schiebt, dann sorgt das Programm dafür, daß große Geldbeträge auf Bankkonten in Brentford transferiert und anschließend sämtliche Spuren der Transaktion gelöscht werden.«

»Das beginnt mir zu gefallen«, sagte John. »Und wessen Konten hatten Sie da genau im Sinn?«

»Meins«, sagte Professor Slocombe.

»Und meins«, sagte Compton-Cummings.

»Ah«, sagte John.

»Aber«, sagte der Genealoge. »Dieses Geld wird Ihnen zur Verfügung gestellt werden, damit Sie all die Dinge tun können, die wir geplant haben.«

»Magie!« sagte John und rieb sich die Hände. »Reinste Magie.«

»Nein«, widersprach Jim. »Absolut nicht. Die Zeit reicht nicht. Wir haben bereits September. Welche Bauprojekte könnten wir schon jetzt noch anfangen, die im Dezember fertig würden?«

»Leider«, sagte John. »Leider, leider, leider. Traurigerweise hast du recht.«

»Ich bin auch traurig«, sagte Jim. »Versteh mich nicht falsch.«

»Allerdings«, sagte Professor Slocombe, »allerdings könnten wir diese gewaltigen Geldbeträge über Brentford ausschütten. Um die Moral zu heben, um Begeisterung zu wecken, um Unterstützung zu ermutigen, um sicherzustellen, daß jeder in der gesamten Gemeinde mit uns feiert, wenn der Silvesterabend gekommen ist. Für meine Zeremonie ist es absolut notwendig, daß Tausende von Menschen mit uns feiern. Wir benötigen einen großen Schwall positiver Energie, damit es funktioniert.«

»Ich denke, das könnten wir hinkriegen«, sagte John.

»Die John-Omally-Millennium-Fisch-und-Chips-Lieferwagenflotte«, sagte Jim.

»Das Konzert von Devo«, sagte John.

»Ich schätze, ich ziehe inzwischen die Hohlen Schokoladenhasen des Todes vor.«

»Jim«, sagte John, »wir könnten sogar die Spice Girls kommen lassen!«

Ein großes Schweigen breitete sich aus. Es schien in der Luft zu verharren. Wie ein großes Schweigen das nun einmal zu tun pflegt.

»Die Spice Girls sind dieses Jahr jedenfalls die angesagten Brüder«, sagte der Professor.

»Vertrauen Sie mir«, sagte John, »es gibt da gewisse Unterschiede.«

»Also schön, meinetwegen holen Sie die Spice Girls«, sagte Mister Compton-Cummings. »Holen Sie die Hohlen Schokoladenhasen, holen Sie die Rolling Stones. Allein der Himmel ist das Limit.«

»Dann holen wir sie doch alle«, schlug John vor.

Da war es wieder, das große Schweigen. Oder war es diesmal ein anderes?

Dieses große Schweigen jedenfalls wurde von Jim Pooley gebrochen.

»Wegen diesem Programm, das wir in Freds Computer bringen sollen …«, sagte er. »Ist das nicht eine ziemlich riskante Aufgabe? Ich meine, ich bin kein Feigling oder so, ehrlich nicht. Aber glauben Sie mir, um nichts in der Welt will ich mit diesem Burschen zu tun haben.«

»Also«, sagte John. »Nachdem ich die Rauchbombe gezündet habe, seilst du dich vom Dach ab und dringst durch das Fenster in den Computerraum ein. Wir synchronisieren vorher unsere Uhren, und du hast genau fünfundvierzig Sekunden. Ich setze den Lieferwagen mit der Matratze auf dem Dach zurück gegen das Gebäude, du kommst mit dem Paraglider runter, und wir verschwinden in der Nacht.«

»Und du kannst in diesem Plan keinen offensichtlichen Fehler erkennen?«

Es war der nächste Tag. Sie saßen auf der Betonbank vor der Memorialbücherei. Das Wetter war freundlich, aber kalt. Die Bank war noch immer ungemütlich (aber nicht für Jim, der sich ein Kissen mitgebracht hatte).

»In Ordnung, dann kriegst du meinetwegen fünfzig Sekunden«, sagte John.

»John, und wenn ich eine Stunde hätte oder einen Tag oder meinetwegen eine ganze Woche, ich könnte das niemals, niemals tun. Du weißt, wie ich mit Technik auf Kriegsfuß stehe. Ich würde wahrscheinlich den ganzen Raum in die Luft sprengen. Außerdem ist der Plan glanzlos. Warum zünde ich nicht die Rauchbombe?«

»Weil ich zuerst dran gedacht habe.«

»Nein.« Jim schüttelte den Kopf. »Das ist wieder eine von deinen überhasteten Lösungen. Du weißt schon, von der Sorte, die enden wie Normans Süßigkeiten. Alles blöder Brei.«

»Anderthalb Minuten«, sagte John. »Zwei Minuten.«

»Nein, John. Ich mach' das nicht. Die ganze Idee ist lächerlich.«

»Sie ist Millionen wert, Jim. Millionen Pfund für drei Minuten Arbeit!«

»John, ich hab' nicht die geringste Ahnung von Computern. Ich hatte nie einen und werde hoffentlich nie einen haben. Niemand in ganz Brentford kennt sich mit Computern aus.«

»Irgend jemand muß sich doch damit auskennen!«

»Wer denn?«

John kratzte sich über die Stoppel seines unrasierten Kinns. »Norman vielleicht.«

»Ja, gut, Norman vielleicht. Hat er nicht einmal selbst einen gebaut? Mit seinem Meccano-Baukasten?«

»Ich glaub', es waren Legos. Aber du hast recht, er könnte sich auskennen. Wir sollten ihn fragen.«

»Computer?« sagte Norman. »Nichts leichter als das. Ich hab' einmal einen aus Duplo-Steinen gebaut.«

»Also kennst du dich mit Computern aus?« John spähte auf den breiigen Inhalt eines Bonbonglases. »Dann kennst du dich also auch damit aus?« Er hielt die glänzende CD hoch.

»Aber sicher doch. Ist das nicht eine von diesen neuen Langspielplatten, über die man Marmelade kippen kann, und sie spielen immer noch?«

»Wen kennen wir sonst noch?« fragte Jim.

»Nicht allzu viele Leute«, sagte John von seiner Seite der Betonbank (inzwischen saß er auf Jims Kissen). »Genaugenommen niemanden.«

»Oh, na schön, wirf das Ding weg.«

»Nicht die Bohne, Jim. Das ist unsere ganz große Chance. Und ich lasse nicht zu, daß du wieder einen Rückzieher machst.«

»Aber wir kennen niemanden, der sich damit auskennt, John! Das war's!«

»Niemanden, der sich womit auskennt?«

»Wer hat das gesagt?« fragte Jim.

»Ich.«

Jim drehte sich auf der Bank um. Hinter ihm stand ein vielleicht zehnjähriges Kind.

Ein goldenes Kind. Mit goldenem Haar und goldenen Augen.

»Mein Name ist Kain«, sagte das goldene Kind.

»Ich bin Jim«, sagte Jim. »Und das hier ist ...«

»John«, sagte das goldene Kind. »John Vincent Omally.«

»Woher weißt du das?« fragte John.

»Ich weiß es eben, das ist alles«, antwortete das goldene Kind.

»Kennst du dich mit Computern aus?«

»Halt, nein«, sagte Jim. »Er ist noch ein Kind!«

»Kinder sind phantastisch mit diesem Zeugs, Jim. Hacker und dieser ganze Kram.«

»*Hacker?*«

»Glaub mir, das willst du wirklich nicht wissen.«

»Ich kenne mich aus mit Computern«, sagte das goldene Kind. »Ich hab' alles über Computer gelesen.«

»Weißt du auch, was man mit dieser Scheibe hier macht?« John zeigte die kleine CD.

»Selbstverständlich.«

»Und was hältst du davon, dein Taschengeld ein wenig aufzubessern?«

»Nein!« Jim riß ihm die Scheibe aus der Hand. »Er ist doch noch ein Kind, John! Nun reiß dich aber mal zusammen, Mann!«

»Wo ist dein Bruder?« fragte John.

»Abel ist in der Bücherei. Er ließt gerade alles über Frauenkleider.«

»Frauenkleider?«

»Transvestiten und so. Wir sind inzwischen beim F angekommen. Wir lesen uns durch die gesamte Bücherei.«

»Geht ihr denn nicht zur Schule?«

»Was ist eine Schule? Wir sind noch nicht beim S angelangt.«

»Aber ihr müßt doch schon das D für Duden haben«, sagte Jim.

»Was wollen Sie mit dieser Computer-CD machen?« fragte Kain.

»Sie in jemandes Computer stecken«, sagte John. »Und ihn dann einschalten. Das ist alles.«

»Nein«, sagte Jim noch einmal. »Er ist noch ein Kind.«

»Sie möchten diese CD in Freds Computer stecken«, sagte das goldene Kind.

»Es kann Gedanken lesen!« sagte John. »Du kannst Gedanken lesen!«

»Manche. Nicht alle. Ich kann zum Beispiel nicht die Gedanken meines Vaters lesen.«

»Und an welche Zahl denke ich in diesem Augenblick?« fragte Jim.

»An die dreiundzwanzig.«

»Stimmt«, sagte Jim.

»Unglaublich«, sagte John.

»Neunundsechzig«, sagte Kain.

»Verzeihung?«

»Neunundsechzig. Das ist die Zahl in Ihrem Kopf, John Omally.«

»Das überrascht mich nicht«, sagte Jim. »Aber könntest du auch ...?«

»Die Lottozahlen vorhersagen? Nein, Sir.«

»Schade«, sagte Jim. »Nichtsdestotrotz unglaublich. Kann dein Bruder das auch?«

»Abel kann andere Sachen.«

»Und Abel kennt sich auch mit Computern aus?«

»Abel wird Ihnen vielleicht nicht helfen wollen. Ich schon.«

»Aber warum?«

»Weil«, sagte Kain, »weil etwas Wunderbares im Begriff steht zu geschehen. Ich kann es spüren, es liegt in der Luft. Sie nicht auch?«

Jim starrte Kain in die goldenen Augen. Die goldenen Augen blinzelten, wurden zu einem Paar bernsteinfarbener Augen. Suzys Augen. Diese wunderbaren, wundervollen, wunderschönen Augen Suzys, die Jims Herz einen Satz machen ließen.

»Geben Sie mir die CD«, sagte Kain.

Und Jim gab dem Knaben die CD.

26

»Wer ist er?« fragte Suzy über ihrer Schale mit Dilli Ka Sang Ghosht.

»Ich weiß es nicht.« Jim stopfte sich ein weiteres Stück Nan-Brot in den Mund. »Aber er kann Gedanken lesen, und er hat genau das zu mir gesagt, was auch du gesagt hast, als wir auf der Kanalbrücke gestanden haben.«

»Du siehst jetzt also, was ich gemeint habe, ja?«

»Nun, ich muß wohl, oder? Ich bin schließlich ein Teil davon.«

»Du bist sogar ein sehr großer Teil von alledem. Aber was hat deine Meinung geändert?«

»Einfach das eben. Daß ich ein großer Teil von alledem bin. Daß einer meiner Vorfahren den Mönch ermordet hat. Daß ich die Schriftrollen gefunden habe. All das. Ich kann nicht davonspazieren oder die Augen schließen. Ich muß es tun. Ich weiß, daß ich es muß. Aber wenn es getan ist – wenn wir es schaffen und wenn ich heil in einem Stück aus all dem herauskomme – dann *werde* ich dir diese Frage stellen.«

»Ich werde auf dich warten. Und auf deine Frage. Und meine Antwort wird wahrscheinlich *ja* sein.«

»Wahrscheinlich?«

»Nun, du mußt die Frage schon zuerst stellen. Möchtest du mit zu mir nach Hause kommen, wenn wir fertig gegessen haben?«

»Auf eine Tasse Kaffee?«

»Vielleicht auch für mehr.«

»Vielleicht?«

»Wahrscheinlich.«

»Wie könnte ich nein sagen? Aber du erinnerst dich an das, was ich dir erzählt habe?«

»Das spielt überhaupt keine Rolle.«
»Für mich schon.«
»Du bist es, der eine Rolle spielt.«
»Ich?«
»Das weißt du, Jim.«
»Suzy.« Jim wischte sich Krümel vom Kinn.
»Ja, Jim?«
Jim atmete sehr, sehr tief durch. »Ich liebe dich, Suzy«, sagte er.
Suzy lächelte. Dieser faszinierende Mund, diese wunderschönen, überirdischen Augen. »Ich liebe dich auch, Jim.«

»Nein«, sagte John. »O nein, Jim! Nein, nein, nein, Jim. Nein!«
Sie befanden sich im *Fliegenden Schwan*.
Mittagszeit des nächsten Tages.
»Ich konnte nicht anders«, sagte Jim. »Der Zeitpunkt schien richtig, und es kam einfach so heraus. Und sie hat gesagt, daß sie mich ebenfalls liebt. Sie hat gesagt: ›Ich liebe dich auch, Jim‹, einfach so. Ich hatte plötzlich einen riesigen Knoten im Hals, und ich hab' ihr eine ganze Schüssel Punjabi direkt in den Schoß gekippt.«
»Sehr romantisch.«
»Meinst du? Suzy schien das ein wenig anders zu sehen.«
»Und dann bist du mit zu ihr nach Hause gegangen?«
»Ja. Bin ich.«
»Und was ist dann passiert?«
»Wir haben Kaffee getrunken. Zwei Tassen.«
»Und?«
»Biskuits«, sagte Jim.
»Und?«

»Nur Biskuits.«

»Dann hast du nicht … hast du nicht?«

»Nein, John. Wir haben nicht.«

»Jim, du mußt dich ein wenig zusammenreißen. All dieser romantische Kram ist schön und gut zu seiner Zeit. Aber wenn du nicht zur Sache kommst, dann wirst du diese Frau verlieren.«

»Zur Sache kommen?«

»Du weißt ganz genau, wovon ich rede.«

»Eine Beziehung ist mehr als nur das.«

»Ja, sicher, du hast recht, viel mehr sogar. Aber meiner Meinung nach ist diese Sache das beste daran.«

Jim seufzte. »Ich lechze danach, zur Sache zu kommen, John«, gestand er. »Aber der Zeitpunkt muß richtig sein. Ich möchte, daß es etwas ganz Besonderes wird.«

»Glaub mir, Jim, es ist etwas ganz Besonderes. Jedesmal.«

»Wie für dich auf meiner PARTY!, meinst du das?«

Omally leerte sein Pint. »Noch mal das gleiche?« fragte er.

»Also«, sagte der Alte Pete, »da war dieser … dieser … äh …«

»Ire?« fragte eine Dame mit einem Strohhut.

»Waliser?« fragte Paul der Medizinstudent.

»Zwerg?« fragte der Kleine Dave der Postbote.

»Äh …« sagte der Alte Pete.

»Zwei Pints Large bitte, Neville«, sagte John Omally.

»… Typ«, sagte der Alte Pete. »Und er geht in diese Kneipe, oder war es eine …«

»Bücherei?« fragte die Dame.

»Kirche?« fragte Paul.

»Teestube?« fragte der Kleine Dave.

»Irgendwas«, sagte der Alte Pete. »Und er ist mit diesem anderen Kerl zusammen, oder war es ein ...«

»Eine Frau?« fragte die Dame.

»Ein Gorilla?« fragte Paul.

»Was ist denn hier los?« fragte Omally.

Neville kam zur Sache, doch es war eine andere Sache als *die* Sache. Die Sache, die die meisten Männer sehr viel häufiger tun als die andere Sache.

»Er ist leer«, sagte Neville.

»Leer? Was?«

»Ausgetrocknet. Sieh ihn dir an. Er weiß keinen neuen Witz mehr.«

»Jedenfalls hatte er diese Operation«, fuhr der Alte Pete fort. »... oder ist er in ein Kloster gegangen?«

»Vielleicht war es eine Bank?« schlug die Dame vor.

»Einmal ist ein Saarländer in eine Bank gegangen«, erzählte Paul, der bärtige Medizinstudent. »Und dann hat er gesagt: ›Hände hoch‹, und der Kerl hinter dem Schalter hat gesagt: ›Sie sind ein Saarländer*, stimmt's?‹, und der Bankräuber hat erwidert: ›Stimmt, aber woher wissen Sie das?‹, und der Typ hinter dem Schalter sagt: ›Sie haben das falsche Ende Ihrer Schrotflinte abgesägt.‹« Die Dame mit dem Strohhut brach in schallendes Gelächter aus.

»Ich versteh' das nicht«, sagte der Alte Pete.

»Der junge Master Robert war vorhin hier im Laden«, berichtete Neville und schob John die beiden Pints über den Tresen.

»Oh?« sagte John. »Tatsächlich?«

»Er hat nach dir gesucht. Ich hab' ihn wegen der Dekoration gefragt.«

»Oh, tatsächlich?« sagte John.

* Es kann nur einen geben!

»Er hat gesagt, er würde spätestens morgen alles wieder so einrichten wie früher.«

»Oh, gut«, sagte John.

»Und dann hab' ich ihm deine Adresse gegeben«, fuhr Neville fort.

»Oh, welch eine Freude«, sagte John. »Gehen diese beiden Pints aufs Haus?«

»Nein«, sagte Neville. »Tun sie nicht.«

»Schimpanse«, sagte der Alte Pete. »Nein, Nonne. Nein, Schornsteinfeger ...«

»Ich frage mich, wann wir wieder von dem kleinen Jungen hören«, sagte John, als er zu Jims Kirchenbank zurückgekehrt war.

»Kain? Das war ein Fehler, weißt du, dem kleinen Kerl die CD zu geben.«

»Er schien genau zu wissen, was er damit tun mußte. Er schien verdammt noch mal alles genau zu wissen.«

»Das wird alles in die Hose gehen«, sagte Jim. »Es ging viel zu schnell.«

»Nein, wird es nicht. Es wird alles ganz genau nach Plan laufen. Dieser Junge ... er war etwas Besonderes, oder nicht? Er war fast ... *inspirational* oder wie das heißt. Ich weiß nicht, wie ich es beschreiben soll.«

»Ich auch nicht, aber ich weiß genau, was du meinst. Sehr eigenartig.«

»Wirklich.«

»Der Midwicher Kuckuck. Warum hast du ihn so genannt?«

»Ich weiß nicht. Er war so unheimlich.«

»So unheimlich auch wieder nicht«, sagte Kain.

»Aaaaaaaaargh!« machte Jim.

»Ich mach' mit«, sagte John und machte ebenfalls: »Aaaaaaaaargh!«

»Tut mir leid«, sagte Kain. »Ich wollte Sie nicht erschrecken.«

»Aber ... aber du darfst noch gar nicht hier rein!« flüsterte Jim. »Du bist noch viel zu jung!«

»Aber das hier ist doch eine Kirche, oder vielleicht nicht?« Kain blickte sich um.

»Nein«, sagte Jim. »Das ist keine Kirche. Das ist eine Themenbar.«

»Bar«, sagte Kain. »Laster, Ausschweifungen, Verderbtheit, Gelage, Verkommenheit, Trunksucht, Delirium tremens ...«

»Freude und Dominos«, sagte John.

»Dominos?« fragte Jim.

»Diskussionen«, sagte John. »Ein Ort der Diskussionen.«

»Trink nicht nur Wasser«, sagte Kain, »nimm auch ein wenig Wein, um deines Magens willen.«

»Äh ... genau das denken wir auch. Wie ist es mit der CD gelaufen? Hast du ...?«

»Falsch!« sagte Jim. »Es war falsch von uns.«

»Ich hab' sie in den Computer gesteckt«, sagte Kain. »In Penge. Wo es wirklich wunderschön ist, wie ich bemerken möchte.«

»Du hast es getan?« Jim schüttelte den Kopf. »Und niemand hat dich dabei gesehen?«

»Niemand sieht mich, wenn ich nicht möchte, daß jemand mich sieht.«

»Kauf dem Knaben eine Limonade«, sagte Jim. »Und ein Päckchen Chips.«

»Ich hätte lieber einen Gin und Tonic«, sagte Kain.

»Eine Tasse Tee?« fragte Clive.

»Ich würde einen Gin und Tonic vorziehen«, entgegnete Derek.

»Das ist wohl kaum ein Macho-Drink, Derek.«

»James Bond hat immer Martinis getrunken. Und er war ein ziemlicher Macho.«

»Martini! Das ist etwas für Schwuchteln!«

»Schaumwein ist etwas für Schwuchteln.«

»Nein, Bacardi-Cola ist für Schwuchteln.«

»Aber einer für vornehme Schwuchteln.«

»Ich hab' nie eine vornehme Schwuchtel gesehen.«

»Ist eine Schwuchtel eigentlich das gleiche wie eine Schnalle?«

»Aaaaaaaaargh!«

»Aber das war eine ganz vernünftige Frage!«

»Ich hab' auch gar nicht ›Aaaaaaaaargh!‹ gemacht.«

»Wer dann?«

»Aaaaaaaaaargh!«

»Fred«, sagte Derek. »Das war Fred!«

Clive und Derek rannten durch den Korridor der Macht. Sie erreichten die Kammer der Macht. Derek gewann um Haaresbreite. Clive stieß die mächtige Tür auf.

»Aaaaaaaaargh!« machte Fred erneut.

Er stand hinter seinem Schreibtisch. Der Schreibtisch war noch immer mit einer Staubschutzplane abgedeckt.

An der Decke hatte sich nicht allzuviel verändert.

Fred hielt einen Computerausdruck in der Hand. Es war einer dieser Finanzberichte. Ein Kontoauszug oder so etwas.

»Aaaaaaaaaargh!« machte Fred einmal mehr.

27

Der Kleine Dave war, wie gesagt, ein Postbote.

Ein Postbote war der Kleine Dave.

Früher einmal hatte er den Ruf eines kleinen, nachtragenden, grollhegenden Bastards genossen. Doch nach ein paar sehr häßlichen Erfahrungen mit dem Geist von Edgar Allan Poe, einem Null-g-Kamel namens Simon und einem Mutterschiff von der verlorenen Welt Ceres* hatte er sich gewaltig verändert, und heute war er, die meiste Zeit jedenfalls, ziemlich gelassen.

Die meiste Zeit über, wie gesagt.

Aber nicht an diesem Morgen.

An diesem Morgen schäumte der Kleine Dave förmlich. Er schäumte und hatte Schaum vor dem Mund. Denn er war im Sortieramt der Brentforder Post angekommen, in der nicht unvernünftigen Erwartung, dort die üblichen zwei Säcke Post vorzufinden.

Aber nicht an diesem Morgen.

An diesem Morgen fand er dreiundzwanzig Säcke vor.

»Aaaaaaaaargh!« machte der Kleine Dave schäumend und mit Schaum vor dem Mund. »Dreiundzwanzig Säcke! Aaaaaaaaaargh!« machte er.

Mrs. Terrypratchett**, die Postmeisterin, blickte den Kleinen Dave von oben bis unten an. Obwohl meistens bis unten, weil oben nicht so viel war.

»Es tut mir wirklich sehr leid, Kleiner Dave«, sagte Mrs. Terrypratchett. »Aber all diese Drucksachen sind gestern abend eingegangen, und eine davon muß in jeden einzelnen Briefkasten von Brentford.«

* Wer mehr wissen will, lese die übrigen vier Bände dieser Trilogie.

** Wer?

»Unfaßbar!« Der Kleine Dave ballte eine puppengroße Faust und schüttelte sie. »Unglaublich! Skandalös! Empörend!«

»Es tut mir leid, aber so ist es nun einmal.«

Der Kleine Dave trat wütend gegen den nächsten Sack, und sein Inhalt ergoß sich über den Boden. Der Kleine Dave bückte sich (obwohl nicht besonders tief) und riß eine der Drucksachen an sich. Und starrte sie voller Fassungslosigkeit und Empörung an.

GELD GRATIS! stand in der Überschrift zu lesen, auf eine Weise, die geeignet war, die Aufmerksamkeit des Lesers zu fesseln.

»Hä?« machte der Kleine Dave.

DAS BRENTFORDER MILLENNIUM-KOMITEE BIETET IHNEN EINE CHANCE, AM GROSSEN GLÜCK DER GEMEINDE TEILZUHABEN.

»Oh«, machte der Kleine Dave.

SIE MÜSSEN NICHTS WEITER TUN, ALS EIN PROJEKT FÜR DIE KOMMENDEN NEUJAHRSFEIERN VORZUSCHLAGEN, UND DER FONDS STELLT IHNEN **ALLES GELD ZUR VERFÜGUNG, DAS SIE BRAUCHEN**.

»Das ist doch nur ein billiger Trick!« sagte der Kleine Dave.

DAS IST KEIN BILLIGER TRICK.

»Mensch«, sagte der Kleine Dave.

ALSO FÜLLEN SIE RASCH DAS BEIGEFÜGTE FORMULAR AUS. STECKEN SIE ES IN DEN BEIGEFÜGTEN FREIUMSCHLAG, UND STECKEN SIE DIESEN IN DEN NÄCHSTEN BRIEFKASTEN – UND JEDE MENGE GELD GEHÖRT IHNEN!

»Unglaublich«, sagte der Kleine Dave.

JA, DAS IST UNGLAUBLICH, NICHT WAHR?

»Paragliding«, sagte Mrs. Terrypratchett.

»Was?« fragte der Kleine Dave.

»Synchron-Paragliding«, sagte Mrs. Terrypratchett. »Wie Synchronschwimmen, aber oben am Himmel. Ich bewerbe mich um Geldmittel.«

»Aber Sie sind schon fast achtzig!«

»Man ist immer nur so alt wie die Männer, die man fühlt.«

Der Kleine Dave seufzte. »Manchmal fühle ich mich wie ein mutterloses Kind«, sagte er. »Aber wahrscheinlich gibt es ein Gesetz dagegen.«

»Bestimmt sogar«, sagte Mrs. Terrypratchett. »Und es sollte auch eins gegen das Recyceln von alten Kalauern geben. So, Kleiner Dave. Hoch mit dir, und hinaus mit der Post.«

»Ich bin schon aufgestanden.«

»Oh. Ja, natürlich. Also schön. Dann an die Arbeit mit dir.«

Der Kleine Dave gab brummelnde Geräusche von sich. »Das ergibt doch überhaupt keinen Sinn«, beschwerte er sich. »Ich brauche fast einen ganzen Tag, um zwei Säcke mit Briefen auszuliefern. Ich brauche einen Monat, um das hier alles auszutragen.«

»Gott segne das Brentforder Millennium-Komitee!«

»Was?«

»Sie haben dir zehn Teilzeitkräfte zur Verfügung gestellt. Die Leute warten draußen auf dem Parkplatz auf deine Befehle.«

»*Meine* Befehle?«

»Deine Befehle. Man hat dir den Titel des Millennium-Postboten erster Klasse verliehen, und dein Gehalt wurde verdoppelt.«

»Oh.« Der Kleine Dave streckte seine Hühnerbrust heraus. »Also gut, dann wollen wir mal anfangen.«

»Schön«, sagte Professor Slocombe und las das Schreiben durch. »Wenn du dir etwas in den Kopf gesetzt hast, John, dann schreckst du wirklich vor nichts zurück.«

»Danke sehr, Professor.« John Omally butterte sich einen Toast und grinste über den Frühstückstisch des alten Gelehrten hinweg. »Ich denke, ich sollte eine positive Resonanz bewirken.«

»Brei«, sagte Jim und tauchte ein Stück Brot in sein weichgekochtes Ei. »Das alles endet in einem einzigen großen Brei.«

»Warum denn das?« erkundigte sich der Professor.

»Weil sich jeder Bauernfänger und jeder Irre in der ganzen Gemeinde melden wird.«

»Das ist doch die Idee dahinter.«

»Aber sie tun es doch nur des Geldes wegen! In Wirklichkeit gibt es überhaupt keine Projekte.«

»Damit hat er vielleicht gar nicht so unrecht, John«, sagte der Professor.

»Nein, Sir.« John Omally schüttelte den Kopf. »Ich kenne die Brentforder. Vertrauen Sie mir, ich sortiere die Irren und die Mondsüchtigen aus.«

»Setz einen Dieb ein, wenn du einen Dieb fangen willst«, murmelte Jim.

»Das weise ich strikt von mir.«

»Ja. Tut mir leid. Komm, wir betrachten die Sache von der guten Seite, ja?«

»Jim, ich denke, zu guter Letzt *sind* wir endlich einmal auf der guten Seite.«

»Ja. Ich schätze, du hast recht. Dann wäre jetzt vielleicht ein guter Zeitpunkt, um die Frage unserer Honorare zu besprechen.«

»Ja. Ein sehr guter Zeitpunkt.«

Freds Stimme stieg. Sie stieg und stieg. Sie brachte den Kristall des neuen Kronleuchters zum Klirren. Sie ließ die Fensterscheiben vibrieren. Sie brachte die Vase auf dem Kaminsims zum Herunterfallen. Und wenn man der Chaostheorie auch nur annähernd Glauben schenken kann, dann hat sie auch die Rosenkohlsaat im Oberen Sumatra vernichtet.

»Bringt mir ihre Köpfe!« kreischte Fred. »Bringt mir ihre verdammten Köpfe!«

Clive hatte die Hände fest auf die Ohren gepreßt. Trotzdem hatte seine Nase zu bluten angefangen.

»Ich glaube nicht, daß Köpfe eine Lösung sind!« brüllte er zurück.

»Ich schon«, widersprach Derek. »Ich denke, wir sollten die gesamte Bevölkerung von diesem Kaff Brentford köpfen.«

Freds Hände zitterten mächtig. In den Fingern hielt er eine von Omallys Drucksachen. Seine Finger zerrupften die Drucksache in winzige Schnipsel und schleuderten sie in die Luft. »Ich will, daß ihr diesen Kerlen einen Strich durch die Rechnung macht! Sabotage!« Seine Stimme erklomm ständig neue rekordverdächtige Höhen. »Und ich will augenblicklich mein Geld zurück.«

Aber er bekam es nicht zurück.

Früh am nächsten Morgen saßen John und Jim im Postbüro von Brentford und überflogen die dreiundzwanzig Säcke mit Antwortschreiben, die alle noch am gleichen Tag in die Briefkästen geworfen worden waren.

»Ich glaube, wir können von einer hundertprozentigen Erfolgsrate sprechen«, sagte John. »Sollen wir uns durchwühlen?«

»Werden wir etwa dafür bezahlt?« fragte Jim.

»Selbstverständlich. Was hast du denn geglaubt?«

»Nun ja, ich dachte eigentlich immer, daß Direktoren einer Gesellschaft ihre Tage damit verbringen, sich in großen Limousinen herumchauffieren zu lassen, in teuren Restaurants zu essen, dicke Zigarren zu rauchen und die Nachmittage zusammen mit ihren Sekretärinnen freizumachen.«*

»Ah.« John nickte nachdenklich. »Ich verstehe, was du meinst. Du glaubst, eine Aufgabe wie diese sollte an unsere Untergebenen delegiert werden.«

»Ich hoffe, du hältst mich nicht für überheblich, John. Aber ich habe selbst dringende Geschäfte, die ich persönlich überwachen sollte.«

»Millennium-Geschäfte?«

»Präzise.«

»Und was für Millennium-Geschäfte sind das?«

»Der Bau des *Jim Pooley*.«

»Ah. Aber erinnere ich mich falsch, wenn ich meine, dich sagen gehört zu haben, daß einfach nicht mehr genügend Zeit für ein Bauvorhaben ist?«

»Ha.« Jim tippte sich an die Nase.

»Du hast dir an die Nase getippt, Jim. Das ist ja eine ganz neue Entwicklung.«

Jim tippte sich erneut an das Riechorgan. »Ich habe beschlossen, die Dienste unserer lokalen Bauunternehmer in Anspruch zu nehmen. Den Haarigen Dave und Dschungeljohn. Sie werden das *Jim Pooley* in der traditionellen Rundhüttenbauweise erstellen. Zwei Wochen, und das Ding steht.«

»Eine leichte Brise, und es liegt wieder.«

* Trifft auch auf Lektoren großer Verlage zu (Anm. d. Lektors).

»Ich werde selbst die Arbeiten am Bau beaufsichtigen.«

»Das wird Neville nicht gefallen.«

»Ich habe nicht vor, dieses Thema bei Neville zur Sprache zu bringen.«

Omally zuckte die Schultern. »Meinetwegen. Tu, was du nicht lassen kannst. Wenn du meinst, dieses Stück Selbstbefriedigung ist wichtiger, als dem Professor zu helfen?«

»Das hab' ich nicht gesagt. Es ist mein persönlicher Beitrag zu den Festlichkeiten.«

»Du bist wie immer der Altruismus in Person. Aber bedauerlicherweise muß ich dir in meiner Eigenschaft als Manager des Brentforder Millennium-Komitees und damit dein unmittelbarer Vorgesetzter mitteilen, daß ich dir unmöglich freigeben kann.«

»Was?«

»Außerdem wäre deine Mühe vergeblich. Der Haarige Dave und Dschungeljohn arbeiten bereits am *Omally's*. Sie sind voll ausgebucht und alles.«

UND ALLES.

Viel ließe sich über das schreiben, was im Verlauf der nächsten Monate geschah, bis der Dezember endlich angebrochen war. Von den zahlreichen und vielfältigen Projekten, die in Gang gesetzt wurden, bis hin zu den vielen Brentfordern, die plötzlich zu hohen Geldsummen gekommen waren und jetzt auf einer Insel in der Karibik leben. Von Freds zum Scheitern verurteilten Versuchen, sein Geld wiederzukriegen, von weiteren haarsträubenden Kämpfen um Leben und Tod, davon, wie der *Fliegende Schwan* wieder zu altem Glanz und alter Schönheit kam, wieder zurückverwandelt wurde in die *Straße nach Golgatha*, dann wieder zum *Fliegenden Schwan* und noch einmal zur *Straße nach Golgatha* und so weiter und so weiter.

Man hätte auch noch ein paar romantische Passagen über Jims Beziehung zu Suzy schreiben können und wie Jim schließlich doch noch zur ›Sache‹ kam. Und daß die ›Sache‹ überhaupt nicht die immer gleiche ›Sache‹ war, wenn es um Jim und Suzy ging.

Und daß Liebe machen etwas ganz Besonderes sein kann.

Aber die Zeit erlaubt es nicht. Also schreiten wir voran zum Montag, dem neunundzwanzigsten Dezember 1997. Zum frühen Abend desselben, mit einem Neumond, der in den Himmel steigt, beträchtlichem Frost in der Luft und Worten, die im *Fliegenden Schwan* gesprochen werden.

Nein, Verzeihung. In der *Straße nach Golgatha*.

28

»Und ich sage euch«, sagte Neville, »wenn es nicht das hier gäbe ...« Er hielt eine Flasche von Norman Hartnells Millennium-Bier in die Höhe, *dem Bier, das so schmeckt, wie Bier früher einmal geschmeckt hat.* »... wenn es nicht das hier gäbe, dann würdet, statt diesem Weihnachtsscheit, ihr auf diesem Kaminrost schmoren.«

Omally grinste elend. »Ich krieg' das noch geregelt, Neville. Ich versprech's dir, ich krieg's geregelt. Du servierst das Bier genau nach dem abgesprochenen Turnus? Wie ich es dir gesagt habe?«

»Ja, ja, ja. Numerierte Kisten, roter Flaschendeckel letzte Woche, gelber Deckel diese Woche, grüner Deckel nächste Woche. Weiß ich doch alles, Omally. Das Bier muß frisch serviert werden, weil es sich nicht hält. Das hast du mir immer und immer wieder gesagt, genau wie Norman. Ich bin ein Profi, weißt du?«

»Ich weiß, ich weiß. Aber es ist wirklich sehr wichtig, daß du die jeweilige Lieferung innerhalb einer Woche aufbrauchst. Sie geht sonst nämlich hoch, weißt du?«

Jim, der an der Theke gestanden und gerade getrunken hatte, verschluckte sich fast. Er hustete in sein Bier, und der Schaum stieg ihm in die Nase.

»*Sie geht hoch*. O mein Gott.«

John steuerte ihn zu einem Nebentisch.

»Reiß dich ein bißchen besser zusammen, Jim«, empfahl er.

»Mich zusammenreißen? John, was ist, wenn er eine Kiste übersieht oder so? Der ganze *Fliegende Schwan* geht hoch! Menschen werden sterben, John! Neville mit diesem Bier zu versorgen ist eine ganz, ganz schlechte Idee gewesen.«

»Ich versorg' ihn nur mit soviel, wie er absetzen kann.

Es ist das beliebteste Bier in der ganzen Gemeinde, Jim! Noch nie ist etwas bis zur folgenden Woche übriggeblieben. Und dieses Bier ist der einzige Grund, aus dem wir beide noch kein Lokalverbot haben.«

»Aber es macht keinen Spaß mehr, in den *Fliegenden Schwan* zu gehen, nicht in dieser Verkleidung.« Jim ließ den Blick über die religiösen Insignien schweifen. Sie sahen inzwischen recht mitgenommen aus von dem ständigen Ein- und Ausräumen, doch im Grunde genommen und angesichts der Jahreszeit – schließlich war Weihnachten – sahen sie gar nicht so schlecht aus.

»Ich krieg das schon geregelt, Jim.«

»Nichts kriegst du geregelt. Du kriegst das genausowenig geregelt wie Norman das mit dem Bier jemals geregelt kriegt.«

»Und was ist mit deinem freien Rockkonzert auf dem Fußballplatz, Jim?«

»Jaja.« Jim machte die legendäre Soso-Geste. Die Geste, die bedeutet: Eigentlich nein.

»Nein«, sagte John. »Das dachte ich mir.«

»Ich hatte eine definitive Zusage von den Hohlen Schokoladenhasen, außerdem wollten Sonic Energy Authority kommen und die Verlorenen T-Shirts von Atlantis.«

»Ich will nicht skeptisch erscheinen«, sagte John, »und das sind bestimmt alles sehr gute Bands. Aber es ist genaugenommen nicht gerade deine geplante Weltbesetzung, oder?«

»Wir hätten die Spice Girls kriegen können.«

»Ah«, sagte John.

»Ja, ah. Hättest du nicht mit den Spice Girls rumgemacht, hätten wir sie jetzt.«

»Ich hab' nicht mit allen rumgemacht, Jim. Nur mit einer.«

»Und welche war es?«

»Die, die aussah, als wäre sie vakant.«

»Das ist keine besonders deutliche Antwort, findest du nicht?«

»Sieh mal, das spielt doch überhaupt keine Rolle mehr. Die Spice Girls sind wegen künstlerischer Differenzen auseinandergegangen. Nicht wegen mir.«

»Du machst alles immer nur noch schlimmer für dich. Und wo wir gerade davon reden, wie weit ist das *Omally's*? Ich warte schon seit einiger Zeit auf meine Einladung zur feierlichen Eröffnung.«

»Jaja.« John machte die legendäre Soso-Geste. Die Geste, die bedeutet: Eigentlich nein.

»Sieh es von der guten Seite, John. Die gesamte Gemeinde wird das neue Jahrtausend feiern, genau wie es der Professor wollte.«

»Du meinst die wenigen, die noch nicht in die Karibik übersiedelt sind.«

»Wir haben vielleicht zweihundert Einwohner verloren, übertreib nicht. Und wenn du etwas weniger Zeit mit deiner Freundin und den Experimenten mit dem Inhalt ihres Kühlschranks verbracht hättest …«

»Hör sofort damit auf!«

»Also schön. Aber wenn du mehr Zeit damit verbracht hättest, dich auf die Arbeit zu konzentrieren, dann hätten wir eine Menge mehr erreichen können.«

»Sollen wir vielleicht unsere Liste konsultieren, um herauszufinden, was genau getan wurde?«

Omally zog ein winzig kleines Blatt Papier aus seiner Brusttasche. »Da ist zum einen das Konzert auf dem Fußballplatz«, sagte er.

»Das *ich* organisiert habe.«

»Und das Bierfestival.«

»O ja, sicher. Eine von deinen Ideen. Eine Idee, die aller Wahrscheinlichkeit nach in einem nuklearen Holocaust enden wird.«

»Der Schönheitswettbewerb. Ah, nein. Nicht der Schönheitswettbewerb.«

»Nicht der Schönheitswettbewerb?«

»Nein, nicht der Schönheitswettbewerb. Ich möchte nicht weiter darüber reden. Es hat ein paar unangenehme Zwischenfälle bezüglich meiner Interviewmethoden gegeben ... Ehemänner, Freunde, Verlobte ... Laß uns lieber nicht mehr über diesen Schönheitswettbewerb reden.«

Jim schüttelte ein weiteres Mal den Kopf.

»Das Straßenfest«, sagte John.

»O ja, das Straßenfest namens Wunschtraum. Oder sollte ich es lieber das *Es-ist-verdammt-noch-mal-viel-zu-kalt-für-ein-Straßenfest-um-diese-Jahreszeit-Straßenfest* nennen?«

»Das Bierfestival.«

»Das hatten wir bereits.«

»Das Synchron-Paragliding.«

»Ja, das Synchron-Paragliding. Ein halbes Dutzend Großmütterchen, die sich vom Gasometer in den Tod stürzen. Das sollte wirklich eine große Menschenmenge anziehen.«

»Und das Feuerwerk.«

»Feuerwerk?«

»Ha, du wußtest nichts von diesem Feuerwerk, gib's zu!«

»Ja. Ich gestehe, daß ich nichts von diesem Feuerwerk wußte. Und wer organisiert das Feuerwerk?«

»Mmmph«, nuschelte Omally.

»Wie bitte? Ich hab' dich nicht richtig verstanden, John.«

»Norman.«

»Norman. Na wunderbar. Feuerwerk, wie es früher einmal war, vermute ich?«

»So ungefähr in dieser Richtung, ja.«

»Also können wir damit rechnen, das Wort ›breiig‹ am Himmel leuchten zu sehen?«

»Norman macht das schon. Er hat einen mobilen De-Entropisierer konstruiert, der die Raketen wieder und wieder rekonstituiert. Bis die Autobatterie leer ist jedenfalls. Es wird ein spektakuläres Ereignis. Vertrau mir, ich weiß, was ich tue.«

»Sicher. Mit dem Feuerwerk und den Paraglider-Omas haben wir die Situation fest unter Kontrolle. Was für eine denkwürdige Nacht, eh? Ich hoffe nur, ich kann mich beherrschen und sterbe nicht an einer Überdosis reinsten Vergnügens.«

»Dann wirst du also die Küche deiner Freundin dafür sausen lassen?«

»John, zum letzten Mal. Ich warne dich.«

»Aber es macht Spaß, oder nicht?«

»Ja, sicher. Aber hör mal, John, ganz ehrlich – wir haben die Geschichte wirklich vermasselt. All das Geld, das wir weggegeben haben ... es ist nichts Nennenswertes dabei herausgekommen, oder?«

»Ich persönlich habe überhaupt nichts dabei gewonnen. Der Professor war sehr penibel, was meine eigenen Ausgaben anbelangt.«

»Und daß er uns dazu gezwungen hat, den sozialen Dienst zu verrichten, das war wirklich Öl ins Feuer gießen.«

»Er hat gesagt, es täte unseren Seelen gut.«

Jim starrte in sein leeres Glas. »Was glaubst du eigentlich, was genau geschieht, wenn der Professor diese Zeremonie in der Silvesternacht vollzieht?«

»Frag mich nicht. Aber er scheint fest überzeugt, daß er etwas Wunderbares bewirken kann. Das Heraufdämmern eines neuen Zeitalters. Ein Schritt näher an der GANZ GROSSEN IDEE.«

»Die GANZ GROSSE IDEE.« Jim schob sein leeres

Glas beiseite. »Ich glaub', ich geh jetzt rüber zu Suzy«, sagte er.

»Nun ja, bleib weg von den lebenden Yoghurtkulturen. Davon kriegst du Soor.«

»John!«

»Ehrlich, Jim. Davon kriegt man Soor.«

»Ich werd' dran denken. Und was machst du jetzt?«

»Ich? Relaxen.« John saugte den letzten Rest Leben aus seinem Glas. »Ich trinke noch ein paar Biere hier im *Fliegenden Schwan* und entspanne mich. Heute nacht passiert sowieso nichts mehr, oder? Ich meine, was soll heute nacht schon noch passieren?«

Jim sah John an.

Und John sah Jim an.

»Warum nur«, sagte Jim, »warum nur wünsche ich mir so inbrünstig, du hättest das nicht gesagt?«

Als Jim den *Fliegenden Schwan* verließ, ging er zwischen zwei Männern hindurch, die den *Schwan* gerade betreten wollten. Es waren große, gutgebaute Männer. Sie sahen aus wie Anfang Dreißig und trugen identische graue Tweedanzüge. Einer der beiden hatte langes goldenes Haar und einen goldenen Bart, der andere dunkle Haare und ebenso dunkle Koteletten. Als Jim zwischen den beiden hindurchtrat, überkam ihn ein höchst alarmierendes Gefühl. Es war, als wäre eine Seite von ihm mit einemmal kalt wie Eis, während die andere fiebrig glühte.

Jim riß sich mit einiger Mühe zusammen und ging mit federnden Schritten davon.

Suzys Wohnung befand sich in der Horseferry Lane, ein wenig oberhalb des *Geschrumpften Kopfs*. Sie lag in einem dieser neuen, schicken dreistöckigen Wohnhäuser, in denen gutaussehende Künstlertypen lebten, mit denen Jim absolut nichts gemeinsam hatte. Er verbrachte einen großen Teil seiner Zeit damit, sich den Kopf zu zerbrechen, was Suzy eigentlich in ihm sah. Er war ein Herumtreiber, daran gab es nichts zu rütteln. Ein Träumer und Romantiker vielleicht, aber ein Herumtreiber. Ein Individualist, wie sie immer wieder betonte, in einer Welt, wo nur noch wenige Individualisten existierten. Und sie beide hatten etwas Gemeinsames. Etwas Wunderbares. Etwas, das die Unterschiede in ihren persönlichen Lebensumständen vollkommen belanglos machte. Und wenn zwei Menschen erkennen, daß sie füreinander bestimmt sind, dann gibt es nichts mehr, das ihnen im Weg stehen könnte.

Sie hatte Jim einen eigenen Wohnungsschlüssel gegeben. Nun ja, eigentlich war es kein richtiger Wohnungsschlüssel, jedenfalls nicht in Jims Augen. Es war eine von diesen neumodischen Plastikkarten, die man in die kleine schwarze Box an der Haustür schieben mußte. Die Box und die Plastikkarte hatten Jim mehr als einmal fast zur Verzweiflung getrieben. Der Techniker, der gekommen war, um die kleine schwarze Box zu reparieren, meinte, daß es ihm vollkommen rätselhaft sei, daß die Box immer wieder kaputtging. Jim hatte die Plastikkarte nicht mehr. Er mußte klingeln.

Jim klingelte.

Doch niemand öffnete ihm.

Jim inspizierte den Klingelknopf. Schließlich war es möglich, wenn auch unwahrscheinlich, daß die Klingel kaputt war. Einen Stein ans Fenster werfen? Nein, das war keine besonders gute Idee, nicht nach dem, was beim letzten Mal passiert war. Jim zuckte die Schultern.

Wahrscheinlich war Suzy irgendwo unterwegs. Sollte er hier warten? Oder einfach nach Hause gehen? Er lehnte sich gegen die Haustür. Die Haustür *Schwang* nach innen auf, und er fiel in den dunklen Hausflur.

»Aua!« sagte Jim und rappelte sich auf die Beine.

Die Tür *Schwang* wieder zu, doch sie fiel nicht ins Schloß. Der Riegel hing lose im Rahmen.

»Das war aber ganz bestimmt nicht ich!« sagte Jim. »Dafür kann ich nichts.«

Er klopfte seine Kleidung ab, wie Menschen so ihre Kleider abklopfen, wenn sie hingefallen sind. Sie tun es, gleichgültig, wo sie gefallen sind, auch wenn es dort gar keinen Staub zum Abklopfen gibt. Es hat wahrscheinlich irgend etwas mit Rassengedächtnis zu tun oder mit einem uralten Instinkt. Oder vielleicht ist es auch nur eine Bulle oder ein alter Brauch oder sonstwas.

Jim straffte die Schultern und marschierte die Treppe hinauf. Suzys Wohnung war die Nummer drei auf der zweiten Etage. Anhänger der Verschwörungstheorie der Illuminaten mögen daraus durchaus die Zahl dreiundzwanzig ableiten.

Jim machte sich nicht die Mühe zu klingeln. Er klopfte an der Tür. Und als sein Knöchel das schwarzlackierte Holz berührte, *Schwang* die Tür nach innen auf und enthüllte …

Eine Szene der Verwüstung.

Jim trat ein, voller Hast und von plötzlicher Furcht erfaßt. Die Wohnung war durchwühlt worden. Und zwar ziemlich gründlich. Die Vorhänge heruntergerissen, Kissen zerfetzt, Vasen zerbrochen, Bücher zerrissen, Bilder aus ihren Rahmen gezerrt.

»Suzy!« Jim stapfte über das Chaos, richtete das Sofa, schleuderte die herabgefallenen Vorhänge zur Seite. In die Küche. Ins Badezimmer.

Das Schlafzimmer.

Das Bett war gemacht. Die Bettdecke ordentlich. Die blassen Seidenvorhänge hingen vor den Fenstern, unberührt. Das Auge des Hurrikans in einem bösen Sturm.

Jim fühlte sich ganz elend.

»Lieber Gott, nein!« stammelte er.

Das Telephon auf dem Nachttisch klingelte. Er riß den Hörer hoch.

»Ich wette, du bist ziemlich sauer, was?« sagte die Stimme von Derek.

»Wer ist da?«

»Du erinnerst dich an mich, oder zumindest an meine Neunmillimeterautomatik, nicht wahr?«

Jims Herz drohte in die Hose zu rutschen. Seine Knie gaben nach. »Suzy«, flüsterte er. »Sie haben Suzy, nicht wahr?«

Jim hörte Geräusche von jemandem, der sich wehrte. Dann ein Klatschen. Und das schreckliche Geräusch der weinenden Suzy.

»Ich bringe Sie um.« Jim zitterte unkontrolliert. »Wenn Sie ihr etwas tun, bringe ich Sie um.«

»Ich bin sicher, das würden Sie gerne. Aber es ist unnötig. Sie können die Kleine wiederhaben. Möglicherweise sogar in einem Stück, wenn Sie tun, was man Ihnen sagt.«

»Und das wäre?«

Derek redete, und Jim hörte zu. Und Jims Gesicht, blaß, bleich und geisterhaft, wie es ohnehin schon war, wurde noch blasser, bleicher und geisterhafter.

29

Die Kapelle spielte ›Believe It If You Like‹.

Es war eine große Blechkapelle, mit großen, bierbäuchigen Männern. Sie trugen schicke Uniformen, purpurn mit goldenen Schärpen und mit dem Emblem des auffliegenden Vogels Greif darauf. Und hohe glänzende schwarze Stiefel und Trompeten und Kornetts und große Baßfagotte.

Und sie marschierten durch Butts Estate und spielten ›Believe It If You Like‹.

Kinder kreischten und winkten mit ihren Union Jacks.

Und alte Mütterchen kreischten und wedelten mit ihren Spitzentaschentüchlein.

Und alte Männer nickten mit den Köpfen zum Rhythmus.

Und eine Dame mit einem Strohhut sagte: »Sie spielen in C-Dur.«

Und ein Medizinstudent namens Paul sagte: »O nein, das tun sie nicht.«

Und der Wetterbericht sagte: »Kein Regen.« Und die Wintersonne schien hell und freundlich, und es war ein ganz besonderer Tag, o ja, das war es.

Der Silvesterabend.

John Omally warf einen Blick auf seine goldene Piaget-Armbanduhr. (Nun, er war schließlich doch imstande gewesen, die eine oder andere Spesenabrechnung durchzusetzen.)

»Fast vier«, sagte er. »Wo steckt Jim?«

Norman Hartnell kam herbeigerannt.

»Hast du etwas von Jim gehört?« fragte John.

»Nein«, antwortete Norman. »Es ist das gleiche wie immer. Du bist der letzte Mensch, der ihn lebend gesehen hat. Vorgestern abend.«

»Was ist mit seiner Freundin? Er hat gesagt, er wolle zu ihr.«

»Sie ist nicht da. Ich hab' Dutzende Male geklingelt, aber ich hab' keine Antwort bekommen. Und ich hab' auch keine Zeit, das für dich zu machen. Glaubst du, die beiden könnten ...«

»Was denn?« Omally versteifte sich. »Du meinst, sie sind zusammen weggelaufen? Durchgebrannt oder wie?«

»Mehr als möglich, John. Dieser Jim ist bis über beide Ohren verknallt.«

»Nein«, sagte Omally. »Nein und nein.« Er schüttelte wild den Kopf. »Das hätte Jim niemals getan. Nicht, ohne mir vorher Bescheid zu sagen.«

»Vielleicht hatte er Angst, du könntest ihm seinen Plan ausreden?«

»O nein.« Omally warf einen weiteren Blick auf seine goldene Armbanduhr. Wenn er schon imstande gewesen war, genügend Spesen abzurechnen, um sich diese Uhr zu leisten, dann hatte Jim vielleicht ebenfalls genügend Kohle beiseite geschafft, um die Fliege zu machen. Und er hatte es von ihnen beiden nötiger.

Plötzlich verspürte John eine gähnende Leere in sich. Irgendwie war ihm der Gedanke nie gekommen, daß Jim und er vielleicht nicht bis ans Ende aller Tage die besten Freunde bleiben würden. Sie waren schließlich ein Team. Sie waren die beiden Kumpel.

Und sie waren Individualisten.

»Ich muß zurück in die Brauerei«, sagte Norman. »Da kommen neue Kisten mit Bier aus dem De-Entropisierer, und ich muß sie rüber zum *Schwan* bringen. Ich seh' dich dann später beim Feuerwerk, ja?«

Doch John antwortete nicht.

In jenem Haus in der Moby Dick Terrace, wo das alte Ehepaar eines höchst unnatürlichen Todes gestorben war, marschierte Dr. Stefan Malone auf und ab. Die Dielen knarrten unter seinen Schritten in dem spärlich möblierten Wohnzimmer mit zugezogenen Vorhängen und einer einzelnen schwachen, nackten Glühbirne an der Decke. Zwei große Männer saßen in Lehnsesseln und beobachteten ihn schweigend.

»Heute nacht«, sagte Dr. Stefan, »heute nacht kehren wir nach Kether House zurück. Ich habe sämtliche Vorbereitungen getroffen. Heute nacht werdet ihr von meinen Plänen erfahren, und ich werde …«

Kain öffnete den Mund, um zu sprechen.

»Nein, Kain, sei still und hör zu. Ich habe euch nur für diesen einen Zweck erschaffen. Wißt ihr eigentlich, wer ihr seid?«

»Ich bin Kain«, sagte Kain, »und du bist mein Vater.«

»Und du, Abel? Was ist mit dir?«

»Ich bin ein Teil von Kain«, sagte Abel. »Und Kain ist ein Teil von mir. Wir beide sind eins.«

»So ist es. Und heute nacht werdet ihr tatsächlich eins. Zwei Menschen, die eins werden, und im Augenblick dieser Vereinigung …«

»Werden wir sterben«, sagte Kain.

»Weil wir sterben sollen«, sagte Abel. »Ist es nicht so, Vater?«

Dr. Stefan antwortete nicht.

Professor Slocombes Arbeitszimmer war ausgeräumt worden. Jedes antike Buch, jede Glasvitrine, jedes ausgestopfte Tier, jedes kostbare Artefakt, jeder Tisch, jeder Stuhl und jedes Sofa waren verschwunden. Die Kerzenleuchter an den Wänden waren nicht mehr da, genauso wie die Vorhangschienen. Die Teppiche. Die Läufer und Dhurries. Und die Wände und die Decke und der Boden und die Holzvertäfelungen und selbst die Scheiben der großen Verandafenster waren schwarz gestrichen worden. Und auf dem schwarzen Fußboden, ganz in Weiß, waren die heiligen Zirkel aufgemalt, einschließlich des Hexagramms, diesem sechszackigen Stern Salomons, dem großen Siegel aller Mysterien. Und zwischen dem äußeren und dem inneren Zirkel waren die Namen der Macht eingezeichnet. ADONAI und MALKUTH und AUM und TETRAGRAMMATION.

Und genau im Zentrum des Hexagramms, ganz in Rot, das heilige Symbol OM.

Es gab keine Kerzen in diesem Raum, keine Lampen, überhaupt keine Lichtquelle, und doch wurde alles von einer astralen Helligkeit erleuchtet.

Gammon kniete in schweigendem Gebet, während der Professor in seinem nahtlosen, bodenlangen weißen Gewand des Ipsissimus die Worte intonierte, die den Tempel reinigen sollten, um mit der Operation zu beginnen.

Das kleinere Ritual des Pentagramms

Und berührte seine Stirn und sagte *Ateh* (Getreu Dir)

Und berührte seine Brust und sagte *Malkuth* (Dem Königreich)

Und berührte seine rechte Schulter und sagte *ve-Gaburah* (Und der Macht)

Und berührte die linke und sagte *ve-Gedulah* (Und der Herrlichkeit)

Und legte die Hände auf das Herz und sagte *le-Olahm, Amen* (In alle Ewigkeit, Amen).

Gammon erhob sich von den Knien und verneigte sich nach Osten, Süden, Westen und Norden. Dann sagte er: »Ich werde Sie nun verlassen, Sir. Gott sei mit Ihnen.«

Professor Slocombe antwortete nicht.

Fred saß, die Füße auf dem Tisch, in seinem Büro. Die Staubschutzplane war verschwunden, die Gerüste wieder abgebaut. Die Decke war wiederhergestellt, und so auch Freds Stimmung.

Derek und Clive standen rechts und links von ihrem Herrn und Meister. Derek hatte eine hübsche neue Waffe. Eine kleine, aber gefährlich aussehende Pistole. Eine Neunmillimeteruzi. Clive hielt einen kleinen schwarzen Sack. Irgend etwas darin zappelte widerspenstig.

Vor Freds Schreibtisch stand Jim Pooley.

Jim sah überhaupt nicht gut aus.

»Du hast schon wieder eine blutige Nase, Jim«, sagte Fred.

Derek kicherte. »Er war ein wenig ungestüm, Boß. Ich mußte ihn besänftigen.«

Jim bebte am ganzen Leib. Er ballte die Fäuste.

»Wo ist sie?« stieß er zwischen zusammengebissenen Zähnen hervor. »Was haben Sie mit ihr gemacht?«

»Sie ist im Augenblick in Sicherheit«, antwortete Fred. »Aber ich kann mir vorstellen, daß Derek danach lechzt, sie ein wenig näher kennenzulernen.«

»Ich hab' meinen Kühlschrank auch ganz voll

gemacht«, sagte Derek. »Ich hab' wirklich ganz außergewöhnliches Obst und Gemüse eingekauft.«

Jim wollte sich auf Derek stürzen. Derek hob sein hübsches neues Spielzeug.

»Du wirst ganz genau das tun, was wir dir sagen, nicht wahr, Jim?« Fred grinste ein Grinsen von so durchtriebener Bosheit, daß selbst der arme irre Dr. Stefan Malone alle Mühe gehabt hätte, es ihm gleichzutun.

»Und was *soll* ich tun?«

»Eine kleine Sabotage, weiter nichts.«

»Wo ist Suzy?«

»Ganz in der Nähe. In Sicherheit, jedenfalls für den Augenblick.«

»Ich möchte sie sehen.«

»Nun ja, das geht nicht. Äh, wo war ich stehengeblieben? Ach ja. Eine kleine Sabotage, weiter nichts. Clive hier hat einen kleinen schwarzen Sack. Hast du Clives kleinen schwarzen Sack bemerkt?«

Jim schwieg.

»Du würdest nicht wissen wollen, was darin steckt. Es ist etwas zutiefst Unerfreuliches. Etwas, das nicht von dieser Welt stammt.«

»Zeig's ihm«, sagte Derek zu Clive. »Es macht mir eine Scheißangst.«

Pooleys Knöchel klickten.

»Was du tun wirst, Jim Pooley, ist folgendes. Du wirst diesen kleinen schwarzen Sack zum Haus von Professor Slocombe bringen, und um Punkt Mitternacht, wenn er sein Ritual vollenden möchte, wirst du den Sack öffnen und den Inhalt freilassen.«

»Niemals!« sagte Jim.

»Jim, entweder du tust es, oder das nächste Mal, wenn du Suzy siehst, erkennst du nur einzelne Körperteile wieder. Für den Fall, daß du glauben solltest, du könntest uns aufs Kreuz legen, möchte ich dir das hier zeigen.« Fred öffnete eine Schublade und nahm ein kleines schwarzes elektronisches Kästchen heraus. Er zog die Antenne aus und drückte auf einen winzigen roten Knopf.

Schmerz explodierte in Jims Schädel. Er sank in die Knie und schrie.

Fred berührte den Knopf erneut. Jim starrte aus blutunterlaufenen Augen und voller Haß zu seinem Peiniger hinauf.

»Fühl mal deine linke Schläfe, Jim.«

Pooley tat mit zitternder Hand, wie ihm geheißen.

»Fühlst du diesen kleinen Knoten?«

Pooley nickte.

»Ein Implantat. Ein Spürsender. Wir haben ihn dir eingepflanzt, während du im Krankenhaus gelegen hast. Wir wissen jederzeit ganz genau, wo du steckst. Und wenn du um Mitternacht nicht genau dort bist, wo du sein sollst, werden wir schrecklich böse. Derek und Clive warten draußen im Wagen, zusammen mit deiner kleinen Freundin Suzy. Sei ein guter Junge, und du kriegst sie mit heiler Haut zurück. Versuch mich reinzulegen, und ich werde es wissen.« Fred berührte den Knopf ein drittes Mal, und Jim ging ein zweites Mal zu Boden.

»Du wirst doch ein guter Junge sein, nicht wahr, Jim?«

Pooley antwortete nicht.

Der Alte Pete saß zusammengesunken an der Theke der *Straße nach Golgatha* und hatte einen höchst elenden Ausdruck im Gesicht.

»Was macht dir Kummer, Alter Pete?« erkundigte sich Neville der Teilzeitbarmann. »Heute ist ein Tag des Frohsinns und der Feier. Das Bier kostet bis Mitternacht nur die Hälfte.«

Der Alte Pete schniefte. »Sieh dir das hier an«, sagte er und griff nach unten. Zum Vorschein kam eine Tragetasche, die er auf dem Tresen abstellte.

»Was ist da drin?« fragte Neville.

Der Alte Pete kramte in der Tasche und zog etwas hervor, das aussah wie ein Spielzeugpiano und ein Spielzeugpianohocker. Dann wühlte er erneut in der Tasche und zog etwas hervor, das aussah wie ein Spielzeugmann in einem Spielzeugfrack.

Der Alte Pete stellte den winzigen Spielzeugmann auf den Tresen. Der winzige Mann verbeugte sich, klickte mit den Fingern, setzte sich auf den winzigen Pianohocker und fing auf dem winzigen Piano an ›Believe It If You Like‹ zu spielen.

Neville starrte mit weit aufgerissenem gutem Auge auf die Szenerie.

Als der winzige Mann fertig war, packte ihn der Alte Pete und stieß ihn, das winzige Piano und den winzigen Hocker in seine Tragetasche zurück.

»Das ist ja wohl das Unglaublichste, was ich in meinem ganzen Leben gesehen habe«, sagte Neville der Teilzeitbarmann.

»Hmmm«, sagte der Alte Pete mit niedergeschlagener Stimme.

»Was meinst du mit ›Hmmm‹?«

»Hör zu, ich erzähl' dir, was geschehen ist. Ich bin am Kanal entlangspaziert und hab' gesehen, wie diese Frau am Ertrinken war. Ich also hin und hab' sie rausgezogen, und dann sagt sie zu mir: ›Danke sehr, Sir, daß Sie mir das Leben gerettet haben.‹ Ich sage: ›Keine Ursache, gerne geschehen‹, und darauf sagt sie: ›Ich bin eine Hexe, und weil ich mich richtig bedanken möchte, haben Sie einen Wunsch frei.‹«

»Ernsthaft?« fragte Neville.

»Ganz ernsthaft«, antwortete der Alte Pete. »Aber

entweder war sie ein bißchen taub, oder sie hatte Wasser in den Ohren, weil ich jetzt diesen *zehn Zoll großen Pianospieler* mit mir herumtrage.«

»Den kenn' ich schon«, sagte Neville. »Den hat doch jeder schon gehört.«

»Ja, ja, ich weiß. Jeder kennt ihn schon«, sagte der Alte Pete. »Aber trotzdem ist es ein irrer Witz, oder nicht?«

»Ein echter Klassiker. Noch mal das gleiche, Alter Pete?«

»Prost«, sagte der Alte Pete.

»Aber bestimmt ...«, sagte Norman. »Ich meine, du hast doch wohl ... ich ... ich ...«

»Was denn?«

Norman Hartnell schüttelte den Kopf. »Nichts«, sagte er. »Ich bin sicher, daß ich dahinterkommen werde, wenn ich lange genug nachdenke.«

»Gelbe Kronkorken«, sagte Neville.

»Wie bitte?« fragte Norman.

»Diese Woche gelbe Korken, letzte Woche rote, grüne in der vorletzten.«

»Oh, das«, sagte Norman. »Gelbe diese Woche. Schenk ja nichts anderes aus, hast du verstanden?«

»Ich bin ein Profi«, erwiderte Neville. »Muß ich das eigentlich immer wieder sagen? Außerdem, was würde geschehen, wenn ich mich vertue? Davon würde doch sicherlich nicht die Welt untergehen, oder?«

Norman antwortete nicht.

Die große Blechkapelle spielte die Erkennungsmelodie vom *Glücksrädchen*.

Die weltberühmte Brentforder Funkenmariechen warfen die Beine in die Höhe und ließen ihre Stöcke kreisen, karnevalistische Festwagen waren mit Brentforder Männern und Frauen besetzt, die ihre Millenniumgelder für die Gestaltung dieser Wagen ausgegeben hatten (angeblich).

Und schön anzusehen waren sie, diese Festwagen. Tableaus aus Brentfords ruhmreicher Vergangenheit repräsentierten sie.

Hier war ein großer, bunter Julius Cäsar, ganz aus Pappmaché, der seine Nase in die Themse steckte, bevor er sie unterhalb der Horseferry Lane überquerte. Da waren die Vasallen des Königs, bereit, die Parlamentaristen in der historischen Schlacht von Brentford niederzumetzeln. Dort die Barden von Brentford, die Poeten und Stückeschreiber, die literarischen Größen, alle in der Gemeinde Brentford geboren und in die weite Welt hinausgezogen, geliebt und verehrt.

Und da war auch, war auch, äh …

Direkt hinter den Wagen kam sie, die olympische Damenmannschaft der Über-Achtzigjährigen Synchron-Paraglider.

Und die Blaskapelle spielte das alte ›Believe It If You Like‹.

30

Tourneelaster rollten nach Brentford hinein. Größtenteils waren es Bedford-Trucks, alle heruntergekommen und reichlich in den Jahren. Auf den Seiten standen mit Spraydosen aufgesprüht die Namen der Bands, die in diesen Wagen tourten. Auch ein oder zwei von diesen VW-Campingbussen waren darunter. Sie kennen diese Dinger, diese alten Kisten mit der zweifarbigen Orange-und-Creme-Lackierung, die immer in den deutschen Filmen von deutschen Terroristen gefahren werden, wenn deutsche Terroristen darin vorkommen. Sozusagen.

Was denn, das ist Ihnen noch nie aufgefallen?

Es sind immer diese zweifarbigen VW-Camper. Wenn das nicht eine alte Tradition oder eine Bulle oder ein Brauch ist, dann weiß ich es nicht.

Vielleicht Hollywood.

Ein großer schwarzer Bedford-Laster hielt vor dem Brentforder Fußballplatz an, und ein Mann mit beträchtlichem Haar, beträchtlichen Piercings, beträchtlichen Tattoos und einer beträchtlichen Ausbeulung im Schritt seiner Lederhosen, die beträchtliche Aufmerksamkeit auf sich zog, sprang aus dem Führerhaus.

Er streckte seine Arme, die durch einen beträchtlichen Mangel an Muskeln auffielen, und brüllte etwas zu dem Platzwart, der vor dem Platz herumlungerte und eine Zigarette rauchte.

»Wir sind die Hohlen Schokoladenhasen des Todes!« kreischte er dem Platzwart zu. »Und wir sind gekommen, um eure Töchter zu nehmen. Wer sich nicht nehmen läßt, den fressen wir auf.«

»Wirklich eine Schande, daß Jim nicht die Spice Girls kriegen konnte«, sagte der Platzwart. »Park deine alte

Karre irgendwo auf der Rückseite, Freund. In der Bar gibt es was zu trinken.«

Ein zweifarbiger VW-Camper kam hinter dem Bedford zum Halten. Er wurde von einem arischen Typen mit einem Rollkragenpullover und einer Denimmütze gesteuert. Sein Name war Axel*, und er war Mitglied in einer Organisation, die als Militante Schwarze-Schirm-Fraktion Kommunistischer Untergrundkiller (MSSFKU) bekannt war.** Die Sorte von Akronym, die niemand laut auszusprechen wagte.

»Und du auch, Freund«, sagte der Platzwart. »Park deine Rostlaube hinter dem Grundstück. Auf dem Platz, auf dem ›Reserviert für Terroristen‹ steht.«

Die große Parade ging weiter und weiter, und die Karnevalsstimmung wuchs und wuchs. Jim und John hatten gewaltige Mengen an Wimpeln, Fahnen und Luftballons verteilt, um die Straßen zu schmücken, und die Gemeinde sah einfach großartig aus. Angesichts der Aussichten auf ein freies Rockkonzert am Abend und das Bierfestival, das den ganzen Tag und die Nacht andauerte, sowie das Feuerwerk irgendwann später, nahm die Zahl der Feiernden immer weiter zu, als Auswärtige eintrafen und ihre herzliche Unterstützung angedeihen ließen. Sogar ein Hippie-Konvoi hatte sich auf den Weg gemacht, mit einem Burschen namens Bollocks, der den führenden Bus steuerte.

Es sah ganz danach aus, als würde dies eine Nacht, an die man sich noch lange erinnerte.

* Soviel zum Übersetzer. (Anm. d. Autors)

** Und soviel zu seiner Gesinnung. (Anm. d. Lektors) [Dies ist übrigens kein Eingriff des (stets) unschuldigen Lektors. Der Typ heißt tatsächlich so im Original des Autors Weithergeholter Belletristik.] (noch mal Anm. d. Lektors, der wie immer unschuldig ist)

In der Hartnell-Millennium-Brauerei (zwei Mietgaragen mit eingerissener Trennwand ganz in der Nähe der schrottreifen Handelsniederlassung unten bei den alten Docks) arbeitete Norman Hartnell fröhlich an seinem mobilen De-Entropisierer.

Er war hauptsächlich aus Meccano-Bauteilen zusammengesetzt und auf Kinderwagenreifen montiert. Ein Förderband lief durch den Apparat hindurch, und das generelle Prinzip war, daß man den Gegenstand, den man de-entropisieren wollte, auf das Band legte und einfach abwartete, bis er auf der anderen Seite wieder herauskam – de-entropisiert, selbstverständlich.

Selbstverständlich herrschte im Innern der Maschine ein unendlich kompliziertes Durcheinander. Unmengen von alten Dampfradioröhren, surrenden Zahnrädern und klickenden Relais, alle emsig beschäftigt mit der Ionisierung von Beta-Teilchen und der Schaffung eines positronischen Katalysators, der die Entstehung galvanischer Variationen ermöglichte und auf diese Weise die Transperambulation kosmischer Antimaterie.

Wie so etwas eben funktioniert.

Norman fummelte mit seinem Schraubenzieher und pfiff eine alte Melodie von Cannibal Corpse. Er stellte den Wählschalter auf WIEDERHOLEN, legte einen längst nicht mehr funktionierenden Knallfrosch auf das Fließband, beobachtete, wie er im Innern der Maschine ver-*Schwand*, und grinste breit, als, einer nach dem anderen, immer neue, rekonstituierte Klone des ersten Knallfrosches auf der Rückseite zum Vorschein kamen.

»Ich muß unbedingt ein Patent darauf anmelden«, sagte Norman Hartnell.

Gegen acht Uhr abends hatte sich die *Straße nach Golgatha* bereits stark gefüllt. Das Bierfestival im engeren Sinn befand sich in einem großen Zelt mitten im Memorial-Park. Auf genau der Stelle, wo das John-Omally-Millennium-Freiluftbowling-Center geplant gewesen war. Und genau unter jenem Baum, unter dem Jim Pooley seine Reise in die Vergangenheit getätigt hatte. Was es jedoch nicht gab in dem großen Festzelt und was es in der *Straße nach Golgatha* respektive dem *Fliegenden Schwan* gab, das war Norman-Hartnells-Millennium-Bier.

»Noch eine Flasche, Neville, bitte«, sagte der Alte Pete, der am Tresen stand und sich mit einem Engländer, einem Iren und einem Schotten unterhielt.

»Sie hatten gerade von Ihrer Familie erzählt«, sagte der Schotte.

»O ja«, sagte der Alte Pete. »Ich stamme aus einer sehr musikalischen Familie. Ich war erst drei Jahre alt, da hab' ich schon auf dem Linoleum gespielt. Wir hatten Hochwasser, und meine Mutter trieb auf dem Küchentisch nach draußen. Ich begleitete sie auf dem Piano. Wo wir gerade von Pianos reden, einmal hat sich der Kater auf unseres gesetzt und eine Melodie gespielt, und meine Mama meinte nur: ›Das müssen wir unbedingt *orchastrieren.*‹ Der Kater sprang auf und rannte nach draußen, und wir haben ihn nie wiedergesehen. Mein Vater ist übrigens an der Musik gestorben. Ein Piano ist ihm auf den Kopf gefallen.«

»War es das gleiche Piano?« fragte der Ire.

»Das nämliche«, sagte der Alte Pete. »Ich hab' nie darauf gespielt. Ich wollte Harfe lernen, aber ich hatte einfach nicht den richtigen Zupf.«

»Dürfte ich Sie vielleicht an dieser Stelle unterbrechen?« fragte der Schotte.

»Und dann hab' ich überlegt, ob ich nicht ein Homosexueller werden soll«, sagte der Alte Pete. »Aber es war mir nicht ganz ernst.«

»Ich muß Sie wirklich unterbrechen«, wiederholte der Schotte.

»Ach ja? Und warum?«

»Weil Sie wirklich uralte Witze erzählen.«

»Heh, sehen Sie sich das an!« sagte der Alte Pete und deutete auf eine Nonne, die auf einem Hofnarren vorbeigeritten kam. »Ist das nicht nahezu lächerlich, oder wie?«

Omally schob sich durch das Gedränge zur Theke. »War Jim inzwischen hier, Neville?«

Der Teilzeitbarmann öffnete eine gelbmarkierte Flasche von Norman Hartnells Bestem und schüttelte den brylgecremten Kopf.

»Ich hab' ihn seit vorgestern abend nicht mehr gesehen«, sagte er. »Aber müßte er nicht eigentlich längst auf dem Fußballplatz sein und das freie Rockkonzert organisieren?«

»Ich gehe hin und sehe nach.«

Wie die *Straße nach Golgatha,* so füllte sich auch der Fußballplatz recht ansehnlich. Sämtlicher Verkehr in der Ealing Road war zum Stillstand gekommen, weil die Straße von einer Seite zur anderen voller Menschen war. Omally schob sich durch die Massen und in das flutlichterleuchtete Stadion.

Am anderen Ende, flankiert von gigantischen Lautsprechern, standen Sonic Energy Authority bereits auf der Bühne. Der Leadsänger, der berühmte Cardinal Cos persönlich, gab ein inspiriertes, gejodeltes Solo der Erkennungsmelodie vom *Glücksrädchen* zum besten.

»Weit daneben«, sagte eine Dame mit Strohhut. »Und in C-Dur!«

»A-Moll«, widersprach der bärtige Paul.

»Haben Sie vielleicht meinen Freund gesehen, Jim?« wandte sich Omally an die Dame.

»Mein Name ist nicht Jim!« beschwerte sich die Dame mit dem Strohhut.

»Nein, ich meinte, haben Sie Jim gesehen, meinen Freund?«

»Sie meinen den, dessen Küche Sie in die Luft gejagt haben?«

»Ja«, sagte Omally verlegen. »Genau den meine ich.«

»Ja, den hab' ich gesehen«, sagte die Dame MDS. »Auf dem Butts Estate. Es ist keine halbe Stunde her.«

»Und was hat er dort gemacht?«

»Er wurde aus einer großen schwarzen Limousine geworfen.«

»Ah«, sagte John.

Jim saß ganz allein in einer Ecke des *Geschrumpften Kopfes*. Allein bis auf Sandy, den sandhaarigen Teilzeitbarmann. Jim war der einzige Gast. (Nun ja, der Memorial-Park war ja auch nur einen Bierdosenwurf weit entfernt, und dort kostete das Bier nichts.)

Jim starrte trübsinnig in seinen zweiten doppelten Wodka. Er zitterte am ganzen Leib. Unrasiert, mit bleichem Gesicht, voller blauer Flecken und blutig in der Nasenregion, bot Jim ein Bild der äußersten Verzweiflung, und genau diese verspürte er auch. Derek hatte ihm noch den einen oder anderen warnenden Tritt in die Rippen versetzt, bevor er mit der schwarzen Limousine zurück nach Penge gefahren war, vermutlich um Suzy aufzulesen, die sicher und wohlbehalten zu Jim zurückkehren würde, sobald er den häßlichen Inhalt des kleinen schwarzen Sacks bei Professor Slocombe abgeliefert hatte.

Aber was sollte er nur tun?

Konnte er wirklich die Zeremonie des Professors zunichte machen und wahrscheinlich sogar den Professor selbst damit vernichten? Denn in ihm keimte der dringende Verdacht, daß er genau das tun würde. Und das, obwohl er wußte, daß die erfolgreiche Zeremonie die gesamte Menschheit auf eine höhere, nahezu gottgleiche Stufe levitieren würde?

Wenn sie denn erfolgreich war.

Aber was, wenn sie sowieso nicht funktionieren würde? Dann spielte es wirklich keine Rolle, ob er sie nun störte oder nicht. Und was zählte letzten Endes schon anderes außer Suzy? Nicht viel, nach Jims Meinung jedenfalls. Genaugenommen überhaupt nichts. Wenn man jemanden so innig liebt wie Jim seine Suzy, dann kann der Rest der Welt ruhig zur Hölle fahren.

Jim kippte seinen zweiten Doppelten hinunter. Seine Finger streiften über den kleinen Knoten an der rechten Schläfe. Freds Schergen wußten ganz genau, wo er sich zu jedem gegebenen Zeitpunkt aufhielt. Er konnte sie nicht aufs Kreuz legen. Er konnte diesen zappelnden schwarzen Sack in den Kanal werfen, aber vielleicht steckte da auch ein Sender drin. Jim steckte wirklich in den allergrößten Schwierigkeiten, und diesmal war er auf sich ganz allein gestellt.

Jim blickte auf sein Handgelenk, auf die Stelle, wo, hätte er eine Armbanduhr getragen, eine Armbanduhr gewesen wäre. Die Armbanduhr, die er im Augenblick nicht trug, hatte früher John gehört. John hatte sie Jim zum Geschenk gemacht.

»Neun Uhr«, sagte Jim. »Was soll ich nur tun?«

»Ich sag dir, was wir tun«, sagte Derek.

»Und was tun wir?« fragte Clive.

Clive steuerte die Limousine. Derek saß auf dem Rücksitz. Fred saß ebenfalls auf dem Rücksitz, und Suzy saß zwischen Fred und Derek. Sie hatten Penge hinter sich gelassen und waren auf dem Weg nach Brentford.

»Wir feiern eine große Party«, sagte Derek. »Wir fahren nach Brentford, lassen ein wenig Blut fließen und feiern eine große Party.«

»Halt die Klappe«, sagte Fred.

»Ach, nun komm schon, Fred.« Derek fuchtelte mit seiner Uzi in der Luft. »Wir sind ganz gemeine Hundesöhne, oder vielleicht nicht? Wir sind die gottverdammten Reiter der Apokalypse.«

Fred gab leise knurrende Geräusche von sich. »Du kannst meinetwegen soviel Blut fließen lassen, wie du willst, wenn dieser Pooley erst die Pläne des Professors durchkreuzt hat.«

Derek spannte den Hahn seiner Waffe auf eine Weise, die manchmal einen billigen Lacher hervorbringt. »Ich weiß überhaupt nicht, warum du dir die Mühe gemacht hast und so subtil zu Werke gegangen bist, Boß. Wir hätten einen atomaren Unfall arrangieren und die gesamte beschissene Gemeinde platt machen können.«

»Meine Güte, meine Güte!« Fred verdrehte die Augen. »Du begreifst wirklich überhaupt nichts, wie? Wenn Pooley erst unseren kleinen unirdischen Freund beim Professor aus dem Sack gelassen hat, dann wird die gesamte Zeremonie in ihr Gegenteil verkehrt. Keine Gottheit wird über die Welt kommen, sondern die Kreaturen aus der entgegengesetzten Richtung. Mister Pooley wird diesen gesamten Planeten in ein wimmelndes Höllenloch verwandeln. Und genau das ist es, was meine Herren verlangen.«

»Du bist wirklich schlecht, wie?« sagte Derek.

»Ja«, sagte Fred. »Ich bin ein verdammt schlimmer Bursche, wie?«

Es schien wirklich ganz und gar ausgeschlossen, daß Freds schwarze Limousine nach Brentford hineinfahren konnte. Sämtliche Zufahrtswege waren inzwischen von anderen Fahrzeugen blockiert, die Motoren abgestellt, die Türen verschlossen, Besitzer und Mitfahrer unterwegs zu der großen Silvesterparty. Und die Party nahm tatsächlich gewaltige Ausmaße an. Sie drohte zu einer richtigen PARTY! zu werden. Von überall her kamen Besucher in die Gemeinde, begierig, teilzuhaben an den kostenlosen Festivitäten. Die Tatsache, daß diese ansonsten kleine, unbedeutende Westlondoner Gemeinde tatsächlich das neue Jahrtausend zwei Jahre vor dem Rest der Welt feierte, übte eine gewisse Faszination auf die Menschen aus.

Freds Limousine kam zum Halten.

»Los, weiter«, befahl Fred.

»Ich kann nicht«, sagte Clive. »Der gesamte Verkehr ist zum Erliegen gekommen.«

»Dann schalt den Wagen in den Overdrive.«

»In den Overdrive? Wozu soll das denn gut sein, wenn es nicht mehr voran geht?«

»Hast du je den Film *Das Auto* gesehen?«

»Hab' ich«, sagte Derek. »Der absolute Schwachsinn. Dieses große, bösartige schwarze Auto kommt einfach so aus der Wüste und löscht alle Bewohner einer kleinen amerikanischen Stadt im Mittleren Westen aus. Und dieses Auto ist in Wirklichkeit der Teufel.«

»Hat nicht Bradford Dillmann in diesem Film mitgespielt?« fragte Clive.

»Nein. Bradford Dillmann war in *Bug* zu sehen.«

»Das war ein verdammt guter Film.«

»Der *Schwarm* war besser.«

»I wo! Der Schwarm war große Kacke.«

»Haltet endlich die Klappe!« kreischte Fred. »Ich versuche doch nur, dir zu sagen, Clive, du kleines Arschloch, daß du genau *Das Auto* fährst. Also schalt jetzt endlich in den Overdrive.«

»Den Overdrive«, sagte Clive und suchte nach dem Schalter. »Den Overdrive. In Ordnung.«

Er legte den Schalter um, und die Limousine erhob sich vom Boden und fuhr knirschend und krachend über die Motorhauben, Kofferraumdeckel und Dächer der geparkten Fahrzeuge hinweg. »Schick«, sagte Fred.

»Rock 'n' Roll«, sagte Derek.

»Los, alle zusammen! Rock 'n' Roll!« kreischte der Leadsänger der Verlorenen T-Shirts von Atlantis. »Das nächste Lied ist ›Happy in the World‹.«

Die Menge brüllte zustimmend, und die Verlorenen T-Shirts stimmten den Klassiker an.

»Das ist aber jetzt in C-Dur«, sagte die Dame mit dem Strohhut.

»Diesmal stimme ich voll und ganz zu«, sagte Paul der Medizinstudent. »Hätten Sie Lust, sich von mir nehmen zu lassen?«

»Los, aufstehen«, sagte Dr. Stefan Malone. »Es wird Zeit für uns zu gehen.«

»Vater«, sagte Kain, »bist du wirklich ganz sicher, was du tust?«

»Ich war nie sicherer als heute«, entgegnete der irre Doktor. »Sehr bald schon werde ich alles wissen, was es zu wissen gibt.«

»Abel meint, wir sollten dich töten, Vater«, sagte Kain. »Was hältst du davon?«

»Was halten Sie davon?« fragte Norman, der im Begriff stand, auf der Rückseite der Konzertbühne ein prächtiges Feuerwerk zu arrangieren. »Soll ich mit den Donnerblitzen anfangen oder lieber mit den WIRKLICH GROSSEN RAKETEN?«

»Fragen Sie mich später«, sagte die Dame mit dem Strohhut. »Sehen Sie denn nicht, daß ich gerade von einem Medizinstudenten von hinten genommen werde?«

Wie alle Studenten des Okkulten sicherlich wissen, bedeutet Konzentration alles. Unerbittliche Konzentration. Der Verstand muß frei sein von jedem ablenkenden Gedanken. Der Weg eröffnet sich. Der Magier konzentriert sich vollkommen auf die Vollendung seiner Nummer.

Zahlreiche mentale Übungen wurden entwickelt, um diese Technik zu perfektionieren. Eine davon ist eine Visualisierung. Schließen Sie die Augen, und stellen Sie sich ein Ei vor. Ein Ei mit einer Krone auf der Spitze. Sie schaffen es, für einen Augenblick, doch dann schweift Ihr Verstand ab. Versuchen Sie es wieder und wieder, und langsam, ganz langsam werden Sie imstande sein, sich dieses Bild ein, zwei Sekunden lang vor Augen zu halten, dann drei, vier, fünf ... Wenn Sie das Bild für fünf Sekunden heraufbeschwören können, dann legen Sie sich neben Ihren schlafenden Partner ins

Bett, und versuchen Sie's dort. Ihr schlafender Partner wird aus seinem Schlaf hochschrecken und irgend etwas von einem Ei mit einer Krone kreischen. Versuchen Sie's. Es funktioniert.

Der Professor war imstande, das Bild eines gekrönten Eis heraufzubeschwören und zu halten, so lange er wollte. Er war ein Ipsissimus, ein Meister des Tempels. Er war vollkommen konzentriert.

Das astrale Licht in seinem Arbeitszimmer erstrahlte hell. Der alte Gelehrte stand inmitten des geheiligten Kreises und rezitierte die allerersten Worte seiner Zeremonie.

»Zehn Uhr«, sagte Jim und leerte seinen sechsten doppelten Wodka.

»Und ich mach' jetzt verdammt noch mal zu«, sagte Sandy. »Ich gehe auch zu dieser PARTY!.«

»Wir sind die Hohlen Schokoladenhasen des Todes«, heulte der Leadsänger der Hohlen Schokoladenhasen des Todes in das Mikrophon, jener Typ mit all den beträchtlichen Attributen. »Und wir sind gekommen, um eure Töchter zu nehmen. Wenn sie sich nicht nehmen lassen, fressen wir sie auf.«

»Das ist wirklich ein cooler Spruch«, sagte der Platzwart im hinteren Teil der Bühne zu Norman. »Aber ich hab' den Verdacht, es ist der einzige, den er auf Lager hat.«

»Unsere erste Nummer heißt ›I Love You So Fucking Much I Could Eat Your Shit‹!«

»Oder vielleicht auch nicht«, sagte der Platzwart. »Was genau machst du eigentlich hier, Norman?«

»Nun ja«, sagte der wissenschaftliche Eckladenbesitzer. »Wir wollen das neue Millennium doch mit einem großen Knall beginnen, oder nicht? Also hab' ich meinen mobilen De-Entropisierer hier ein wenig frisiert. Er verdoppelt die Kraft von allem, was ich damit de-entropisiere. Wenn ich das Feuerwerk erst gestartet habe, müssen Sie nur die ausgebrannten Knallkörper und Raketen hier auf das Fließband legen, und hinten kommen nagelneue raus, die zweimal so hoch fliegen und doppelt so laut knallen.«

»Kein Problem, Norman«, sagte der Platzwart. »Nur eine Frage.«

»Ja?«

»Könnte ich vielleicht meinen Willy in diese Maschine stecken?«

Die Zeit schritt voran, wie Zeit das nun einmal tut, und der Countdown zum neuen Jahrtausend schrumpfte von Stunden auf bloße Minuten zusammen.

31

»Nein, Kain, nein.« Dr. Stefan Malone stand in seinem Kellerlabor in Kether House. Die Polizei hatte alle Abscheulichkeiten bereits Monate zuvor weggebracht, doch sie waren durch neue Abscheulichkeiten ersetzt worden. »Wir diskutieren jetzt seit Stunden über dieses Thema. Nicht ich bin derjenige, der sterben muß. Ich kann nicht derjenige sein, der stirbt. Weil nämlich das, was ich herausfinden werde, die gesamte Menschheit betrifft.«

»Aber was wirst du herausfinden, Vater?«

»Alles, Kain. Alles.«

»Nein, Vater, das ist die gleiche Antwort, die du uns schon früher gegeben hast. Kein Mensch kann alles wissen. Niemand kann jemals alles herausfinden. Nur Gott allein weiß alles.«

»Ich werde mehr wissen als Gott«, sagte Dr. Stefan Malone. »Ich werde nämlich herausfinden, was Gott zu Gott macht. Ich werde herausfinden, woraus Gott zusammengesetzt ist.«

»Und wie willst du das herausfinden?«

»Indem ich seine DNS untersuche. Die DNS, die hinter der GANZ GROSSEN IDEE steckt. Dem allerersten Gedanken. Ich werde sie besitzen, und ich werde mich selbst daraus klonen.«

»Das ist doch Hühnerkacke«, sagte Abel.

»Paß auf, was du sagst, mein Junge.«

»Mein Junge? Ich bin genauso alt wie du!«

»Aber du wirst nicht mehr älter.«

»Das weiß ich selbst. Aber ich weiß nicht, wieso ich das weiß.«

»Weil du nicht weißt, wer du bist.«

»Dann sag uns, wer wir sind, Vater«, verlangte Kain. »Verrate uns endlich, wer wir sind.«

»Ihr seid Klone von Jesus Christus.«

»Nein.« Kain schüttelte den goldenen Kopf. »Das ist unmöglich. Das ist Irrsinn.«

»Wir sollten den Bastard von seinem Elend erlösen«, schlug Abel vor. »Er ist ganz offensichtlich vollkommen durchgeknallt.«

»Ich sage die Wahrheit.« Dr. Stefan Malone der Durchgeknallte schob seine vergilbten Hände in die Taschen seiner grauen Tweedhosen. »Ihr seid geklont. Aus den Zellen, die ich dem Turiner Leichentuch entnommen habe. Ich habe lange über die Unterschiede zwischen euch beiden nachgedacht. Ich konnte mir keinen Reim darauf machen, bis ich meine Unterlagen noch einmal durchgegangen bin. Du, Abel, wurdest aus Blutzellen geklont, die aus den Geißelwunden stammen. Du hingegen, Kain, stammst aus dem Blut der Wunde, die der Speer des Zenturion Longinus verursacht hat. Die Agonie des Lebens und die Ekstase des Todes. Doch ich muß meine Experimente fortsetzen. Das nächste Stadium wartet bereits. Der Moment der Wiederauferstehung.«

Kain starrte Dr. Stefan Malone in die Augen. »Und du hast keine Angst, daß Gott dich dafür bestrafen könnte? Du bist auf dem besten Weg, die ultimative Blasphemie zu begehen, soviel steht fest.«

»Nein, Kain, das tue ich nicht. Denn Gott weiß alles, und Gott existiert außerhalb der Zeit. Gott wußte bereits vor der Schöpfung, daß sein Sohn eines Tages am Kreuz sterben würde. Er wußte auch Bescheid über das Turiner Leichentuch, vom Blut darin und von den Fortschritten der Wissenschaft im zwanzigsten Jahrhundert. Alles das dient einem Zweck. Und dieser Zweck ist in letzter Instanz Gottes Wille. Der Unterschied zwischen mir und anderen, die an Gott glauben, besteht darin, daß ich Gottes Göttlichkeit anzweifle. Ich glaube nicht, daß wir Gott anbeten und verehren sollten. Ich glaube, daß Gott DIE GANZ GROSSE IDEE selbst ist. Was geschieht, wenn ich erst Gott geklont habe, ist Gottes Wille. Und ich folge diesem Willen.«

»Dieser Mann ist ein gefährlicher Irrer. Ein Geisterfahrer.«

»Nein«, sagte Kain. »Ich glaube nicht. Ich glaube nicht, daß er verrückt ist.«

Heul und Kreisch und Schrei.

Drei Leadgitarristen, die zur gleichen Zeit drei verschiedene Leadgitarrensoli in drei verschiedenen Tonarten spielten, verliehen den Hohlen Schokoladenhasen des Todes ein gewisses Etwas.

Norman hatte seine Ohrenstopfen eingesetzt, so daß ihm dieses gewisse Etwas nicht allzusehr zusetzte. Er konzentrierte sich statt dessen ganz und gar auf seine fabelhafte Schalttafel. Die Tafel, die, wie es bei Schalttafeln häufig der Fall ist, ganz und gar voller Schalter war. Und jeder einzelne dieser Schalter war mit einem kleinen Etikett versehen. Auf einem standen die Worte GROSSE RAKETEN, auf einem anderen FEUERRAEDER, auf einem dritten STERNENFEUER, auf noch einem weiteren GOLDREGEN.

Kabelstränge führten von der Schalttafel zu einem Gerüst auf der Rückseite der Bühne und einem wunderbar improvisierten wackligen Gitterwerk mit hundert römischen Kerzen, die so angeordnet waren, daß sie die Worte *Willkommen im Jahr 2000* bildeten. Selbstverständlich erst nach dem Umlegen eines Schalters.

Norman fummelte weiter mit seinem Schraubenzieher an der Apparatur, dann blickte er auf sein Werk und fand es gut. Er wandte sich zu dem Platzwart um und grinste.

»Das wird ein wunderbares Rocken und Rollen hier«, sagte er. »Wenn Sie jetzt bitte Ihren Willy aus meiner Maschine nehmen könnten?«

»Ein Bullenherz?« fragte Clive. »Er hat seinen Willy allen Ernstes in ein Bullenherz gesteckt?«

Derek grinste. »Jedenfalls stand das in dem Artikel, den ich gelesen habe. Und dann hat er Strom durch das Bullenherz geschickt, damit es schlägt. Sein Pech, daß er die Starkstromleitung erwischt hat und an einem Stromschlag gestorben ist. Als sie ihn schließlich fanden, war er gegrillt. Muß wohl ausgesehen haben wie ein Dönerkebab.«

»Oder ein Hamburger«, sagte Clive. »Ich glaub's einfach nicht.«

»Aber es stimmt. Ich hab' es in der *Fortean Times* gelesen.«

»Dann muß es ja wohl stimmen. Aber wo steckt unser Mister Pooley?«

»Hier kommt er«, sagte Fred.

Und hier kam Jim.

Mit hängendem Kopf und einer flachen Kappe, ganz ähnlich der von Fred, tief in die Stirn gezogen. Er ging eigenartig, wie jemand, der auf Zehenspitzen schleicht. Wie jemand, der sehr, sehr betrunken ist und sein Bestes gibt, um so zu tun, als sei er nüchtern? *Das Auto* stand gegenüber von Professor Slocombes Haus am Straßenrand. Pooley schlich herbei und kniete vor der hinteren Seitenscheibe nieder. Das elektrische Fenster glitt in die Tür.

»Du beeilst dich besser, Freund«, sagte Fred.

Pooley streckte den Kopf durch das Fenster in den Wagen. »Alles in Ordnung mit dir, Suzy?« fragte er. »Haben sie dir etwas angetan?«

»Mir geht es gut, Jim. Hol mich einfach nur hier raus, ja? Bitte, Jim.«

»Ich liebe dich, Suzy.«

»Ich liebe dich, Jim.«

Fred drückte auf den Knopf, und das Fenster glitt wieder hoch.

»Mach einfach das, was ich dir gesagt habe«, sagte Fred. »Bring den Sack in diesen Zirkel des Professors. Ich werde wissen, ob du es getan hast.«

Professor Slocombe stand inmitten seines geheiligten Zirkels und vollzog das Ritual des Sternensaphirs.

Er verneigte sich gegen Osten und sagte: »*Pater et Mater unus deus Ararita.*«
Und gen Süden und sagte: »*Mater et Filius unus deus Ararita.*«
Und gen Westen: »*Filius et Filia unus deus Ararita.*«
Und gen Norden: »*Filia et Pater unus deus Ararita.*«

Jim Pooley stolperte über die Straße und auf die Gartentür des Professors zu.

»Jetzt macht er's«, sagte Derek.

Fred zog die Antenne aus dem kleinen schwarzen Kästchen und beobachtete, wie der kleine rote Punkt, der Pooley war, über den Schirm wanderte.

»Das sollte er auch besser«, sagte Fred. »Oder ich blase ihm den dämlichen Hut weg.«

»Das bläst ihnen die Socken weg.« Norman legte den Schalter mit der Bezeichnung GROSSE RAKETEN um, und die erste der GROSSEN RAKETEN schoß in den

Himmel. Sonnenhelle Explosionen und große Chrysanthemen knisterten und knackten über Brentford.

»Oooooooh!« machte die Menge im Stadion. Lauter noch als der Lärm, den die Hohlen Schokoladenhasen des Todes veranstalteten.

»Oooooooh!« machte Clive und spähte durch die getönte Windschutzscheibe. »Ein Feuerwerk!«

»Bald«, sagte Fred. »Bald.«

Keine fünfzig Yards weiter, im Keller von Kether House, stand Dr. Stefan Malone im Profil und deutete auf eine Stelle außerhalb der Seite.

»Geh in die Kammer, Kain«, befahl er.

Kain starrte die Kammer an. Sie sah aus wie eine große transparente Duschkabine. Zwei Stühle standen darin. Sie waren an den Boden genietet. An einer Wand befand sich ein Behälter mit einem winzigen Hahn. Auf dem Kanister klebte ein Schild mit einem großen Totenkopf und der Unterschrift GIFT.

»Die Todeszelle«, sagte Kain. »Du willst uns also wirklich töten, Vater?«

»Ich muß tun, was getan werden muß.«

»Ich verstehe, Vater. Ich habe ebenfalls getan, was getan werden mußte.«

»Du? Was hast du getan?«

»Ich hab' einem Mann namens Pooley geholfen. Einem Mann, der voller Liebe ist. Ich habe ihm geholfen, etwas ganz und gar Wunderbares in Gang zu bringen. Etwas, das ich in der Luft spüren konnte.«

»Genug von diesem Unsinn, Kain. Geh in die Kammer, los. Ich befehle es dir. Gehorche!«

»Du glaubst allen Ernstes, wir würden in dieses Ding gehen?« fauchte Abel. »Nun komm aber mal zu dir, du Arschloch.«

»Ihr könnt mir nicht widerstehen. Ich habe eure Gehirne programmiert. Ich habe euch immer und immer wieder in tiefe Hypnose versetzt. Und jetzt befehle ich euch, geht augenblicklich in die Kammer!«

Langsam setzte sich Kain in Bewegung und betrat die Kammer. Abel zitterte und zuckte, doch schließlich folgte er Kain mehr stolpernd als gehend.

Mehr stolpernd als gehend, näherte sich Jim den Verandafenstern des Professors. Aus dem Innern des Arbeitszimmers drang die Stimme des alten Gelehrten. Sie stieg höher und höher, während sie die lateinischen Phrasen rezitierte, die das neue Zeitalter ankündigten und die Zeremonie ihrem Höhepunkt entgegen führten. Zum größten Teil jedoch gingen die Worte im Krachen, Knallen und Pfeifen von Normans Feuerwerk unter.

Jim griff in seine Tasche und zog das kleine, sich windende schwarze Säckchen hervor. Dann legte er die Hand an das schwarzbemalte Fenster und drückte.

»Nein, Jim.« Eine Hand packte ihn.

Jim drehte sich um. »John?«

»Tu es nicht, Jim. Was auch immer es ist, tu es nicht.«

»Ich muß, John. Was machst du hier?«

»Ich hab' gehört, daß du aus der schwarzen Limousine geworfen wurdest. Suzy ist verschwunden. Ich hab' zwei und zwei zusammengezählt. Sie haben Suzy entführt, nicht wahr? Sie erpressen dich, damit du die Zeremonie von Professor Slocombe störst.«

»Laß es mich auf meine Weise tun, John. Ich hab' alles unter Kontrolle.«

»O nein, Jim, das hast du nicht. Ein verliebter Mann hat überhaupt nichts unter Kontrolle.«

»Ich weiß, was ich tue, John. Laß mich los.«

»Nein, Jim, ich lass' dich nicht los.«

Jim warf sich herum und traf John mit etwas Hartem mitten im Gesicht. Omally ging zu Boden, und Jim stieß das Verandafenster auf.

»Er geht rein!« sagte Fred. Er starrte auf den kleinen roten Punkt auf seinem Schirm. »Jetzt wird er es tun.«

»Und jetzt, da ihr in der Kammer seid«, sagte Dr. Stefan ~~Bauer~~ Malone, »muß ich tun, was zu tun ist.«*

»Tu es nicht, Vater. Bitte, bitte!«

»Hab keine Furcht, Kain. Du kehrst zu Gott zurück. Du wirst einmal mehr zu Gott.«

»Ich fürchte mich nicht wegen Abel oder mir, Vater! Aber ich habe Angst um dich!«

»Dann ist deine Angst unnütz und verschwendet. Denn ich verspüre nicht die geringste Angst.« Dr. Stefan Malone verriegelte die Kammer und drehte den kleinen Hahn an dem Giftgaskanister auf.

»Ja!« kreischte Fred aufgeregt. »Er betritt den Zirkel! Er betritt den Zirkel!«

* Beispielsweise endlich diesen Merz feuern. Aber wer soll dann Robert Rankin übersetzen? Das kostet ja Geld! Mist, der Verlag hat kein Geld. Hmmm … wie war noch gleich der Name jenes promovierten West-Dortmunders polnischer Provenienz? Dietmariusz Schmidtkowsky. Ah, ja. Nein, doch nicht. Den hab' ich schon im Keller an den neuen Piers Anthony gekettet. Hmmm, hmmm …(Randbemerkung des Lektors. Satzanweisung: Nicht abzudrucken!)

[Sorry. Muß ich übersehen haben. (Anmerkung des Setzers)]

John Omally kam wieder zu sich. Er umklammerte seinen Unterkiefer und schüttelte den Kopf. Die Verandafenster standen weit offen, und aus dem Innern fiel helles Licht. John kämpfte sich auf die Beine und wollte in das Arbeitszimmer des Professors, doch das Licht hinderte ihn daran, stieß ihn immer wieder zurück.

»Lieber Gott, nein!« schrie John. »Nein!«

»Ja«, schrie Fred. »Ja, ja, ja!«

Oben am nächtlichen Himmel explodierten die Feuerwerksraketen. Goldene Schauer regneten herab, helle Sonnen erstrahlten, gewaltige Blumen aus buntem Licht erblühten und vergingen. Kirchenglocken begannen mit ihrem Geläut. Die Zuschauer bereiteten sich auf den Abgesang auf die Guten Alten Zeiten vor, hielten sich einander bei den Händen. Verliebte Paare machten sich für die Neujahrsküsse bereit.

»Nein!« John kämpfte gegen das helle Licht, doch es hielt ihn fest.

»Ja.« Freds Finger schwebte über dem tödlichen roten Knopf auf dem häßlichen kleinen schwarzen Kasten. »Und für dich heißt es gleich gute Nacht, Mister Pooley.«

»Oh nein, heißt es nicht!« Die Hintertür auf Dereks Seite wurde aufgerissen, und etwas sehr Hartes kam sehr schnell hereingeflogen und versetzte Derek einen vernichtenden Schlag gegen das Kinn. Noch während Derek zur Seite kippte, sprang Jim herein und entriß ihm die Uzi aus den Händen.

»Du?« Freds Gesicht verzerrte sich. »Du? Aber ...

Wie?« Er drückte den Knopf auf seinem häßlichen kleinen schwarzen Kästchen. »Stirb, du Bastard!« sagte er.

»Nein.« Jim riß sich die flache Mütze vom Schädel. Ein blutiger Schnitt gähnte in seiner Schläfe. »Ich hab's rausgeschnitten«, sagte er. »Kein Betäubungsmittel und nichts, nur Wodka. Ich hab' das Implantat in das Arbeitszimmer von Professor Slocombe gebracht. Ach ja, das hier können Sie zurückhaben.« Er zerrte den sich windenden Sack aus der Tasche und schleuderte ihn in Freds Schoß. »Geben Sie dieses Ding meinetwegen Ihrem Boß zurück.« Jim richtete die Uzi auf Fred. »Los, steig aus, Suzy. Beeil dich.«

Suzy kletterte über Derek, und Jim zerrte sie von *Dem Auto* weg. »Los, lauf mir nach«, rief Jim. »Und lauf so schnell du kannst.«

Omally tauchte am Gartentor von Professor Slocombe auf. »Was zur ...?«

»Duck dich!« brüllte Jim, während er und Suzy vorbeirannten. »In Deckung, John!«

»Schon gut, Jim, schon gut. Ich duck' mich ja schon.«

»Hinterher! Tritt verdammt noch mal aufs Gas, Clive! Worauf wartest du noch?«

»Schon gut, Fred, schon gut. Ich tret' ja schon aufs Gas.«

Clive gab Gas. Die Reifen verbrannten Gummi. *Das Auto* machte einen Satz nach vorn.

Und dann machte es einen Satz nach oben. Die Explosion übertönte das Krachen des Feuerwerks. *Das Auto* wurde hochgerissen und überschlug sich in der Luft und krachte funkensprühend und splitternd aufs Dach.

Rauch und Trümmer und Zerstörung.

Und dann hätte sich wahrscheinlich Stille ausgebreitet, wäre nicht das Feuerwerk einfach weitergegangen und hätten nicht die Glocken geläutet und die Menschen auf die Guten Alten Zeiten gesungen.

Eine ganz gewaltige Stille hätte sich ausgebreitet. Sozusagen.

John Omallys Kopf erschien hinter dem Gartentor. »Was zur …?« sagte er einmal mehr.

Jims Gesicht erschien hinter einem der mächtigen Eichenstämme. Und Suzys Gesicht erschien ebenfalls hinter einem der mächtigen Stämme.

»Was hast du da nur wieder angerichtet, Jim?« fragte John.

»Ich hab' eine Flasche von deinem zwei Wochen alten Bier unter das Hinterrad gesteckt, als ich mich hingekniet hab', um mit Fred zu reden. Ich hab' eine zurückbehalten, für den Notfall, weißt du? Zwei, genaugenommen. Um auf der sicheren Seite zu sein. Ich hab' dir doch gesagt, daß ich alles unter Kontrolle hätte.«

»Also, wenn das so ist: Hut ab vor Mister Jim Pooley. Du hast den Abend wirklich und wahrhaftig gerettet!«

»*Aaaaaaarrrrrrrggggghhhhuunnnnddddbrüll!*«

Das war ein Geräusch, wie man es nicht alle Tage zu hören bekam.

Ganz besonders nicht an einem Abend, der gerade erst gerettet worden war.

Jim drehte sich um, Suzy drehte sich um, und John drehte sich ebenfalls um.

Das Auto drehte sich um.

Das Auto war noch immer intakt. Und *Das Auto* drehte sich auf seine Räder zurück.

»O Scheiße!« sagte Jim.

»Hast du was von Laufen gesagt?« fragte John.

»Nein, aber ich wollte es gerade.«

Jim rannte los, und John rannte los, und Suzy rannte ebenfalls los.

Sie rannten und rannten und rannten.

Und *Das Auto* rollte hinter ihnen her.

Und rollte und rollte und rollte.

Immer nur ein kurzes Stück hinter den drei Rennenden und Rennenden und Rennenden. Seine Maschine grollte, und seine Hupe machte BAAA-BAAA-BAAAAAA, genau wie in diesem alten Film.

32

Glas splitterte und klirrte, und die Kammer zersprang.

Abel trat aus den Trümmern und starrte auf den Mann hinab, der am Boden kauerte.

»Wie?« ächzte Dr. Stefan Malone. »Was?«

»Zwischen Kain und mir gibt es große Unterschiede, Vater«, sagte Abel. »Und einer davon ist, daß ich deine Gedanken lesen kann. Letzte Nacht habe ich den Gaskanister geleert. Und jetzt werde ich tun, was getan werden muß. Kain hat gesagt, daß er Angst hat um dein Leben. Seine Furcht war ganz und gar nicht unbegründet.«

»Nein!« kreischte Dr. Stefan Malone. »Bleib weg von mir! Nein! Nein! Neeeeeeiiiiiiiinnnnnn!«

»Woaaaa!« machte Derek. »Was ist passiert? Aua, mein Schädel!«

»Dieser Bastard hat uns aufs Kreuz gelegt!« Clives Gesichtsausdruck war höchst unangenehm. Er war beinahe so unangenehm wie der der Kreatur, die mit einemmal zwischen ihm und Derek saß. Diese Kreatur hatte wirklich ein höchst unangenehmes Gesicht. Voller Schuppen war dieses Gesicht, mit einer heraushängenden schwarzen Zunge und funkelnden roten Augen.

»Ach du heilige Scheiße!« sagte Derek und starrte in dieses unangenehme Gesicht. »Du bist ja vielleicht gewachsen! Ich meine, äh … erfreut, Sie wiederzusehen, Sir, äh …«

»Halt's Maul, Derek!« brüllte Fred. Und es war tatsächlich ein Brüllen. »Bleib direkt hinter ihnen, Clive, laß sie ja nicht aus den Augen!«

»Sie rennen zu der Menschenmenge am Ende der Straße, Boß.«

»Wohin sollen sie auch sonst rennen? Sie können nirgendwo entkommen, oder? Fahr die Menschenmenge um, Clive. Fahr sie über den Haufen!«

»Wie dieses alte Seemannslied«, sagte Derek. »*Fahr die Menschen um, Clive, fahr die Menschen um. Hey, ho, fahr die Menschen um, fahr sie über'n Haufen.*«

»Halt's Maul!« sagte Fred.

»Wir müssen aus dieser Menge verschwinden«, rief Jim. »Er fährt einfach alle über den Haufen, und das gibt bestimmt Tote!«

»In das Fußballstadion!« rief John.

»Machst du Witze? Da sind sogar noch mehr Leute als hier!«

»Dieser Wagen kommt nie im Leben durch die Drehkreuze, oder?«

»Da wäre ich mir nicht so sicher.«

Omally setzte über das Drehkreuz und half Suzy hinterher.

Jim riskierte einen Blick nach hinten. Schreie und Rufe und BAAA-BAAAAAA-BAAA. Dann sprang auch Jim über das Drehkreuz.

Auf der Bühne sangen die Hohlen Schokoladenhasen ihre Version des Abgesangs auf die Guten Alten Zeiten. Hinter ihnen fütterte der Platzwart verbrauchte Feuerwerkskörper in Normans De-Entropisierer, während Norman letzte Vorbereitungen traf, um den großen Schalter auf seiner Tafel umzulegen – den, der die römischen Kerzen mit ihrem *Willkommen im Jahr 2000* zündete.

»Hast du einen bestimmten Ort im Sinn, wo wir hinrennen könnten?« erkundigte sich Jim, während er hinter John und Suzy in die versammelte Menschenmenge drängte.

Omally deutete auf die Bühne. »Wir ziehen uns auf das höhergelegene Ufer zurück«, sagte er.

BAAAA-BAAAA-BAAAAAAAA.

»Das war eine verdammt schlechte Idee.«

»Aber jetzt müssen wir damit leben, Jim. Los, weiter, Mann!«

»Ich bin bei dir. Komm, Suzy, weiter.«

Das Auto brach durch das Drehkreuz und fuhr über den Weg, der zum Sportplatz führte. Die Menge sprang vor ihm zur Seite. Es war eine laute, fröhliche, lachende Menge, bis zum Stehkragen abgefüllt mit Alkohol und Neujahrsfrohsinn. Sie sprang in diese und in jene Richtung, überzeugt, daß es sich um eine Extranummer handelte, die nur zu ihrem Vergnügen arrangiert worden war.

Die Menschen drängten auf die Ränge hinauf, verteilten sich dort und nahmen Platz, um die Schau zu beobachten.

Auf der Bühne erstarrten die Hohlen Schokoladenhasen ehrfürchtig, als *Das Auto* dicht auf den Fersen dreier flüchtender Gestalten in ihre Richtung kam.

»Das ist aber mal ein schickes Auto«, sagte der Leadsänger.

»Verteilt euch!« rief Omally. »Wir treffen uns auf der Rückseite der Bühne!«

»Hast du einen Plan?« ächzte und schnaufte Jim.

»Er ist ziemlich riskant.«

»Meine Güte.«

Und dann war *Das Auto* heran.

Jim zerrte Suzy zur rechten Seite, und John sprang zur linken. *Das Auto* krachte in die Tribüne und warf die Schokoladenhasen durcheinander, die auf das Fußballfeld hinunterpurzelten.

Normans Finger drückte den Schalter, und die römischen Kerzen flammten auf und bildeten die Worte *Will men im ahr 20 0*. Immerhin ein Anfang.

Das Auto setzte zurück und rammte die Tribüne ein weiteres Mal. Das Gerüst stürzte ein. Oben auf den Rängen applaudierte die Menge. Es war ein wenig wie ein spanischer Stierkampf.

Norman klammerte sich an seinen De-Entropisierer, und der Platzwart klammerte sich an Norman.

»War das alles so geplant?« fragte der Platzwart.

Vor und zurück und zurück und wieder vor setzte *Das Auto*.

Grollen und Krachen und Bersten.

John Omally war inzwischen auf die Bühne geklettert und arbeitete sich zu Norman vor. Jim kletterte auf das Gerüst und schob Suzy vor sich her.

Die Bühne neigte sich nach vorn. Marshalltürme, Verstärker und Lautsprecher kippten um. Mikrophone, Schlagzeuge und all die wundervollen Gitarren, die Rockmusiker sammeln, um normale Sterbliche neidisch zu machen, Kabel und Stromleitungen und alles, alles fiel herunter. Elektrisches Funkensprühen und Knistern und Chaos. *Das Auto* setzte ein letztes Mal zurück. Die Hintertüren wurden aufgestoßen.

Fred kletterte heraus. Und Clive kletterte heraus. Und Derek kletterte heraus. Und ein wirklich abscheuliches Ding kletterte ebenfalls heraus.

»Schön, schön, schön«, rief Fred. »Sieht alles ein wenig prekär da oben aus, wie? Warum kommt ihr nicht runter, damit wir uns ein wenig unterhalten können?«

»Buuuuuuhhhhh!« machte die Menge. »Buuuuuuuuuhhhhhh!« und PFEIF.

»Leck mich!« brüllte Omally.

»Hurrrraaaahh!« machte die Menge. »Hurrraaaahh!« und JUBEL.

Der Leadsänger der Schokoladenhäschen arbeitete sich, über Trümmer kriechend, zu Fred vor. »Wieviel willst du für diese geile Karre haben?« fragte er.

Fred trat ihm gegen den Kopf.

»Aua!« machte der Leadsänger.

»Buuuuh!« machte die Menge.

Fred deutete auf Pooley.

»Du bist ein sehr, sehr toter Mann«, sagte er. »Du wirst Qualen erleiden, von denen du dir niemals hättest vorstellen können, daß sie überhaupt existieren.«

Hätte Jim eine Hand freigehabt, würde er wahrscheinlich einen einfingrigen Gruß zustande gebracht haben*. Aber er hatte keine Hand frei, und deswegen beschränkte er sich darauf, höher zu klettern.

»Du kannst nirgendwo hin!« Fred lachte irre. »Bring ihn zu mir, Igor.«

»Igor?« fragte Derek. »Das Ding heißt Igor?«

»Wie der Assistent von Dr. Frankenstein«, sagte Clive. »Und Dr. Frankenstein wurde von Colin *Clive* gespielt. Wußtest du das?«

»Und wer hat Igor gespielt?«

»Bela Lugosi.«

»Ach ja, der gute alte Bela. Sein richtiger Name war Marion, wußtest du das?«

»Das war John Wayne.«

»Von wegen John ...«

* Den Effenberg.

»Schnauze, verdammt noch mal!« Fred erhob sich vor Zorn bebend auf die Fußspitzen. Höher noch, genaugenommen. Einen oder zwei Zoll höher. »Igor, pack ihn! Bring ihn her zu mir!«

»Slurp«, machte die Kreatur, und dann »*Aaaaaaa-rrrrrrrggggghhhhuunnnnddddbrüll!*«, genau wie beim letzten Mal. Und dann entfaltete sie scheußliche Membranflügel und flatterte hoch.

»O Scheiße!« machte Jim, wie man das so macht.

Und »Buuuuuuuuh!« machte die Menge.

»Bringt mir diesen Iren!« befahl Fred seinen beiden Männern.

»Jawohl, *Sir*!« sagte Clive.

Igor *Schwan*g sich über den Rasen und die schräge Tribüne zum Gerüst hinauf, wo er sich mit ausgestreckten Klauen und schnapp-schnapp-schnappenden Kiefern auf Jim stürzte. Jim versetzte ihm einen Tritt, doch Igor stürzte sich erneut auf sein Opfer, wieder und immer wieder, mit reißenden Krallen und schnapp-schnapp-schnappenden Kiefern, bis er schließlich Halt fand und sich an Jim festklammerte. Das Gerüst erzitterte. Die ausbrennenden römischen Kerzen gaben eine nach der anderen nach und fielen auf Norman, John und den Platzwart hinab.

»Autsch! Aua! Aaaaaaaaargh!« machten sie und hüpften und tanzten unter dem Gerüst.

Reiß machte einer von Jims Ärmeln, und die Raubvogelkrallen senkten sich in seine Haut. Suzy hielt ihn fest, doch das Biest zerrte und zerrte und zerrte.

Normans De-Entropisierer machte sich selbständig und rollte die schräge Tribüne hinunter. Omally stellte den Fuß vor ein Rad, und seine Hand fand einen sehr, sehr großen Knallkörper, der gerade vom Fließband der Maschine fallen wollte. Über ihm zerrte die Bestie Jim immer weiter von seinem unsicheren Halt weg.

»Reiß ihn runter!« kreischte Fred.

»Buuuuh! Buuuuh!« machte die Menge.

»Ich frage mich, wohin das alles führen soll?« fragte sich die Dame MDS.

»Wahrscheinlich endet es mit einem billigen Trick«, antwortete Paul. »So ist es doch immer.«

»*Omnia in Duos: Duo in Unum: Onus in Nihil*«, beendete Professor Slocombe das Ritual.

Im Keller von Kether House starrten Kain und Abel auf den Leichnam von Dr. Stefan Malone hinab.

»Alle in Zwei«, sagte Kain und berührte die Hände seines Bruders.

»Zwei in Eins«, sagte Abel und ergriff Kains Hände.

»Einer in Keinem.«* Ein helles rotes Licht leuchtete auf, heller als die Sommersonne. Und Alle in Zwei, Zwei in Einem, Einer in Keinem ver*Schwan*den die beiden Brüder im Nichts.

Ein hell strahlendes Licht flammte auf der Konzerttribüne auf, ein Zippo®-Benzinfeuerzeug. Und während Igor Jim vom Gerüst riß, richtete John die gigantische Rakete nach oben, zündete die Zündschnur an und brachte sich nicht in Sicherheit.

»*Aaaaaaarrrrrrrrgggghhhhuunnnndddbrüll!*« machte Igor siegessicher.

»Wuuuuusch!« machte die wirklich gigantische Silvesterrakete.

* Die gleichen Worte wie die des Professors, nur in einer anderen Sprache.

»Hä?« machte Igor und blickte nach unten.

»Wuuuuusch!« wiederholte die gigantische Silvesterrakete und schoß nach oben.

Und: »Hä?«

Und: »Wuuuuusch!«

Und: KLONK.

Was war das nun wieder für ein Geräusch?

KLONK?

Das war das Geräusch einer wirklich gigantischen Silvesterrakete, die mit ungefähr hundert Meilen die Stunde in die Analkavität einer Kreatur namens Igor eindrang. Und dann ...

»*Aaaaaaarrrrrrrggggghhhhuunnnndddddbrüll!*«

Pooley entfiel den Krallen der Bestie. Die Bestie schoß in den Himmel hinauf (genau wie man sich das so vorstellt), und dann explodierte die wirklich gigantische Silvesterrakete.

ROTER RAUCH.

EINE LEUCHTENDE STERNENBLUME.

GOLDREGEN.

»Oooooooooooooooooooooh!« machte die Menge und jubelte ausgelassen.

»Hab' ich's nicht gesagt?« sagte Paul, der es tatsächlich gesagt hatte.

»Die Schau ist nicht vorbei, bevor die Dame mit dem Strohhut nicht gesungen hat«, sagte die Dame mit dem Strohhut.

»Das war ein Guter!« sagte Norman, der geduckt neben seinem De-Entropisierer kauerte, und dann fügte er noch hinzu: »Aua!« als Pooley auf ihn herabgefallen kam.

»Packt sie!« befahl Fred.

Clive und Derek waren inzwischen auf der Bühne. Derek rollte die Ärmel hoch. Clive hatte die Fäuste oben, aber es sah ziemlich blöd aus.

»Mach einfach das, was ich mache«, empfahl Derek. »Stich ihnen in die Augen und tritt ihnen in die Eier.«

»In Ordnung«, erwiderte Clive. »Ich versuch' dran zu denken.«

Pooley rappelte sich auf, und Omally rappelte sich auf. Und der Platzwart rappelte sich auf (und rannte davon). Und Norman rappelte sich nicht auf. Er blieb einfach liegen und stöhnte.

»Tut mir leid, Norman«, sagte Jim.

»Oh, keine Angst, mir fehlt nichts«, sagte Norman. »Ich tu' nur so, in der Hoffnung, daß mir die Tracht Prügel erspart bleibt.«

»Sehr weise.«

Und Clive holte zu einem Schwinger gegen Pooley aus.

Die Menge johlte und brüllte zustimmend. Sie hatte ein Rockkonzert (frei) genossen, dann das Feuerwerk (gratis), einen automobilen Stierkampf (umsonst), die Ray-Harryhausen-Special-Effects-Einlage mit der *Fliegenden* Bestie und der Rakete im Hintern (für lau), und jetzt wurde ihnen *Rocky 6* geboten. Oder war es *Rocky 7*? Verdammt guter Gegenwert für absolut kein Geld.

Pooley duckte sich und boxte Clive in den Magen.

»Urgh!« machte Clive und trampelte Jim auf den Fuß.

Derek holte zu einem Schwinger gegen John aus, doch der trat zur Seite und Derek schwungvoll in die Eier.

»Das ist verdammt unfair!« heulte Derek auf.

»Ihr verdammten Trottel!« heulte Fred auf. »Tötet sie! Tötet sie!«

»Buuuuuh!« macht die Menge. »Buuuuh! Buuuuuh! Buuuuuuuuuuh!«

Fred drehte sich zu der Menge um. »Hört sofort damit auf!« kreischte er. »Hört auf, hört auf damit! Ich vernichte euch alle!«

»Tust du ni-hicht, tust du ni-hicht!« johlte die Menge.

»Tu ich wo-hohl!«

»Tust du ni-hicht ...«

Plötzlich geriet das Johlen ins Stocken, zweifelsohne verursacht durch Freds Anblick. Es war nicht so sehr der Blick, mit dem er die Menge ansah, als vielmehr der Anblick, der sich der Menge bot. (Huh?) Der Anblick dessen, was mit ihm geschah. (Aha!)

Fred erhob sich einmal mehr auf die Zehenspitzen. Breitete die Arme weit aus.

Gelenke knackten, Kleidung zerriß. Seine flache Mütze (der Saarländer würde sagen: die Batschkapp) hob sich, als monströse Hörner aus seiner Stirn sprossen. Mit übelkeiterregendem Krachen und Reißen begann Fred anzuschwellen und sich zu verändern.

Jegliche Ähnlichkeit mit einem menschlichen Wesen war verschwunden. Grinsend erhob sich der Gehörnte. Das mittelalterliche Monster der Verderbtheit. Das fleischgewordene Böse.

Der Kampf auf der Bühne kam zum Erliegen. Die Kirchenglocken hatten allem Anschein nach die erste Runde beendet.

»O Scheiße«, sagte Jim zum wiederholten Mal. »Ich schätze, jetzt sind wir in Schwierigkeiten.«

Der Gottseibeiuns, der Erzbösewicht aus dem bodenlosen Höllenloch, der Gefallene Engel und Bewohner des Pandämoniums, Bürger der Hölle, stand auf dem heiligen Turf des Brentforder Fußballfelds. Die gespaltenen Hufe in die Achtzehnyardslinie gegraben, der gegabelte *Schwanz* peitschend, der Atem schweflig und die Haltung wie ein Python mit Mumps.*

»Sieh weg!« sagte Paul.

»Niemals!« antwortete die Dame MDS.

»*Ihr alle!*« echote die Stimme der Bestie über das

* Nein, keiner aus der guten alten ›Monty‹-Truppe.

Feld wie ein Donnerwetter und brachte das baufällige Gerüst zum Zittern, an dem sich Suzy noch immer verzweifelt festklammerte. Zehntausende Zähne fingen an zu klappern. *»Ihr werdet alle sterben! Ohne Ausnahme!«* Und Feuer bahnte sich einen Weg aus dem Bauch der Bestie, und Schwefel rauchte, und die Menschen duckten sich und kreischten und wandten sich zur Flucht.

Und dann.

Und dann.

Und dann erhob sich ein goldenes Licht am Himmel.

Eine falsche Dämmerung?

Huh?

Und ein Geräusch, weit entfernt und doch ganz nah. Ein Geräusch, das die Luft erfüllte, die Substanz der Luft und alle Materie auf dem ganzen Planeten.

Der Ton. Der eine, universelle Ton.

»A-Dur«, sagte die Dame MDS.

Nein. OM.

Das Symbol, mit Liebe gegeben, um liebend empfangen zu werden.

Ein Akt der Liebe.

Und die Menschen starrten. Und die Bestie wandte sich um und starrte auch. Und atmete Feuer und scharrte mit den gespaltenen Hufen über den Boden.

Und ein Mann trat auf den Rasen hinaus. Ein goldener Mann, der so hell strahlte wie die Sonne.

Er kam mit weit ausgebreiteten Armen heran.

»Nein!« kreischte der Gottseibeiuns. »Nein! Nicht du! Nicht du!«

»Dies ist nicht deine Zeit«, sagte der, der Alle in Zwei und Zwei in Einem und Einer in Keinem war. »Kehr auf der Stelle dorthin zurück, woher du gekommen bist. Schaff dich hinfort, Satan.«

Und die Bestie heulte, knirschte mit den Zähnen,

scharrte mit den Hufen, wand sich, schüttelte sich, bebte, zitterte – und war verschwunden.

Dann hob der goldene Mann die Hände, verblaßte – und war ebenfalls verschwunden.

Und dann herrschte Stille. Eine ganz beträchtliche Stille sogar.

Und dann blickte die Menschenmenge nach oben.

Denn der Himmel selbst schien sich zu teilen, Mondlicht schimmerte durch die Wolken, und Wesen kamen herabgeschwebt, wunderschöne weiße Wesen in Weiß, mit Flügeln so zart wie hauchdünne Spinnfäden. Herab und herab kreisten und kreisten sie. Engel des Lichts.

Derek blickte nach oben, und Clive blickte nach oben.

Und die himmlischen Wesen kamen herabgeschwebt.

Und gaben den beiden ganz mächtige Tritte in die Hintern, bis sie von der Bühne fielen.

»Hoppla«, sagte Mrs. Terrypratchett. »Verzeihung. Wir sind ein wenig spät dran, aber oben auf dem alten Gasometer gab es ein ziemliches Gedränge. Ich mußte meiner Freundin Doris hier mit ihrem Zimmer-Paraschirm helfen.«

»Hi«, sagte Doris und winkte der Menge. »Ich hoffe doch, wir haben nichts verpaßt?«

Und dann jubelte die Menge erst richtig los. Jubelte und jubelte und jubelte. Stehende Ovationen. Händeklatschen. Jubeln. Immer und immer wieder.

Und wollte gar nicht mehr aufhören.

Und dann begann die Dame MDS zu singen.

»*Amazing Grace*«, glaube ich.

33

»Tut mir wirklich leid, daß ich alles verpaßt habe«, sagte Neville der Teilzeitbarmann und öffnete eine Flasche von Hartnells Millennium-Bier. »Das muß wirklich ein sehr bemerkenswerter Anblick gewesen sein.«

»Oh, das war es«, sagte Omally und hob prostend die Flasche.

Inzwischen war früher Morgen, und bis auf ein paar Unentwegte waren die Menschen längst in den Betten verschwunden, durch und durch zufrieden mit den Brentforder Millenniumfeiern.

In der *Straße nach Golgatha* standen Professor Slocombe, Mister Compton-Cummings, Celia Penn, der Alte Pete und der Kleine Dave, die Dame MDS und Paul, Suzy und Jim. Und Komparsen standen im Hintergrund und tuschelten ›Rhabarber, Rhabarber, Rhabarber‹ und bemühten sich nach Kräften, möglichst lange im Bild zu bleiben.

»Jim hat es tatsächlich geschafft«, sagte John. »Er hat das Ritual des Professors gerettet, und er hat Suzy aus den Klauen von diesem Fred befreit. Jim ist ein richtiger Held.«

»Nein, du bist der Held, John«, sagte Jim. »Du hast mir das Leben gerettet, indem du dem Monster diese wirklich gigantische Silvesterrakete in den Hintern geschossen hast.«

»Ich denke, wir sollten uns bei jemand ganz anderem bedanken«, sagte Professor Slocombe und richtete die Augen gen Himmel.

»O ja«, sagte Jim. »Ja, in der Tat.«

»Aber sagen Sie mal«, sagte John, »so ein Ende nennt man doch *Deus ex machina*, oder irre ich mich?«

»Hast du vielleicht etwas anderes erwartet, Jim?«

»Eigentlich nicht, Professor. Und mit Ihrer Zeremonie ist alles glatt gelaufen?«

»O ja. Perfekt.«

»Ich spüre überhaupt nichts«, sagte Jim. »Nun ja, eigentlich doch. Ich fühle mich glücklich und zufrieden, so was halt.«

»Ich glaube nicht, daß das etwas mit der Magie des Professors zu tun hat«, sagte John.

Jim legte den Arm um Suzy. »Nein«, sagte er. »Ich eigentlich auch nicht.«

»Nun ja, Prost alle zusammen«, sagte John und hob die Flasche einmal mehr.

Jim nahm Suzy zur Seite. »Ich hab' es einfach nicht geschafft, mir eine ganz normale Arbeit zu suchen, und ich krieg' auch sonst nichts auf die Reihe«, sagte er. »Aber ich möchte dir diese Frage trotzdem gerne stellen.«

»Dann frag mich«, sagte Suzy. »Nur Mut.«

»Möchtest du mich heiraten, Suzy?«

Sie blickte in Jims Augen. Und Jim blickte in ihre Augen. In diese wunderbaren, unendlich schönen, warmen, bernsteinfarbenen Augen, die seine Knie immer noch ganz weich werden ließen.

»Nein«, sagte Suzy. »Nein, das will ich nicht.«

»Willst du nicht?«

»Nein, will ich nicht.« Sie schüttelte den Kopf. »Die Ehe ist ganz genau so, wie John es gesagt hat. Autowaschen, Dinnerpartys, Rasenmähen, nette, respektable Bekanntschaften. Das ist nichts für mich, Jim, und es ist auch nichts für dich.«

»Oh«, sagte Jim. »Aber was dann?«

»Möchtest du vielleicht bei mir einziehen?«

Jim kaute auf seiner Unterlippe. »Äh«, sagte er.

Suzy schüttelte einmal mehr den Kopf. »Nein, du möchtest nicht. Ich weiß, daß du das nicht willst. Und ich möchte nicht in deinem Haus leben müssen. Was wir haben, das ist etwas Besonderes, Jim. Etwas so absolut Besonderes, daß wir eines Tages, eines Tages, wenn alles stimmt und alles beigelegt ist, für immer zusammensein werden. Stimmt's?«

»Ja.« Jim lächelte. »Ich weiß, das werden wir.«

»Gut. Dann darfst du mich jetzt küssen, wenn du möchtest.«

Jim nahm die wunderschöne Frau in die Arme und küßte sie. »Es ist einfach alles perfekt«, sagte er. »Und alles wird perfekt. Nach allem, was wir durchgemacht haben, was könnte da noch passieren?«

»Neville?« John Omally starrte den Teilzeitbarmann an. »Neville, was für eine Farbe hatte der Korken der Flasche, die ich gerade getrunken habe?«

Neville hob den Deckel vom Tresen hoch. »Grün«, sagte er.

»Grün?«

»Äh, ich dachte, ich … ich dachte schon, ich hätte überhaupt keins mehr. Zum Glück fand ich noch zwei Flaschen in meinem Kühlschrank. Du hast die eine, und Jim hat die andere. Das kann doch nicht so schlimm sein, wenn sie zwei Wochen abgelaufen sind, oder?«

Omally hielt seine Flasche mit zitternden Händen fest.

»Niemand bewegt sich!« sagte er.

ENDE

Ende?

Es wäre doch ziemlich gemein, wenn wir die Geschichte so enden lassen würden, oder? Also, selbstverständlich ist das Bier nicht explodiert. Die Sonne stieg über Brentford auf, und ein neuer Tag brach an. Zuerst unmerklich, doch dann immer stärker, bewegte sich der Geist über das Angesicht der Erde, berührte die Menschen, und ganz, ganz langsam setzte sich das große Rad in Bewegung, das heilige Mandala, das die Menschheit zur GANZ GROSSEN IDEE zurückführen würde.

Und Jim und Suzy standen auf der Kanalbrücke und sahen zu, wie sich die Sonne über die Scheibenwischergummiwerke erhob, und Jim nahm seine Suzy einmal mehr in die Arme.

»Ich liebe dich, Suzy«, sagte er.

»Und ich liebe dich, Jim«, sagte sie.

»Und ich liebe dich, Stefan«, sagte der Übersetzer.

»Ich auch«, fügte ein bestimmter Verfasser Weit Hergeholter Belletristik hinzu.

Na ja, dann: Ende gut, alles gut

Stefan, Axel und Robert besprechen sich in London (Vorort von Brentford). Aber wer ist wer? Schickt eure Lösungen.
P.S.: Der Lektor ist **nicht** die Flasche!

Etwas Unheimliches geht östlich von Ealing vor. Die Tore & Fenster Corp., ein weltweit operierendes Unternehmen, stellt die festgefügte Ordnung auf den Kopf mit dem wahrhaft diabolischen Plan, alles und jeden mit einem EAN-Code zu versehen und Geld als Zahlungsmittel abzuschaffen. Wirklich diabolisch, denn wußten Sie, daß die Quersumme der Zahlen in den EAN-Codes stets 666, die Zahl des Teufels, ergibt? Nicht nur die Zivilisation, wie wir sie kennen, wäre damit zu Ende, sondern auch die liebgewonnenen Trinkgewohnheiten der Stammgäste im FLIEGENDEN SCHWAN in Brentford. Können ARMAGEDDON und die APOKALYPSE verhindert und das traditionelle ›Deckelmachen‹ im Pub gerettet werden? Von Typen wie Pooley und Omally? Immerhin erhalten sie von ganz unerwarteter Seite Unterstützung: von niemand geringerem als Sherlock Holmes, dem ollen Detektiv aus der Baker Street ...

ISBN 3-404-24255-6

BASTEI LÜBBE

Oktober 1999, am Vorabend der nächsten Olympiade, der Jahrtausendolympiade, erscheint der neue Roman von Robert Rankin, den man zu recht als DEN Olympiadenroman des nächsten Jahrtausends bezeichnen darf! Denn: Die Ratsversammlung von Brentford hat sich zusammengesetzt und in einem Akt der Selbstlosigkeit beschlossen, den kleinen, idyllischen Ort Brentford als Austragungsort der nächsten olympischen Spiele zur Verfügung zu stellen. Aber wir alle wissen ja, daß es bei solchen Spielen nicht immer mit rechten Dingen zugeht. Und so regen sie sich denn auch schon, die düsteren Mächte der Hölle, um mit allen Mitteln dazwischenzufunken. Pooley und Omally müssen wieder einmal die Welt retten und dabei die größte aller Bürden bisher auf sich nehmen: sie müssen einer regelmäßigen Beschäftigung nachgehen!

ISBN 3-404-24264-5

BASTEI LÜBBE